mtb

Umwelthinweis:
Dieses Buch wurde auf chlor- und säurefreiem Papier gedruckt.

Linda Lael Miller

Big Sky Summer – Zeit der Entscheidung

Roman

Aus dem Amerikanischen von
Ralph Sander

mtb

MIRA® TASCHENBUCH
Band 25759
1. Auflage: Juli 2014

MIRA® TASCHENBÜCHER
erscheinen in der Harlequin Enterprises GmbH,
Valentinskamp 24, 20354 Hamburg
Geschäftsführer: Thomas Beckmann

Titel der nordamerikanischen Originalausgabe:
Big Sky Summer

erschienen bei: HQN Books, Toronto

Published by arrangement with
Harlequin Enterprises II B.V./S.àr.l

Konzeption / Reihengestaltung: fredebold&partner GmbH, Köln
Umschlaggestaltung: pecher und soiron, Köln
Redaktion: Mareike Müller
Titelabbildung: Harlequin Enterprises S.A., Schweiz
Autorenfoto: © Harlequin Enterprises S.A., Schweiz
Satz: GGP Media GmbH, Pößneck
Druck und Bindearbeiten: CPI – Ebner & Spiegel, Ulm
Printed in Germany
Dieses Buch wurde auf FSC®-zertifiziertem Papier gedruckt.
ISBN 978-3-95649-030-9

www.mira-taschenbuch.de

Liebe Leserin, lieber Leser,

ob Sie neu sind oder schon mal hier waren, ich heiße Sie herzlich willkommen in der Kleinstadt Parable, Montana.

In „Big Sky Summer – Zeit der Entscheidung“ lesen Sie die Geschichte von Walker Parrish, Rodeopferdezüchter und sexy Cowboy par excellence, und Casey Elder, der rothaarigen und hitzköpfigen erfolgreichen Countrysängerin. Beide verbindet eine stürmische Vergangenheit, aus der ein paar heikle Geheimnisse überdauert haben, die mit einem Mal brisanter sind denn je. Und Sie wissen ja, wie das mit der Wahrheit ist: Am Ende kommt sie immer ans Licht, ob man es nun will oder nicht.

Sollte es den beiden Dickschädeln tatsächlich gelingen, mehr als nur ein paar Stunden gemeinsam zu verbringen, ohne sich gegenseitig die Köpfe einzuschlagen? Kaum jemand würde auch nur einen Dollar darauf setzen, dass die zwei ein Paar werden und bleiben können. Aber wie Sie und ich inzwischen gelernt haben, liegt in Parable Magie in der Luft, und die entfaltet ihren Zauber vor allem in Liebesangelegenheiten.

Ich wünsche Ihnen viel Vergnügen beim Lesen.

Ihre
Linda Lael Miller

Für Larry Readman
alias der „Canadian Wrangler".
Danke, dass Sie so gut
auf meine Pferde aufgepasst haben.

1. KAPITEL

Walker Parrish saß eingezwängt auf der Holzbank in der dritten Reihe, links und rechts hatten alte Damen, die Sommerhüte und Kleider mit großflächigen Blumenmustern trugen, Platz genommen. Nervös wanderte sein Blick zur Decke der Kirche, um sich zu vergewissern, dass die ihm nicht jeden Moment auf den Kopf fallen würde. Zu gern hätte er den Krawattenknoten ein wenig gelockert, doch er widerstand dieser Versuchung. Schlipse waren seiner Meinung nach genau wie ein Kirchenbesuch zwei Anlässen vorbehalten: Beerdigungen und Hochzeiten. Glücklicherweise lieferte Letzteres diesmal den Grund.

Die Luft in der kleinen Kirche knisterte förmlich vor Begeisterung. Die Leute tuschelten aufgeregt, der Organist stimmte sich auf den Hochzeitsmarsch ein, und der Bräutigam – Sheriff Boone Taylor – stand ganz vorn ein kleines Stück rechts vom schlichten Altar. Er schien sich zu freuen, gleichzeitig allerdings sah er aus, als ob er sich zu Tode fürchten würde. So wie die meisten Männer in und um Parable, Montana, zog er am liebsten Jeans, Stiefel und Baumwollhemden an, weshalb er sich in seinem geliehenen Smoking sichtlich unbehaglich fühlte.

Die Halbbrüder Hutch Carmody und Slade Barlow, die besten Freunde von Boone, standen neben ihm, sie waren in ihren schicken Anzügen ebenfalls kaum wiederzuerkennen. Beide waren sie verheiratet, und sie waren durch und durch Cowboys. Momentan behielten sie Boone im Auge, als fürchteten sie, sie müssten ihn jeden Moment stützen, weil er weiche Knie bekam. Doch nicht nur Sorge um ihren Kumpel war ihnen anzusehen, ihre Mundwinkel umspielte auch ein ironisches Lächeln, das verriet, welchen Spaß ihnen diese Situation bereitete. Immerhin hatte jeder von ihnen bei seiner Hochzeit das gleiche Ritual über sich ergehen lassen müssen, da sollte Boone nicht von verschont bleiben.

Walkers Blick blieb an Hutch hängen, dabei erinnerte er sich an das letzte Mal, als er diese kleine Kirche betreten hatte. Es war ein Tag im Juni gewesen, ähnlich dem heutigen. Die Vögel hatten zwitschernd in den Bäumen gesessen, durch die offenen Türen wehte ein warmer Wind durch den Mittelgang bis hin zum Altar. Im nächsten Augenblick bewirkte diese Erinnerung, dass er wütend die Lippen zusammenpresste. Damals vor fast zwei Jahren war Hutch der Bräutigam gewesen, nicht der Trauzeuge. Und Walkers jüngere Schwester Brylee, seine einzige Blutsverwandte – zumindest die Einzige, von der er das öffentlich behaupten durfte –, war die Braut gewesen. Eine junge Frau mit strahlenden Augen und der Hoffnung auf eine wundervolle Zukunft. In einem Kleid, von dem Frauen schon als kleines Mädchen träumten.

Eben erst hatte der Organist zu spielen begonnen, die Brautjungfern hatten ihre unendlich oft geprobte Aufstellung eingenommen, und Walker war im Begriff gewesen, mit Brylee am Arm durch die bis auf den letzten Platz besetzte Kirche zu schreiten – da hatte sich auf einmal Boone umgedreht und laut gerufen: „Einen Moment! Halt!“

Und damit hatte er dann die Hochzeit abgesagt, mitten in der Kirche, nur ein paar Meter vom Altar entfernt. Brylees Traum von der Märchenhochzeit war in diesem Moment in tausend Scherben zerschlagen worden.

Zwar war Walker darüber, wie sich die Dinge entwickelt hatten, auch jetzt noch erleichtert, weil er Brylee und Hutch Carmody nie für ein Traumpaar gehalten hatte. Doch beim Gedanken an diese Demütigung, die seine Schwester erlebt hatte, durchfuhr ihn nach wie vor ein Stich, und wenn er damals nicht Brylee von jeder nur denkbaren Dummheit hätte abhalten müssen, dann hätte er Carmody auf der Stelle verprügelt – ohne Rücksicht darauf, dass das dann mitten in diesem Gotteshaus geschehen wäre.

Aus diesem Grund war er sich auch nicht sicher, ob die Dachbalken tatsächlich halten würden. Wieder blickte er skeptisch zur Decke hoch.

Reverend Walter Beaumont würde die Trauung vornehmen, mit der Bibel in der Hand stand er vor dem Altar. Vom Aussehen her erinnerte er an Morgan Freeman, während seine Stimme so tief und sonor war wie die von James Earl Jones. In seinem prachtvollen kastanienfarbenen Ornat mitsamt langer golden glitzernder Stola wirkte Beaumont wie ein alttestamentarischer Prophet, der gekommen war, um uneinsichtige Sünder auf den Pfad der Tugend zurückzubringen. Es war ein ungewohntes Bild, da er für gewöhnlich so wie alle anderen bei der Kleidung den lässigen und zweckmäßigen Westernstil pflegte.

Als Beaumont sich kurz räusperte, setzte der Organist zum ersten Akkord des Hochzeitsmarsches an, woraufhin sich alle Anwesenden erwartungsvoll nach der Braut umschauten. Walker vermutete, dass so wie er selbst sich auch einige andere Gäste fragten, ob sich wohl die Geschichte wiederholen würde. Immerhin war die abgesagte Carmody/Parrish-Hochzeit in Parable County schon so etwas wie eine Legende.

Tara Kendalls Teenager-Stieftöchter, die inzwischen dauerhaft bei ihr lebten, hatten die Rolle der Blumenmädchen übernommen, die sie mit großem Vergnügen ausübten. Während die Zwillinge den Mittelgang entlangtänzelten und Blütenblätter verstreuten, grinsten sie sich gegenseitig fröhlich an. Es schien ihnen zu gefallen, von allen beachtet zu werden.

Dann folgte Joslyn Barlow, die Ehefrau von Slade, deren Schwangerschaft sich in einem sehr fortgeschrittenen Stadium befand. Sie trug ein elegantes lavendelfarbenes Umstandskleid und hielt mit beiden Händen einen bunten Blumenstrauß fest.

Walker entgingen nicht die elektrisierten Blicke, die Joslyn und ihr Ehemann austauschten, während sie ihren Platz gegenüber von den drei Männern einnahm, die wie übergroße Pinguine dastanden.

Als Nächste kam Hutchs Ehefrau Kendra Carmody herein, die Frau, für die er Brylee am Altar hatte sitzen lassen. Sie trug ein elegantes, blassgelbes Kleid und hielt ebenfalls einen Blumenstrauß in ihren Händen.

Hutch zwinkerte ihr zu, während sie sich neben Joslyn stellte. Prompt errötete sie leicht.

Es folgten Boones Söhne, beide Jungs trugen Anzug und Fliege. Jeder hielt ein Satinkissen vor sich, darauf lag je ein goldener Ehering. Auf dem Weg zum Altar blieb der Kleinere von beiden ab und zu stehen, als hätte er vergessen, was er eigentlich tun sollte. Dabei zeigte er den Ring auch Opal Dennison, die den Jungen anlächelte und ihn dann weiter zum Altar schickte.

Diese Szene sorgte für heiteres Lachen, und ringsum wurden rasch Handys hochgehalten, um ein Erinnerungsfoto zu schießen.

Selbst Walker musste lächeln, denn auf einmal machte der ältere Junge kehrt und zog seinen Bruder hinter sich zum Altar.

Im nächsten Moment ertönte der laute, mitreißende Akkord, der den unmittelbar bevorstehenden Auftritt der Braut ankündigte. Abermals musste Walker an Brylees schiefgegangene Hochzeit denken, doch er freute sich auch für Boone und Tara Kendall.

Boone war seit ein paar Jahren verwitwet, der Verlust seiner ersten Frau hatte ihn so schwer getroffen, dass er Walker eine Zeit lang wie ein wandelnder Toter vorgekommen war, der nur noch seinen Job als Sheriff erledigt hatte. Umso mehr gönnte er Boone sein neues Glück.

Die Braut war vor noch nicht allzu langer Zeit aus New York nach Parable umgezogen, um nach einer hässlichen Scheidung einen kompletten Neuanfang zu wagen. Es hatte eine Weile gedauert, bis Tara und Boone zusammengefunden hatten, vor allem da sie sich zu Beginn gar nicht hatten leiden können. Das lag jetzt hinter ihnen, ebenso wie die lange Kennenlernphase, auf die sie sich mit Blick auf ihre ursprüngliche gegenseitige Abneigung geeinigt hatten, was Walker für eine kluge Idee hielt.

Und jetzt war für die beiden endlich der große Tag gekommen.

Lautes Rascheln erfüllte die Kirche, als die Gäste aufstanden und sich umdrehten, um einen Blick auf die Braut zu erhaschen, der die wenigen Meter bis zum Altar vermutlich wie die längste Strecke ihres ganzen Lebens erschienen.

Boones Schwager Bob führte Tara zum Altar, aber neben ihrem strahlenden Erscheinungsbild geriet er schnell in Vergessenheit. In ihrem wallenden Spitzenkleid sah Tara aus wie ein Engel, ihr Lächeln war hinter dem mit Strass besetzten Schleier ebenso deutlich auszumachen wie die Freudentränen, die ihr über die Wangen liefen.

Der Anblick sorgte dafür, dass sich Walkers Kehle zusammenschnürte. Sosehr er ihr und Boone dieses Glück gönnte, so sehr wünschte er, seine desillusionierte jüngere Schwester würde auch endlich den Mann finden, den sie heiraten wollte. Beide hatten sie eine Einladung zu dieser Hochzeit erhalten, doch Brylee machte seit einer Weile einen großen Bogen um jede Hochzeit. Genau genommen machte sie um viel zu viele Dinge einen Bogen, was ihn betraf. Stattdessen stürzte sie sich in die Arbeit und war meistens so erledigt, dass sie keine Lust hatte, sich ausgiebig mit ihm zu unterhalten, wenn sie sich sahen. Erst lange nachdem ihre Angestellten Feierabend hatten und nach Hause gegangen waren, beendete sie die Arbeit, und dann verkroch sie sich sofort in ihr Apartment im Ranchhaus, dicht gefolgt von ihrem deutschen Schäferhund Snidely, einer treuen Seele, die ihr nie von der Seite wich.

Als ihm auffiel, dass er sich entgegen allen Gewohnheiten mit einem Mal in seinen Gedanken verloren hatte, zuckte Walker leicht zusammen, da auf einmal Casey Elder mit Notenblättern in der Hand neben dem Organisten auftauchte. Sie trug ein blaues Kleid und hatte auf fast sämtliches Make-up verzichtet. Ihr schulterlanges rotes Haar, das normalerweise in ungestümen Locken ihr Gesicht einrahmte, war zu einem braven Knoten im Nacken hochgesteckt worden.

Bei diesem Anblick erlaubte sich Walker innerlich ein ironisches Glucksen.

Von dieser Seite hatte er Casey nur selten kennengelernt, obwohl sie beide eine chaotische, verworrene Vergangenheit verband. Auch nach fünfzehn Jahren als Profi im Musikgeschäft konnte sie noch immer jede Arena und jede große Konzerthalle füllen, keine ihrer Singles hatte je den ersten Platz in den Charts verpasst, sondern stets mehrere Woche an der Spitze gestanden. Ihre Videos waren legendär, immer sehr bunt und mit viel Feuer und Rauch, außerdem war sie berühmt für ihren auffallenden Stil, besonders allerdings für ihre kraftvolle Stimme, die mehrere Oktaven umfasste. Wenn sie sang, dann war es, als würde ihre Stimme die Schwingen ausbreiten und wie eine befreite Seele davonfliegen.

Auf der Bühne und vor der Kamera trug sie maßgeschneiderte Outfits, die so verschwenderisch mit Edelsteinen besetzt waren, dass Casey wie der sternenübersäte Nachthimmel über Montana glitzerte und funkelte. Mit ihrem Aussehen und ihrer Art zu singen schlug sie jeden Zuschauer in ihren Bann und hielt ihn so lange fest, bis der letzte Song verklungen war und der Vorhang sich geschlossen hatte. Und selbst dann wirkte der Zauber ihres Auftritts noch lange nach.

Walker fragte sich, ob die Heerscharen der Fans Casey wiedererkennen würden, wenn sie sie jetzt sehen könnten, so brav und fast schon bieder. Er verdrängte den Schwall an Gefühlen, die ihn immer dann bestürmten, sobald er dieser Frau begegnete, ganz gleich ob sie sich gegenüberstanden oder ob er sie in einiger Entfernung auf der Bühne sah. Als sie jetzt zu singen begann, ließ er sich keine Regung anmerken.

Dieses Lied, in dem es um Versprechen und Sonnenaufgänge und darum ging, unter allen Umständen zusammenzubleiben, hatte sie speziell für Boone und Tara geschrieben. Die Orgel spielte im Hintergrund so leise, dass die Melodie Caseys Stimme wie ein hauchdünnes Tuch aus Klängen unterlegte.

Sowie das Lied endete, schnieften die alten Damen links und rechts von Walker vor Rührung, und er selbst musste feststellen, dass sich offenbar die eine oder andere Träne in seine Augen verirrt hatte.

So lautlos wie ein Geist zog sich Casey unterdessen zurück, und die eigentliche Zeremonie konnte anfangen. Von der bekam Walker aber nur noch wenig mit, da er wie benommen dasaß, während Caseys Song wie ein himmlisches Echo in ihm nachhallte.

Tara stellte sich zu Boone, der Reverend begann zu reden. Wenig später legten beide ihr Ehegelübde ab, schworen sich ewige Treue, und schließlich verschmolzen die Flammen von Boones und Taras Kerzen zu einer einzigen Flamme, die kaum flackerte. Sie steckten sich gegenseitig die Eheringe an und schauten sich strahlend an.

Noch immer wie in Trance von Caseys Lied lief das Geschehen vor Walker ab.

Der Reverend erklärte sie mit volltönender Stimme zu Mann und Frau, dann hob Boone vorsichtig Taras Schleier und strich ihn nach hinten, um sie so voller Zärtlichkeit zu küssen, dass es selbst einem rauen Cowboy wie Walker warm ums Herz wurde.

Wieder ertönte die Orgel, diesmal so energisch, dass Walker schlagartig aus dem Zauber herausgerissen wurde, mit dem Casey ihn belegt hatte. Mr und Mrs Boone Taylor verließen vom Jubel der Gäste begleitet die Kirche.

Geduldig wartete Walker, bis auch er nach draußen gehen konnte, wo ihn die Nachmittagssonne empfing. Es duftete nach Blumen und gemähtem Gras. Er war froh, dass die Trauung vorüber war, und er fand, es war nur richtig von ihm gewesen, herzukommen und dafür diese kratzigen Klamotten in Kauf zu nehmen.

Jetzt musste er sich nur noch beim anschließenden Empfang blicken lassen, etwas vom Kuchen essen, Boone die Hand schütteln und Tara einen Kuss auf die Wange geben, ein paar Leuten freundlich zunicken, und dann konnte er sich dezent verdrücken. Die ganz große Feier würde wohl die Ausmaße einer kleinen Zirkusvorstellung haben und sollte im riesigen Garten hinter Caseys Haus abgehalten werden. Das hätte er nur zu gern vermieden, doch das war natürlich nicht möglich, weil er sich ja auch stellvertretend für Brylee blicken lassen musste. Mit etwas Glück würde er ein paar Minuten mit Clare und Shane verbringen können, ohne dass ihre Mutter mit dabei war.

Clare und Shane. Caseys Kinder.

Seine Kinder.

Er marschierte zu seinem Wagen, einem Modell mit besonders langer Fahrerkabine und genügend PS unter der Haube, um Pferdeanhänger ziehen zu können. Kaum war er eingestiegen, legte er die Krawatte ab, da die sich allmählich anfühlte wie der Strick an einem Galgen.

Auf der Straße vor der Kirche herrschte einiger Trubel, weshalb es eine Weile dauerte, um überhaupt von der Stelle zu kommen. So wie er waren alle anderen auch auf dem Weg zu Caseys Herrenhaus an der Rodeo Road.

Ein Stück voraus entdeckte Walker die Limousine, in der das frischvermählte Paar chauffiert wurde. Trotz seiner wachsenden Nervosität musste er lachen, als er sah, dass Boone und Tara im Wagen standen und sich aus dem offenen Schiebedach beugten. Es tat gut, beim Anblick dieser beiden daran erinnert zu werden, dass ein solch himmlisches Glück tatsächlich möglich war. Nach einer gescheiterten Ehe und seiner langen, stürmischen Beziehung mit Casey reagierte Walker eher skeptisch, wenn es um Liebe und Romantik ging, jedenfalls um Liebe, die alles überdauerte.

Eine etwas düstere Stimmung überfiel ihn, während er im Schritttempo in der Wagenkolonne mitfuhr. Mehr als einmal fühlte er sich versucht, den zweiten Teil der Feierlichkeiten einfach zu überspringen, in die nächstbeste Seitenstraße einzubiegen und nach Hause zu seinen Pferden und Rindern zu fahren, sodass er endlich diesen Anzug ausziehen konnte. Zu dumm nur, dass seine Manieren von ihm verlangten, das Richtige zu tun, egal ob es ihm nun behagte oder nicht.

Also tat er das Richtige und blieb in der Kolonne, bis er auf der Rodeo Road Caseys riesiges Haus erblickte. Er ergatterte einen Parkplatz, was einem kleinen Wunder gleichkam, und musste zwei Blocks weit laufen, bis er die mit weißem Kies bedeckte Einfahrt erreichte. Dort mischte er sich unter die Hochzeitsgäste, darunter auch viele, die in der Kirche keinen Platz mehr gefunden hätten und deshalb direkt hierher zum Haus gefahren waren.

Jeder hatte sich herausgeputzt, und alle hielten sie wundervoll verpackte Geschenke oder Auflaufformen mit selbst zubereitetem Essen in den Händen, andere trugen Blumensträuße, die sie im eigenen Garten zusammengestellt hatten.

Im ersten Moment fühlte sich Walker etwas unwohl, weil er ohne Geschenk hier aufgetaucht war, doch dieses Gefühl verschwand schnell wieder. Brylee hatte sich längst darum gekümmert und auf der Glückwunschkarte für ihn mit unterschrieben, die sie irgendeinem dem Anlass entsprechenden Geschenk beigelegt hatte.

Zusammen mit einigen anderen Gästen lief er um das Haus herum und bemerkte vergnügt, dass er mit seiner Vermutung recht gehabt hatte. Im Garten hinter Caseys Haus herrschte tatsächlich so etwas wie Jahrmarktatmosphäre. An den Zweigen der Bäume hingen Papierlaternen, mittendrin stand ein großer silberner Schokoladenbrunnen, und über den Dutzenden Tischen war ein riesiges Zeltdach aufgespannt worden. Auch an ein Podium für eine Band war gedacht worden, an eine provisorische Tanzfläche, eine Bar und – am unglaublichsten von allem – an ein echtes Karussell für die kleinen Gäste.

Es gab keinen Zweifel daran, dass hier noch lange weitergefeiert werden würde, wenn Boone und Tara die Torte angeschnitten, für den Fotografen posiert und den obligatorischen Tanz absolviert hatten, um dann in die Flitterwochen aufzubrechen. Gerüchte über mögliche Ziele wie Vegas, Honolulu und Cabo kursierten zwar, allerdings wohin es tatsächlich ging, verrieten die frischgebackenen Eheleute nicht.

In einer Kleinstadt, in der fast jeder wusste, was der andere machte, behielten die Leute so viele Geheimnisse für sich, wie sie nur konnten.

Walker betrachtete das zu Casey passende Spektakel, als sich plötzlich Shane zu ihm gesellte. Er trug eine dunkle Hose und ein weißes Hemd, doch Fliege und Jackett hatte er inzwischen abgelegt. Mit seinen dreizehn Jahren konnte man dem Jungen fast beim Wachsen zuschauen. Jedes Mal wenn Walker ihn traf, war er wieder ein Stück größer.

„Hey, Walker", begrüßte Shane ihn grinsend. Während seine Schwester mit ihrem kastanienroten Haar, dem hellen Teint und ihren grünen Augen eindeutig nach Casey kam, sah Shane fast genauso aus wie Walker als Teenager. Schon seltsam, dass es bislang noch niemandem aufgefallen war.

„Hey", erwiderte er. „Scheint so, als würde das eine ganz besondere Party werden."

Shane nickte. „Mom wird nachher auch noch singen. Von dem Essen, das die Caterer ranschleppen, könnte die ganze Stadt bestimmt ein Jahr lang satt werden."

Walkers Kehle war prompt wie zugeschnürt. Er konnte ein knallharter Kerl sein, wenn es nötig war, allerdings Casey in der Kirche singen zu hören, hatte ihn schon sehr gerührt. Den Abend über ihren größten Hits zu lauschen – er wusste nicht, wie er das überstehen sollte.

„Allzu lange kann ich nicht bleiben", sagte Walker etwas schroff. „Ich habe auf der Ranch noch einiges zu erledigen …" Er verstummte, weil er bemerkte, dass Shane ein langes Gesicht machte. Auch wenn der Junge wahrscheinlich keine Ahnung hatte, dass Walker sein leiblicher Vater war – Casey hatte dafür gesorgt, dass das niemand erfuhr –, hatten sie beide sich doch schon immer gut verstanden. Walker war der gute Freund der Familie, der Typ, der zu Thanksgiving, zu Geburtstagen und manchmal auch zu Weihnachten vorbeischaute. Casey weigerte sich, Unterhaltszahlungen anzunehmen, dennoch legte Walker schon seit Jahren für seine beiden Kinder Geld zur Seite, das sie später bekommen sollten.

„Oh", stieß Shane hervor und schaute betrübt drein. Ihm war klar, was es bedeutete, eine so große Ranch wie Timber Creek zu führen, auf der Walker Viehzucht betrieb, aber auch Bullen und Pferde für Rodeos züchtete.

Der Junge verbrachte zusammen mit seiner Schwester Clare

fast jeden Sommer ein bis zwei Wochen auf Timber Creek, weshalb er wusste, dass da genügend fähige Helfer waren, die sofort einsprangen, falls Walker aus irgendeinem Grund nicht dort war.

Walker zwang sich zu einem Lächeln und berührte Shane an der schmächtigen Schulter. „Aber eine Weile werde ich wohl doch bleiben können", erklärte er. Bislang waren Clare und Shane von Privatlehrern unterrichtet worden und mehr oder weniger im Tourbus aufgewachsen. Im letzten Jahr hatten sie die Schule in Parable besucht, was für sie eine völlig neue Erfahrung war. Doch sie hatten sich gut eingelebt, denn durch ihr Leben in luxuriösen Reisebussen und Privatjets hatten sie gelernt, sich schnell an neue Verhältnisse anzupassen.

Breit grinste Shane ihn an. „Gut", sagte er und stand die nächste Viertelstunde bei Walker, bis er auf eine Gruppe kichernder Mädchen aufmerksam wurde, die alle zu ihm rüberschauten. „Meine Fans", meinte er augenzwinkernd und brachte Walker zum Lachen.

„Dann halt dich mal ran", gab Walker zurück und schlenderte allein weiter in Richtung Bar, hielt alle paar Meter an, um sich mit jemandem zu unterhalten, den er von irgendwoher kannte. Schließlich hatte er sein Ziel erreicht und bekam ein kaltes Bier überreicht. Boone, Tara und die anderen posierten für Profi- und Hobbyfotografen gleichzeitig. Eine Weile sah Walker ihnen zu und musste sich eingestehen, dass er seine Freunde tatsächlich ein wenig beneidete. Gemeinsam hatten die beiden vier Kinder, sie waren also bereits eine fertige Familie. Wie wäre es wohl, wenn er öffentlich erklären könnte, dass er der Vater von Shane und Clare war? Und wenn sie ihn Dad nennen könnten?

Das wird nie passieren, Cowboy, sagte er sich. *Also vergiss es lieber.*

Walker trank von seinem Bier. Wie sollte ein Mann vergessen können, dass er der Vater von zwei Kindern war, was allerdings niemand wissen durfte?

Es ärgerte ihn, dass Casey so sehr darauf beharrte, die beiden seien allein *ihre* Kinder. Sie tat so, als hätte sie nicht nur ein Mal, sondern gleich zwei Mal das Wunder der unbefleckten Empfängnis erfahren. Vor Verärgerung lief sein Hals rot an, und der Hemdkragen schien noch enger zu werden. Er stellte die nur zur Hälfte ausgetrunkene Bierflasche weg. Möglicherweise war es der Alkohol, der ihn in diese Stimmung versetzt hatte, also sollte er darauf für den Augenblick besser verzichten.

Gerade hatte er sich durch die Menschenmenge gezwängt, die die Bar belagerte, da rannte ihm Kendra Carmody über den Weg.

„Hallo, Walker“, begrüßte sie ihn. Kendra war eine elegante Blondine, ein Grace-Kelly-Typ, und Walker verstand, warum Hutch diese Frau liebte, auch wenn sein Mitgefühl natürlich Brylee galt.

„Kendra“, erwiderte er und nickte höflich. Er hatte nichts gegen sie, schließlich hatte sie keine Ehe zerstört, was sogar Brylee klar war. Bloß wenn es um Hutch ging, dann hatten Walker und seine Schwester gewisse Vorbehalte.

„Schade, dass Brylee nicht mitgekommen ist“, sagte Kendra. Ein Blick in ihre grünen Augen ließ erkennen, dass sie das ehrlich meinte. Parable und das nur dreißig Meilen entfernte Three Trees waren die Art von Gemeinden, bei denen einfach alle einbezogen wurden, wenn es etwas zu feiern oder zu betrauern gab.

Walker seufzte leise. „Finde ich auch“, entgegnete er genauso aufrichtig. Er würde für seine Schwester keine Ausreden erfinden. Brylee war eine erwachsene Frau, und sie hatte nun mal ihre Gründe, großen Feiern und erst recht Hochzeiten fernzubleiben.

Lächelnd berührte Kendra seinen Arm. „Aber es ist schön, wenigstens dich zu sehen“, erklärte sie.

Nach einer kurzen freundlichen Unterhaltung ging Kendra weiter, um die anderen Gäste zu begrüßen. Vor einiger Zeit hatte dieses Haus noch ihr gehört, doch seitdem war viel geschehen. Sie und Hutch lebten mit ihren zwei Töchtern auf der Whisper-Creek-Ranch und planten dort eine noch viel größere Familie.

Ein weiteres Mal musste Walker gegen puren Neid ankämpfen. Okay, er besaß vielleicht nicht alles, was er haben wollte –

Kinder, eine Ehefrau, ein Heim anstelle eines Hauses. Aber wer konnte schon von sich behaupten, alles zu haben? Größtenteils war er mit seinem Leben zufrieden, er liebte das Züchten und die Aufzucht von Rodeopferden, generell liebte er die Arbeit auf der Ranch. Und außerdem kam nie etwas Gutes dabei heraus, wenn man anfing, sich zu beklagen.

Casey Elder drückte die Zehen in das weiche Gras, froh darüber, endlich barfuß laufen zu können, nachdem sie fast den ganzen Tag über hohe Absätze und eine Strumpfhose hatte tragen müssen – zwei Dinge, die sie abgrundtief hasste. Ihr blaues Kleid fühlte sich auf der Haut leicht und locker an, was viel angenehmer war als dieses schwere Kleid, zu dem sie sich für ihre Gesangseinlage während der Hochzeitszeremonie in der Kirche hatte überreden lassen.

Sie stand ein wenig abseits, trank ein Glas Champagner und nickte lächelnd den Gästen zu, die an ihr vorbeischlenderten. Dazwischen widmete sie sich einmal mehr ihrer Lieblingstätigkeit, Walker Parrish aus sicherer Entfernung zu beobachten.

Ihrer Ansicht nach war er ein toller Kerl, groß, breitschultrig, markantes Gesicht, attraktiv wie ein Filmstar mit seinen grüngrauen Augen und seinem glänzenden, dunkelbraunen Haar, das immer ein klein wenig verwuschelt wirkte.

Wie es schien, war ihm seine Wirkung auf Frauen überhaupt nicht bewusst, was ihn nur noch faszinierender machte.

Caseys Gefühle für Walker waren eine komplizierte Angelegenheit, was eigentlich auch für alles andere in ihrem Leben galt. Ihr war klar, dass sie sich in den Mann verlieben konnte, und dabei musste sie sich nicht mal besonders anstrengen. Hatte sie nicht genau das über die Jahre hinweg schon ein paar Mal gemacht, nur um sich gleich wieder davon abzubringen? Sie war pragmatisch, *zu* pragmatisch, da sie ihr Herz nicht dem einen Mann öffnete, der über die Macht verfügte, dieses Herz in tausend Stücke zu zerschlagen.

Als hätte er bemerkt, dass sie ihn anstarrte, drehte er sich um, und ihre Blicke trafen sich.

Sie nickte und hob ihr Glas leicht an. Jetzt geht's los, dachte sie und wünschte, er würde weggehen, obwohl sie sich sicher war, dass er sich stattdessen den Weg durch die Menge zu ihr bahnen würde.

Ihr Atem stockte kurz, weil Walker tatsächlich auf sie zuschritt, und ihr wurde schwindelig, als hätte sie ein paar zu schnelle Runden auf dem gemieteten Kinderkarussell gedreht.

Sowie er schließlich vor ihr stand, musste Casey sich bemühen, sich von ihrer coolen Seite zu zeigen, auch wenn sie sich viel lieber in seinen so ernst dreinschauenden Augen verloren hätte, um sich eine kuschelige Ecke in seinem Herzen zu suchen. „Hallo, schöner Mann", sagte sie mit sanfter Stimme.

Er verzog keine Miene. „Das Lied, das du in der Kirche gesungen hast, war fantastisch, und du hast es wunderschön vorgetragen."

Casey zuckte flüchtig mit einer Schulter. „Ich habe viel geübt." Sie sah hinüber zu der Hochzeitsgesellschaft, die sich immer noch fotografieren ließ. Ein Hauch von Traurigkeit erfasste sie bei diesem Anblick, auch wenn sie für Boone und Tara überglücklich war, weil beide das hier mehr als verdient hatten.

Kaum drehte sie sich wieder zu Walker um, wurde sie sich bewusst, dass er sie die ganze Zeit nicht aus den Augen gelassen hatte. Sie konnte nur hoffen, dass ihm ihr Anflug von Selbstmitleid entgangen war.

„Die beiden sind glücklich", meinte er und deutete mit einer Kopfbewegung auf Braut und Bräutigam, die soeben für die Kameras Grimassen schnitten.

„Ja", stimmte sie Walker zu und konnte nur mit Mühe einen Seufzer unterdrücken. Sie wusste, die beiden hatten einen steinigen Weg zurücklegen müssen, bevor sie zueinandergefunden hatten, und es war ihr peinlich, sich selbst gegenüber zugeben zu müssen, wie sehr sie Tara um all das beneidete, was sie alles noch erwartete. Nicht nur die Hochzeitsnacht und die Flitterwochen, sondern auch um den Trost und den Schutz, den eine Ehe bot, dazu den Sex, die Freude, die Babys, die Zukunftspläne. So beharrlich selbstständig sie auch war, sehnte sich Casey dennoch manchmal danach, mitten in der Nacht umarmt und geliebt zu werden, Freude und Sorgen und ihre Kinder mit einem Mann zu teilen, der sie liebte. In diesen Momenten war sie es leid, die unerschrockene alleinerziehende Mutter zu spielen, die allen Herausforderungen trotzte. „Sehr glücklich sogar."

Zu ihrem Erstaunen legte er seine schwielige und doch sanfte Hand um ihr Kinn und hob ihren Kopf so an, dass er ihr tief in die Augen schauen konnte. Erschreckende und zugleich wundervolle Sekunden verstrichen, in denen sie fest davon überzeugt war, dass er sie jetzt küssen würde.

Aber das tat er dann nicht.

Sein Gesicht wies einen fast schon todernsten Ausdruck auf. Was auch immer er hatte sagen wollen, es kam – wahrscheinlich zum Glück – nicht über seine Lippen, da in dieser Sekunde die vierzehnjährige Clare auf sie zurannte. In ihrem pfirsichfarbenen Kleid, das sie sich extra für die Hochzeit ausgesucht hatte, sah sie wunderschön aus. Sie war noch immer verspielt, verrückt nach Pferden und unschlüssig, was Jungs anging, doch die temperamentvolle Frau, die sie einmal sein würde, war jetzt schon zu erkennen.

Im Hintergrund hörte Casey, wie ein paar der Musiker ihre Instrumente stimmten, aber der Anblick ihrer Tochter, die Walker regelrecht anhimmelte, ließ ihr das Herz stocken. Werd nicht erwachsen, flehte Casey stumm. *Noch nicht.*

„Du musst mit mir tanzen", meinte Clare zu Walker. Schüchtern war sie eindeutig nicht. Allerdings hatten Clare und Shane ihm und auch Brylee schon immer nahegestanden.

Boone und Tara hatten die Fotografen offenbar zufriedengestellt, da sie beide sich inzwischen auf der Tanzfläche befanden und dastanden wie ein Hochzeitspaar auf einer gigantischen, himmlischen Hochzeitstorte.

Walker lächelte Clare an, die ihn als einen liebevollen Onkel betrachtete. Es war diese Geste, die Casey einen Blick in jenen Teil seiner Seele erlaubte, in dem er der Vater des Kindes war, nicht nur ein loyaler und vertrauenswürdiger Freund der Familie.

„Lass uns noch ein paar Minuten warten", erwiderte er und drückte sanft Clares Hand.

„Braut und Bräutigam tanzen immer zuerst allein, Honey", brachte Casey irgendwie heraus, obwohl ihre Kehle wie zugeschnürt war. „Das ist so Tradition."

Clares smaragdfarbene Augen funkelten schelmisch. „Okay", lenkte sie gut gelaunt ein und schaute Walker noch immer auf eine Weise an, die ein wenig an Heldenverehrung erinnerte. Sie biss sich kurz auf die Lippe, dann platzte sie heraus: „Wenn ich mal heirate, führst du mich dann zum Altar, Walker? Bitte, ja? Außer dir soll das keiner machen, okay?"

„Bis du heiratest, dauert es ja noch eine Weile", warf Casey hastig ein.

„Es wird mir eine Ehre sein, dich zum Altar zu führen", versicherte er seiner Tochter. „Wenn die Zeit dafür gekommen ist." Dann verzog er den Mund zu einem schiefen Lächeln, wie er es immer tat, wenn er sein Gegenüber necken wollte. „Natürlich hängt das davon ab, ob ich den Kerl überhaupt leiden kann, den du als Ehemann erwählt hast."

Lachend klammerte sich Clare an seinem Arm fest. „Wenn ich ihn mag", argumentierte sie dann sehr selbstbewusst, „wirst du ihn auch mögen."

Walker begann zu lächeln und gab ihr einen Kuss auf den Kopf. „Damit wirst du vermutlich sogar recht haben, Prinzessin."

Boone und Tara tanzten eng umschlungen einen Walzer und schienen ihre Umgebung völlig vergessen zu haben.

Bei diesem Anblick brannten mit einem Mal Caseys Augen, und sie sah rasch zur Seite, damit weder Walker noch Clare etwas bemerkten. Doch die waren so wie alle anderen Gäste sowieso ganz auf das Brautpaar konzentriert.

So wie für diesen Moment geplant öffnete sich ein zwischen den Ästen eines Ahornbaums gespanntes Netz, und Hunderte von weißen Rosenblättern rieselten wie samtener, duftender Neuschnee auf Boone und Tara herab. Die Gäste waren beeindruckt, und die frischgebackenen Eheleute schauten überrascht lächelnd nach oben. Tara streckte die Arme aus, um ein paar Blütenblätter zu fassen zu bekommen.

Dann begann Casey, voller Rührung über die Szene zu klatschen, die anderen Gäste schlossen sich dem Beifall prompt an. In der Zwischenzeit setzte die improvisierte Band zu einer Ballade an, mit der die Tanzfläche für die übrigen Anwesenden freigegeben wurde. Gleichzeitig gab Boone ihnen mit Handzeichen zu verstehen, dass die Gäste sich zu ihnen gesellen sollten. Clare schleifte Walker förmlich hinter sich her, damit er auch ja mit ihr tanzte.

Als Casey sah, wie glücklich Clare über seine ungeteilte Aufmerksamkeit war, fingen ihre Knie an zu zittern, und sie schwankte zur Veranda, damit sie sich dort auf die Stufen hocken konnte.

Umgeben von allen Feiernden musste Casey an die Lügen denken, die sie von Anfang an verbreitet hatte. Zugegeben, da war sie noch jung und ängstlich gewesen. Sie hatte Walker zwar haben wollen, doch ihre gerade erst anlaufende Karriere war ihr wichtiger gewesen – jedenfalls damals. Sie hatte Walker erklärt, sie erwarte von einem anderen Mann ein Baby, von einem Typen, den er nicht kannte. Er hatte ihr das anfangs auch geglaubt und sich von ihr getrennt, so wie sie das geplant hatte. Schließlich war Walker ein stolzer und anständiger Mann. Aber sie hatte nicht mit der tiefen Trauer gerechnet, die sie nach dem Beenden der Beziehung überfallen hatte, eine Trauer, die genauso schmerzte wie ein Knochenbruch.

Casey tat darauf das, was sie immer tat: Sie machte stur weiter. Selbst als sie hochschwanger war, konnte man ihr das kaum ansehen, sodass es ihr mit der zusätzlichen Unterstützung durch weite, wallende Kleider und übergroße T-Shirts möglich war, die Schwangerschaft vor den Fans und den Medien geheim zu halten.

Ein Jahr später allerdings traf sie Walker wieder, bei beiden setzte der Verstand aus, und sie zeugten Shane.

Da sie wusste, dass Walker ihr die gleiche Geschichte nicht ein zweites Mal abkaufen würde, rief sie ihn während einer Tournee an, als feststand, dass sie tatsächlich schwanger war. Walker war jedoch nicht auf den Kopf gefallen, und er durchschaute bald, dass das kleine rothaarige Mädchen, das gerade erst krabbeln lernte, ebenfalls sein Kind war.

Von dem Moment an war der Teufel los.

Walker wollte sofort heiraten, allerdings war seine Wut auf sie nicht gerade förderlich gewesen. Der Streit um die Kinder zog sich ein paar Jahre lang hin, landete aber nie vor Gericht, und letztendlich schafften sie es, eine Art Waffenstillstand zu schließen.

Nur widerwillig ließ er sich auf die Geschichte ein, die als offizielle Version für die Öffentlichkeit dienen sollte, dass nämlich beide Kinder das Ergebnis einer künstlichen Befruchtung mit Samenzellen von einem anonymen Spender waren. Im Gegenzug erlaubte Casey ihm, Clare und Shane regelmäßig besuchen zu dürfen.

Lange Zeit hatte das so auch gut funktioniert, doch inzwischen erschien es Casey, als wäre ihr Gebäude aus Lügen so wacklig geworden, dass es jeden Moment über ihr einstürzen könnte. Das jagte ihr schreckliche Angst ein.

Kendra kam vorbei und nahm neben ihr auf der obersten Verandastufe Platz. Außer Walker war ihre Freundin Kendra die Einzige, die die Wahrheit über Clare und Shane kannte. Das Sonderbare an dem Ganzen war, dass ausgerechnet Walker es ihr – womöglich aus Frust über die Situation – erzählt hatte, nicht aber Casey selbst.

„Es ist noch nicht zu spät, das in die richtigen Bahnen zu lenken, weißt du“, erklärte Kendra und stieß ihre Freundin mit der Schulter an. Dabei schaute sie zu, wie Clare Walker zu einem weiteren Tanz überredete.

„Hat dir eigentlich schon mal jemand gesagt, dass du aufhören sollst, die Gedanken anderer Leute zu lesen, Kendra Carmody?"

Kendra lächelte sie an. „Hin und wieder." Dann wurde sie ernst und flüsterte: „Casey, solche Dinge kommen früher oder später doch immer ans Licht. Wenn man bedenkt, wie berühmt du bist, ist es eigentlich ein Wunder, dass noch niemand auf diese Story gestoßen ist."

Mit dem Handrücken wischte Casey sich über die Wangen, dann richtete sie sich auf. „Und was soll sein, wenn sie es nicht verstehen?", presste sie hervor. „Was soll sein, wenn Clare und Shane mir das nicht verzeihen können?"

Kendra seufzte leise und antwortete mit einer Gegenfrage: „Wäre es dir lieber, wenn sie es aus den Medien erfahren?"

2. KAPITEL

Obwohl es noch nicht völlig dunkel war, fiel ein goldgelber Lichtschein durch das Küchenfenster auf den Hof vor dem Ranchhaus. Dieser Anblick sorgte dafür, dass sich Walkers Laune ein wenig besserte, während er den Wagen vor seinem Haus ausrollen ließ. Nachdem er sich von Clare und Shane – und ja, auch von Casey – verabschiedet hatte, hatte ihn wie jedes Mal ein fast schmerzendes Gefühl überfallen. Verstärkt wurde das noch durch den Sonnenuntergang, weil das die Zeit war, zu der Familien in einem hell erleuchteten freundlichen Wohnzimmer zusammenkamen und sich erzählten, was sie den Tag über erlebt hatten.

Es war noch nicht lange her, da wurde er von seinen beiden alten Labradoren Willie und Nelson schwanzwedelnd empfangen, die ihn in der Hoffnung auf eine Streicheleinheit begrüßten. Aber im vergangenen Herbst waren beide Hunde im Abstand von nur wenigen Wochen verstorben, friedlich und im Schlaf, ganz so, wie gute Hunde es verdienten. Jetzt hatten sie ihre letzte Ruhestätte in zwei Gräbern in der Nähe der Apfelbäume gefunden, doch es verging kein Tag, an denen Walker nicht mit Wehmut an sie dachte.

Er schluckte schwer, als er aus seinem Auto ausstieg und auf das Haus zulief. Er hatte Willie und Nelson als Welpen bekommen und großgezogen, und er fühlte sich noch nicht bereit, sich einen Ersatz für sie anzuschaffen, auch wenn Brylee ihn immer wieder dazu drängte. Für den Augenblick begnügte er sich mit dem Hund seiner Schwester, auch wenn er Snidely nur selten zu Gesicht kriegte, da der seinem Frauchen auf Schritt und Tritt folgte.

Durch die Hintertür ging er ins Haus und betrat direkt die großzügige, altmodisch eingerichtete Küche, in der Brylee gerade herumwerkelte. Sie trug eine alte Jeans und ein T-Shirt mit einem eindeutig männerfeindlichen Aufdruck, alles war mit Mehl bedeckt.

Snidely lag zusammengerollt auf einem Läufer und beobachtete ganz genau das Geschehen.

„Hey", sagte Walker an sie beide gewandt, nahm das Jackett, das er sich über die Schulter geworfen hatte, und hängte es über die Stuhllehne.

Der Hund hob kurz den Kopf, stieß etwas aus, das sich wie ein Seufzer anhörte, und legte sich gleich wieder hin.

„Hey", erwiderte Brylee, die Walkers Blick ganz gezielt auswich. So wie es schien, hatte sie seit Stunden nichts anderes getan, als Brot zu backen, und offenbar würde das auch noch einige Stunden so weitergehen. Schließlich reihte sich auf der Arbeitsfläche eine Backform an die andere, in denen die aufgegangenen Teige nur darauf warteten, endlich in den Ofen geschoben zu werden. „Wie war die Hochzeit?"

Walker wollte ein Bier trinken und sich in Ruhe mit seiner Schwester unterhalten, aber erst einmal musste er diesen Anzug loswerden und gleich danach in der Scheune und in den Ställen nach dem Rechten sehen und sich davon überzeugen, dass auch alle Arbeiten erledigt worden waren. Bei sechs Ranchhelfern, die er beschäftigte, war dieser Kontrollgang eigentlich mehr Routine als eine Notwendigkeit. „Es war eine Hochzeit", antwortete er und hielt inne. Seine Bemerkung war nicht schnippisch gemeint, doch kirchliche Trauungen liefen alle weitestgehend gleich ab – eine Braut in weißem Kleid mit Schleier, ein nervöser Bräutigam, ein Geistlicher, Orgelmusik, volle Sitzbänke, ein Blumenmeer.

Ihm fiel auf, wie verkrampft Brylee dastand, während sie ihm beharrlich den Rücken zuwandte. Sobald irgendjemand heiratete, zog sie sich in sich selbst zurück und gab vor, es würde sie nicht interessieren.

„Dann hat alles wie am Schnürchen geklappt?", fragte sie so angestrengt beiläufig, dass es Walker einen Stich ins Herz versetzte. Brylee wünschte niemandem das, was sie selbst erlebt hatte, dennoch stellte sie immer die gleichen Fragen, da sie jedes Mal mit dem Schlimmsten rechnete.

„Ich würde sagen, es ist perfekt gelaufen“, erwiderte Walker ruhig. Er hatte sein Jackett wieder von der Stuhllehne genommen, stand aber wie angewurzelt da.

Brylee schaute über die Schulter zu ihm, lächelte schwach und sagte: „Das ist doch gut.“ Sie zwinkerte einmal und widmete sich dann wieder dem Teig, den sie kneten musste.

„Was hat es mit all dem Brot auf sich?“, wollte er wissen.

„Opal Dennison und ein paar andere Frauen aus ihrer Kirche wollen morgen nach dem zweiten Gottesdienst einen Basar veranstalten“, entgegnete sie mit gespielter guter Laune, auch wenn ihre Körpersprache etwas anderes verriet. „Es soll noch mehr Geld für die McCulloughs zusammenkommen.“

Der junge Dawson McCullough hatte sich beim Sturz vom mittlerweile abgerissenen alten Wasserturm in der Stadt schwer verletzt. Seit er groß genug gewesen war, um Heuballen zu schleppen und Ställe auszumisten, hatte er nach der Schule und in den Ferien oft auf der Ranch geholfen, sodass er praktisch schon zur Familie gehörte.

„Und du hast dich als Einzige freiwillig gemeldet, um Brot zu backen?“, fragte er amüsiert.

Brylee unterbrach ihre Arbeit und versteifte sich noch etwas mehr. Zwar hielt sie den Kopf hoch, allerdings schien es sie viel Kraft zu kosten. „Hör auf, Walker“, flüsterte sie. „Mir ist klar, was du da versuchst, und ich weiß das auch zu schätzen, aber … lass es bitte bleiben.“

Seufzend fuhr Walker sich durchs Haar. Er öffnete den Mund, um etwas zu sagen, überlegte es sich jedoch anders und ging aus der Küche in den Flur, vorbei an Ess- und Wohnzimmer, dann in sein großes Schlafzimmer, wo er den Anzug und die feinen Schuhe gegen eine alte Jeans, ein bequemes Flanellhemd und ausgetretene Stiefel eintauschte.

Es tat unglaublich gut, wieder ganz er selbst zu sein.

Als er in die Küche zurückkam, schob Brylee soeben den womöglich letzten Brotteig zu den anderen in den Ofen. Sie bemerkte Walker gar nicht, der nach seinem Hut griff, aber

Snidely sprang auf und trottete hinter ihm her nach draußen auf die Veranda.

„Frauen", wandte sich Walker aufgebracht an den Hund. „Brylee könnte jeden Mann kriegen, den sie haben will, doch was macht sie? Jammert dem einen hinterher, von dem sie sitzen gelassen wurde."

Snidely ließ die Zunge seitlich aus dem Maul hängen, während er gemütlich neben Walker herlief, der sich über diese ruhige Gesellschaft freute. „Das Schlimmste ist", redete er weiter, froh darüber, dass kein Zweibeiner anwesend war, der seine Unterhaltung mit einem Schäferhund hätte belauschen können, „dass sie einfach nur stur ist. Tief in ihrem Inneren ... ach, gar nicht mal *so* tief in ihrem Inneren weiß sie ganz genau, dass Hutch gar nicht der Richtige für sie gewesen wäre. Inzwischen wären die Flitterwochen vorüber, und sie hätten sich längst gegenseitig den Schädel eingeschlagen."

Der Hund äußerte sich wie erwartet nicht dazu, allerdings genügte allein seine Anwesenheit, damit Walker sich wieder etwas beruhigte. An einem Zaunpfahl hob Snidely das Bein, gleich darauf sputete er sich, um wieder in Walkers Nähe zu sein, da der das Scheunentor erreicht hatte.

Walker schaltete das Licht an und betrat die Scheune, dann schaute er in jeder Box nach dem jeweiligen Pferd, überprüfte, ob das elektrische System funktionierte, das die Tiere mit Wasser versorgte, und ob sie alle genug Heu hatten.

Sein großer Wallach Mack hatte die größte Box gleich gegenüber vom Materialraum, er wieherte leise, sowie er Walker entdeckte. Alle Pferde waren so gut versorgt, wie er es erwartet hatte, dennoch musste er sich einfach persönlich davon überzeugen, wenn er ruhig schlafen wollte. Das Gleiche galt für die Bullen und die Rodeopferde, von denen sich einige auf der Weide, andere in einem Stall hinter der Scheune befanden.

Leise seufzend rieb er sich den Nacken, der vom steifen Hemdkragen gerötet war, dann rückte er seinen Hut gerade, mehr aus Reflex als aus Notwendigkeit. Da seine Gedanken ständig um Casey Elder und die Kinder, die sie beide gemeinsam hätten großziehen sollen, kreisten, wusste er jetzt schon, dass er sich die ganze Nacht im Bett hin und her wälzen und am Morgen entsprechend schlecht gelaunt aufwachen würde.

Snidely stand so neben ihm, dass er ihm mit dem Schwanz wiederholt in die Kniekehlen schlug, so als wollte der Hund ihn ins Hier und Jetzt zurückholen. Walker lachte leise und beugte sich vor, damit er das Tier streicheln konnte. Dann liefen sie weiter zu den Bullen, die sich in ihren mit Stahlgittern verstärkten Boxen befanden und schnaubend mit den Hufen scharrten. Auf der anderen Seite des Big Sky River konnte er die hell erleuchteten Hütten und Trailer sehen, deren Lichter sich im Wasser spiegelten. Stimmen wurden von einer leichten Brise zu ihm herübergetragen, ebenso die Geräusche der spielenden Kinder, die noch den letzten Rest Tageslicht ausnutzten, bevor sie von ihren Müttern ins Haus gerufen wurden, damit sie badeten und ins Bett gingen. Die Männer saßen in den Vorgärten, rauchten noch eine letzte Zigarette und rissen Witze.

Alles war ganz normal, und doch bohrte sich diese Alltäglichkeit wie eine Messerspitze in Walkers Herz. Er legte den Kopf in den Nacken und sah, wie am Himmel die ersten Sterne strahlten. Dabei fragte er sich, wie es sein konnte, dass er mitten auf einer geschäftigen Ranch lebte, von zahlreichen Leuten umgeben war und er sich dennoch fühlte, als wäre er der einzige Bewohner eines weit entfernten Planeten.

Snidely stand ein wenig unschlüssig neben ihm, aber ihm war anzumerken, dass er eigentlich zurück ins Haus und damit zurück zu Brylee wollte. Der Hund hatte völlig recht. Es brachte nichts, hier draußen am Ufer zu verweilen und den Stimmen und dem Lachen von glücklichen Familien zu lauschen.

„Komm“, sagte er zu Snidely und drehte sich um.

Als sie zurück im Haus waren, hatte Brylee bereits die Küche aufgeräumt. Auf dem Tresen stapelten sich gut zwei Dutzend Brotlaibe, die morgen verkauft werden sollten. Brylee selbst saß am Tisch, trank einen Tee und wartete darauf, dass der Timer klingelte, damit sie auch noch die letzte Ladung aus dem Ofen holen konnte.

Während er draußen unterwegs gewesen war, hatte seine Schwester sich wieder gefangen. Er war froh darüber, weil er immer unsicher war, wie er sich ihr gegenüber verhalten sollte, wenn sie ihre „Sitzen-gelassene-Braut-Laune“ hatte.

„Ich habe ein paar Brote für dich abgezweigt“, sagte sie aufrichtig lächelnd, während Snidely zu ihr tapste und den Kopf auf ihren Oberschenkel bettete, womit er sie zum Streicheln aufforderte. „Eines in der Brotdose, zwei in der Gefriertruhe.“

„Danke“, erwiderte er, hängte den Hut an den Haken neben der Tür und ging zum Spülbecken, um sich die Hände zu waschen, was er prinzipiell tat, wenn er zurück ins Haus kam. Sein Vater hatte das schon so gemacht und vor ihm auch sein Granddad. Diese Art von Tradition hatte etwas Beruhigendes an sich.

„Ich nehme an, du hast heute Casey und die Kinder gesehen“, sagte sie.

„Ja, hab ich.“

„Und?“

„Was und?“ Walker griff ruckartig nach einem Geschirrtuch und trocknete sich die Hände ab.

Leise lachte Brylee. „Hoppla“, rief sie. „Da ist aber jemand gereizt.“

„Du musst gerade das Wort ‚gereizt‘ in den Mund nehmen, wie?“, entgegnete er mürrisch.

Hastig hob sie abwehrend die Hände. „Okay, du hast recht“, räumte sie ein. „Es ist bloß so, dass ich allergisch auf weiße Spitze und Versprechen reagiere.“ Ihre nussbraunen Augen blitzten auf, während sie das Haargummi von ihrem Zopf löste. Sie schüttelte den Kopf, bis ihre Locken wieder ihr Gesicht umrahmten. Vor der fehlgeschlagenen Hochzeit hatte sie ihre Haare bis zur Taille getragen, dann allerdings bis zur Schulter abschneiden lassen, was wohl immer noch besser war, als wenn sie sich zu einer Tätowierung oder einem Piercing entschlossen hätte.

„Darüber solltest du vielleicht mal hinwegkommen“, meinte Walker und holte sich eine gekühlte Dose Bier aus dem Kühlschrank.

„Willst du mir eine Predigt halten?“ Auch wenn die Frage belustigt klingen sollte, hatte sie dennoch einen spitzen Unterton. Dabei blickte Brylee ihn mit zusammengekniffenen Augen an. Ihre Wangen waren von der Arbeit am heißen Backofen gerötet. „Du, Walker Parrish, müsstest nämlich schon der letzte Mensch auf Erden sein, um dir das Recht herauszunehmen, irgendwem eine Predigt in Sachen Liebesleben zu halten.“

Mit dem Fuß zog er einen Stuhl nach hinten, setzte sich hin und stellte die Dose auf die rot-weiß karierte Tischdecke. „Wer behauptet, dass ich eine Predigt halten will?“, gab er frostig zurück.

Brylee grinste ihn so breit an, dass ihre strahlend weißen Zähne zu sehen waren. Heute konnte diese Frau Werbung für perfekte Zähne machen, aber als Kind waren ihre Zähne wild in alle Richtungen gewachsen. „Na ja, wenn ich mich nicht irre, findet dieses Gespräch immer dann statt, wenn irgendwo im Großraum von Parable County jemand heiratet.“

„Welches Gespräch?“ Walker trank einen ausgiebigen Schluck Bier. „Du hast mir erklärt, dass du allergisch auf weiße Spitze und Versprechen reagierst. Daraufhin habe ich gesagt, dass du vielleicht mal darüber hinwegkommen solltest. Da, wo ich herkomme, nennt man so was nicht Gespräch.“

Brylee rollte mit den Augen. Für jemanden, der den ganzen Tag über deprimiert gewesen sein dürfte, war sie auf einmal sehr aufgedreht. „Da, wo du herkommst, komme ich auch her“, erwiderte sie. „Nämlich genau von dieser Ranch.“

„Führt diese Diskussion irgendwohin?“, fragte Walker, der plötzlich ein Hungergefühl verspürte. Immerhin hatte er seit dem Mittagessen außer einem Stück Kuchen, ein paar Minzbonbons und einer Handvoll Mini-Sandwiches, die von einem Zahnstocher zusammengehalten wurden, nichts mehr gegessen.

Brylee beugte sich vor und legte kurz ihre Hand auf seinen Unterarm. „Ich weiß, du machst dir meinetwegen Sorgen, Walker, doch das mit mir, das wird schon wieder. Ehrlich."

„Und wann?"

„So was braucht seine Zeit", wich sie ihm aus und wünschte, ihr großer Bruder hätte dieses Thema gar nicht erst angeschnitten, sondern sich mit ihr über die Fleischpreise oder das Wetter oder am besten über gar nichts unterhalten.

„Und wie viel Zeit?", hakte er nach. Sie steckten jetzt mitten in diesem Thema, und daran ließ sich nun nichts mehr ändern, auch wenn er sich wünschte, er hätte die Sache auf sich beruhen lassen. „Es ist jetzt schon ein paar Jahre her, seit das mit Hutch vorgefallen ist. Soweit ich das beurteilen kann, hast du dich seitdem für keinen Mann mehr interessiert."

Sie stützte einen Ellbogen auf dem Tisch auf, legte das Kinn auf die Handfläche und schaute ihn seltsam amüsiert an. „Ich leite ein Unternehmen, Walker. Ein erfolgreiches Unternehmen, falls du das noch nicht gemerkt hast, und das hält mich ziemlich auf Trab."

„Zu sehr auf Trab, wenn du mich fragst", murrte er.

„Ich frage dich aber nicht", konterte sie mit sanfter Stimme und zog für einen Moment die Brauen zusammen. „Hast du Angst, dass ich als alte Jungfer ende und du mich nie wieder loswirst?"

Vor Walkers geistigem Auge entstand ein Bild, das Brylee im hochgeschlossenen Kleid in einem Schaukelstuhl auf der Veranda zeigte, die grauen Haare zum Dutt zusammengesteckt, während sie Socken strickte. Unwillkürlich musste er grinsen. „Nein, das nun wirklich nicht", erwiderte er. „Dann würde ich dich einfach im nächstbesten Pflegeheim abliefern, damit ich meine Ruhe vor dir habe."

Brylee lachte nicht darüber, sie konnte nicht mal lächeln. Traurig starrte sie an ihm vorbei. „Was sollen wir tun, falls wir doch allein bleiben und auf einmal alt sind?", flüsterte sie. „So was kommt vor."

„Ich bin der Meinung, ich warte noch zehn oder zwanzig Jahre ab, ehe ich mir darüber Gedanken mache“, entgegnete Walker. Es musste etwas geben, was er sagen konnte, um Brylee Mut zu machen und sie zurück ins Leben zu holen, doch er hatte beim besten Willen keine Ahnung, was das sein sollte.

Abrupt veränderte sich Brylees Laune. Der Timer klingelte, sie schob den Stuhl nach hinten und stand auf, wodurch Snidely gezwungen war, seinen Kopf wegzuziehen. Fast schon hektisch schnappte sie die Topflappen und holte die Backformen aus dem Ofen, um sie zum Abkühlen auf die Arbeitsfläche zu stellen. „Du hast recht“, meinte sie. „Lass uns zwanzig Jahre warten, dann können wir immer noch überlegen.“

Erneut knurrte sein Magen. Walker erhob sich und ging zur Brotdose, die auf dem Tresen stand. Es handelte sich um ein völlig altmodisches Modell, das blassgrün emailliert war. Er nahm das Brot heraus und griff sich ein Messer aus einer Schublade. „Abgemacht“, stimmte er ihr zu und durchsuchte die Schränke so lange, bis er ein Glas Erdnussbutter und Honig entdeckte. Die Plastikflasche war klebrig, der Deckel fehlte, und als Walker etwas zu fest zudrückte, verteilte sich der Honig auf der Arbeitsfläche.

„Also wirklich“, schimpfte Brylee, schubste ihn zur Seite und schmierte für ihn das Sandwich. Nachdem sie es ihm vorgesetzt hatte, wischte sie erst mal den Tresen ab.

Walker grinste. „Du bist die geborene Butterbrotschmiererin für einen Haushalt mit einem halben Dutzend Kinder“, stellte er fest.

„Wow“, erwiderte sie ironisch. „Was für ein Kompliment.“

„Ich meinte doch nur …“

„Ich weiß *genau*, was du gemeint hast, Walker“, fiel sie ihm ins Wort.

Er biss von dem Brot ab, kaute hastig und schluckte runter. „Ja, ja, tut mir *schrecklich* leid“, konterte er.

„Halt die Klappe und geh ins Bett“, forderte sie ihn auf.

„Wird gemacht“, entgegnete Walker, während er sich unwillkürlich in ihre Teenagerzeit zurückversetzt fühlte, in der sie es keine fünf Minuten lang zusammen in einem Zimmer ausgehalten hatten, ohne sich gegenseitig zu piesacken.

Brylee gab einen verärgerten Laut von sich und tippte mit einem Finger auf die Brotlaibe. Es würde noch eine Weile dauern, ehe auch die letzte Runde so weit abgekühlt war, dass sie sie verpacken konnte.

Walker deutete mit dem Sandwich in der Hand eine Verbeugung an und ging kopfschüttelnd in Richtung Schlafzimmer. Wann würde er nur endlich lernen, den Mund zu halten? In fünfundneunzig Prozent aller Fälle war es vertane Zeit, mit einer Frau vernünftig reden zu wollen, was vor allem dann galt, wenn es sich bei dieser Frau um seine kleine Schwester handelte.

Es war fast Mitternacht, als auch die letzten Gäste sich verabschiedeten und das Karussell endlich zum Stillstand kam.

Beim Blick in den Garten, in dem sich nur noch die Catererangestellten und die Leute aufhielten, die das Zeltdach abnahmen und die Tanzfläche abbauten, fühlte sich Casey an ihre Kindheit erinnert. So war es auch gewesen, wenn der Zirkus einmal im Jahr in der Stadt eine Vorstellung gab und nach dem Gastspiel einen kahlen und irgendwie verlorenen Flecken Land zurückließ.

„Mom?“ Clare stand barfuß neben ihr und trug immer noch ihr Partykleid. Genau wie ihr Bruder überragte auch sie Casey, wodurch sie schon sehr erwachsen wirkte. „Alles okay?“

Casey drehte sich zu ihrer Tochter um und lächelte sie liebevoll an. „Mit geht’s gut, Schatz. Ich bin nur ein bisschen müde.“ Einen Moment lang genoss sie einfach nur die Nachtluft, den sternenübersäten Himmel und die bittersüßen Überbleibsel eines schönen Tags. „Da fällt mir ein … solltest du nicht längst im Bett sein?“

Clare, die nicht nur den Namen ihrer verstorbenen Großmutter trug, sondern ihr auch von Jahr zu Jahr mehr ähnelte, verzog den Mund. „*Mom*“, sagte sie gedehnt. „Ich bin fast *fünfzehn*, außerdem ist heute Samstag, und ich kann morgen ausschlafen.“

„Wir gehen morgen früh in die Kirche", ermahnte Casey ihre Tochter. „Nach dem Gottesdienst um elf beginnt der Basar, und ich habe Opal versprochen, ihr dabei zu helfen. Und abgesehen davon wirst du erst in acht Monaten fünfzehn."

Übertrieben seufzend wandte Clare sich um und überquerte die Veranda in Richtung Küche, während Casey ihr zögerlich ins Haus folgte.

„Aber", begann Clare auf einmal, da Teenager allem Anschein nach keine zehn Minuten lang auf Widerworte verzichten konnten, „du hast doch Opal nicht versprochen, dass *ich* ihr auch helfe, oder?"

Shane stand am Tresen und schaufelte sich mit den Fingern die Reste der Hochzeitstorte in den Mund. Sowie er Casey sah, setzte er eine schuldbewusste Miene auf, zuckte dann mit den Schultern und widmete sich dem nächsten Stück Kuchen.

„Du bist eklig", fuhr Clare ihren Bruder an, woraufhin er ihr die mit Krümel bedeckte Zunge rausstreckte und einmal laut rülpste. „Igitt!", rief sie und drehte sich zu Casey um. „*Mom*, willst du einfach nur dastehen und nichts machen, während er sich wie ein Affe aufführt?"

Casey tat so, als würde sie über die Frage nachdenken, dann antwortete sie grinsend: „Ja, ich glaube schon."

Daraufhin begann der Junge, prustend zu lachen, sodass sich die Kuchenkrümel in der Küche verteilten. Sofort drängten sich die drei Hunde um ihn und sammelten auf, was an Essensresten auf dem Boden landete.

Clare stieß einen theatralischen Schrei aus, danach stürmte sie in Richtung Treppe, um sich in ihrem Zimmer vor Shane in Sicherheit zu bringen.

„Okay, das reicht jetzt", sagte Casey ernst. „Waren die Hunde draußen?"

Mit vollem Mund nickte Shane, seine Finger waren mit Zuckerguss verklebt. Nachdem er geschluckt hatte, entgegnete er: „Bestimmt fünf Mal. Rockford hat ein Stück Kreppgirlande und einen Teil von einem Luftballon gefressen."

Rockford, der Kleinste aus dem schokoladenbraunen Labrador-Trio, winselte betrübt, so als wollte er sich dagegen wehren, dass er angeschwärzt worden war.

Casey trat zu ihm, nahm seinen Kopf zwischen die Hände und betrachtete ihn eindringlich. „Es scheint ihm aber gut zu gehen."

„Mit ihm ist alles in Ordnung", bestätigte Shane lässig. „Er hat alles ausgekotzt. Darum weiß ich ja, was er gegessen hat."

„Iiih", machte Casey, fasste ihren Sohn an den Schultern und drehte ihn in Richtung Treppe. „Wasch dir auf jeden Fall noch gründlich die Hände, bevor du schlafen gehst", rief sie ihm hinterher, als er ebenfalls nach oben rannte.

Die Hunde folgten ihm nur einen Augenblick später, so wie sie das jeden Abend taten.

Doris, die Köchin und Haushälterin, kam aus ihrer Einliegerwohnung gleich neben der Küche. Sie hatte eine Gesichtsmaske aufgelegt und Lockenwickler im Haar und trug einen rosa Bademantel. „Ist die Party zu Ende?", fragte sie freundlich. Natürlich war das nur eine rhetorische Frage, denn Doris musste mitgekriegt haben, wie sich alle nach und nach verabschiedeten und wie auf der Straße Wagentüren zugeschlagen und Motoren angelassen wurden. Sie war bis kurz vor zehn auf der Party geblieben, dann hatte sie sich zurückgezogen, um sich die Haare zu waschen und die Lockenwickler einzudrehen, damit sie am nächsten Morgen in der Kirche gut aussah.

„Ja", erwiderte Casey lächelnd, schloss die Hintertür ab und schaltete die Alarmanlage ein, anschließend kochte sie sich eine Tasse Kräutertee. Der half ihr üblicherweise beim Einschlafen.

Doris wünschte ihr eine gute Nacht und kehrte in ihre Wohnung zurück.

Casey verweilte noch ein wenig in der Küche, nippte an ihrem Tee und horchte auf die üblichen Geräusche aus dem ersten Stock – das Geräusch der Hundepfoten auf dem Holzboden, Shanes Gelächter, das wohl an einen Schurken aus einem alten Film erinnern sollte, Clares an ihn gerichtete Beschimpfung, der das Zuschlagen ihrer Zimmertür folgte.

Seufzend durchquerte sie die unglaublich riesige Küche, am Fuß der Treppe angekommen, schaltete sie das Licht im Erdgeschoss aus.

Shane ärgerte Clare noch immer vom Flur aus, als Casey die obere Etage erreicht hatte. In dem Moment beging Clare den Fehler, die Tür wieder aufzumachen und ihm eine Beleidigung an den Kopf zu werfen, die ihn nur weiter anspornte.

Damit Ruhe einkehrte, steckte Casey zwei Finger in den Mund und stieß einen schrillen Pfiff aus, ganz so, wie sie es von Juan, dem Gärtner und Mädchen für alles ihrer Großeltern, gelernt hatte. Dieser Pfiff lenkte alle Aufmerksamkeit auf sich – das Pfeifen hatte noch nie seine Wirkung verfehlt, weder bei den Kindern, ihrer Tourcrew noch bei all ihren Hunden.

„Der Streit ist vorbei, es steht unentschieden", verkündete sie mit Nachdruck, während Clare, Shane und alle drei Hunde sie entgeistert anstarrten.

„Schwachkopf", raunte Clare Shane zu.

„Pizzagesicht", konterte der sofort.

Als Casey eine Hand in die Hüfte stützte und wieder zwei Finger zum Mund führte, genügte diese bloße Androhung eines weiteren Pfiffs, um sofort Ruhe einkehren zu lassen. Die Kinder zogen sich wortlos in ihre Zimmer zurück, die Hunde folgten Shane, als wollten sie erst gar keine Aufmerksamkeit auf sich lenken.

„Meine reizenden Kinder", murmelte Casey und betrat ihr eigenes Schlafzimmer.

Der Begriff „Zimmer" wurde diesem Raum eigentlich nicht gerecht, da er fast die Ausmaße einer Suite in einem Luxushotel hatte, die sich über eine ganze Etage erstreckte.

Beim Betreten des Zimmers kam es ihr so vor, als ob dort irgendetwas verändert oder Möbel verschoben worden wären, dabei sah alles aus wie immer – die von der Decke bis zum Boden reichenden Fenster, die einen freien Blick auf den Garten erlaubten, das verspielte antike Bett, das aus einer dem Verfall preisgegebenen italienischen Villa gerettet worden war und auf dessen vergoldetem Kopfende Nymphen und römische Gottheiten abgebildet waren, die ausladende Kommode und die Couch. Ebenso standen die Sessel, die vor dem mit Marmor verkleideten Kamin angeordnet waren, an Ort und Stelle.

Das alles war einfach viel zu groß für eine einzelne Frau, doch wenigstens hatte dieses Haus keine Räder so wie ihr Tourbus, und im Erdgeschoss gab es auch keine Rezeption wie in einem der unzähligen Hotels, in denen sie unzählige Nächte verbracht hatte. Das hier war ihr Heim, nach dem sie sich ihr Leben lang gesehnt hatte.

Oh ja, sie hatte dieses Haus unbedingt haben wollen, weil sie und die Kinder einen festen Bezugspunkt in ihrem Leben brauchten, damit sie endlich irgendwo sesshaft werden konnten. Da sollte sie in Kauf nehmen können, dass sie und ihre Kinder sich hier manchmal ein wenig verloren fühlten. Sie hatte das Herrenhaus nicht wegen der immensen Größe gekauft, auch nicht, weil sie die vornehme Dame von Welt spielen wollte oder um ein glamouröses Leben zu führen, an das sie nach Meinung der Öffentlichkeit so sehr gewöhnt war. Sie hatte sich für das Anwesen entschieden, da hier neben der Band und den Backgroundsängerinnen auch die Roadies und unzählige andere Leute, die ebenfalls für sie arbeiteten, Platz hatten. Unten im Haus befand sich ein Filmstudio, um Musikvideos zu drehen, und es gab ein Tonstudio – und von beidem machte sie Gebrauch.

Da sollte ihr doch bitte mal jemand zeigen, wie man das alles in einem normalen Ranchhaus unterbringen wollte. Kopfschüttelnd betrachtete sie sich in dem großen beleuchteten Spiegel über dem Schminktisch und drehte sich um, wobei ihr Blick über die fast schon dekadent luxuriöse Einrichtung ihres Badezimmers wanderte. Die Duschkabine war so geräumig, dass eine komplette Footballmannschaft reingepasst hätte, und Casey hatte schon Whirlpools gesehen, die deutlich kleiner waren als ihre mit Mosaiken verzierte Badewanne.

Sie schloss die Tür hinter sich – eine Angewohnheit, die sich durch das jahrelange Leben im Tourbus entwickelt hatte – und wusch sich das Gesicht an einem der insgesamt drei glänzenden Messingwaschbecken, putzte sich die Zähne und zog ihr Kleid aus, das sie dann zusammen mit der Unterwäsche pflichtbewusst in den Wäschekorb warf. Sie schlüpfte in Flanellboxershorts und in ein T-Shirt, das von ihrer letzten Europatournee stammte, schließlich musterte sie sich wieder im Spiegel.

Das Shirt hätte eigentlich nostalgische Gefühle bei ihr wecken müssen, immerhin hatte sie mit dieser Tour neue Rekorde aufgestellt. Alle Konzerte waren Monate im Voraus ausverkauft gewesen, und schließlich war sie mit ihrer Band in einem Privatjet mit ihrem Namen auf dem Rumpf über den Atlantik geflogen, um in der ersten von insgesamt zwölf Städten aufzutreten. Sie liebte es, vor großem Publikum zu singen, ja, sie blühte dabei förmlich auf, und diese Auftritte zehrten nicht an ihren Kräften, sondern erfüllten sie mit neuer Energie, die sie regelrecht berauschte. Anders als manche Musikerkollegen fühlte sie sich nie ausgebrannt, sie erlitt keine Nervenzusammenbrüche, sie musste keine Hotelzimmer verwüsten, und genauso wenig musste sie einen Entzug machen, da sie sich weder für Alkohol noch für Kokain interessierte.

Doch wenn ihr das alles so viel gab, wieso vermisste sie jetzt nicht die Bühne und den Applaus? Vermutlich lag es daran, dass es in ihrem Leben immer ums Singen und ums Komponieren neuer Songs auf ihrer Lieblingsgitarre gegangen war – einer mittlerweile arg ramponierten Gitarre, die ihr Großvater ihr zu Weihnachten geschenkt hatte, als sie so alt wie Shane gewesen war. Was sie sich vorgenommen hatte, das hatte sie auch geschafft. Mit fast rücksichtsloser Entschlossenheit war sie vorgegangen, um ihre Ziele zu erreichen, aber irgendwann war ihr aufgefallen, dass ihre Kinder schneller groß wurden, als sie es je für möglich gehalten hätte. Wenn sie so weitermachte, würde sie nur einmal kurz nicht hinsehen müssen, und dann besuchten die beiden bereits das College, begannen eigene Karrieren, heirateten und kriegten Kinder.

Casey hatte die Tournee bis zum Ende durchgezogen und anschließend Walker angerufen, um ihn zu fragen, ob bei ihm in der Nähe irgendwelche Häuser zum Verkauf angeboten wurden. Plötzlich wollte sie, dass ihre Kinder auf eine normale Schule gingen, jeden Morgen vor der Flagge salutierten und Freunde in ihrem Alter fanden. Außerdem sollten Clare und Shane mehr Kontakt mit Walker haben, auch wenn sie selbst nicht so recht verstand, warum sie das wollte, wenn sie doch die ganze Zeit über versucht hatte, die Wahrheit bloß nicht ans Licht kommen zu lassen.

Genauso wenig vermochte sie zu beurteilen, ob Walker ihr Sinneswandel überrascht hatte, denn er hatte sich nichts anmerken lassen. Er stellte den Kontakt zu einer Maklerin her, nämlich Kendra, mit der sie inzwischen eine enge Freundschaft verband, und ehe sie sichs versah, war sie auch schon mitten in Parable, Montana, gelandet, schaute sich das Haus einmal gründlich an und unterschrieb dann den Kaufvertrag, damit es ihr niemand mehr wegschnappen konnte.

Seitdem hatten Casey immer wieder Zweifel geplagt, auch wenn sie es bis heute nicht bereute, sich in einer Kleinstadt niedergelassen zu haben, in der Kinder an Halloween noch bedenkenlos von Haus zu Haus ziehen konnten, in der jeder jeden kannte, in der die Leute am Sonntag in die Kirche gingen und danach im Butter Biscuit Café frühstückten, das auch als Wahllokal diente.

Es war die Nähe zu Walker Parrish, die sie daran zweifeln ließ, ob es tatsächlich eine kluge Entscheidung gewesen war. Immerhin brachte sie dadurch ein jahrelang bestens gehütetes Geheimnis in Gefahr.

Nachdenklich verließ sie das Badezimmer, legte sich in ihr viel zu großes und viel zu leeres Bett, dann knipste sie die Nachttischlampe aus.

War es möglich, dass sie tief in ihrem Unterbewusstsein wollte, dass das Geheimnis gelüftet wurde?

3. KAPITEL

Nach einer unruhigen Nacht war Walker am Morgen so gereizt, wie er es befürchtet hatte. Er sprach nur kurz mit seinem Vorarbeiter Al Pickens über die anstehenden Arbeiten und stieg in seinen Pick-up. Dessen Rückbank war vollgepackt mit Kartons, in denen sich Brylees selbst gebackene Brote für den Basar in der Kirche befanden. Jeder Laib war in glänzende Folie gewickelt und mit einer Schleife verziert.

Nicht zum ersten Mal schoss ihm der Gedanke durch den Kopf, dass er eigentlich gar kein richtiger Rancher mehr war, sondern sich zu einem Aushängeschild seiner eigenen Ranch entwickelt hatte. Sicher, er war der Boss, er traf alle wichtigen Entscheidungen, er brachte Bullen und Pferde persönlich zu Rodeos im gesamten Westen der USA und auch in Teilen von Kanada. Er führte Viehtriebe an, er ritt hier auf der Ranch selbst die Zäune ab, er stellte die Gehaltsschecks aus und bezahlte die Rechnungen. Doch es war nun mal eine Tatsache, dass er über eine äußerst fähige Crew verfügte, die an jedem Tag in der Woche genau wusste, was zu tun war, ohne ihn erst fragen zu müssen.

Er fuhr nach Parable, gut dreißig Meilen entfernt, hatte die Seitenfenster geöffnet und ließ eine mittlerweile recht mitgenommene CD von Johnny Cash laufen, zu der er im Rhythmus der Musik mit den Fingern auf das Lenkrad klopfte. An manchen Tagen konnten einen nur Klassiker wie „Folsom Prison Blues" und „A Boy Named Sue" von seinen Problemen ablenken.

Als er an der kleinen Kirche eintraf, in der er erst einen Tag zuvor der Hochzeit von Boone und Tara beigewohnt hatte, war der Gottesdienst noch in vollem Gang. Zwar ergatterte er auf dem Kiesplatz neben der Kirche noch einen freien Parkplatz, allerdings erst nach intensiver Suche, denn Reverend Beaumonts Predigten waren sehr beliebt und lockten zahlreiche Besucher an.

Da es ein warmer Tag war und die Kirche nicht über eine Klimaanlage verfügte, hatte man die Türen geöffnet. Fröhlicher

Gesang drang nach draußen, der auf Walker seltsam tröstend wirkte, weil ihm die Zeilen dieses alten Kirchenlieds sehr vertraut waren.

Sein Blick fiel auf die Verkaufsstände, die man hinter dem Gebäude aufgestellt hatte. Kirchgänger, die vermutlich an der Frühmesse teilgenommen hatten, waren dort damit beschäftigt, alles für den Basar vorzubereiten. Unwillkürlich musste Walker an die Sonntage seiner eigenen Jugend denken. Seine Mutter hatte alles, was mit Religion zusammenhing, als pure Heuchelei abgetan, was in ihrem Fall auch zweifellos zugetroffen hatte. Sein Dad dagegen hatte ihn und Brylee jede Woche zum Gottesdienst nach Three Trees gefahren, allerdings nur, bis sie das „Alter der Vernunft" erreicht hatten, das nach Barclay Parrishs Ansicht mit dem zwölften Lebensjahr einsetzte.

Das Leben sei von schwierigen Phasen geprägt, wie sein alter Herr immer wieder betont hatte, und auf lange Sicht war man seiner Meinung nach besser dran, wenn man an Gott glaubte. Zumindest würden Walker und Brylee ein besseres Leben führen, wenn sie allein schon versuchten zu glauben.

Brylee hatte weiter die Messe besucht, während Walker von dem Moment an damit aufhörte, als sein Vater ihm die freie Wahl ließ. Weder glaubte Walker an eine höhere Macht noch stritt er ihre Existenz ab, denn offenbar gab es niemanden, der tatsächlich etwas Konkretes darüber wusste, was es mit dem ganzen Himmelszeug auf sich hatte. Dennoch war er heute dafür dankbar, dass er seinerzeit Verse und Bibelzitate für die Sonntagsschule auswendig hatte lernen müssen. Irgendwie schafften diese Zeilen es immer wieder, ihm genau dann in den Sinn zu kommen, wenn er sie brauchte.

Opal Dennison – oder besser gesagt: die zukünftige Opal Beaumont, schließlich würde sie bald mit dem Reverend verheiratet sein – hielt sich hinter einem der Stände auf und lächelte Walker an. Sie war eine hoch aufragende, gut aussehende Frau, die lässig und würdevoll zugleich auftrat. Überall im County verkuppelte sie Paare, und sie war so etwas wie eine inoffizielle

Beichtmutter. Falls die Gerüchte zutrafen, hatte sie eine sehr aktive Rolle dabei gespielt, nicht nur Boone und Tara, sondern auch Hutch und Kendra Carmody sowie Slade und Joslyn Barlow zusammenzubringen.

Sobald Walker Opal begegnete, wurde er immer ein wenig nervös, da nicht auszuschließen war, dass sie ihn unter die Haube brachte, ehe er überhaupt wusste, wie ihm geschah.

Als er die hintere Tür seines Autos aufmachte und den ersten Karton randvoll mit Brylees Broten herausholte, lief Opal zu ihm.

„Himmel", stieß sie staunend bei dem Anblick, was sich noch alles auf der Rückbank befand, aus. „Das ist ja wie die wundersame Vermehrung der Brotlaibe und der Fische. Natürlich ohne Fische."

Walker grinste sie an. „Brylee hat sich ein wenig hinreißen lassen", erwiderte er und untertrieb damit ganz erheblich. „Wo soll das hin?"

Opal zeigte auf einen der vordersten Stände, der eigentlich nur ein Klapptisch war, auf dem eine karierte Plastikdecke lag. Daneben stand ein alter Sonnenschirm, dessen Fuß mit einer kleinen Pyramide aus Ziegelsteinen beschwert worden war. Ein mitfühlender Ausdruck huschte über Opals Miene, während sie neben Walker herging und ihn in Richtung des besagten Tischs lotste, so als könnte er sich auf den wenigen Metern verlaufen. „Ich habe Brylee gestern gar nicht bei der Hochzeit gesehen", sagte sie. „Ich mache mir Sorgen um sie."

Nachdem Walker den Karton abgestellt hatte, marschierte er zurück zu seinem Wagen, wobei Opal an seiner Seite blieb. Wie üblich trug sie bequeme Schuhe und ein Kleid mit einem großflächigen Blumenmuster, das sie wahrscheinlich selbst genäht hatte.

„Ich auch", gab er zu und musste gleich darauf erkennen, dass man sich in Opals Nähe zu schnell zu derartigen Geständnissen verlocken ließ.

Er hob die zweite von insgesamt drei Kisten voll mit verpackten Broten aus dem Wagen und schaute Opal amüsiert an.

„Führen Sie neuerdings Anwesenheitslisten bei Hochzeiten, Miss Opal?“, fragte er.

„Nein, allerdings habe ich ein fotografisches Gedächtnis“, antwortete sie lachend. Die Sonne spiegelte sich in den Gläsern ihrer altmodischen Brille. „Das ist eine Gabe. Wenn jemand irgendwo fehlt, dann fällt mir das sofort auf.“ Sie hielt kurz inne. „Es wird Zeit, dass Ihre Schwester die Kurve kriegt, was solche Dinge wie Liebe und Ehe angeht. Und *vor allem* wird es Zeit, dass sie den Vorfall mit Hutch Carmody überwindet und mit der Vergangenheit abschließt, damit sie nach vorn schauen kann.“

„Ganz meine Meinung“, pflichtete er auf dem Weg zum Verkaufsstand bei.

„Na ja, Sie sind in Sachen Liebe auch keinen Deut besser“, betonte Opal sanft, aber eindringlich. „Sie wissen ja, dass Sie nicht jünger werden. Da leben Sie da draußen in diesem großen Haus, nur mit Ihrer Schwester und ihrem Hund. Ist Ihnen eigentlich noch nicht aufgefallen, wie glücklich Ihre guten Freunde Slade, Hutch und Boone neuerdings sind?“

„Na, das ist wohl nicht zu übersehen“, meinte Walker leicht ironisch grinsend. „Joslyn und Kendra kommen ja ständig mit neuen Babys an!“

„So soll es auch sein“, erwiderte Opal voller Überzeugung.

Walker stellte die Kiste ab und machte sich wieder auf den Weg zum Wagen. Und wieder begleitete Opal ihn, als wollte sie ihn auf keinen Fall aus den Augen lassen.

„Ich würde es nie wagen, Ihnen zu widersprechen, Miss Opal“, erklärte er, nachdem er auch den dritten Karton zum Stand getragen hatte.

„Sehr vernünftig. Sie würden damit auch gar nicht durchkommen“, konterte sie selbstbewusst.

Lachend zog er zum Abschied an seiner Hutkrempe. Wenn er jetzt sofort rüber zum Butter Biscuit Café fuhr, konnte er das Gedränge vermeiden, das normalerweise nach dem Gottesdienst dort herrschte. Die meisten Besucher würden sich bestimmt an den Verkaufsständen mit Essbarem eindecken, also …

Plötzlich zupfte Opal an seinem Ärmel. „Wo wollen Sie denn hin? Die anderen Damen und ich, wir können durchaus noch Hilfe gebrauchen, um die zusätzlichen Tische aufzubauen."

Walker unterdrückte einen Seufzer. Er konnte Opal diese Bitte nicht abschlagen, so etwas widersprach seinen guten Manieren, und das wusste sie genau. Allerdings sah er sie mit argwöhnisch zusammengekniffenen Augen an, damit ihr klar war, dass er sie im Verdacht hatte, etwas ganz anderes mit ihm vorzuhaben.

Sie lachte und zeigte auf einen nur halb fertiggestellten Stand, um den herum sich Kisten mit frischen Erdbeeren stapelten. Es überraschte Walker keineswegs, als er ein paar Minuten später Casey Elder aus der Kirche kommen sah. Sie trug ein Tablett mit Mürbegebäck für die Erdbeertörtchen. Bei Walkers Anblick blieb sie abrupt stehen, brachte ein Lächeln zustande und ging schließlich auf ihn zu.

„Hallo, Walker", begrüßte sie ihn freundlich.

Er hatte seinen Hut zur Seite gelegt, da der ihm im Weg war, während er an einem Tischbein zerrte, das sich einfach nicht ausklappen ließ. „Casey", sagte er, ohne eine Miene zu verziehen. Diese Frau und ihr Starrsinn hatten ihn letzte Nacht viel Schlaf gekostet – von den vielen Nächten davor ganz zu schweigen.

Casey zog einen Mundwinkel hoch, schaute kurz zu Opal und sah dann ihm wieder in die Augen. „Das dürfte so was wie ein persönlicher Rekord sein", scherzte sie. „Walker Parrish betritt an zwei Tagen hintereinander kirchlichen Grund und Boden."

Mit einem heftigen Ruck bekam er das Tischbein ausgeklappt, dann richtete er sich auf und griff nach seinem Hut. In Small Talk war er nicht allzu geübt, weil es bei der Arbeit mit den erfahrenen Cowboys auf der Ranch keinen Bedarf dafür gab. Daher wollte ihm jetzt auch keine passende Erwiderung einfallen.

Stattdessen erhob er sich und spürte, wie sein Hals und die Ohrläppchen rot anliefen.

Opal rauschte plötzlich zwischen ihnen hindurch und breitete mit einer ausholenden Bewegung eine Baumwolldecke auf dem klapprigen Tisch aus, gleich darauf war sie schon wieder verschwunden. Mit einem wissenden Lächeln auf den Lippen setzte Casey das Tablett mit Mürbegebäck ab.

„Tut mir leid", murmelte sie, ohne Walker anzuschauen.

Die Unterbrechung genügte ihm, um sich weitgehend in den Griff zu bekommen. Insgeheim war er dankbar, allerdings wusste er nicht so recht, wem diese Dankbarkeit galt. „Was tut dir leid?" Oh ja, das war eine wirklich geistreiche Erwiderung. Innerlich schüttelte Walker den Kopf.

„Na, dass ich dich gerade eben geärgert habe", antwortete Casey und sah ihn diesmal an, während sie nervös mit der Zellophanfolie spielte, die die Mürbeteigtörtchen bedeckte. „Es ist nett von dir, dass du uns mit dem Tisch und mit allem anderen hilfst."

Walkers Kehle war wie zugeschnürt, als er zu schlucken versuchte. Er konnte nur hoffen, dass seine Ohren nicht rot glühten. Eigentlich war er selbstsicher und fühlte sich wohl in seiner Haut, doch diese harmlose Unterhaltung bewirkte, dass er sich wie ein unbeholfener Teenager vorkam. „Ist schon in Ordnung", brachte er heraus, während ihm durch den Kopf ging, dass „gern geschehen" oder etwas Ähnliches die bessere Antwort gewesen wäre.

Alles um ihn herum schien erstarrt zu sein, während er und Casey sich im Schatten alter Eichen und Ahornbäume auf dem frisch gemähten Rasen gegenüberstanden und sich anschauten. Kein Vogel zwitscherte, und der Gesang und die Stimmen aus der Kirche verblassten zu einem fernen Summen. Walker hätte in diesem Moment schwören können, dass die Erde zum Stillstand gekommen war.

Es gab so vieles, was er dieser Frau sagen wollte, nein, sagen *musste*, allerdings kam ihm kein Laut über die Lippen. Zum Glück – obwohl er sich nicht sicher war, dass er tatsächlich von Glück reden konnte – war in diesem Augenblick die Messe zu Ende, und die Menschen strömten zu allen Seiten aus der Kirche nach draußen.

Schließlich war es Shane, der Walker aus dieser unerklärlichen Starre holte, indem er fröhlich rief: „Hey, Walker, frühstückst du mit uns, wenn der Verkauf vorbei ist? Doris will Blaubeerpfannkuchen backen, und sie macht immer so viele …“

Clare stellte sich neben ihren Bruder und flehte sofort: „Ja, bitte. Mitch schaut auch vorbei, und er will Mom bestimmt dazu drängen, wieder auf Tournee zu gehen. Du kannst dann eingreifen und ihm das ausreden.“

Mitch Wilcox war Caseys langjähriger Manager. Zwar hatte Walker den Mann noch nie leiden können, allerdings ließ es sich nicht leugnen, dass er seinen Job beherrschte – wie auch immer der genau aussah.

Casey hatte sich wieder gefangen, unterdessen suchte Walker immer noch nach den richtigen Worten.

„Du bist herzlich eingeladen“, sagte Casey mit einem Lächeln, bei dem Walker schwindlig wurde und das ihn nur noch mehr verwirrte. „Und du musst auch nicht ‚eingreifen‘. Ich komme mit Mitch Wilcox auch sehr gut alleine klar.“ Dann warf sie Clare einen mahnenden Blick zu, von dem die aber nichts mitbekam, da ihr ganzes Interesse Walker galt.

„Sag doch, dass du mitkommst“, bettelte Clare auf eine unwiderstehliche Art.

„Ja, mach schon“, drängte Shane. „Wenn ich nämlich deine Portion mitessen soll, dann muss ich nachher bestimmt kotzen.“

„Shane“, ermahnte Casey ihn freundlich. „Hier redet man nicht so.“

„Sorry“, antwortete der Junge, ohne es wirklich so zu meinen.

Walker wusste, es wäre besser, diese Einladung dankend abzulehnen, da sie nicht von Casey ausgesprochen worden war. Aber sowie er in die hoffnungsvollen Gesichter der Geschwister schaute, konnte er sich einfach nicht zu einem Nein durchringen. „Also gut“, lenkte er schließlich ein. Seine Stimme klang so rau, als hätte er seit Monaten kein Wort mehr gesprochen.

„Der Basar dürfte noch eine gute Stunde gehen“, erklärte Casey. „Danach fahren wir nach Hause, und Doris wird schon darauf warten, den Brunch servieren zu können." Sie blickte auf ihre Armbanduhr, eines von diesen Plastikteilen, die man in Billigläden in jeder beliebigen Mall kaufen konnte. „Sagen wir … so gegen halb zwei?", fragte sie.

Er nickte und wollte sich zum Gehen wenden, dabei wäre er beinahe mit Patsy McCullough zusammengestoßen, die ihn freundlich anlächelte. Ihre Tochter war nicht zu sehen, aber Dawson war mitgekommen. Er saß in seinem Rollstuhl und grinste Walker an. Gleich hinter Patsy stand Treat McQuillan, der Polizeichef von Parable und zugleich der nervtötendste Bürger des gesamten Countys.

Walker und Treat warfen sich nur einen kurzen, aber vernichtenden Blick zu.

Als Treat noch Deputy gewesen war, hatte er sich einmal einen Fauxpas geleistet, als er Brylee in der Boot Scoot Tavern zu einem Tanz zu drängen versuchte. Sie wollte nicht, doch er packte sie und zog sie auf die winzige Tanzfläche vor der Jukebox, woraufhin Walker einschritt und den Mann mit einem gezielten Haken zu Boden schickte. Zwar drohte Treat ihm anschließend eine Weile damit, ihn wegen eines tätlichen Angriffs auf einen Polizeibeamten vor Gericht zu zerren, aber letztlich kamen sie zu irgendeiner Einigung, an deren Details sich Walker gar nicht mehr richtig erinnern konnte. Auf jeden Fall verzichtete Treat am Ende auf eine Anzeige und sah zu, dass er einen großen Bogen um Walker machte.

Das änderte allerdings nichts an der Tatsache, dass dieser Mann eine falsche Schlange war und nur auf eine für ihn selbst günstige Gelegenheit lauerte.

Patsys Sohn Dawson, ein gut aussehender dunkelhaariger Junge, der stets interessiert dreinblickte, beendete das allgemeine Schweigen, indem er Walker fragte: „Wann kann ich nach Timber Creek kommen, um wieder zu reiten?"

Aus dem Augenwinkel bemerkte Walker Patsys betretene Miene. „Da richte ich mich ganz nach dir, Cowboy", antwortete er und konnte nur hoffen, dass er mit seinem Lächeln die Traurigkeit überspielte, die ihn immer dann überfiel, wenn er daran dachte, was für ein vor Leben strotzender Junge Dawson gewesen war, bevor er sich beim Sturz vom alten Wasserturm aus fast fünfzehn Metern Höhe bleibende Verletzungen der Wirbelsäule zugezogen hatte.

„Er *kann* doch gar nicht auf einem Pferd reiten", fuhr Treat Walker an. Wie immer schien dieser Mann nur auf eine Gelegenheit zu warten, um sich über irgendetwas zu ereifern.

Patsy, eine vom Leben keineswegs verwöhnte Frau, stellte sich nervös zwischen die beiden Männer und sagte an Walker gewandt: „Was Treat damit meint, ist, dass wir nicht wollen, dass Dawson sich verletzt und ..."

Dawson unterbrach sie mit einem aufgebrachten Schnauben.

„Patsy", erwiderte Walker und nahm von McQuillan genauso wenig Notiz wie von den Fliegen, die ihn umschwirrten, wenn er den Stall ausmistete. „Ich würde nicht zulassen, dass Ihrem Jungen irgendwas zustößt. Da können Sie sich sicher sein."

„Ja, ich weiß." Sie warf einen Blick über die Schulter und stellte dabei fest, wie sehr ihr Begleiter inzwischen vor Wut kochte. Dann schaute sie sanftmütig ihren Sohn an. Es war nicht zu übersehen, dass sie den Jungen von Herzen liebte, und sie fühlte sich hin- und hergerissen, da sie auf der einen Seite ihr Kind vor allem Bösen beschützen wollte, sie ihm andererseits aber auch Freiraum geben wollte, damit er sich entfalten konnte. „Ja, das dürfte wohl machbar sein", sagte sie nun wieder an Dawson gerichtet. „Solange Mr Parrish die ganze Zeit über dabei ist."

Sofort hellte sich die Miene des Jungen auf, er begann zu lächeln und streckte triumphierend die Faust in die Höhe. *„Ja!"*, rief er.

Walker setzte seinen Hut wieder auf, tippte einmal leicht an die Krempe und gab damit zu verstehen, dass er hier erst einmal fertig war und sich nun auf den Weg machen wollte. Treat blickte wie gewohnt finster drein, aber ausnahmsweise ersparte er sich einen Kommentar.

„Ich melde mich in den nächsten Tagen“, versprach Walker ihr und zwinkerte Dawson zu.

„Danke“, erwiderte der Junge fast atemlos. „Ich freu mich schon drauf.“

Walker verabschiedete sich und bahnte sich seinen Weg zwischen den Kirchenbesuchern hindurch, um zu seinem Pick-up zu gelangen. Ihm blieben noch rund eineinhalb Stunden, bis er bei Casey zum Pfannkuchenessen erscheinen musste, und diese Zeit wollte er nicht hier beim Basar verbringen.

Mit einem Lächeln auf den Lippen servierte Casey Erdbeertörtchen an ihre Kunden, die vor dem Stand eine lange Schlange gebildet hatten. Clare versah jeden Teller noch mit einer Extraportion Sprühsahne, während Shane über eine Zigarrenkiste auf einem Klappstuhl wachte, aus der er das Wechselgeld herausgab.

Als der Verkauf beendet war, fingen die anwesenden Männer an, Tische, Stühle und alle anderen Dinge wegzuräumen. Das war nur fair, da die Frauen so viel Zeit in die Zubereitung der Speisen investiert hatten. Casey freute sich schon darauf, nach Hause zu kommen, damit sie erst noch in Ruhe zwei oder drei Tassen Kaffee trinken konnte, ehe Doris’ unvergleichlicher Sonntagsbrunch fertig war.

Darüber, dass ihr Magen sich vor Nervosität verkrampfte, weil Walker ihnen Gesellschaft leisten würde, wollte sie sich lieber gar keine Gedanken machen. Es war verrückt, dass sie so reagierte, immerhin hatten sie zwei gemeinsame Kinder. Auch wenn sie schon seit langer Zeit nicht mehr miteinander geschlafen hatten, gab es nichts an ihr, was Walker Parrish nicht schon mal gesehen hatte – was umgekehrt nicht anders war.

Das war nun mal die Wirkung, die Walker auf sie hatte.

„Was sollte das eigentlich heißen, dass ich jemanden brauche, der Mitch davon abhält, mich zu einer neuen Tournee zu überreden?“, wollte sie wissen, als sie und die Kinder in ihrem unscheinbaren blauen SUV saßen und in Richtung Rodeo Road fuhren. „Erstens habe ich euch mein Wort gegeben, dass ich bis auf Weiteres zu Hause bleibe, und zweitens habe ich in meinem ganzen Leben noch nie ein Problem damit gehabt, mich gegen Mitch Wilcox oder gegen wen auch immer zu behaupten."

Clare schaute vom Beifahrersitz aus in den Außenspiegel, um mit ihrem Bruder auf der Rückbank Blickkontakt aufzunehmen. Es schien eine heimliche Absprache stattzufinden. Mit Blick auf den gar nicht so ungewöhnlichen Streit am Abend zuvor war es fast schon erleichternd, dass die Geschwister mal einer Meinung zu sein schienen.

Aber eine Antwort bekam sie von keinem der beiden.

Seufzend konzentrierte sich Casey wieder auf die Straße. Inzwischen kannte sie sich in ganz Parable aus, und zum größten Teil galt das auch für Three Trees. Sie hätte die Strecke auch im Schlaf zurücklegen können, was aber nie ratsam war, weil man nicht ausschließen konnte, dass ein anderer Fahrer ein Stoppschild übersah oder dass ein Hund auf die Straße lief.

Was ihre Karriere betraf, nahm Casey etliche Risiken in Kauf, nicht jedoch, wenn es um ihre Kinder ging. „Jetzt redet endlich", forderte sie die zwei auf. „Was läuft hier?"

„Walker sah so aus, als würde er Nein sagen", antwortete Clare schließlich. „Zu der Einladung zum Frühstück, meine ich."

„Ah", erwiderte Casey und nickte verstehend. Manchmal täuschte sie das auch nur vor, da ihre Kinder schlau genug waren, sie öfter in Verwirrung zu stürzen, als es ihr recht sein konnte. Diesmal allerdings hätte sie schon bewusstlos sein müssen, um nicht die Absicht zu erkennen, die hinter der Einladung steckte.

„Du hättest ihn auch selbst einladen können", warf Shane ein, der ein wenig verärgert klang. „Wär bestimmt nicht so schlimm, wenn du etwas netter zu Walker wärst, weißt du?"

Casey schwieg nur. Erstens vermutete sie, dass die zwei noch mehr auf dem Herzen hatten, und zweitens wollte sie nicht verkünden, dass es sehr wohl schlimm sein könnte, wenn sie zu nett zu Walker Parrish war, immerhin besaß der Mann die Macht, ihr das Herz zu brechen.

„Habt ihr mitgekriegt, wie Walker mit Dawson McCullough gesprochen hat?“, redete Shane weiter. „Er hat ihm gesagt, dass er auf die Ranch kommen soll, um mit ihm zusammen reiten zu gehen.“

Ein Stich fuhr durch Caseys Herz. War Shane etwa wirklich neidisch darauf, dass Walker sich mit dem anderen Jungen befasst hatte?

„Hab ich mitbekommen“, konterte Clare mürrisch. „Reg dich darüber mal nicht so auf, Volltrottel! Vielleicht hast du das ja nicht gemerkt, aber Dawson sitzt im *Rollstuhl.* Außerdem hat er früher für Walker gearbeitet, also sind sie so was wie Freunde.“

Diesmal ließ Casey den „Volltrottel“ unkommentiert, während der Junge mit finsterer Miene auf der Rückbank saß und keinen Ton mehr herausbrachte.

Als sie in die Einfahrt zu ihrem Haus einbogen, entdeckte sie einen weißen Mietwagen, der neben dem Gästehaus stand. Mitch Wilcox war soeben im Begriff, zwei Koffer ins Haus zu tragen.

Unwillkürlich fragte sie sich, wie lange ihr Manager wohl bleiben wollte. Er hatte angerufen, weil er „vorbeischauen“ wollte, und als er die Ankunftszeit seines Flugs von Nashville mitteilte, hatte sie ihm erklärt, dass sie dann noch nicht wieder daheim sein würde. Den Hausschlüssel würde sie daher unter die Fußmatte legen, damit er schon ins Haus und es sich dort gemütlich machen konnte.

Offenbar hatte er das wörtlich genommen, denn er schien es sich nicht nur gemütlich zu machen, sondern sich gleich häuslich niederzulassen.

Himmel!

Mitch war zwanzig Jahre älter als Casey und hatte bereits einige Scheidungen hinter sich, dennoch war er immer noch schlank, und sein volles graues Haar machte ihn zumindest äußerlich zu einem guten Fang. Allerdings nur, wenn man ihn nicht näher kannte.

Kaum dass er den SUV bemerkte, stellte er die Koffer ab und winkte ihr zu. Die Kinder stiegen sofort aus, Shane lief zum

Haus, um die Hunde in den Garten zu lassen. Clare näherte sich Mitch und hielt eine Hand so elegant ausgestreckt, als wäre sie eine Prinzessin, die einen Würdenträger empfing.

Casey folgte ihrer Tochter und spürte eine gewisse Unruhe in sich, da Mitch tatsächlich hergeflogen war. Wenn er davon sprach, dass er sie besuchen wollte, verbarg sich dahinter normalerweise irgendeine Absicht, zum Beispiel weil sie eine Rolle in einem Fernsehfilm übernehmen sollte oder weil es irgendeine andere großartige Gelegenheit gab, die sie sich seiner Ansicht nach nicht entgehen lassen durfte. Aber er neigte auch dazu, seine Reisepläne in letzter Minute abzusagen, und genau darauf hatte sie diesmal auch gehofft. Auch wenn sie vor ihren Kindern so getan hatte, als sei dieser Besuch für die beiden kein Grund zur Sorge, fühlte sie sich in Wahrheit unbehaglich.

Mitch war ein sehr erfolgreicher Manager in der Musikbranche, denn er besaß unglaubliche Überredungskünste. Der Mann konnte Sand in der Sahara und Kühlschränke am Nordpol verkaufen, und Caseys momentanes Problem war, dass sie sich seltsam verwundbar fühle.

„Du solltest deine Begeisterung ein bisschen im Zaum halten“, zog Mitch sie auf und küsste sie flüchtig auf die Wange. „Ich überbringe gute Neuigkeiten.“

Casey lächelte, verschränkte allerdings die Arme vor der Brust, was sie augenblicklich bereute. Es war eine klassische Geste, die so viel aussagte wie: „Versuch mich nicht zu irgendwas zu überreden. Im Moment kannst du mich nämlich viel zu leicht überreden.“

Für Mitch war es kein Problem, ihre Körpersprache richtig zu deuten, schließlich war er darin ein Meister.

„Pack erst mal in Ruhe aus“, meinte sie zuvorkommend. „Doris ist inzwischen aus der Kirche zurück und fängt gleich an, Pfannkuchen in rauen Mengen zu backen.“

„Wunderbar“, gab er begeistert zurück. „Ich bin halb verhungert. Auf dem Flug hat man mir drei Erdnüsse, eine Salzstange und einen Becher Kaffeebrühe serviert – und das in der ersten Klasse.“

„Ach, du Ärmster", entgegnete Clare und hakte sich bei Mitch unter. In all den Jahren auf Tournee war er für Caseys Kinder zu einer Art Ersatzgroßvater geworden, und beide konnten sie ihn auch gut leiden, auch wenn ihre Begeisterung für Walker um ein Vielfaches größer war.

Der Gedanke bereitete ihr sofort ein schlechtes Gewissen, da sie sich einmal mehr fragen musste, was wohl ihre Kinder sagen würden, falls sie dahinterkamen, dass Walker ihr Vater war. Einerseits würden sie bestimmt begeistert sein, da sie ja glaubten, dass sie keinen Vater hatten. Andererseits würden sie wohl vor Wut auf sie platzen. Sie hatte ihnen die Wahrheit verschwiegen, sie war die Böse, die Frau, die sie mit einer Lüge großgezogen hatte. Sie war diejenige, die ihnen das vorenthalten hatte, was sie mehr als alles andere wollten: einen Vater.

Sie musste bei diesem Gedanken ein wenig bleich geworden sein, denn Mitch kniff seine blauen Augen zusammen und erkundigte sich besorgt: „Fühlst du dich nicht wohl?"

Clare zog Mitch bereits mit sich in Richtung Haus. So schnell wie möglich wollte sie in ihr Zimmer, um die Kirchenkleidung gegen T-Shirt und Shorts einzutauschen.

Die drei Hunde stürmten aus der Küche über die Veranda und schossen wie kleine Fellkanonenkugeln in den Garten, wobei sie vor Freude ausgelassen bellten, weil die Menschen wieder da waren, die sich um sie kümmerten.

„Nein, nein, alles okay", antwortete Casey und stellte sich den Hunden schnell in den Weg, sodass sie eine andere Richtung einschlagen mussten. Ansonsten hätten sie vermutlich den armen Mitch gnadenlos umgerannt.

Er sah sie unschlüssig an, schien sich aber dann mit ihrer Antwort zufriedenzugeben.

Doris, die eine andere Kirche in Parable besuchte, trug wieder ihre übliche Kleidung und begrüßte Casey freundlich, während sie den großen Tisch auf der Veranda mit dem guten Porzellan und den besten Kristallgläsern deckte. Neben jedem Teller ordnete sie das silberne Besteck an.

„Walker kommt auch", verkündete Clare gut gelaunt. „Ich hole noch ein Gedeck für ihn."

Mit diesen Worten sauste sie in die Küche und machte Casey stolz, die ihre Kinder ganz bewusst so erzogen hatte, dass sie weder Doris noch irgendwen sonst als ihre persönlichen Dienstboten betrachteten. Sie räumten ihre Zimmer selbst auf, und sie konnten auch die Waschmaschine bedienen, um ihre Klamotten selbst zu waschen, auch wenn Clare in diesem Punkt ihrem Bruder etwas vorausghatte.

Doris begrüßte Mitch, dann schaute sie Casey an und grinste listig. „Walker?", fragte sie. „Na, sieh mal einer an!"

Es war nicht das erste Mal, dass Casey sich fragte, wie viel sich ihre Haushälterin über die Jahre hinweg wohl hatte zusammenreimen können. Rasch wich sie Doris' Blick aus und tat so, als müsse der Strauß Frühlingsblumen auf dem Tisch dringend ein wenig zurechtgezupft werden.

„Täusche ich mich", erkundigte sich Mitch, „oder steht da tatsächlich ein echtes Karussell im Garten?"

Doris war bereits in die Küche zurückgekehrt, und gleich darauf kam Clare mit Teller, Besteck und einem Glas für Walker zurück. Das alles ordnete sie genau gegenüber von dem Platz an, auf dem Casey üblicherweise saß.

„Wir hatten hier gestern eine Hochzeitsfeier", antwortete Clare fröhlich. Sonderbarerweise war es ihr gelungen, sich in den wenigen Augenblicken umzuziehen, die sie gerade eben im Haus verbracht hatte. Casey vermutete, dass sie nicht nach oben in ihr Zimmer gelaufen war, sondern sich in der Waschküche an der Wäscheleine bedient hatte. „Mom achtet immer darauf, dass Kinder auch ihren Spaß haben, wenn sie etwas für Erwachsene veranstaltet."

Casey hörte, wie ein Wagen über den Kies in der Auffahrt zum Haus gefahren kam. Dann bellten die Hunde ausgelassen, und Shane rief: „Hey, Walker!"

Sofort ließ Clare alles stehen und liegen und rannte von der Veranda zur Auffahrt.

Gleichzeitig hob Mitch eine perfekt getrimmte graue Augenbraue hoch. „Ich hatte mir doch schon gedacht, dass er mit ein Grund dafür ist, wieso du dich im hintersten Kaff in Montana niedergelassen hast."

Ihre Wangen liefen rot an. „Er ist nur ein Freund", erwiderte sie, fand jedoch, dass sie sich nicht ganz so glaubwürdig anhörte. „Ein *guter* Freund."

Etwas blitzte in Mitchs Augen auf, es war allerdings so schnell vorbei, dass Casey es nicht deuten konnte. „Ja", meinte er, was beinahe wie ein Seufzer klang.

Casey schaute durch das Fliegengitter, das die komplette Veranda einhüllte, und beobachtete, wie Walker von ihren Kindern und den Hunden zum Haus geführt wurde, als wären sie sein Gefolge. Die Geschwister redeten gleichzeitig auf ihn ein, aber das schien ihn nicht zu stören, sondern vielmehr zu freuen.

Ihr Magen verkrampfte sich ein wenig. Sollte das Geheimnis gelüftet werden, dann würden die beiden Walker keine Schuld geben, sondern nur Casey – und das auch noch völlig zu Recht. Angst erfüllte sie, auch wenn sie zugleich eine völlig unnötige Begeisterung darüber verspürte, dass Walker wieder hier war. Hatte sie sich womöglich schon so lange etwas vorgemacht, dass sie die Wahrheit gar nicht mehr erkennen konnte, wenn sie mit ihr konfrontiert wurde?

Sie wollte Walker Parrish nicht nur als Freund haben, sie wollte ihn als Mann, als Liebhaber. Ihr wurde prompt heiß, als sie an frühere gemeinsame Zeiten denken musste, als es nur sie beide gegeben hatte und die ganze Welt um sie herum in Vergessenheit geraten war.

Wie der Zufall es so wollte, musste Walker genau in diesem Moment den Kopf heben und sie anschauen. Sowie sich ihre Blicke trafen, hätte Casey schwören können, dass die Erde sich für ein paar Sekunden aufgehört hatte zu drehen.

Sie ging zur Fliegengittertür, öffnete sie und setzte ihr höflichstes Lächeln auf, das Gästen und besonderen Fans vorbehalten war. „Da bist du ja."

Walkers lässiges, selbstbewusstes Lächeln ließ ihr Herz schneller schlagen. „Schön, dich wiederzusehen, Casey", sagte er und ließ es so klingen, als seien seit ihrer letzten Begegnung nicht bloß eineinhalb Stunden, sondern mindestens ein paar Tage oder sogar Jahre verstrichen.

Die Kinder und die Hunde folgten Walker auf die Veranda und scharten sich um ihn.

Walker sah Mitch an.

Mitch sah Walker an.

Dann erst gaben sie sich die Hand und begrüßten sich.

Bildete sich Casey das nur ein, oder hatte sich das gerade so angehört, als wären zwei Platzhirsche aufeinander losgegangen?

4. KAPITEL

Caseys Nerven waren zum Zerreißen gespannt. Walker saß ihr gegenüber und verspeiste eine beachtliche Anzahl von Doris' Pfannkuchen, Shane und Clare hatten neben ihm Platz genommen. Beide Kinder wetteiferten abwechselnd um seine Aufmerksamkeit, was er mit einer bemerkenswerten Diplomatie löste, indem er sich ganz in Ruhe alles anhörte, was die zwei ihm erzählten, und darauf achtete, dass keiner sich benachteiligt fühlte.

Der arme Mitch hätte ebenso gut unsichtbar sein können, so wenig interessierten sich die Geschwister für ihn, und Casey selbst erging es kaum besser. Das war jedoch nicht der Punkt, der sie störte. Denn sie konnte gut verstehen, dass die zwei diesem Mann nahe sein wollten, von dem sie nicht wussten, dass er ihr Vater war. Das Schlimme war ihr schlechtes Gewissen. Wenn sie kreuz und quer durchs Land auf Tournee gewesen war, war es ihr immer leichtgefallen, vernünftige Argumente vorzubringen, wieso dieses Geheimnis gewahrt bleiben musste. Aber nun war sie nicht meilenweit entfernt von Walker und einem Ort, den sie als ihr Zuhause bezeichnen konnte, es gab keine Tournee, keine Konzerte, keine Art von Ablenkung, um nicht über das Thema nachzudenken. Hier und heute wurde sie mit der Realität konfrontiert, was sie ihren Kindern und deren Vater vorenthalten hatte, während sie davon überzeugt gewesen war, genau das Richtige zu tun und sie dadurch zu beschützen. Jetzt saß ihr der Vater ihrer Kinder gegenüber. Sie musste erkennen, dass man Fakten nur so lange erfolgreich ignorieren konnte, wie man eine möglichst große räumliche Entfernung zu ihnen schaffen konnte, allerdings nicht, wenn sie so nahe bei Walker war.

Einmal, während ihre Kinder munter drauflosplapperten, sah Walker zu ihr und schaute ihr so eindringlich in die Augen, dass sie ihren Blick nicht abwenden konnte. Was Casey darin las, bestätigte nur ihren Verdacht, dass die Katastrophe längst ihren Lauf genommen hatte und die von ihr geschaffene Welt aus ihren Angeln heben würde. Das würde nicht ohne Opfer vonstattengehen, das war ihr längst klar. Dass sie genau in der Schusslinie stand, war dabei noch ihr geringstes Problem. Ihre größte Sorge drehte sich um die Frage, wie sich eine solche Enthüllung auf das Leben ihrer Kinder, aber auch auf Walker auswirken würde.

Mit dieser Frage war eine andere, noch schmerzhaftere verbunden, die ihr einen Stich durchs Herz gehen ließ: *Was habe ich nur getan?*

Mitch entpuppte sich als überraschend sensibel, denn auf einmal fasste er nach Caseys Hand und drückte sie leicht. Noch jemand, der sich nicht hatte täuschen lassen, wie sie sich in diesem Moment eingestehen musste. Mitch hatte sicher schon von Anfang an gewusst, dass Walker mehr als nur ein Freund der Familie war. Wie viele andere Leute hatten ihr Spiel wohl noch durchschaut? Es war durchaus anzunehmen, dass ihr langjähriger Manager bloß vorgegeben hatte, er würde ihr die Geschichte von den anonymen Samenspendern abkaufen. Aus irgendeinem Grund schien er bereit gewesen zu sein, seine Rolle in ihrer ganz persönlichen Seifenoper zu spielen, wie sie es von ihm erwartete.

Sie warf Mitch einen dankbaren Blick zu, dass er solches Verständnis für sie aufgebracht hatte, was er mit einem Zwinkern kommentierte.

„Und? Dürfen wir, Mom?“ Shanes bittender Tonfall holte Casey zurück in die Gegenwart. „Bitte!“

Sie erschrak und errötete vor Verlegenheit, da sie den letzten Teil der Unterhaltung am Tisch gar nicht mitbekommen hatte. Jetzt würden alle wissen, dass sie mit ihren Gedanken ganz woanders gewesen war.

Walker eilte ihr so beiläufig und lässig zu Hilfe, dass sie ihn am liebsten geküsst hätte – was sie ohnehin schon seit einer Weile tun wollte, wenn auch aus völlig anderen Gründen. „Wir haben überlegt, dass wir zur Ranch fahren und ausreiten“, erklärte er, „und nach dem Abendessen bringe ich die Kinder wieder her, falls du nichts dagegen hast.“

Casey schluckte, setzte ein halbherziges Lächeln auf und nickte. Hätte sie das Ganze deutlich früher mitgekriegt, wäre sie bestimmt nicht einverstanden gewesen, allein schon aus dem Grund, den Moment noch eine Weile hinauszuzögern, bis sie mit ihrem Manager allein war. Nicht dass sie vor diesem Mann Angst gehabt hätte, allerdings hatte sie das Gefühl, momentan nicht so ganz sie selbst zu sein. Doch egal, was er vorhatte – und Mitch hatte irgendetwas vor, da er sich zwischen zwei Tourneen nur dann bei ihr blicken ließ, wenn es einen besonderen Anlass gab, einen von der Art, die ihm eine fette Provision bescherte; sie würde es sich anhören, gründlich darüber nachdenken und dann vermutlich dankend ablehnen. Sie wusste, was sie wollte und was sie nicht wollte, und sie war ganz sicher niemand, der sich von anderen rumkommandieren ließ, doch das Problem war, dass die notwendige Diskussion mit Mitch sie mehr Kraft kosten würde, als sie derzeit aufbringen konnte.

Von Shane und Clare war nach ihrer Zustimmung ausgelassener Jubel zu hören, der jede Unterhaltung unmöglich machte, was wiederum die Hunde dazu veranlasste, aufzustehen und mit lautem Gebell in den fröhlichen Lärm einzustimmen.

„Können die drei auch mitkommen?", fragte Shane und schaute Walker hoffnungsvoll an.

„Die Hunde? Na klar", erwiderte Walker mit belegter Stimme, die die Gefühle für seinen Sohn genauso erkennen ließ wie sein liebevoller Gesichtsausdruck.

Unwillkürlich musste sich Casey fragen, wie sie es geschafft hatte zu ignorieren, dass in Walkers Herz nicht nur Platz für seine beiden Kinder, sondern auch noch für drei Labradore war. Obwohl … die Antwort darauf war recht einfach, wenn sie es genau überlegte: Indem sie Walker die Fähigkeit absprach, die Geschwister genügend zu lieben, hatte sie für sich ein Argument mehr geschaffen, ihn offiziell nicht als den Vater ihrer Kinder in Erscheinung treten zu lassen.

Chaos brach los, als alle aufgegessen hatten und Clare und Shane Hals über Kopf begannen, den Tisch abzuräumen und alles Geschirr in die Spülmaschine zu packen. Das gehörte zu ihren gemeinsamen Aufgaben, die sie jetzt nicht schnell genug erledigen konnten, weil sie mit Walker zur Ranch fahren wollten. Gut gelaunt drängten sie sich gegenseitig aus dem Weg, weil jeder von ihnen als Erster fertig sein wollte. Die Hunde hatten zwar keine Ahnung, was der Trubel bedeuten sollte, aber das hielt sie nicht davon ab, hinter den Geschwistern herzulaufen, die ein paarmal zwischen der Veranda und der Küche pendeln mussten, ehe alles weggeräumt war.

„Davon kriege ich Kopfschmerzen", meinte Mitch und zog sich auf dem schnellsten Weg ins Gästehaus zurück.

Einerseits war Casey froh darüber, dass er gegangen war, da es fast unmöglich war, einen klaren Gedanken zu fassen, wenn Walker ihr gegenübersaß und dabei so verdammt gut aussah und wenn die Kinder und die Hunde diesen Höllenkrach veranstalteten. Andererseits jedoch war sie dadurch mit Walker auf einmal allein auf der Veranda, was bei ihr eine seltsam prickelnde Angst auslöste.

„Wir beide müssen reden", sagte er in einem bedauernden Tonfall, in dem etwas Endgültiges mitschwang. „Und zwar bald."

Caseys Herz raste brutal schnell, sodass das Blut laut in ihren Ohren rauschte. Ihre Kehle war wie zugeschnürt, weshalb sie kein Wort herausbekam. Also nickte sie nur.

Es war nicht so, als hätte Walker sie dabei finster angeschaut, doch die Art, wie er es gesagt hatte, ließ keinen Zweifel daran, dass er diesmal keinen Millimeter nachgeben würde. Er war an einem Punkt angelangt, der ihm kein Zurück mehr erlaubte. Nichts würde ihn von seinem Entschluss abbringen können.

Was für ein Entschluss das war, war Casey schon längst klar: Er wollte sich zu seiner Vaterschaft bekennen, und zwar öffentlich, ganz gleich, ob sie damit einverstanden war oder nicht.

Als die Kinder und die Hunde schließlich in Walkers Wagen saßen, machte er sich mit ihnen auf den Weg zur Ranch. Auf der Veranda kehrte Ruhe ein, und Casey konnte wieder klar denken.

Sie ging in die Küche und goss sich einen Tee auf, dann begab sie sich mit der Tasse in den Keller in ihr Filmstudio und betrat die Bühne, wo sie einen einzelnen Scheinwerfer einschaltete, der zugleich die einzige Lichtquelle war, wenn man von den grünen, blauen, gelben und roten LEDs absah, die an ihrer Hightech-ausrüstung blinkten.

Sie öffnete den ramponierten Instrumentenkoffer, den sie damals als kleines Mädchen unter einem funkelnden und glitzernden Weihnachtsbaum vorgefunden hatte. Fast ehrfürchtig nahm sie die Gitarre heraus, auf der sie ihre ersten, schiefen Akkorde gespielt und mit der sie sich an ihren ersten Kompositionen versucht hatte. Durch fleißiges Üben waren aus diesen frühen musikalischen Gehversuchen einige ihrer größten Hits entstanden, die ihren Ruhm begründet hatten.

Wirklich bemerkenswert.

Es fühlte sich gut an, die Gitarre zu halten, und als Casey in den aufgeklappten Koffer vor ihr auf dem Boden schaute, musste sie unwillkürlich lächeln. Sowohl Clare als auch Shane hatten während ihrer Konzerte hinter der Bühne als Babys in genau diesem Koffer gelegen und fest geschlafen, eingewickelt in die Jeansjacken der Band oder der Roadies und in Tour-Shirts und Handtücher.

Bei der Erinnerung daran wurde ihr warm ums Herz, und sie begann, eine leise Melodie zu spielen, um sich in den sanften Fluss der Musik hineinzufühlen, die ihr schon immer Trost gespendet hatte und in der sie Zuflucht hatte suchen können. Noch bevor sie Gitarre spielen konnte oder ein anderes Instrument erlernt hatte, war es für sie das Normalste auf der Welt gewesen, zur Musik aus dem Radio oder aus der Stereoanlage ihrer Großeltern zu singen. Ihren Eltern zufolge hatte sie sogar schon singen können, bevor sie richtig sprechen konnte.

In der Musik konnte sie ihre Ängste, Sorgen und Zweifel und mit ihnen auch ihr normales Selbst hinter sich lassen und sich geborgen fühlen.

Im Pick-up herrschte Chaos pur – die Kinder redeten gleichzeitig auf ihn ein, die Hunde tauschten von lautem Bellen begleitet alle paar Minuten die Plätze auf der Rückbank, während durch die offenen Seitenfenster der Fahrtwind in das Auto wehte.

Walker liebte dieses Durcheinander, aber seine Freude war getrübt. In ein paar Stunden würde er die ganze Truppe wieder nach Hause bringen müssen, dann kehrten sie in die Welt zurück, in der Casey ihm keinen Platz einräumen wollte.

Zu seiner Erleichterung sah er bei der Ankunft auf seiner Ranch, dass Brylees Wagen in der Zufahrt parkte. Auch wenn Walker sein Leben lang seine Angelegenheiten stets alleine geregelt hatte, sehnte er sich auf einmal dennoch nach der moralischen Unterstützung seiner Schwester.

Sie stand in Jeans, einem Flanellhemd über dem T-Shirt und abgewetzten Stiefeln da und lächelte breit, während sie ihn näher kommen sah. Ihr Hund saß gehorsam neben ihr und legte den Kopf schräg. Neugierig spitzte er die Ohren, als er feststellte, dass nicht nur Walker zurückgekommen war, sondern mit ihm auch noch zwei Kinder und drei Hunde.

Walker hatte den Pick-up gerade erst gestoppt, da waren Shane und Clare schon aus dem Wagen gesprungen und rannten los wie zwei Cowboys, die soeben von wütenden Bullen abgeworfen worden waren, die jetzt hinter ihnen her waren. Das Labrador-Trio folgte den beiden deutlich langsamer, vermutlich auch deswegen, weil sie erst einmal herausfinden wollten, ob sie mit Snidely einen Freund oder einen Feind vor sich hatten.

Brylee ging den Kindern entgegen, auf halber Strecke fielen sie sich in die Arme und begrüßten sich fröhlich.

Nur Walker verharrte neben dem Wagen und betrachtete die Szene, um sie in sein Gedächtnis einzubrennen, damit er sie immer wieder hervorholen konnte, wenn ihm danach war.

Die Hunde beschnupperten sich kurz, dann begannen sie, zögerlich mit dem Schwanz zu wedeln, und gleich darauf hatten sie sich bereits miteinander angefreundet. Von Brylees Schäferhund angeführt machten sie sich daran, eine echte Scheune auf einer echten Farm zu erkunden.

„Was für eine tolle Überraschung“, sagte Brylee fröhlich, nachdem sie sich aus der Umarmung der Kinder gelöst hatte. Freudentränen schimmerten in ihren Augen, während sie dankbar Walker anschaute, der diese Überraschung überhaupt erst ermöglicht hatte.

Brylee hatte Clare und Shane schon vor langer Zeit in ihr Herz geschlossen und sie zu Nichte und Neffe ehrenhalber ernannt. Falls sie die Wahrheit gewusst hätte …! In ihrer Küche hingen immer die neuesten Fotos am Kühlschrank, und sie schrieben sich regelmäßig SMS und E-Mails.

„Opal bedankt sich für das viele Brot“, berichtete Walker seiner strahlenden Schwester und verzog ein wenig das Gesicht. Diese allgegenwärtige Zurschaustellung von Freude bereitete ihm ein seltsames Unbehagen.

„Alle Brote sind verkauft worden!“, warf Clare ein. „Mom hat gesagt, dass der Basar heute ein kleines Vermögen eingebracht hat.“

„Das ist gut“, erwiderte Brylee und legte je einen Arm um Clares und Shanes Schultern, um sie sanft zu drücken. Als sie dabei Walkers Gesicht betrachtete, standen tausend Fragen in ihren Augen geschrieben.

„Wir gehen reiten“, verkündete Shane. „Kommst du mit?“

Brylee sah nach wie vor Walker an und hob fragend eine Braue.

„Natürlich kommt Brylee mit“, antwortete er an ihrer Stelle. Dabei fragte er sich, wann er seine Schwester das letzte Mal so glücklich erlebt hatte.

Auf jeden Fall fanden sie sich kurz darauf alle im Stall wieder, damit sie die Pferde für ihren Ausritt aussuchen konnten. Walker führte die Kinder zu den sanftmütigeren Tieren, er sattelte sie und brachte sie nach draußen, wo sie vom hellen Sonnenschein eines wunderschönen sommerlichen Sonntagnachmittags empfangen wurden.

So wie Walker war Brylee praktisch auf einem Pferderücken groß geworden, aber soweit er sich erinnerte, hatte sie schon seit Monaten nichts anderes mehr getan, als ihren treuen schwarzweißen Wallach Toby zu bürsten und zu striegeln. Einmal hatte sie Walker in einem schwachen Moment anvertraut, dass verschiedene Dinge – ein bestimmter Song oder auch die Nähe ihres Pferdes – ihr tief in ihrem Inneren Schmerzen bereiteten, weshalb sie sich davon fernhalten musste.

Bei dem Gedanken an dieses Geständnis rührte es ihn, dass seine Schwester den Kindern Anweisungen mit auf den Weg gab. Die zwei waren zwar schon ein paarmal geritten, doch es fehlte ihnen natürlich an jener Erfahrung, die das Reiten für Brylee so selbstverständlich machte, als wäre sie im Sattel zur Welt gekommen. Was er gerade erlebte, war die gute alte Brylee, die vor Leben sprühende Brylee, wie Walker sie kannte und liebte.

Brylee ritt voran, Clare hielt sich auf Tessie neben ihr, während sie alle zusammen Kurs auf die Ausläufer am Fuß des Big Sky Mountain nahmen. Walker folgte auf Mack, an seiner Seite saß ein völlig begeisterter Shane auf dem etwas fülligen und sanftmütigen Smokey.

Die vier Hunde bildeten mit nur geringem Abstand die Nachhut, blieben aber weit genug entfernt, damit sie nicht von den Hufen der Pferde getroffen werden konnten.

„Das ist toll!", erklärte Shane begeistert, der in seinem Sattel auf und ab wippte, während Brylee ihren Toby langsamer werden ließ, woraufhin auch die anderen das Tempo drosselten.

Walker lachte leise. „Du solltest dich besser an den Rhythmus deines Pferds anpassen, sonst wirst du morgen den ganzen Tag nicht sitzen können", riet er seinem Sohn.

Sein Sohn! Am liebsten hätte er vom nächsten Berggipfel in die Welt hinausgeschrien: *Meine Tochter, mein Sohn! Meine Kinder!*

„Das versuche ich ja", erwiderte Shane, dessen fröhliches Gesicht so strahlte, dass er es nahezu mit der Sonne hätte aufnehmen können.

Walker machte ihm vor, wie man sich in die Steigbügel stellte, weil das einem Reiter manchmal half, in den Rhythmus zu gelangen. Allerdings reichten die Beine des Jungen dafür nicht weit genug nach unten.

Nachdem sie gut eine Viertelstunde später den Fluss erreichten, saß Walker ab, ging zu Smokey und korrigierte den Sitz der Steigbügel, damit Shane in ihnen Halt fand.

„Ich bin wohl ein bisschen aus der Übung", meinte Shane leise, damit Brylee und Clare ihn nicht hören konnten.

„Das lässt sich leicht ändern", versicherte Walker ihm. „Es ist ja schon einige Zeit her, seit du das letzte Mal mit deiner Schwester hier warst, und ich nehme an, du hast in der Zwischenzeit nicht allzu oft Gelegenheit zum Reiten gehabt."

Shane sah ihn ernst an und schluckte einmal angestrengt. „Es wäre toll, wenn ich öfter herkommen könnte", erklärte er dann so zögerlich, dass er Walker damit einen Stich ins Herz versetzte. „Falls du mich … und Clare öfter hier haben willst."

Vorsicht! warnte Walker sich selbst, denn ein fast übermächtiges Drängen wollte von ihm, dass er den Jungen packte, ihn an sich drückte und ihm offenbarte, wie sehr er wollte, dass Shane und Clare eine größere Rolle in seinem Leben spielten. Wie sehr wollte er ihnen sagen, dass er ihr Vater war! Wie sehr wollte er all diese verlorene Zeit wiedergutmachen! Wie sehr wollte er, dass sie ihren rechtmäßigen Nachnamen Parrish anstelle von Elder trugen!

„Ihr könnt immer herkommen, wenn eure Mutter damit einverstanden ist", erwiderte er schließlich.

„Mom wird behaupten, dass du zu viel zu tun hast und dass wir dir nur im Weg sind", hielt Shane überzeugt dagegen.

Walker musste sich erst räuspern, ehe er wieder sprechen konnte. „Ich glaube, das kann ich besser beurteilen als eure Mutter. Was hältst du davon, wenn ich mit ihr rede?"

Das Strahlen auf Shanes Gesicht hielt nicht lange an. „Du kannst es ja mal versuchen", gab er dann betrübt zurück. „Aber Mom ist ziemlich stur. Jeder meint das, der sie kennt."

Ein raues Lachen kam Walker über die Lippen. „Das stimmt allerdings", musste er einräumen. „Doch ich schätze, man muss auch ziemlich stur sein, wenn man sich um zwei Kinder kümmert und gleichzeitig an einer Weltkarriere arbeitet."

Shane schien darüber nachzudenken, konnte aber vermutlich die Zusammenhänge noch nicht so richtig verstehen. Immerhin war er erst dreizehn, kein kleines Kind mehr, allerdings auch noch nicht erwachsen. „Kann schon sein", antwortete er unschlüssig.

„Wollen wir heute noch reiten oder lieber rumstehen und quatschen?", rief Brylee vergnügt. Sie und Clare saßen immer noch auf ihren Pferden.

Lachend schüttelte Walker den Kopf und stieg wieder in den Sattel, dann fasste er nach den Zügeln und hielt sie locker in der rechten Hand. „Bereit?", fragte er Shane.

Der nickte stolz und entschlossen. „Bereit", versicherte er.

Sie ritten gut eine Stunde, bis die Hunde schließlich hinter den Pferden zurückfielen. Das war das Zeichen, dass die Hunde – wie Walkers Dad es immer ausgedrückt hatte – genug Spaß für den Tag gehabt hatten.

Zurück im Stall unterhielt sich Brylee weiter angeregt mit Clare, während sie die Pferde absattelten und sie anschließend in ihre Boxen brachten. Auch als sie die Tiere striegelten und sie mit Futter versorgten, redeten sie immer noch.

„Warum quatschen Frauen eigentlich so viel?", fragte Shane. Er und Walker hatten die gleichen Tätigkeiten erledigt wie Brylee und Clare, dabei aber nur ein paar Sätze gewechselt. Es war nicht so, als hätten sie nichts gehabt, worüber sie sprechen konnten, doch Seite an Seite und Hand in Hand zu arbeiten, war ebenso eine Art Kommunikation, nur dass die mit wenigen Worten auskam.

„Ich habe keine Ahnung", antwortete er ganz ehrlich. „Ich vermute, Frauen sind einfach so gepolt."

„Vielleicht ja", erwiderte Shane. „Mike, also der Gitarrist meiner Mom, glaubt, dass Mädchen meinen, jemand wäre böse auf sie, wenn keiner mit ihnen redet."

„Das klingt mir ein bisschen zu simpel“, fand Walker. „Ich denke, starke Frauen wie deine Mutter, Brylee oder deine Schwester machen sich nicht allzu viele Gedanken darüber, ob jemand böse auf sie ist oder nicht. Sie haben genug damit zu tun, die Dinge zu machen, die gemacht werden müssen.“

Shane nickte bedächtig. In diesem Moment hätte Walker viel dafür gegeben, zu erfahren, was dem Jungen durch den Kopf ging. Wie musste es für ihn gewesen sein, fast seine ganze Kindheit in Tourbussen und Hotels zu verbringen? Hatte er sich geängstigt, weil er ständig neue Orte sah und neue Leute kennenlernte? Hatte er sich je gewünscht, irgendwo auf Dauer zu bleiben, eine normale Schule zu besuchen, Freundschaften zu schließen und Teil einer Baseball- oder Fußballmannschaft zu sein?

Eigentlich wusste er kaum etwas über Shane, und auch nichts über Clare. Diese Erkenntnis versetzte ihm einen Stich ins Herz, schmerzte und machte ihn wütend und noch vieles mehr, aber er presste die Lippen fest aufeinander, damit ihm nicht versehentlich die Wahrheit rausrutschte. Es mochte zwar stimmen, dass die Wahrheit etwas Befreiendes hatte, doch sie konnte auch Herzen brechen und verbrannte Erde hinterlassen.

Womöglich war es in diesem Fall längst zu spät für die Wahrheit, da sie unter Umständen mehr Schaden anrichten als Nutzen bringen würde.

Er war sich ziemlich sicher, dass Casey genau das glaubte – weshalb sie recht damit haben mochte, das Thema gar nicht erst anzuschneiden.

„Spaghetti zum Abendessen?“, fragte Brylee, nachdem die Pferde versorgt waren. Zwei Rancharbeiter waren bereits damit beschäftigt, auch die anderen Tiere zu füttern und alles für die Nacht vorzubereiten.

Die Kinder waren von dem Vorschlag begeistert, während Walker weiter schweigsam war, weil er immer noch daran denken musste, wie viel Zeit sie alle verloren hatten, die sie zusammen hätten verbringen können. Gewiss würde er diese Frau lieben können, falls er jemals dumm genug wäre, ihr absolut zu vertrauen, allerdings wenn sie in diesem Moment hier bei ihm gewesen wäre, hätte er ihr die Leviten gelesen, und zwar von Anfang bis Ende, nur um gleich darauf von vorn anzufangen, damit sie auch ganz sicher alles mitbekam.

Was immer auch zwischen ihm und Casey geschehen war, er war es inzwischen leid, irgendwelche Spielchen zu spielen, leid, am Spielfeldrand zu stehen und zusehen zu müssen, wie seine eigenen Kinder allmählich erwachsen wurden. Er war die Lügen und die Täuschungsmanöver und den ganzen übrigen Mist leid.

Wenn sie vier keine Familie sein konnten, dann sollte es eben so sein. In der heutigen Zeit war das nichts Ungewöhnliches mehr. Die Leute mussten damit zurechtkommen und versuchen, das Problem irgendwie zu lösen.

Aber während er den vier Hunden auf der seitlichen Veranda Wassernäpfe hinstellte und er aus der Küche fröhliches Gelächter hörte, war er sich in einem Punkt absolut sicher: Er war es endgültig leid, Casey als Einzige entscheiden zu lassen, wie es mit ihnen weitergehen sollte.

Ja, das würde Konsequenzen nach sich ziehen. Er würde eben einen Weg finden müssen, wie mit diesen Konsequenzen umgegangen werden sollte.

Nach einer Weile tauchte Mitch bei ihr auf, vermutlich weil er der Musik gefolgt war, die durchs Haus getragen wurde. Es waren die Klänge eines Songs, der sich einfach nicht in die richtige Form bringen lassen wollte.

Caseys Manager setzte sich auf die unterste Treppenstufe, stützte die Ellbogen auf seine Knie und legte das Kinn in eine Handfläche. „Du und dieser Cowboy“, sagte er nach einiger Zeit. „Ist das was Ernstes?“

Daraufhin hörte sie auf zu spielen, packte die Gitarre zurück in den Koffer und verschloss ihn. „Darf ich annehmen, dass mit ‚Cowboy‘ Walker gemeint ist?“

„Versuch nicht, mir auszuweichen, Case", erwiderte Mitch mit einem Anflug von Traurigkeit. „Dafür kennen wir beide uns schon zu lange."

Sie wandte den Blick ab. „Walker ist … ein Freund", entgegnete sie. Auch wenn sie Mitch noch so sehr respektierte und alles zu schätzen wusste, was er über die Jahre hinweg für sie getan hatte, würde er ganz sicher nicht noch vor ihren eigenen Kindern erfahren, was es mit ihrer Beziehung zu Walker auf sich hatte. Clare und Shane mussten es als Erste erfahren, dann war Brylee an der Reihe. Immerhin war das Ganze eine Familienangelegenheit.

„Wenn du das sagst", erwiderte er und saß immer noch auf der Stufe. Aus dem Augenwinkel sah sie, wie er die Hände zu einer hilflosen Geste hob. „Ich bin auch nicht hier, um mit dir über Walker Parrish zu reden."

„Habe ich auch nicht gedacht", konterte sie schwach grinsend, doch ihre witzig gemeinte Bemerkung verpuffte wirkungslos.

„Du bist mir wichtig, Casey", fuhr er fort. „Und die Kinder natürlich auch." Bei Mitch folgten Clare und Shane immer erst im Nachsatz, so als wären sie ein logistisches Problem. „Deswegen bin ich hierher nach Parable gekommen."

Daraufhin schaute sie ihn an, spürte aber, wie ein Gefühl der Angst in ihr aufstieg. „Was hast du gesagt?", fragte sie wie benommen.

„Du bist mir wichtig", wiederholte er.

Betretene Stille machte sich breit, während Casey überlegte, worauf Mitch hinauswollte.

„Du bist mir auch wichtig", sagte sie schließlich.

Mitch entspannte sich ein wenig und lächelte sie an. „Dann besteht ja vielleicht eine Chance."

„Eine Chance für was?" Casey hatte in diesem Moment keine Ahnung, was das heißen sollte. Erst später sollte ihr bewusst werden, dass sie sehr wohl hätte wissen können, wohin diese Unterhaltung führen würde.

Er schaute verletzt drein. „Mir ist klar, dass du mich nicht liebst", sprach er zögerlich weiter. „Dennoch werde ich dir diesen Antrag machen. Du bist erschöpft und ausgebrannt, Casey. Du brauchst zur Abwechslung mal jemanden, der sich um *dich* kümmert."

Sekundenlang saß sie nur da und konnte nicht fassen, was sie hörte. Zugegeben, ein paarmal hatte sie schon geglaubt, dass Mitch etwas für sie übrighatte, allerdings waren diese Momente stets schnell wieder vorüber gewesen. Alle paar Jahre heiratete er, ließ sich wieder scheiden und heiratete wenig später erneut. Sie hatte das immer kopfschüttelnd zur Kenntnis genommen, allerdings wäre es ihr nie in den Sinn gekommen, eine von diesen Frauen zu sein.

„Du bist für mich ein guter Freund, Mitch", sagte sie und versuchte dabei, sanft und nachdrücklich genug zu klingen. „Ich bin dir für alles dankbar, was du für meine Karriere getan hast, aber du hast recht damit, dass ich dich nicht liebe."

„Liebe wird überbewertet", konterte er auf eine sehr beiläufige Art, die aber nur aufgesetzt war, damit er seinen Stolz wahren konnte. „Was hat der Wunschtraum vom ewigen Glück dir gebracht, Casey? Zwei Kinder, doch keinen Ehemann. All dein Geld und dein Ruhm können nicht die Einsamkeit wettmachen, die du verspüren wirst, wenn deine Kinder alt genug sind, um ihr eigenes Leben zu beginnen."

Sie stutzte. *Was hat der Wunschtraum vom ewigen Glück dir gebracht, Casey?* Wollte Mitch damit andeuten, dass sie schon einmal verliebt gewesen war und man ihr das Herz gebrochen hatte? Ob das nun zutraf oder nicht, war ihre Sache und ging ihn gar nichts an.

„Was für ein Wunschtraum soll das denn gewesen sein?", wollte sie wissen und fühlte sich gereizt und schwindlig zugleich. Es kam ihr vor, als wäre sie in ihren schlimmsten Albtraum geraten, in dem sie die Bühne betrat, um für die ganze Welt zu singen, und mit Entsetzen feststellte, dass sie sich an keine einzige Zeile erinnern konnte.

„Lass uns mal ganz ehrlich sein", sagte Mitch so leichtfertig, dass Casey sich zusammenreißen musste, ihm keine Ohrfeige zu geben. „Ich weiß, Walker Parrish ist der Vater deiner Kinder, Casey." Er hob beide Hände ein Stück weit hoch. „Du brauchst es gar nicht zu leugnen. Shane ist ihm wie aus dem Gesicht geschnitten, und bei Clare ist die Ähnlichkeit auch zu erkennen. Nur muss man bei ihr etwas genauer hinsehen."

„Ich fasse es nicht!", fauchte sie empört, obwohl sie eigentlich keinen Grund für diese Empörung hatte, da Mitch nur die Wahrheit sagte. „Das sind … Spekulationen, Mitch. *Gefährliche* Spekulationen. Was glaubst du, was solche Behauptungen bei Shane und Clare anrichten werden?"

Mitch blickte sie einfach nur an, seine Miene strahlte etwas so Verständnisvolles aus, dass es sie rasend machte. „Keine Panik. Ich habe nicht vor, dein Geheimnis zu enthüllen, Casey. Ich liebe dich und ich liebe auch deine Kinder. Aber nach so vielen Jahren enger Zusammenarbeit denke ich, dass ich es verdient habe, dass du ehrlich zu mir bist."

„Ich denke eher, du solltest jetzt besser gehen."

„Ich werde nicht gehen", erklärte er, „solange du dich nicht einverstanden erklärt hast, mich zu heiraten."

Ungläubig riss sie den Mund auf. „Dich heiraten?"

„Na ja, ich sehe wohl nicht so aus wie der Elefantenmensch oder der unglaubliche Hulk", erwiderte Mitch. „Ich bin dein Geschäftspartner, Casey, dein Mentor und dein Berater, doch vor allem bin ich dein Freund. Vielleicht kann ich dir keine Leidenschaft und auch nichts von dem anderen Quatsch geben, den man angeblich für eine glückliche Ehe braucht, aber ich verstehe dich. Und ich kann dein Gefährte sein, ich kann dir Sicherheit bieten, einen guten Namen …"

„Einen *guten Namen*?", fiel Casey ihm aufgebracht ins Wort. Sie hatte sich schon genug Mist anhören müssen, weil die Leute der Meinung waren, sie müssten ihr Vorhaltungen machen, da sie alleinerziehend war und auf die vielen Vorzüge einer Ehe verzichtete. Unter keinen Umständen würde sie sich bei irgendwem dafür entschuldigen, dass sie ihr Bestes gegeben hatte. Außerdem war das ganz allein ihre Angelegenheit, und Mitch hatte nichts damit zu tun. Auch wenn sie noch so gute Freunde sein mochten, hatte er nicht das Recht, über sie zu urteilen – erst recht nicht, wenn man sich in Erinnerung rief, wie viele Anläufe in Sachen Ehe er schon unternommen hatte.

„Vielleicht hätte ich das etwas taktvoller formulieren können", räumte er betreten ein.

„Das möchte ich bezweifeln", entgegnete sie schnippisch. Sie war froh, dass sie frühzeitig ihre kostbare Gitarre weggepackt hatte, sonst wäre sie jetzt versucht gewesen, sie auf Mitchs Kopf zu zertrümmern. „Nein, Mitch. Das ist meine Antwort. *Nein.* Und abgesehen davon wäre ich dir dankbar, wenn wir in Zukunft so tun könnten, als hätte diese Unterhaltung nie stattgefunden."

„In diesem Fall sollte ich dir vielleicht besser vorschlagen, nicht länger dein Manager zu sein", meinte er leise.

„Ja, das wäre vielleicht das Beste." Äußerlich war Casey die Ruhe selbst, innerlich bebte sie vor Wut. Ohne Mitch hätte sie vielleicht immer nur in billigen Bars gespielt und wäre in drittklassigen Hallen als Vorgruppe für viertklassige Bands aufgetreten, doch auch wenn sie ihm viel verdankte, hatte sie ihm dafür nicht ihre Seele versprochen.

Mitch sagte weiter nichts, sondern stand auf und ging nach oben. Als Casey eine Viertelstunde später die Küche betrat, um sich noch einen Tee zu kochen, schaute sie vom Fenster aus zu, wie ihr alter Freund und Manager in seinen Mietwagen einstieg und wegfuhr. Vermutlich würde sie ihn nie wiedersehen.

„Verflucht", murmelte sie und blickte zu den beiden Katzen, die sich an ihre Beine schmiegten. Wenn die Hunde im Haus waren, gingen die zwei Katzen ihnen aus dem Weg, doch sobald Ruhe herrschte und Casey Trost brauchte, waren sie sofort zur Stelle.

Doris kam aus ihrem Apartment in die Küche. „Haben Sie was gesagt, meine Liebe?"

Mürrisch schüttelte Casey den Kopf und brachte ein schwaches Lächeln zustande. „Sie haben einen wundervollen Brunch für uns zubereitet, vielen Dank."

„Geht es Ihnen gut?", wollte eine leicht argwöhnische Doris wissen.

„Wieso fragen Sie?", gab Casey zurück und zog sie auf: „Nur weil ich Ihnen ein Kompliment für Ihre Kochkünste gemacht habe?"

„Nein, sondern weil Mitch Wilcox gerade eben abgefahren ist, als wäre der Teufel persönlich hinter ihm her. Außerdem habe ich nichts mehr von den Kindern gesehen oder gehört. Und von den Hunden übrigens auch nicht."

Casey ließ die Schultern sinken. „Die Kinder sind mit Walker weg, und die Hunde haben sie auch gleich noch mitgenommen."

„Ah, verstehe", erwiderte Doris.

Nein, Sie verstehen nicht, hätte Casey ihr am liebsten auf der Stelle widersprochen. *Ich bin im Begriff, die beiden wichtigsten Menschen in meinem Leben zu verlieren, möglicherweise für immer, und ich bin ganz allein daran schuld.*

„Es geht mir *wirklich* gut", behauptete sie stattdessen.

„Natürlich tut es das, meine Liebe", stimmte Doris ihr milde zu, ließ aber keinen Zweifel daran, dass sie es keineswegs so meinte. „Benötigen Sie noch irgendetwas? Falls nicht, würde ich mich gern meinen Sonntagsserien widmen. Ich will mich früh schlafen legen, damit ich für morgen ausgeruht bin. An Montagen geht es hier immer völlig verrückt zu."

Aus Caseys Sicht ging es in diesem viel zu großen Haus jeden Tag völlig verrückt zu, wenn auch auf eine gute Art.

„Nein, ich benötige nichts mehr, danke", antwortete Casey und wünschte der Frau eine gute Nacht.

Doris zog sich in ihr Apartment zurück und schloss die Tür hinter sich.

Danach stand Casey mitten in der riesigen Küche und kam sich mit einem Mal unglaublich einsam und verlassen vor. Würde es letzten Endes tatsächlich nur auf das hier hinauslaufen? Nach all der harten Arbeit und allen Strapazen?

Einsamkeit war und blieb Einsamkeit, daran änderte auch der schönste Luxus nichts.

Wenn sie es recht überlegte, war es eigentlich nie anders gewesen. Als Kind hatte sie sich die Zeit im großen Haus ihrer Großeltern vertrieben, sie war wie ein kleiner Geist von einem Zimmer zum anderen gewandert, der auf der Suche nach der Pforte hinauf in den Himmel war. Wären da nicht die Haushälterin Lupe und ihr Ehemann sowie der Gärtner Juan gewesen, hätte sie tagelang durch das Haus streifen können, ohne mit jemandem zu reden.

Wie war es nur möglich, dass sie so viel geschafft hatte, und letztlich befand sie sich doch wieder genau da, wo sie begonnen hatte?

5. KAPITEL

Das ziemlich abgemagerte Tier, das allein und in sicherer Entfernung vor den automatischen Schiebetüren des Supermarkts saß, erinnerte weniger an einen Hund als vielmehr an ein Bündel Wollreste mit Beinen und Knopfaugen. Nachdem Walker seinen Wagen geparkt und den Motor abgestellt hatte, beobachtete er eine Zeit lang den Hund. Dabei fiel ihm auf, dass die Leute an ihm vorbeigingen, ohne Notiz von ihm zu nehmen. Selbst in einer Stadt wie Parable gab es inzwischen doch einige Leute, die vor einem Problem lieber die Augen verschlossen oder in eine andere Richtung schauten, anstatt nach einer Lösung zu suchen oder zumindest jemanden anzusprechen, der eine Lösung wusste.

Walker Parrish war zum Glück – manchmal aber auch zu seinem eigenen Leidwesen – einer von den Leuten, die nicht einfach wegsahen. Zu verdanken hatte er das seinem alten Herrn, der ihm das allerdings nicht bloß gepredigt hatte, sondern mit gutem Beispiel vorangegangen war. „Wenn du irgendwo ein Problem siehst, Junge", hatte Barclay ihm dabei immer wieder eingetrichtert, „dann dreh dich nicht einfach um und denk, dass sich schon irgendwer darum kümmern wird. Krempel die Ärmel hoch, straff die Schultern und misch dich ein."

Da ihm also keine andere Wahl blieb – jedenfalls keine, die ihn vor einem schlechten Gewissen bewahrt hätte –, näherte er sich langsam dem Hund zu, damit der keine Angst vor ihm bekam. Nach dem Aussehen des Tiers zu urteilen, hatte es wohl schon so einiges durchgemacht.

„Hey, du Wollknäuel", sagte Walker mit sanfter Stimme und blieb immer noch auf Abstand.

Der Hund wich ein Stück weit vor ihm zurück, als wolle er sich im Schatten zwischen dem blauen Briefkasten und einem DVD-Verleihautomaten verstecken. Vermutlich rechnete er damit, dass Walker ihn treten und wegjagen würde.

„Hmm, eine Schönheit bist du nun wirklich nicht“, redete Walker leise weiter und schaute dem Hund in die Augen, ohne sich von der Stelle zu rühren. Kurz nachdem er von Casey aufgebrochen war, hatte Brylee ihn auf dem Handy angerufen und ihn gebeten, ihr auf dem Heimweg noch Milch, Glühbirnen und ein bestimmtes Shampoo mitzubringen. Er hatte ihr versprochen, das zu erledigen, auch wenn er gar nicht davon begeistert war, dieses Shampoo auf das Laufband zu stellen. In der Fernsehwerbung schien das Zeugs bei den Frauen einen Orgasmus auszulösen, wenn sie es benutzten, und ihm graute schon vor der Vorstellung, dass die Kasse den Preis nicht kannte und die Kassiererin einmal quer durch den Laden nach einer Kollegin rief, damit die ihr sagte, wie teuer die Flasche war. Allerdings sagte er sich, dass es auch schlimmer hätte kommen können. Schließlich hatte seine Schwester ihn nicht darum gebeten, eine Packung Tampons zu besorgen.

Der Hund winselte verhalten und machte einen winzigen Schritt auf Walker zu.

Walker ging in die Hocke und hielt ihm eine Hand hin. „Komm zu mir, Kleiner“, sagte er. „Ich tue dir nichts.“

Unterdessen marschierten die Leute an ihnen vorbei, fast so, als wäre Walker selbst plötzlich auch unsichtbar geworden, denn niemand nahm von ihm Notiz.

Zögerlich kam der Hund näher und näher, schnupperte an der Hand, leckte einmal über die Finger und wich dann abermals zurück.

Zwar machte es Walker traurig, ein Tier in einer solchen Verfassung zu sehen, doch zumindest war er froh, dass er jetzt Ablenkung hatte. Bevor ihm der Hund aufgefallen war, hatten sich in seinem Kopf die Gedanken überschlagen, die sich alle darum drehten, was er Casey sagen würde, sobald sich die passende Gelegenheit dazu böte. Natürlich hatte die sich nicht ergeben, als er vorhin bei ihr gewesen war, um die Kinder und die Hunde abzuliefern. Das lag vor allem daran, dass die Kinder – sein Sohn und seine Tochter – die ganze Zeit über in der Nähe geblieben waren, als könnten sie irgendetwas Wichtiges verpassen, sollten sie sich nur mehr als zwei Meter von ihnen entfernen.

Dank Brylees Einkaufsliste und diesem vom Schicksal gebeutelten Hund konnte Walker sich jetzt wenigstens mit anderen Dingen beschäftigen.

„Du wartest hier", sagte er zu dem Tier und richtete sich wieder auf, danach schaute er sich um, ob er irgendwo denjenigen, der das hilflose Tier hier zurückgelassen hatte, entdecken konnte. Aber mit Blick auf den erbärmlichen Zustand des Hundes musste er sich schon seit einiger Zeit von Essensresten ernährt haben, was dafür sprach, dass sein Besitzer ihn bereits vor Wochen ausgesetzt hatte. Doch möglicherweise war der Hund auch einfach von zu Hause weggelaufen, und seinem Herrchen war es egal, was aus ihm wurde. Oder er hatte sich verirrt und war inzwischen so weit von zu Hause entfernt, dass sein Besitzer gar nicht auf die Idee kam, ausgerechnet hier nach ihm zu suchen.

Walker hoffte auf Letzteres, während er den Supermarkt betrat, Glühbirnen, Milch und das peinliche Shampoo in den Wagen legte und dann noch einen Beutel Hundefutter, ein paar Näpfe und ein quietschendes Plüschstinktier kaufte. An der Schnellkasse entging ihm nicht, dass die Frau vor ihm heimlich die Waren in seinem Wagen zählte und dann enttäuscht zu sein schien, als sie feststellen musste, dass er die maximale Artikelanzahl eingehalten hatte.

Sobald er an der Reihe war, fragte er die Kassiererin, ob sie vielleicht wüsste, zu wem der Hund draußen vor der Tür gehörte. Die Frau, die um die zwanzig sein musste, kam ihm nicht bekannt vor, was vor allem daran lag, dass seine Ranch näher an Three Trees als an Parable lag und er alle Einkäufe, vor denen er sich nicht drücken konnte, eher in Three Trees erledigte. Sie schüttelte den Kopf und seufzte leise. Zwar hatte sie eine sehr eigenartige Frisur, die an einen Irokesenschnitt erinnerte, und sie trug entschieden zu viel Eyeliner, dennoch hatte Walker das Gefühl, dass sie ganz nett war.

„Sie könnten ihn nur zu Martie Wren bringen, sie leitet das Tierheim ‚Paws for Reflection'", schlug sie ihm vor. „Wenn sie noch einen Platz hat, wird sie den Hund sicher aufnehmen."

Walker nickte bedächtig, als hätte er soeben zum ersten Mal von dem Tierheim gehört, bezahlte und bedankte sich für den Tipp. Er kannte Martie, sie war eine Frau mit einem großen Herz für alle Tiere, doch irgendwie kam es ihm nicht richtig vor, den Hund einfach bei ihr oder bei irgendwem sonst abzuliefern und die Angelegenheit als erledigt zu betrachten. Was sollte der Hund denken, wenn er von demjenigen, der sich anscheinend um ihn kümmern wollte, gleich darauf schon wieder im Stich gelassen wurde?

Als er den Supermarkt verließ, saß der Hund noch immer in seinem Versteck. Seine Augen leuchteten in der einsetzenden Dämmerung und strahlten jene Art von Geduld aus, die man von einem leidenden Heiligen erwarten konnte.

Er brachte seine Einkäufe zum Auto, fuhr nah an den Eingang heran und stieg aus, während er den Motor laufen ließ. „Ich schlage vor, dass du mit mir mitkommst", sagte er zu dem Hund, der damit einverstanden zu sein schien, da er sich aus der geschützten Ecke hervortraute. Auf dem Bauch robbend näherte er sich Walker, der die Beifahrertür öffnete. Der vierbeinige Heilige spähte ins Wageninnere und raffte seinen noch verbliebenen Glauben an das Gute im Menschen zusammen, um einen letzten Versuch zu wagen.

Walker konnte nur hoffen, dass der Hund ihm nicht vor Schreck oder aus Panik ein Ohr abbiss, während er ihn vorsichtig hochhob und in den Fußraum vor dem Beifahrersitz setzte. Der Hund zitterte zwar, allerdings sträubte er sich nicht.

Ein Blick genügte, um festzustellen, dass das Tier kein Halsband trug. Das bedeutete, es gab keine Marke oder etwas Ähnliches, das zum Besitzer hätte führen können. Dass der Hund einen Chip haben könnte, hielt Walker für mehr als unwahrscheinlich.

„Von jetzt an wird es dir wieder gut gehen", versicherte er seinem neuen Begleiter. Zumindest diesem kleinen Tier konnte er ein solches Versprechen geben, von dem er wusste, er würde es auch halten können.

Das war doch immerhin etwas, auch wenn er lieber in der Lage gewesen wäre, solche Aussagen auch gegenüber Casey und seinen Kindern zu machen.

Der Hund rührte sich nicht, als Walker zurück zu seiner Ranch fuhr. Allerdings war nicht klar, ob der Hund froh war, sich nun in Sicherheit zu befinden, oder ob er einfach nur resigniert akzeptiert hatte, nun nicht mehr vor dem Supermarkt, sondern in Walkers Pick-up zu liegen.

Zwanzig Minuten später presste Brylee ungläubig eine Hand auf den Mund, sowie Walker in die Küche hereinspazierte und dabei den Hund wie ein Schäfer in den Armen hielt, der ein Lamm zurück zur Herde trug. Snidely, der in seiner gewohnten Ecke lag, hob kurz den Kopf, gähnte einmal herzhaft und schlief dann weiter.

„Was ist denn mit dem armen Ding passiert?“, fragte Brylee besorgt, während sie den Hund mit einer Mischung aus Mitgefühl und Empörung betrachtete.

„Das weiß wohl außer ihm selbst niemand“, antwortete Walker und ging an ihr vorbei in die Waschküche. Seine Schwester drehte den Wasserhahn am großen Waschbecken auf und nahm aus dem Regal das Hundeshampoo, das für Snidely gedacht war.

Behutsam duschte Walker den Hund ab und schrubbte das Fell, wobei Brylee beruhigend auf das Tier einredete, das diese Prozedur zitternd über sich ergehen ließ.

Erst nach einer dritten Portion Shampoo gelang es, den Dreck zum größten Teil zu lösen und abzuspülen. Zum Vorschein kam etwas, das nach einem Hund aussah, nicht nach einem schmutzigen, verfilzten Wollknäuel. Der Mischling von fragwürdiger Abstammung war schwarz und hatte Schlappohren, und er schien ein bisschen zu schielen. Er wies keine Verletzungen auf und machte auf den ersten Blick einen gesunden, wenngleich auch sehr ausgehungerten Eindruck. Unter dem Fell waren deutlich die Rippen zu ertasten, was hieß, dass er sich schon lange nicht mehr hatte satt essen können.

Während Walker ihn trocken rieb, lief Brylee zurück in die Küche, wo sie Snidely erklärte, was sich zugetragen hatte, und ihn dann aufforderte, sich dem Neuzugang gegenüber nett zu verhalten.

Unwillkürlich musste Walker grinsen, aber als er einige Minuten später mit dem vormaligen Wollknäuel in die Küche kam, hätte er schwören können, dass Snidely jedes Wort verstanden und beschlossen hatte, auf Brylee zu hören. Er tapste zu Walker und schnupperte an dem erbärmlich mageren Hund, dann trottete er zu seinem Kissen, das nur einer von vielen überall im Haus verteilten Plätzen war, die im Fall akuter Hundeerschöpfung als Schlafstätten benutzt werden konnten. Mit einem zielsicheren Biss schnappte sich Snidely sein Lieblingsspielzeug – einen knallroten Feuerwehrhydranten aus Plastik –, kam zurück und legte ihn vorsichtig dem schwarzen Hund hin.

„Ist das nicht süß?“, flüsterte Brylee erstaunt.

„Ich würde eher sagen, das ist höchst seltsam“, erwiderte Walker, der nicht so recht wusste, ob er das gerade tatsächlich gesehen hatte oder ob das bloß eine Halluzination gewesen war. Aus seiner Erfahrung konnte ein Hund die Anwesenheit eines anderen Hundes dulden, sobald es allerdings um Besitz und ums Futter ging, fand alle Toleranz gegenüber anderen Vierbeinern üblicherweise ein jähes Ende.

Brylee wischte seine Bemerkung mit einer flüchtigen Handbewegung beiseite. „Wie heißt er?“, erkundigte sie sich.

„Wenn ich das bloß wüsste“, gab Walker ironisch zurück. „Vielleicht erinnerst du dich ja, ich habe ihn vor dem Supermarkt entdeckt. Bislang hat er mir gegenüber keine Angaben zur Person gemacht.“

Sie verzog den Mund und schüttelte den Kopf, als wollte sie noch etwas für den Fall nachlegen, dass Walker nicht sofort begriffen hatte, was sie von seinem Kommentar hielt. „Du hast mich absichtlich falsch verstanden“, sagte sie dann grinsend.

„Der Hund braucht einen Namen, damit ihm klar wird, dass das nun sein Zuhause ist. Und er muss vom Tierarzt untersucht werden. Und er braucht bestimmt irgendwelche Vitamine, damit er wieder zu Kräften kommt."

„Besten Dank für Ihre Ratschläge, Dr. Dolittle", erwiderte Walker.

Plötzlich riss Brylee freudig die Augen auf. „Natürlich! Das ist es!", rief sie begeistert. „Wir nennen ihn Dolittle!"

Walker lachte leise. „Wie du meinst", sagte er und musterte den gleichmütig wirkenden Hund. „Allerdings glaube ich nicht, dass er sich hier so nützlich machen kann wie sein Namensgeber."

„Da irrst du dich", hielt Brylee entschieden dagegen. „Dolittle ist vielleicht nicht zum Viehtreiben geeignet, und er wird womöglich auch keinen Einbrecher vertreiben. Doch er kann dir ganz exzellent Gesellschaft leisten, und das ist wohl etwas Nützliches, oder nicht?"

„Vermutlich ja", räumte er ein, während der Hund ihn betrachtete.

„Hast du Shampoo und alles andere besorgt?", fragte Brylee, für die der herzerwärmende Augenblick offenbar schon wieder vorbei war.

„Liegt alles im Wagen", antwortete er und ging zur Tür, um die Einkäufe aus seinem Wagen zu holen.

Dabei musste er feststellen, dass Dolittle sein neues Herrchen ganz offensichtlich nicht aus den Augen lassen wollte. Der Hund hing wie eine Klette an Walker, als er das Haus verließ.

Zuerst brachte Walker den Sack Hundefutter und die Näpfe rein, aber so ausgehungert Dolittle auch sein mochte, hielt ihn die Aussicht auf eine Mahlzeit nicht davon ab, Walker auf Schritt und Tritt zu folgen, als der ein weiteres Mal zum Auto laufen wollte.

Brylee drängte sich an ihm vorbei und verkündete vergnügt, sie werde die anderen Einkäufe schon selbst reinholen. Währenddessen öffnete er den Beutel und gab eine Portion Futter in einen der Näpfe, den er dem Hund vorsetzte. Dolittle kam näher, schnupperte an der Mahlzeit, zog sich dann aber wieder zurück, als befürchtete er, es würde sich hierbei um eine Falle handeln.

Als Walker ihm auch einen Napf mit Wasser hinstellte, wurde deutlich, dass der Hund vor allem Durst hatte. Innerhalb weniger Augenblicke war der Napf leer, und Dolittle sah Walker auf eine Weise an, die keinen Zweifel daran ließ, dass er noch mehr von dem guten Quellwasser haben wollte.

Er füllte den Napf noch einmal auf, und erst als nur noch ein kleiner Rest übrig war, fiel der Hund über das Futter her.

Snidely beobachtete die Szene interessiert, dann tapste er näher, schnappte sich seinen Feuerwehrhydranten und trottete zu seinem Kissen zurück.

In der Zwischenzeit war Brylee ins Haus zurückgekommen, sie setzte die Einkaufstasche auf der Arbeitsfläche ab und schaute verzückt zu, wie Dolittle in seinen Napf vertieft dastand. Walker zerrte an seinem Hemd, das bei der Waschaktion mit dem Hund klatschnass geworden war, und betrachtete missmutig den Stoff. Das wiederum brachte Brylee zum Lachen, aber es war keiner von diesen verkrampften Lachern, die sie sich vor einer Weile angewöhnt hatte, vielmehr kam es von Herzen. Erst seit sie am Nachmittag mit den Kindern ausgeritten waren, hatte seine Schwester begonnen, wieder etwas aus sich herauszugehen. Es wurde auch allmählich Zeit.

„Gib mir das Hemd", forderte sie ihn auf. „Wenn ich das nächste Mal genug weiße Wäsche zusammenhabe, werde ich es mit waschen."

Er begann es aufzuknöpfen, doch das Ganze dauerte ihm einfach zu lange, also zog er das halb offene Hemd einfach über den Kopf, wobei er seine Haare durcheinanderbrachte. Als er dann halb nackt dastand, war er ein wenig verlegen und steuerte sein Schlafzimmer an, um in ein T-Shirt zu schlüpfen.

In dem Moment, da er die Küche verließ, hörte Dolittle auf zu fressen und folgte ihm durchs Haus.

Im Schlafzimmer durchsuchte Walker die antike Wäschetruhe und holte einen Stapel Decken heraus, die er ordentlich faltete und nahe dem Kamin übereinanderlegte. Während der Hund sein neues Bett begutachtete und dann jeden Winkel des Zimmers erforschte, fand Walker ein altes T-Shirt und streifte es über.

Sowie er in die Küche zurückging, war Dolittle ihm gleich wieder auf den Fersen. Brylee hatte sich in der Zwischenzeit mit Snidely in ihre eigenen vier Wände zurückgezogen, also schloss Walker die Hintertür ab, damit niemand unbemerkt das Haus betreten konnte. Die Einzigen, die an der eigentlichen Haustür klingelten, waren der Paketbote und jene Herrschaften, die auf Teufel komm raus jedem die frohe Botschaft verkünden wollten, ganz gleich, ob man daran interessiert war oder nicht.

„Scheint so, als wären wir zwei jetzt auf uns allein gestellt", sagte er zu dem Hund, dann holte er sich eine Dose Bier aus dem Kühlschrank, öffnete sie und griff nach einem Stuhl, den er so drehte, dass er sich umgekehrt draufsetzen konnte.

Dolittle widmete sich wieder seinem Futternapf.

Nachdem nun Ruhe eingekehrt war, bahnten sich seine vorübergehend verdrängten Gedanken an Casey und die Kinder wieder ihren Weg in seinen Kopf, so als wäre ein Damm gebrochen, der eine Flutwelle ausgelöst hatte.

Walker trank einen Schluck Bier und seufzte leise.

„Hüte dich bloß vor rothaarigen Frauen", meinte er schließlich zu Dolittle, der diesen Ratschlag allerdings gar nicht zur Kenntnis zu nehmen schien.

„Wo ist Onkel Mitch?", wollte Clare wissen, lange nachdem sie, Shane und die Hundebande wieder zu Hause eingetroffen waren. Sie stand auf Zehenspitzen und spähte aus dem Küchenfenster, da ihr aufgefallen war, dass das Gästehaus verlassen wirkte und der Mietwagen nirgends zu entdecken war.

Casey lümmelte in Flanell-Schlafanzughose und Shirt im Schneidersitz auf dem Stuhl und antwortete beiläufig: „Ach, er musste dringend zurück nach Nashville." Lügnerin, rief eine innere Stimme, die nicht zum Schweigen gebracht werden konnte. „Ich habe keine Ahnung, um was es sich handelt."

Shane, der ihr gegenübersaß und an einer Tasse mit heißer Schokolade nippte, schnaubte abfällig. „Gut so. Er will dich doch nur heiraten, Mom, und das wär der totale Mist."

„Wie kommst du denn auf so eine Idee?", presste Casey nur mit Mühe heraus, da ihr der Atem stockte.

Clare drehte sich interessiert zu ihnen um, bewahrte aber eine ausdruckslose Miene. Dennoch war ihr anzusehen, dass sie sich nur schwer zurückhalten konnte, ihre Meinung kundzutun.

„Er hat es mir *gesagt*", antwortete der Junge und gestikulierte, als müsse er sich jeden Moment übergeben. „Weil er meine Erlaubnis haben wollte, dir einen Antrag zu machen. Er meinte, ich bin ‚der Mann im Haus', und deshalb wäre das nur richtig, wenn er mich vorher fragt."

„Mich hat er auch gefragt", warf Clare beleidigt ein, „obwohl ich nicht ‚der Mann im Haus' bin."

Casey konnte nicht fassen, was sie da hörte. Es schürte nur noch mehr ihre Wut auf diesen Mann. Sie wollte etwas sagen, allerdings konnte sie vor Entrüstung bloß stammeln.

„Hat Mitch dir einen Antrag gemacht, Mom?", hakte Clare nach.

Frustriert kniff Casey die Augen zu, während sich stechende Schmerzen in ihrem Kopf ausbreiteten. „Ja, das hat er", erwiderte sie schließlich. „Jedenfalls war es so eine Art Antrag."

Beide starrten sie erwartungsvoll an, als sie die Augen aufmachte.

„Und was hast du ihm geantwortet?", fragte Shane, der ganz blass geworden war.

„Ich habe natürlich Nein gesagt", ließ sie ihre Kinder wissen und ärgerte sich ein wenig darüber, dass die beiden überhaupt irgendwelche Zweifel an ihrer Antwort auf ein solches Ansinnen hatten.

Clare strahlte übers ganze Gesicht und hob triumphierend die Faust, während Shane sichtlich erleichtert dasaß und murmelte: „Dann muss ich ja wenigstens nicht wegrennen."

„Du wolltest weglaufen?“, stieß Casey erschrocken hervor. Dass ihre Kinder von zu Hause ausreißen und spurlos verschwinden könnten, war eine ihrer schlimmsten Ängste. So etwas war für jedes Kind lebensgefährlich, allerdings wenn ein Kind eines Prominenten so etwas tat, war das praktisch eine Einladung zur Entführung mit anschließender Lösegeldforderung und einem mehr als ungewissen Ausgang. Beim bloßen Gedanken daran wurde ihr schon übel.

„Aber nur bis zur Timber Creek Ranch“, erwiderte Shane beiläufig, plötzlich allerdings wurde er ernst und fragte nachdenklich: „Glaubst du, Walker wünscht sich, dass Dawson McCullough sein Sohn wäre?“

Diese Frage kam wie ein Blitzschlag aus heiterem Himmel, der Casey so unvorbereitet traf, dass sie beim besten Willen keine Antwort darauf wusste.

Zum Glück erledigte Clare das für sie, als sie abfällig zu ihrem Bruder sagte: „Natürlich nicht, du Spatzenhirn. Walker interessiert sich nur für das, was echt ist. Er wünscht sich nicht irgendwelchen Blödsinn, der gar nicht Wirklichkeit werden kann.“

Es dauerte einen Moment, bis Casey sich wieder gefasst hatte. Nicht so sehr die Wortwahl ihrer Tochter bereitete ihr Sorgen, vielmehr störte sie der Zynismus in Clares Antwort.

War das noch die gleiche Clare, die als kleines Kind ohne den Hauch eines Zweifels an die Zahnfee und an Schutzengel und an den Weihnachtsmann geglaubt hatte, der immer wusste, ob sie und ihr Bruder auch brav waren? Casey wollte dieser Clare nachweinen, die unbeirrt ihren Strumpf überall da aufhängte, wo ihre Mutter zu Weihnachten gerade auftrat. Ob sie an dem Tag in einem Hotel oder im Tourbus waren, sie hatte ihrem jüngeren Bruder jedes Mal versichert, dass der Weihnachtsmann sie schon finden würde. Schließlich hatte er es davor auch jedes Jahr geschafft.

„Ich bin kein Spatzenhirn“, widersprach Shane verärgert. „Außerdem sollst du mich nicht beleidigen, du Pferdegesicht!“

„Das reicht jetzt!“, ging Casey erschöpft dazwischen. „Ab ins Bett mit euch, morgen ist auch noch ein Tag.“

„Es ist erst neun Uhr, Mom“, protestierte Clare.

„Ja, doch mir kommt es vor wie kurz vor Mitternacht“, erklärte Casey, schloss für einen Moment die Augen und drückte mit Daumen und Zeigefinger gegen ihren Nasenrücken. Die Kopfschmerzen wollten einfach nicht verschwinden.

„Kann ich noch ein bisschen im Internet surfen?“, fragte Shane und stand abrupt auf, was alle drei Hunde in Habachtstellung gehen ließ, um für jedes Abenteuer bereit zu sein, das womöglich auf sie wartete.

Casey hatte Fachleute beauftragt, die Seiten zu begutachten, die Clare und Shane im Netz besuchten, damit die unerwünschten Seiten gesperrt wurden. Aber im Vergleich zu ihr waren ihre Kinder wahre Computergenies, die vermutlich jede virtuelle Barriere überwinden konnten, die ihnen im Weg stand.

„Nein, schau lieber fernsehen“, erwiderte sie. „Oder noch besser: Lies ein Buch.“

Shane stöhnte auf, als wäre er soeben zu Einzelhaft verurteilt worden, dabei waren er und Clare echte Leseratten. Er hatte alle Harry-Potter-Bände gelesen, außerdem den „Kleinen Hobbit“ und den „Herrn der Ringe“ sowie etliche andere Fantasy-Romane.

„Geh erst noch mal mit den Hunden raus“, wies Clare ihren Bruder an. „Sonst erledigen die noch ihr Geschäft hier im Haus.“

Nach einem finsteren Blick in Clares Richtung nahm er dann tatsächlich die Hunde mit, um sie in den Garten zu lassen.

„Wann hast du eigentlich aufgehört, daran zu glauben, dass Wünsche wahr werden können?“, wollte Casey von ihrer Tochter wissen, kaum dass sie beide allein in der Küche saßen. Sie hatte sich gar nicht vorgenommen, diese Frage zu stellen, sie war ihr einfach in den Sinn gekommen.

Für ein Mädchen in ihrem Alter schaute Clare viel zu ernst drein. „Jedes Jahr, wenn ich die Kerzen auf meiner Geburtstagstorte auspuste, wünsche ich mir einen Dad.“ Sie ließ eine Pause folgen und machte eine ausholende Geste, als wollte sie andeuten, dass der so ersehnte Vater nicht da war. „Die Puste hätte ich mir sparen können.“

Casey musste Tränen zurückhalten. „Augen zu und durch", hatte ihr Großvater immer gesagt, wenn es darum ging, unerwünschte Gefühlsregungen zu unterdrücken.

Manchmal war das gar nicht so einfach.

„Oh, Honey", sagte sie schließlich, als ihre Stimme wieder mitspielte.

Clare zuckte beiläufig mit einer Schulter, während sie auf Casey zutrat, dann beugte sie sich vor und gab ihr einen Kuss auf den Kopf. „Jeder muss irgendwann mal erwachsen werden", meinte sie und lief nach oben in ihr Zimmer.

Eine Dreiviertelstunde später konnte Casey sich sicher sein, dass die Kinder in ihren Zimmern bleiben und die Hunde Ruhe geben würden. Sie griff nach ihrem Handy und durchsuchte das Telefonbuch, bis Walkers Nummer auf dem Display erschien. Ehe sie es sich noch einmal anders überlegen konnte, wählte sie. Es klingelte einmal, zweimal, dreimal. Ihr Herz raste wie wild, und eine leise Stimme in ihrem Hinterkopf forderte sie beharrlich zum Auflegen auf.

Dann meldete sich Walker mit schläfriger Stimme. „Casey?"

„Hast du schon geschlafen?", fragte sie.

„Nein, aber ... das heißt nicht, dass ich es nicht versucht habe."

Mit dem Handy am Ohr ging sie in das Wohnzimmer. „Du hattest recht", flüsterte sie. Wenn es einen Moment gab, in dem sie wirklich nicht belauscht werden wollte, dann war es dieser Moment. Die Worte kamen ihr nur mit Mühe über die Lippen.

Walker schwieg sekundenlang, ehe er einen beeindruckten Pfiff ausstieß. „Ähm ... wer spricht da noch mal?"

„Das weißt du verdammt gut", erwiderte Casey knurrend, die über seinen Witz gar nicht lachen konnte. „Und du musst mir das Ganze nicht noch schwerer machen, als es für mich ohnehin schon ist."

„Ich bin ganz Ohr", sagte er entgegenkommend. „Womit hatte ich denn recht?"

Er scheint sich bestens zu amüsieren, dachte sie mürrisch. „Wir müssen Clare und Shane die Wahrheit sagen."

„Babe, ich garantiere dir, dass du von mir nicht ein einziges Widerwort zu hören kriegst."

Mit dem Handrücken wischte sie ein paar Tränen weg. Reiß dich zusammen, ermahnte sie sich, allerdings half das nicht viel. „Die Frage ist nur, wie wir das am besten anstellen sollen."

„Geradeheraus", meinte er. „Kein Drumherumreden, sondern sofort die Karten auf den Tisch."

„Und wenn sie mich dafür hassen werden?", wandte sie ein.

„Eine Weile werden sie sauer auf dich sein", sagte Walker besänftigend. „Doch hassen werden sie dich deswegen ganz sicher nicht."

„Ich dachte immer, ich tue das Richtige für sie."

„Ich weiß." Walkers Stimme klang sanft und rau zugleich, so wie man es von einem Cowboy erwarten konnte, der diese Bezeichnung zu Recht trug. „Mit der Zeit werden Clare und Shane das schon begreifen."

„Mit der Zeit", wiederholte sie deprimiert.

„Mach das Ganze nicht schlimmer, als es tatsächlich ist, Case", riet er ihr. Wie anders sich das doch anfühlte, wenn nicht Mitch, sondern Walker die Kurzform ihres Namens benutzte. „Ich werde dich nicht allein die gesamte Schuld tragen lassen. Meine Kinder sollen nur wissen, dass sie meine Kinder sind und dass ich sie liebe. Sie sollen sich nicht auf eine Seite schlagen, als wenn das hier ein Krieg wäre."

„Sie werden sich aber auf eine Seite schlagen", beharrte Casey, während sie im dunklen Wohnzimmer auf und ab lief. „Du wirst der strahlende Held sein und ich Darth Vader."

„Wer sagt, dass ich den Helden spielen will? Und du musst nicht der Schurke sein."

Casey stutzte und musste sich erst noch einmal seine Worte durch den Kopf gehen lassen. „Soll das heißen, du willst mir den Rücken stärken?", fragte sie, obwohl sie so etwas kaum zu hoffen wagte.

„Natürlich", antwortete er, ohne zu zögern. „Du bist ihre *Mutter*, Case, eine gute Mutter. Clare und Shane werden das schon überleben. So wie wir alle."

„Meinst du wirklich?“ Es war eine überflüssige Frage, doch sie musste sie einfach stellen.

„Habe ich dir je von *meiner* Mutter erzählt?“, gab er zurück.

„Nicht dass ich wüsste.“ Sobald sie damals mit Walker allein gewesen war, hatten sie eigentlich über nichts und niemanden geredet, weil sie viel zu beschäftigt damit gewesen waren, sich zu lieben und Kinder zu zeugen.

„Erinnere mich bei Gelegenheit daran, dass ich das mal nachhole“, meinte er, während das männliche Timbre seiner Stimme sie erschauern ließ.

Sie nahm sich vor, das zu tun, aber das Problem war, dass sie im Moment an gar nichts anderes denken konnte als an die Gesichter ihrer Kinder, während sie ihnen die Wahrheit sagte.

Ach, übrigens, hörte sie sich im Geiste reden. *Walker ist euer leiblicher Vater. Tut mir leid, dass ich euch das nicht schon früher erzählt habe.*

„Wie sollen wir das angehen?“ In diesem Moment fehlte ihr ein richtig altmodisches Telefon, bei dem man mit der geringelten Schnur spielen konnte, falls man nervös war.

„Sehr behutsam“, antwortete Walker. „Ist dir eigentlich jemals der Gedanke gekommen, sie könnten sich darüber freuen, auf normalem Wege gezeugt worden zu sein und nicht in einem Reagenzglas?“

Casey erinnerte sich unwillkürlich daran, was Clare ihr in der Küche gesagt hatte, die Sache mit dem unerfüllt gebliebenen Geburtstagswunsch. Das Bedauern, ihrer Tochter das vorenthalten zu haben, versetzte ihr einen heftigen Stich ins Herz. „Ich habe solche Angst“, gestand sie ihm.

„Du musst das nicht allein hinter dich bringen“, versprach Walker ihr.

„Wann?“, fragte sie und lief wieder unruhig auf und ab. „Wann werden wir es ihnen sagen?“

„Ich glaube, erst mal sollten wir beide in Ruhe darüber sprechen“, meinte er. „Und zwar von Angesicht zu Angesicht, damit wir alle Unklarheiten im Voraus aus dem Weg räumen und wir uns nicht in Widersprüche verheddern, sobald wir mit den beiden reden."

Casey verspürte mit einem Mal eine ungeheure Erleichterung. „Walker?"

„Was?"

„Danke."

„Wofür danke?", stieß er verdutzt hervor.

„Dafür, dass du die Situation nicht ausnutzt, um dich an mir zu rächen. Manche Männer würden das tun."

„Ja, aber ich bin nicht ‚manche Männer', und das solltest du besser nicht vergessen, Casey."

Als ob sie jemals vergessen könnte, wie einzigartig und besonders Walker Parrish war. Ein leidenschaftlicher Mann mit starkem Körper und noch stärkerem Charakter, der den Kindern zuliebe ein Geheimnis bewahrt hatte, das er gar nicht für sich hatte behalten wollen. Und jetzt, nachdem er so viele Jahre den guten Freund der Familie gemimt hatte – und dabei hatte er nie einen Hehl aus seinem Missfallen über die Situation gemacht –, wollte er erst einmal alle Unklarheiten im Voraus klären, damit sie sich nicht in Widersprüche verhedderten.

Das war eine beachtliche Leistung.

„Gute Nacht", sagte sie schließlich.

„Wir sehen uns morgen", erwiderte er.

„Aber was ist mit den Kindern?", fragte sie beunruhigt. „Wenn sie dabei sind …"

„Die Kinder können bei deiner Haushälterin bleiben. Oder bei deinem Manager, falls du sie ihm anvertrauen kannst."

„Mitch ist weg", antwortete sie, auch wenn sie ihm das ursprünglich gar nicht hatte verraten wollen. „Wir hatten eine … Meinungsverschiedenheit."

Als Walker daraufhin lange Zeit schwieg, wusste sie, er hätte darüber gern mehr erfahren, allerdings hakte er nicht weiter nach. „Na gut, dann bleibt ja nur deine Haushälterin."

„Richtig", bekräftigte Casey. „Dann passt Doris auf die Kinder auf."

„Ich hole dich vor dem Frühstück ab, wir essen im ‚Butter Biscuit', und dann fahren wir zur Ranch und reiten los."

„Ist schon eine Weile her", wandte sie ein.

„Was ist schon eine Weile her?", fragte er amüsiert. Seine tiefe, raue Stimme ließ Caseys Nervenenden kribbeln.

„Seit ich das letzte Mal auf einem Pferd gesessen habe", erwiderte sie mit Nachdruck, während ihre Wangen glühten.

„Gut, dass wir das schon mal geklärt haben", neckte er sie. „Sonst hätte ich noch geglaubt, dass du meinst, es ist schon eine Weile her, seit wir uns das letzte Mal geliebt haben."

Casey wusste darauf nichts zu erwidern. Was sollte sie denn auch sagen? Dass sich ihr Körper nach seiner Berührung verzehrte? Dass sie nach zwei Schwangerschaften und jeder Menge Herzschmerz doch wieder seinem Zauber erliegen würde, falls sie nur eine Gelegenheit dazu bekam?

„Bis morgen", verabschiedete Walker sich nach einer vielsagenden Pause.

„Ja, bis morgen", entgegnete Casey seufzend.

„Da kommt Walker", verkündete Shane, der vom Fenster aus zusah, wie der ihm vertraute Pick-up in die Einfahrt zum Haus einbog.

„Echt?" Clare sprang auf und lief zum Fenster, um sich zu vergewissern.

Casey, die mit einer Tasse Kaffee am Tisch saß, stöhnte leise. „Walker und ich gehen gemeinsam frühstücken."

Beide Geschwister schauten sie über die Schulter erstaunt an.

„Können wir mitkommen?", fragte Shane.

„Heute nicht", antwortete sie.

„Und was sollen wir tun?", rief ihre Tochter mit übertriebenem Entsetzen. „Etwa verhungern?"

Casey verkniff sich einen Lacher, weil sie wusste, der hätte sich in ihrer momentanen Verfassung wohl eher wie ein Schluchzer angehört. „Doris wird euch was zu essen machen." Die Wagentür wurde zugeworfen, und mit ein paar Sekunden Verzögerung begannen die Hunde zu bellen. „Außerdem seid ihr beide ja nicht völlig hilflos."

„Was läuft hier?", ließ Clare nicht locker, die die Arme verschränkt und auf starrsinnig umgeschaltet hatte.

„Nichts, worüber du besorgt sein müsstest", versicherte Casey ihr. *Noch nicht zumindest.* „Die Leute vom Verleih kommen heute vorbei und holen das Karussell ab. Wenn ich bis dahin nicht zurück sein sollte, dann achtet bitte darauf, dass sie beim Abtransport nicht schon wieder sämtliche Blumenbeete platt walzen."

„Was soll denn das für eine Antwort sein?", beharrte eine sichtlich verärgerte Clare.

„Die Art von Antwort, mit der du dich zufriedengeben musst", konterte Casey. Walker hatte fast die Stufen zur Veranda erreicht, in seiner üblichen Kombination aus Jeans, Stiefeln und gestärktem Westernhemd sah er einfach unverschämt gut aus.

Die Kinder versuchten zu Caseys Überraschung nicht, Walker zu überreden, damit er sich über Caseys Entscheidung hinwegsetzte. Zwar hatte sie Clare und Shane nicht maßlos verwöhnt, aber sie hatte sie auch nicht so erzogen, dass sie einfach aufgaben, obwohl sie etwas wirklich wollten. Sie waren Kämpfertypen, so wie sie selbst auch, und sie hielten sich nur selten mit ihrer Meinung zurück.

Walker begrüßte sie, dann tätschelte er jedem Hund den Kopf. „Ich habe Dolittle mitgebracht", sagte er zu Casey, nachdem die Kinder und die drei Hunde sich ein Stück weit entfernt hatten. „Er ist ein bisschen eigen, wenn es darum geht, dass er allein gelassen wird."

„Dolittle?", fragte Casey verwundert.

„Mein Hund", sagte Walker grinsend und mit einem Anflug von Stolz in seinem Tonfall. „Er hat sich zwar damit einverstanden erklärt, auf dem Rücksitz mitzufahren, allerdings musste ich ihn davon erst überzeugen."

6. KAPITEL

Walker parkte genau vor dem „Butter Biscuit Café". Casey drehte sich auf dem Beifahrersitz weit genug herum, um nach Dolittle zu schauen und sanft auf ihn einzureden, dass ihm nichts passieren würde, wenn er im Wagen wartete, während sie frühstückten.

Dolittle schien Casey auf der Stelle ins Herz geschlossen zu haben und entpuppte sich als überraschend kooperativ, was die vorübergehende Trennung betraf. Es musste wohl an Caseys berühmtem Charisma liegen.

„Siehst du?", meinte Casey zu dem Hund und zeigte auf das große Schaufenster, durch das man einen Blick auf einen Teil der Theke und auf die teilweise besetzten Tische werfen konnte. „Wir werden da vorne sitzen, wo du uns die ganze Zeit über beobachten kannst."

Walker hielt sich nicht für einen gefühlsduseligen Mann, aber die Art, in der Casey mit Dolittle sprach, und die Art, wie der Hund auf sie zu reagieren schien, rührte ihn. „Du unterhältst dich mit einem Hund", sagte er zu ihr und öffnete die Fahrertür.

„Und was ist daran schlimm?", erwiderte sie und blieb sitzen, während Walker um den Wagen herumging, um ihr die Tür aufzuhalten.

Als er sich neben ihr in die offene Tür stellte, schob er den Hut ein Stück weit in den Nacken und grinste sie an. „Vermutlich gar nichts", räumte er ein und klammerte sich am Türrahmen fest, weil er fürchtete, sich in ihren unglaublich grünen Augen zu verlieren und in unergründliche Tiefen gezogen zu werden.

Sie lächelte ihn ein wenig wehmütig an, falls er ihren Gesichtsausdruck richtig deutete. Dann schnallte sie sich ab und drängte sich an Walker vorbei aus dem Auto. Ihr feuerrotes Haar hatte sie zu einem Pferdeschwanz zusammengebunden, die Morgensonne ließ es intensiv leuchten. Als sie so dastand, in ihren Jeans, den schlichten Stiefeln und dem blauen Baumwolltop, wirkte sie wieder wie ein Teenager.

Walker holte Dolittle von der Rückbank, damit er sich auf dem Beifahrersitz niederlassen und die Pfoten am Armaturenbrett abstützen konnte, damit er sie beide durch die Windschutzscheibe sehen konnte. Das Seitenfenster öffnete er ein Stück, um sicherzustellen, dass genug frische Luft in den Wagen kam. Dann ging er Seite an Seite mit Casey zum Eingang, allerdings nicht so nah, dass sie sich berührten.

Er warf einen leicht irritierten Blick über die Schulter, da er ein klägliches Jaulen und Heulen erwartet hatte. Aber Dolittle sah ihn von seinem Platz auf dem Beifahrersitz ganz ruhig an, als wüsste er ganz genau, dass man ihn diesmal nicht wieder im Stich lassen würde.

„Ihm geschieht schon nichts", versicherte Casey ihm, während er ihr die Tür zum Café aufhielt. Auf dem Weg hierher hatte er ihr davon erzählt, wie er vor dem Supermarkt auf den Hund aufmerksam geworden war, und sie war fast zu Tränen gerührt gewesen, dass er das arme Tier mitgenommen hatte.

Im Lokal wurden sie Caseys Wunsch entsprechend von der stämmigen Inhaberin Essie sofort zu einem Tisch am Fenster geführt. Sie setzten sich so, dass sie sich anschauten konnten, und spielten verlegen mit der Speisekarte. Verstohlen warfen die anderen Gäste ihnen neugierige Blicke zu.

Casey sah aus dem Fenster und winkte Dolittle zu, der sie beide so im Auge behielt, wie sie es ihm gesagt hatte.

„Ich schätze, er hat dir jedes Wort geglaubt", sagte Walker, der sich für das Spezialfrühstück entschieden hatte, ohne überhaupt zu wissen, was das alles umfasste. Aber dank dieser Frau, die ihm gegenübersaß, gingen ihm bereits genug Dinge durch den Kopf, da musste er sich nicht unbedingt mit noch mehr befassen, auch wenn es sich dabei um etwas ganz Banales handelte.

Casey wandte sich zu ihm um. „Natürlich hat er mir geglaubt", erwiderte sie und grinste flüchtig. „Sehe ich so aus, als würde ich lügen?"

Es folgte ein Augenblick betretenen Schweigens, da ihnen beiden bewusst wurde, was sie da gerade eben gesagt hatte.

Casey war plötzlich wie erstarrt, doch Walker beschloss, ihr die offensichtliche Antwort auf diese Frage zu ersparen. Stattdessen räusperte er sich. „Ich hoffe, du hast genug Hunger mitgebracht. Die Portionen hier im ‚Butter Biscuit' sind riesig."

Casey schluckte schwer, in ihren Augen schimmerten ein paar Tränen, die sie rasch wegblinzelte, als Essie mit der Kaffeekanne in der einen und dem Bestellblock in der anderen Hand an den Tisch trat. Hinter ihrem Ohr klemmte ein winziger Bleistiftstummel.

„Was darf's sein?", fragte Essie. Vermutlich war sie der Ansicht, dass ihr nichts anzumerken war, dabei war gar nicht zu übersehen, dass die Frau fast vor Neugier platzte und darauf brannte, die beiden Gäste auszuhorchen. Jedem in Parable war bekannt, dass Walker und Casey befreundet waren, aber für Essie musste das hier wie ein Date wirken. Vielleicht sogar wie ein gemeinsames Frühstück nach einer gemeinsam verbrachten Nacht.

Von wegen.

„Ich nehme das Spezialfrühstück", brachte Walker heraus und versuchte krampfhaft, nicht rot anzulaufen. Doch er spürte genau die Blicke der anderen Gäste, die darüber spekulierten, was es mit diesem Paar am Fenster auf sich hatte. Casey und er konnten vermutlich von Glück reden, wenn der Tratsch erst einsetzte, nachdem sie beide wieder gegangen waren.

„Mit oder ohne Soße?", fragte Essie.

Da Walker keine Ahnung hatte, was zu dem Frühstück gehörte, antwortete er vorsichtshalber: „Mit." Seiner Meinung nach gab es nur wenige Gerichte, die nicht von Essies lukullischer Soße profitierten.

Casey bestellte irgendetwas – Walker kriegte nicht mit, was es war –, dann musterte Essie sie beide mit einem wissenden Lächeln, nahm die Speisekarten an sich und kehrte in die Küche zurück.

Mit einem Mal kam wieder Leben in die übrigen Gäste, die ihr Frühstück unterbrochen hatten, als Walker und Casey fast wie ein Paar das Lokal betreten hatten.

„Schön zu wissen, dass ich nicht als Einzige nervös bin", sagte sie.

Walker beabsichtigte nicht, preiszugeben, dass ihm die Nerven flatterten. Nach außen hin war er die Ruhe selbst. Allerdings würde er so bald nicht nach seiner Kaffeetasse greifen, schließlich konnte er nicht sicher sein, dass seine Hand nicht doch zittern würde.

Sicherheitshalber legte er die Hände verschränkt auf den Tisch. Das gemeinsame Frühstück vor dem ernsten Gespräch war ihm zunächst wie eine gute Idee vorgekommen, allerdings war er davon inzwischen nicht mehr so überzeugt.

Ein schelmischer Ausdruck schlich sich in Caseys Augen. „Walker, du siehst ja aus, als würdest du jeden Moment vor Schreck tot umfallen. Du weißt doch, ich beiße nicht."

Diesmal konnte er nicht anders, zog eine Braue hoch und fragte: „Wirklich nicht?"

Prompt bekam sie einen knallroten Kopf, beugte sich sichtlich irritiert vor und zischte ihm zu: „Knabbern und beißen sind zwei verschiedene Dinge."

Das war der Moment, als die Anspannung schlagartig nachließ und Walker so laut zu lachen begann, dass alle im Lokal ihn anstarrten.

„Das ist *nicht* witzig", sagte sie und funkelte ihn aufgebracht an.

Walker riss sich zusammen. „Wie du meinst, Casey Jones", erwiderte er mit gespielter Unterwürfigkeit.

„Verdammt", fauchte sie. „Ich hasse es, wenn du *damit* anfängst!"

„Wenn ich womit anfange?", erwiderte er verwundert. „Wenn ich ‚Casey Jones' zu dir sage?"

„Nein, sondern wenn du Dinge wie ‚wie du meinst' sagst. Das ist herablassend, das ist so, als würdest du meine Gefühle missachten! ‚Kümmert euch nicht um die kleine Lady, sie ist halt manchmal so drauf.'"

„Hoppla", stieß er hervor. „Jetzt aber mal langsam. Ich glaube, du interpretierst da ein bisschen zu viel in eine harmlose Bemerkung hinein."

Sie lehnte sich zurück. Wenn es nicht bedeutet hätte, ihm eine Szene zu machen, wäre sie wahrscheinlich auf der Stelle aus dem Lokal gestürmt und zu Fuß nach Hause gelaufen, ohne sich auch nur einmal umzudrehen.

„Okay, Walker, *wie du meinst.*"

„Pass auf", sagte er und schaute ihr in die Augen. „Wenn du dich mit mir streiten willst, damit wir nicht über ... über das reden müssen, über das wir sprechen wollen, dann kannst du gleich wieder damit aufhören, weil ich mich nicht von dir in einen Streit verwickeln lassen werde."

Schließlich hob sie abwehrend die Hände und lenkte ein, zumindest hatte es diesen Anschein. „Okay", entgegnete sie und wiederholte gleich darauf mit mehr Nachdruck: „*Okay.*"

Bis Essie ihnen das Essen servierte, schwiegen sie beide. Casey bekam pochierte Eier auf Weizentoast, auf Walkers Teller schwammen ein Würstchen und ein paar Eier in einem Meer aus Bratensoße. Mit einem Mal war ihm der Appetit vergangen, auch wenn er bis zu dem kurzen Streit einen Bärenhunger gehabt hatte. Doch falls er nichts aß, würde Casey merken, dass ihn das Wortgefecht getroffen hatte, und den Gefallen wollte er ihr nicht tun. Also griff er nach dem Besteck und wollte anfangen zu essen.

Casey hockte da und sah mit einem Anflug aus Entsetzen auf ihren Teller, so als wäre das kein gewöhnliches Ei, sondern ein Zyklopenauge, von dem sie angestarrt wurde. „Warum muss das immer passieren?", fragte sie so leise, dass Walker sie kaum hören konnte, auch wenn es im „Butter Biscuit Café" ungewöhnlich ruhig war.

Er hätte so tun können, als wüsste er nicht, wovon sie redete, und er hätte die Frage an sie zurückgeben können. Allerdings verbat ihm sein persönlicher Ehrenkodex, so etwas zweimal hintereinander zu machen.

Außerdem war ihm ja soeben vor Augen geführt worden, wohin das führte.

„Keine Ahnung“, räumte er ein. „Aber in der Vergangenheit ist es immer gut ausgegangen.“

Zwar gab sich Casey alle Mühe, mürrisch dreinzuschauen, doch letztlich konnte sie sich ein schnaubendes Lachen nicht verkneifen. „Du bist unmöglich“, sagte sie und fügte im Flüsterton hinzu: „Es ist mit einem *Baby* ausgegangen, und dann mit *noch einem* Baby.“

„Ich bin nie dahintergekommen, wie das mit den Babys möglich sein konnte“, entgegnete er zwinkernd und brachte sie erneut zum Grinsen.

Sie aßen auf – zweimal unterbrochen von Leuten, die Casey um ein Autogramm baten, das sie ihnen auch bereitwillig gab –, dann bezahlte er die Rechnung, legte ein Trinkgeld für Essie drauf und sah dann der Reihe nach jeden an, der ihm hinterherschaute, als er zusammen mit Casey das Restaurant verließ.

Zurück an seinem Wagen setzte er den überglücklichen Dolittle wieder auf die Rückbank, und Casey nahm auf dem Beifahrersitz Platz. Nachdem Walker eingestiegen war und den Motor angelassen hatte, wurde ihm bewusst, dass sie beide jetzt allein waren und ungestört reden konnten.

Was sie dann allerdings nicht machten.

Casey hockte schweigend da und schien in irgendwelche Gedanken vertieft zu sein, während er fuhr. Als sie die Ranch erreichten, war Brylees Wagen nirgends zu entdecken, also war sie bei der Arbeit. Seine Angestellten waren anderswo beschäftigt, was Walker mit Erleichterung zur Kenntnis nahm. Er hatte schon alle Hände voll damit zu tun, sich um eine einzelne Person – Casey – zu kümmern, da wäre alles andere schlicht zu viel für ihn gewesen.

„Ich schätze mal, dass du nicht mehr weißt, wie man ein Pferd sattelt“, erkundigte er sich, als er ausstieg und um den Wagen herumging, um ihr die Tür aufzuhalten. Dann hob er den Hund vom Rücksitz und setzte ihn auf dem Boden ab.

„Ich kann es gar nicht vergessen haben“, antwortete sie und sprang aus dem Auto, „weil ich es noch nie gewusst habe.“

Walker fragte sich, ob sie wohl Angst hatte. Vor allem aber fragte er sich, ob es tatsächlich eine gute Idee von ihm gewesen war, über ein so wichtiges Thema bei einem Ausritt zu reden. Vielleicht sollten sie besser ins Haus gehen und sich da unterhalten, so wie normale Leute das taten.

Das Problem dabei war nur, dass dieses Gespräch für Walker viel zu wichtig und zu bedeutsam war, weshalb es nur unter freiem Himmel geführt werden konnte. So viel Platz sein Haus auch zu bieten hatte, würde er dort das Gefühl haben, dass es um ihn herum schrumpfte, bis er glaubte, ersticken zu müssen, und sich nicht mehr auf die eine Sache konzentrieren konnte, auf die es eigentlich ankam.

„Wenn du gestattest", sagte er und deutete mit einer schwungvollen Geste in Richtung der Scheune.

Womöglich fürchtete Casey sich tatsächlich, aber ihm war klar, dass sie sich das nicht anmerken lassen würde. Mit hocherhobenem Kopf und gestrafften Schultern schlenderte sie durch das Scheunentor, als wäre sie Annie Oakley, die jeden Moment bei einer Wildwest-Show Kunststücke auf dem Pferderücken und mit dem Schießeisen vorführen wollte.

Egal, was die Leute über Casey Elder sagen mochten, es stand außer Frage, dass diese Frau Mumm hatte. Er sattelte Smokey, den Wallach, auf dem tags zuvor Shane geritten war, danach war sein persönlicher Liebling Mack an der Reihe. Sowie er die beiden Pferde aus der Scheune führte, folgte Casey ihm nach draußen, wo Dolittle auf sie zurannte, da er wohl neugierig war, was sich da abspielte.

Die Sonne ließ das gepflegte Fell der Tiere glänzen. Demonstrativ selbstständig saß Casey allein auf ihrem Pferd auf, wobei sie sich zwar ein wenig ungelenk bewegte, was Walker allerdings geflissentlich übersah. Außerdem verkniff er es sich, ihr vorzuführen, wie elegant er seinerseits aufsitzen konnte. Er und Brylee waren in ihrer Kindheit ohne Sattel geritten und hatten Stricke anstelle von Zaumzeug benutzt, weshalb sie beide es so mühelos auf einen Pferderücken schafften, als wären sie Nachfahren der Apachen.

„Wenn du willst, kannst du mitkommen“, sagte er zu Dolittle, der dastand und den Kopf ein wenig schräg gelegt hatte, während er genau beobachtete, was um ihn herum passierte.

Anstatt aber sie zu begleiten, machte der Hund kehrt, trottete zur Veranda, trank aus Snidelys Wassernapf und legte sich anschließend in den Schatten.

„Ich komme wieder“, rief Walker ihm zu.

„Er weiß, dass du wiederkommen wirst“, meinte Casey.

„Sieht ganz so aus.“

Auf dem Weg zu seinem Lieblingspfad, der sich von der anderen Seite des Bergs durch dessen Ausläufer hinaufschlängelte, drehte sich Walker immer wieder mal um, doch der Hund rührte sich nicht von der Stelle. Womöglich war für ihn dieser Morgen schon aufregend genug gewesen.

Casey war wie für ein Leben im Sattel geboren. Sie hielt die Zügel korrekt, ganz im Gegensatz zu den meisten Neulingen auf einem Pferd, die glaubten, daran zerren zu müssen. Und als sie die Straße überquert hatten und die erste Steigung in Angriff nahmen, stellte Walker erfreut fest, dass Casey sich im Sattel weit über Smokeys Hals beugte, sich jedoch nicht mit beiden Händen am Sattelknauf festklammerte, als gelte es, einen Sturz in eine bodenlose Tiefe zu verhindern.

Walker war bei diesen Beobachtungen richtig stolz auf Casey, die nichts Divenhaftes an sich hatte, ganz im Gegensatz zu anderen Sängerinnen, die weltweit genauso erfolgreich waren wie sie. Zufrieden schob er seinen Hut zurecht und ritt weiter, ließ aber Mack etwas langsamer werden, sobald er bemerkte, dass Casey auf Smokey nicht mit ihm mithalten konnte.

Nach rund zwanzig Minuten erreichten sie die hoch gelegene, weitläufige Wiese, von der aus man das Tal überblicken konnte, wo seine Rinder grasten oder aus dem Timber Creek tranken, einem Nebenarm des Big Sky Rivers.

Bei einem Hain aus Eichen und Ahornbäumen gleich neben der Ruine einer Blockhütte, von der bloß noch Teile des Schornsteins und einige verwitterte, längst mit Wildblumen überwucherte Bodenbretter geblieben waren, legten sie eine Rast ein. Walker stieg ab und ging zu Casey. Kaum sah er sie an, verschlug es ihm einmal mehr die Sprache. Seit ihrer ersten Begegnung bei einem Rodeo, bei dem sie die Nationalhymne gesungen und er am Bullenreiten teilgenommen hatte, war ihm über die Jahre hinweg immer wieder aufs Neue bewusst geworden, wie unfassbar schön diese Frau war.

Casey saß ab, streckte sich und schaute sich um. „Wer hat hier gelebt?“, fragte sie, während sie die Zügel weiter festhielt.

„Meine Ururgroßeltern“, antwortete er und spürte die Verbindung zu seinen Vorfahren, als hätte er sie noch persönlich gekannt. „Hier war ihr erstes Zuhause. Hier haben sie ihren Planwagen abgestellt, die Ochsen ausgespannt, einen Brunnen gegraben und in aller Eile eine Hütte gebaut, bevor der Winter über sie hereinbrach.“

Sie näherte sich einigen Pfingstrosenbüschen, die fast so hoch wie Bäume gewachsen waren. Bienen schwirrten zwischen ausladenden roten Blüten hin und her. „Das waren wohl die Blumen deiner Ururgroßmutter“, meinte sie und klang ein wenig wehmütig.

Walker nickte. „Sie hat sie damals von Kansas mit hierher gebracht und der Legende nach im ersten Frühling dort angepflanzt.“

Casey drehte sich zu ihm um und schirmte mit einer Hand ihre Augen vor der Sonne ab. „Es hat eine gewisse fröhliche Traurigkeit“, sagte sie, „wenn man sieht, dass sich hier an diesem einsamen Ort niemand mehr um sie kümmert und sie trotzdem wie verrückt wachsen und gedeihen.“

Eine fröhliche Traurigkeit. Auf eine solche Formulierung wäre Walker sein Lebtag nicht gekommen, aber es klang exakt nach der Dichtkunst, wie man sie aus Caseys Songtexten kannte. Vermutlich würde sie das irgendwann einmal in eins ihrer Lieder einbauen.

Er band die Zügel an einem Zweig fest und ließ Mack grasen, danach machte er das Gleiche bei Caseys Pferd.

„Es war ein entbehrungsreiches Leben“, erklärte er bei dem Gedanken an den kleinen Grabstein, der vom hohen Gras verdeckt wurde und der die Stelle markierte, an der seine Vorfahren ihre drei Monate alte Tochter begraben hatten, nachdem sie an Scharlach gestorben war. „Aber sie haben durchgehalten und dem Ganzen einen Sinn gegeben.“

Casey wanderte ziellos umher, dann bückte sie sich und griff nach etwas. Ein Stück Spargel, ein Überbleibsel eines Gemüsegartens, der seit über hundert Jahren nicht mehr existierte. „Das ist großartig“, stieß sie erfreut hervor.

„Dieser Spargel wächst hier überall“, erwiderte er. „Brylee und ich haben früher allen Spargel gesammelt, mit nach Hause genommen und ihn zum Abendessen gekocht.“

Sie hielt inne und schaute ihn an. „Ist das eine glückliche Erinnerung oder eher eine wehmütige?“

Zwar grinste Walker, doch dass sie ihn so gut kannte, bewirkte, dass sich seine Kehle ein wenig zusammenzog. „Unsere Kindheit war ganz gut. Mom interessierte sich nicht allzu sehr für uns, Dad allerdings war der sprichwörtliche Fels in der Brandung.“

„Ich wünschte, ich hätte ihn kennengelernt.“

„Das wünschte ich auch“, meinte er. „Er hätte dich gemocht.“

Casey entdeckte einen großen flachen Stein, der sich aus dem Gras erhob, wischte Erde und Kiefernnadeln zur Seite und setzte sich hin. „Meine Eltern starben, als ich noch ganz klein war“, verriet sie ihm, ohne eine Spur von Selbstmitleid in ihrer Stimme. „Ich bin bei meinen Großeltern väterlicherseits aufgewachsen.“

„Ja“, sagte Walker und nahm neben ihr auf dem Stein Platz. „Ich glaube, davon habe ich mal in einer *People*-Ausgabe gelesen.“

„Du liest solche Zeitschriften?“, fragte sie amüsiert. „Ich dachte eher, du hättest ein Abo für irgendein Cowboymagazin.“

„Habe ich auch“, gab er zu. „Doch wenn du irgendwo auf dem Titelbild bist oder wenn ich deinen Namen sehe, dann kaufe ich mir die Zeitung und lese, was sie über dich schreiben.“

Sein Geständnis schien sie ein wenig zu verwirren, da sie über ihre Oberschenkel strich, als würde sie aus Verlegenheit versuchen, einen Rock glatt zu streichen. „Du weißt aber sicher, dass da vieles übertrieben wird. Du darfst nicht alles für bare Münze nehmen, was in den Zeitschriften steht."

Er nickte verstehend und setzte den Hut ab. „Ich weiß", entgegnete er und grinste breit. „Ich muss zugeben, ich fand diese eine Meldung über dich sehr interessant, in der davon die Rede war, dass du irgendwo einen Ehemann versteckt hältst."

Sie atmete tief durch und seufzte, während sie die Blumen und die Überreste der Hütte betrachtete, ehe ihr Blick in die Ferne schweifte. „Findest du, die Story war übel? Und was ist mit der Meldung, ich wäre von Außerirdischen entführt worden, und meine Kinder seien die Folge dieser Entführung?"

„Na ja, einmal kann so was ja passieren", scherzte er. „Allerdings ist es ziemlich unglaubwürdig, dass sich das zweimal ereignet."

Sie musste lachen, aber dieses Lachen verwandelte sich schnell in ein nur mühsam unterdrücktes Schluchzen.

„Hey", raunte Walker verlegen. „Fang nicht an zu weinen."

Fang um Himmels willen nicht an zu weinen!

Casey drehte sich zu ihm um und schaute ihm in die Augen. „Ich kann nicht anders", flüsterte sie. „Clare und Shane sind die wichtigsten Menschen in meinem Leben, und jetzt soll ich ihnen erzählen, dass ich sie vom ersten Tag an belogen habe!"

Walker legte seinen Hut weg und fasste nach Caseys Hand. „Falls du mehr Zeit brauchst …"

„Nein", fiel sie ihm missmutig ins Wort. „Ich hätte es ihnen schon viel früher sagen sollen. Mit jedem Tag, den ich das vor mir hergeschoben habe, ist es nur immer schwieriger geworden."

Eine Weile saß Walker nur da und hielt ihre Hand, schließlich fragte er mit heiserer, tiefer Stimme: „Warum hast du es dann nicht erzählt, Casey? Warum hast du Clare und Shane nicht gesagt, dass ich ihr Vater bin? Und warum hast du nicht zumindest mir von Anfang an die Wahrheit gesagt?"

Mit dem Handrücken wischte sie sich über die Augen, richtete sich etwas auf und presste bebend hervor: „Weil ich während meiner Schwangerschaft mit Clare gedacht habe, dass du mich sofort heiraten würdest wollen."

„Das hätte ich auch gewollt", erwiderte er und erinnerte sich an den Schmerz, als er zum ersten Mal die Wahrheit erfuhr. „Aber ich hätte dir nicht die Pistole auf die Brust gesetzt, Casey."

„Du hast gut reden", entgegnete sie schniefend. „Du hättest gar keine Pistole dafür benötigt, weil du mich zu allem hättest überreden können, auch zu einer Hochzeit. Aber das wäre verkehrt gewesen, weil ich verdammt noch mal singen und vor einem richtigen Publikum auf der Bühne stehen wollte. Ich musste mich beweisen, während du, Walker Parrish, niemandem irgendetwas beweisen musstest."

„Also hast du mir erzählt, Clare ist von einem anderen Mann", sagte Walker ruhig, auch wenn die Erinnerung daran ihm immer noch einen Stich versetzte.

„Es tut mir leid", antwortete sie. „Ich war jung und verwirrt, und hatte keine Ahnung, was ich sonst hätte machen sollen."

„Du hättest mir einfach ein wenig vertrauen können, Case", konterte er zutiefst betrübt. „Ich bin ein Cowboy und deswegen vielleicht ein bisschen altmodisch, allerdings hätte ich dich niemals gezwungen, deine Karriere aufzugeben und stattdessen bei mir einzuziehen und meine Hemden zu bügeln, Gemüse anzubauen und noch mehr Babys zur Welt zu bringen." Er schwieg, da ihn der Schmerz zu überwältigen drohte. „Ich wusste damals schon, wie viel dir deine Musik bedeutet, und mir war klar, wie talentiert du bist. Damals, als du noch für ein Taschengeld gesungen hast, war mir schon klar, dass auf dich eine großartige Zukunft wartet. Ich hätte alles getan, um dich dabei zu unterstützen."

Daraufhin brach Casey erneut und heftiger als zuvor in Tränen aus. Selbst die Pferde nahmen davon Notiz und hörten auf zu grasen, als fürchteten sie, es könnte Ärger geben.

Da er keinen Schimmer hatte, was er sonst machen sollte,

schlang Walker die Arme um Casey und drückte sie an sich. Er legte vorsichtig das Kinn auf ihren Kopf und wartete ab, bis der Gefühlssturm wieder abflaute. Worte würden jetzt nicht weiterhelfen, selbst falls ihm etwas eingefallen wäre, das er zu ihr hätte sagen können. Es war auch besser so, denn vermutlich hatte er bereits zu viel gesagt.

Nach einer Weile hatte Casey sich wieder so weit im Griff, dass sie nach dem Taschentuch greifen konnte, das er ihr hinhielt. Sie tupfte die Tränen von ihren feuchten Wangen und schnäuzte lautstark die Nase.

„Wie sollen wir Clare und Shane die Wahrheit beibringen?“, fragte sie schließlich mit schwacher Stimme, während sie mit hängenden Schultern dasaß.

„Darüber habe ich mir schon ein paar Gedanken gemacht“, antwortete Walker und hielt sie weiter fest, ohne sie aber zu sehr an sich zu drücken. „Wir müssen uns dafür alle vier zusammensetzen, irgendwo, wo wir ungestört sind. Doch es gibt nichts, was uns diese Sache erleichtern könnte. Es wird nicht einfach sein, so etwas auszusprechen, aber es wird auch wehtun, so etwas erfahren zu müssen.“

Sie nickte und schniefte leise, dann wollte sie ihm das benutzte Taschentuch zurückgeben, überlegte es sich allerdings anders und schob es sich stattdessen in den BH, wo es eine sehr seltsam aussehende Beule verursachte. „Ich schätze, ich könnte das auch nicht allein hinkriegen“, murmelte sie und drehte sich weg.

Walker berührte sie am Kinn und wandte ihren Kopf zu sich herum, sodass er ihr Gesicht sehen konnte. „Du musst es auch nicht allein machen“, versprach er ihr.

Ohne es wirklich zu wollen, küsste er Casey in der nächsten Sekunde, zuerst nur flüchtig. Ihre Lippen fühlten sich feucht an, und sie schmeckten nach Salz.

Casey versteifte sich kurz, doch plötzlich umarmte sie ihn und zog ihn an sich heran. Verlangen regte sich, zuerst nur wie eine kleine Erschütterung, gleich darauf aber schon so gewaltig wie ein schweres Erdbeben.

Sie küssten sich intensiver, Casey stöhnte leise und schmiegte sich an Walkers Körper, für den sie wie geschaffen zu sein schien.

Dann löste er sich aus ihrer Umarmung, erhob sich und schnappte sich seinen Hut. Angestrengt atmend stand er da, den Rücken Casey zugewandt, und versuchte, seine Selbstbeherrschung zurückzuerlangen. Er spürte, wie sie sich aufrichtete und auf ihn zukam, und beinahe wäre er zusammengezuckt, sowie sie ihn an den Schultern anfasste. Ein Feuer schien sich den Weg durch seinen Körper zu bahnen und seine Seele zu brandmarken.

„Walker“, sagte sie. Mehr nicht, nur seinen Namen, aber in diesen zwei Silben schwangen all ihre Trauer und ihr Bedauern mit.

„Wir sollten besser aufbrechen“, erwiderte er mit belegter Stimme, ohne sich umzudrehen. „Ich weiß nicht, wie es dir geht, doch ich bin kurz davor, eine Dummheit zu begehen. Und bei unserer Vergangenheit wärst du am Ende vermutlich ein drittes Mal von mir schwanger.“

Sie blieb noch einen Moment länger hinter ihm stehen, dann schritt sie um ihn herum, schlang ihm die Arme um die Taille und schaute ihn mit tränenerfüllten Augen an. Dennoch kam ein raues Lachen über ihre Lippen, als sie sagte: „Ich habe Verständnis dafür, dass so was ein Problem für dich sein könnte, aber was mich betrifft ... Mir gefällt diese Vorstellung.“

Walker hätte in diesem Moment mit allen möglichen Reaktionen gerechnet, allerdings wäre ihm eine solche Antwort nie in den Sinn gekommen. Einerseits erfüllte ihn die Aussicht mit Freude, Casey könnte erneut ein Baby von ihm bekommen, andererseits jedoch war er stinksauer auf sie. War ihr denn nicht klar, dass ihre Probleme ihnen längst über den Kopf gewachsen waren? Und da wollte sie *noch ein Kind* von ihm?

„Ich habe bereits zwei Kinder, die derzeit immer noch glauben, dass sie das Resultat einer künstlichen Befruchtung durch einen anonymen Samenspender sind“, gab er frostig zurück. „Ich werde nicht zulassen, dass auch noch ein drittes Kind so etwas denken soll.“

Casey sah ihn so fassungslos an, als hätte er ihr eine Ohrfeige verpasst. Sie setzte zum Reden an, dann überlegte sie es sich aber anders und presste die Lippen zusammen. Sie wandte sich von Walker ab, ging mit steifen Schritten zurück zu Smokey, schob einen Fuß in den Steigbügel, hielt sich am Sattelknauf fest und zog sich hoch in den Sattel.

Walker wusste, er hätte seine Meinung auch taktvoller äußern können, doch er hatte nur die Wahrheit gesagt, also schaltete er genauso auf stur wie Casey, saß auf seinem Pferd auf und ritt vor Casey her zurück bis zur Ranch, ohne auch nur ein einziges Wort mit ihr zu reden.

Bei ihrer Ankunft auf der Ranch hockte Brylee auf der Verandatreppe, Dolittle zu ihrer Linken und Snidely zu ihrer Rechten.

Na, das war ja großartig. Er und Casey waren sich nicht nur wieder einmal gegenseitig an die Gurgel gegangen, jetzt gab es wenigstens auch noch einen Augenzeugen dafür, wenn sie beide sich hier weiterstritten.

Brylee stand auf und wurde ernst, sobald ihr die gereizte Stimmung zwischen ihrem Bruder und Casey auffiel. Sie schob die Hände in die Gesäßtaschen ihrer Jeans und kam auf sie beide zu.

Die Hunde erwiesen sich als vernünftiger und blieben von vornherein auf Abstand.

„Peace, Leute“, sagte Brylee zögerlich und machte mit Zeige- und Mittelfinger das Friedenszeichen der Hippies.

Walker stieg von seinem Pferd, Casey ebenfalls, dann blieb sie bei Brylee, während er die Tiere in die Scheune führte, ihnen Zaumzeug und Sattel abnahm und sie gründlich striegelte. Dolittle leistete ihm dabei Gesellschaft, während Walker die Arbeiten erledigte, die er im Schlaf beherrschte.

Als er die Scheune verließ, waren Casey und Brylee bereits ins Haus gegangen. Wahrscheinlich saßen sie bei einer Tasse Kaffee oder Tee in der Küche und zogen über starrsinnige Männer her.

Auch wenn er lieber jede weitere Begegnung mit Casey vermieden hätte, wäre das nur feige gewesen. Er hatte sie zur Ranch gebracht, also fiel es in seine Verantwortung, sie auch wieder nach Hause zu fahren.

Also stieg er die Stufen zur Veranda hinauf, öffnete die Tür und betrat mit dem Hut in der Hand und einem Hund an seiner Seite die Küche.

Wie erwartet hatten die beiden Frauen am Tisch Platz genommen, vor sich je eine Tasse. Und wie erwartet verstummten sie in dem Moment, als Walker hereinkam.

Casey drehte den Kopf weg, aber Brylee warf ihm mit zusammengekniffenen Augen einen zornigen Blick zu. Ebenso gut hätte sie ihm als Begrüßung ein „Vollidiot" an den Kopf werfen können, so deutlich war ihr anzusehen, wie sie über ihn dachte.

Er verkniff sich einen Seufzer, hängte seinen Hut auf und ging zum Spülbecken, um sich mit dem immer bereitliegenden Stück Seife die Hände zu waschen. Nachdem das erledigt war, füllte er Dolittles Wassernapf auf und stellte ihn dem Hund hin.

Noch immer sprach niemand ein Wort, lediglich versuchte Brylee weiterhin, ihn durch finstere Blicke mit irgendeinem Fluch zu belegen. Walker erwiderte diesen Blick und lehnte sich gegen die Arbeitsfläche. „Jede Geschichte hat zwei Seiten", erklärte er und wünschte sich im gleichen Moment, er hätte den Mund gehalten. Schließlich hatte er mit seiner Bemerkung verraten, dass ihn der Streit mit Casey immer noch beschäftigte.

„Niemand hat das Gegenteil behauptet", konterte Brylee unterkühlt.

Schließlich schaute Casey ihn an, dabei drückte sie demonstrativ den Rücken durch und schob trotzig das Kinn vor. „Wenn es dir nichts ausmacht, würde ich jetzt gern nach Hause."

„Von mir aus", stimmte er ihr zu und deutete auf die Tür. „Nach dir."

Prompt stand Casey auf. „Danke für den Tee", sagte sie zu Brylee, und mit einem Mal hatte Walker wieder das Gefühl, für die beiden Frauen unsichtbar zu sein.

„Ich kann dich auch nach Parable fahren", bot Brylee sich an. Man hätte glatt meinen können, dass sie Caseys Schwester war und nicht seine. Ohne auch nur das Geringste über die Situation zu wissen, hatte sie sich auf Caseys Seite geschlagen.

„Danke, doch du musst zurück zur Arbeit“, lehnte Casey kopfschüttelnd ab. „Walker kann das erledigen.“

Er hielt ihr die Tür auf, und Casey rauschte nach draußen wie ein roter Wirbelwind. Es tat ihm weh, dass Dolittle nicht mitkommen wollte, sondern bei Brylee und ihrem Schäferhund blieb. Sogar der Hund war jetzt gegen ihn.

Sie befanden sich schon auf der Zufahrt zur Straße, da fragte Walker endlich: „Was hast du Brylee erzählt?“

„Kein Wort von Clare und Shane, falls du das meinst“, fuhr sie ihn herablassend an. „Ich habe ihr nur gesagt, dass du unmöglich bist.“ Dann grinste sie ihn spöttisch an. „Aber das wusste sie schon. So was muss man sich mal vorstellen.“

Es waren für diesen Tag die letzten Worte, die sie miteinander sprachen.

7. KAPITEL

Eine ganze Woche lang geschah nichts hinsichtlich der großen Enthüllung. Walker rief weder an noch schaute er bei ihr vorbei, er machte sich nicht mal die Mühe, ihr eine E-Mail zu schicken.

Clare und Shane waren weiterhin ahnungslos, was ihren leiblichen Vater betraf. Jeden Nachmittag gingen sie zum Schwimmen ins Gemeindebad, sie trafen sich mit ihren Freunden, spielten mit den Hunden im Garten hinter dem Haus und warfen sich nur selten Beleidigungen an den Kopf. Letzteres war sehr verräterisch, fand Casey. Die zwei waren aufgeweckte Kinder, und sie spürten, dass irgendeine große Veränderung anstand, weshalb sie zumindest für den Augenblick eine Allianz bildeten.

Casey war dafür mehr als dankbar.

Boone und Tara kehrten aus den Flitterwochen zurück, und Boone übernahm wie gewohnt sein Amt als Sheriff. Dennoch hielten sie sich einige Tage lang bedeckt, ehe sie sich der lokalen Gerüchteküche bedienten, um die Nachricht zu verbreiten, dass praktisch der gesamte County zu einer großen Freitagabendparty eingeladen war. Es sollte gegrillt werden und Bottiche voll mit Kartoffelsalat, geröstete Maiskolben und Biskuits so groß wie Frisbees geben. Wer Tara so gut kannte wie Casey, dem fiel sofort auf, dass sich auf der Menükarte nirgends Huhn fand, was einer gewissen Ironie nicht entbehrte.

Die ehemalige Kosmetikunternehmerin Tara gab sich seit ihrem Umzug nach Parable als Hühnerfarmerin aus, soweit allerdings bekannt war, hatte noch keiner ihrer gefiederten Freunde bislang sein Leben gelassen, um als Fleischbeilage auf irgendeinem Teller zu landen. Die Leute nahmen diese Laune gelassen hin – in ländlichen Regionen wie Parable hielt niemand Hühner als Haustiere, sondern um zuallererst Geld mit ihren Eiern zu verdienen und sie dann später als Grillhähnchen an den Mann zu bringen –, da sie sich immer vor Augen hielten, dass Tara schließlich aus *New York City* kam. Das war Erklärung genug für die eine oder andere Macke.

Auch wenn Casey lieber daheim geblieben wäre, damit sie in Selbstmitleid baden konnte, raffte sie sich auf und schlüpfte in eine schwarze Jeans, ein dazu passendes langärmeliges T-Shirt, glänzende Stiefel und schminkte sich dezent. Um jener inneren Stimme einen Gefallen zu tun, die sie dazu drängte, sich doch besser vor aller Welt zu verstecken, setzte sie noch eine Baseballkappe auf. Zusammen mit Doris und den Kindern fuhr sie dann zur Farm von Boone und Tara.

Die beiden waren schon ein ungewöhnliches Paar. Ursprünglich hatte es sich bei ihnen mal um zerstrittene Nachbarn gehandelt, was daran lag, dass Boone damals mit seinen beiden Söhnen in einem nahezu schrottreifen Trailer gelebt hatte, der auf einem verwahrlosten Grundstück stand, das auch als eine Mischung aus Schrottplatz und Müllhalde hätte bezeichnet werden können. Mit diesem grausigen Anblick war Tara jeden Tag konfrontiert worden, der das angrenzende Stück Land mit dem bestens in Schuss gehaltenen Farmhaus gehörte, das von Boones Eigentum nur durch einen schmalen Bachlauf getrennt wurde.

Der Trailer war längst abgeholt und verschrottet worden, an seiner Stelle war eine wunderschöne Scheune errichtet worden, die wegen der Pferde von einem weiß gestrichenen Zaun umgeben war. Das Ehepaar lebte zusammen mit Boones Jungs Griffin und Fletcher sowie Taras Stieftöchtern – den Zwillingen Erin und Elle, deren leiblicher Vater als Arzt zu viel zu tun hatte und sich nicht um seine Kinder kümmern konnte – in Taras Haus. Das altehrwürdige viktorianische Gebäude, das mit etwas Schnee auf dem Dach und einem Kranz an der Tür das perfekte Weihnachtskartenmotiv abgegeben hätte, war von der Größe her eigentlich ausreichend, doch Boone und Tara bauten bereits an für späteren Nachwuchs.

Nachwuchs. Das Thema sollte sie wohl besser auf sich beruhen lassen.

Als sie ihren SUV zwischen Dutzenden anderen Fahrzeugen mitten auf einem Feld abstellte, musste Casey daran denken, wie sie bei ihrem Ausritt Walker erzählt hatte, ein weiteres Baby könnte für ihn vielleicht ein Problem darstellen, während sie nichts dagegen hätte, noch einmal schwanger zu werden. Allein bei dem Gedanken an diese Szene lief sie schon knallrot an, dabei hatte sie nur die Wahrheit gesagt.

Sie war noch jung, erst Anfang dreißig, und sie wollte sehr gern noch ein Kind. Oder auch zwei oder drei. Aber es war dumm gewesen, Walker gegenüber etwas davon zu verraten, nachdem sie Clare und Shane zwar mit unendlich viel Liebe, aber auch mit einer gewaltigen Lüge hatte aufwachsen lassen.

Was hatte sie sich nur dabei gedacht?

Leise seufzend versuchte sie, dem unvermeidbaren Tumult ihrer Emotionen auszuweichen. Sie hatte gar nicht nachgedacht, und genau das war der Haken gewesen. Wenn es um Walker Parrish ging, war sie noch nie in der Lage gewesen, einen klaren Gedanken zu fassen. Anderenfalls sähe ihr Leben heute grundlegend anders aus. Sie wäre entweder eine kinderlose Einzelgängerin, die mit Hochdruck an ihrer Karriere arbeitete, oder sie wäre mit Walker verheiratet und würde mit ihm auf der Ranch leben, wo sie am laufenden Band Babys zur Welt brachte.

„Mom?“, sprach Clare sie an, während sie zum Grundstück der Taylors liefen, wo bereits ausgelassene Stimmung herrschte. „Wir sind auf dem Weg zu einer Party und nicht zu einer Beerdigung. Reiß dich mal zusammen!“

Casey lächelte mehr reflexartig, während sie nach Walker Ausschau hielt. „Du hast völlig recht, Honey“, stimmte sie ihrer Tochter zu, obwohl sie insgeheim immer noch auf der Stelle umdrehen und wegrennen wollte.

Sie hatten diesen idiotischen Streit begonnen, noch bevor sie sich darauf hatten einigen können, wann und wo sie ihren Kindern die Wahrheit offenbaren würden. Ehrlich gesagt, war sie sogar froh über diesen Aufschub, auch wenn ihre Angst immer mehr wuchs.

Die Kinder, die über Walkers Aktivitäten wachten wie zwei Privatdetektive, die einen untreuen Ehemann verfolgten, wussten zu berichten, dass er die ganze letzte Woche damit beschäftigt gewesen war, Bullen und Pferde zu einem Rodeo zu transportieren. Shane machte dabei keinen Hehl aus seiner Verärgerung darüber, dass er Dawson McCullough mitsamt Rollstuhl zu diesem Rodeo mitgenommen hatte.

Mit etwas Glück würde Walker sich gar nicht auf dieser Feier blicken lassen, weil er ganz woanders war.

Sie bahnte sich ihren Weg durch die Menschenmenge, um zu Boone und Tara zu gelangen, die über beide Gesichter strahlten, während die Gratulanten in einer langen Reihe an ihnen vorbeizogen, damit sie Boone die Hand schütteln und Tara umarmen konnten. Als Casey endlich dran war, schloss sie beide fest in die Arme, danach bemerkte sie, dass Doris mit den Kindern offenbar in dem Trubel untergetaucht war, da sie sie plötzlich nirgendwo entdecken konnte.

„Du siehst wunderschön aus“, sagte Casey zu Tara, die vor Glück wie von einer Aura umgeben war. Boone legte einen Arm um seine Frau und drückte sanft ihre Schulter.

„Es geht eben nichts über Flitterwochen, wenn man sich gut fühlen will“, antwortete Tara, im gleichen Moment begannen ihre Wangen rot zu glühen.

Casey grinste sie an. Sie freute sich über alle Maßen für ihre Freunde, dennoch fragte sie sich, warum ihre Kehle wie zugeschnürt war und sie am liebsten in Tränen ausgebrochen wäre. Und dann verspürte sie voller Scham auch noch Neid auf so viel eheliches Glück, das die beiden zur Schau stellten. „Und wo habt ihr nun eure Flitterwochen verbracht? Oder ist das immer noch ein Geheimnis?“

„Hawaii“, antwortete Tara freudestrahlend und hielt die Arme vor sich ausgestreckt, um ihre Bräune zu zeigen. „Wir hatten unsere eigene Strandhütte.“

Boone seufzte wehmütig beim Gedanken an diese Hütte, woraufhin Tara ihn gut gelaunt mit dem Ellbogen anstupste.

„Es ist schön, dass ihr wieder da seid“, sagte Casey und gab Tara einen Kuss auf die Wange. „Wir müssen uns mal wieder treffen.“

Tara nickte. „Auf jeden Fall."

Da noch weitere Gäste mit dem Brautpaar reden wollten, ging Casey weiter und hielt dabei Ausschau nach Kendra und Joslyn, die hier irgendwo unterwegs sein mussten. Dabei machte sie den Fehler, geradeaus zu laufen und in eine andere Richtung zu blicken. Nach ein paar Schritten prallte sie prompt mit jemandem zusammen, und als sie den Kopf hob, sah sie … geradewegs in Walkers Augen. Dieser Blickkontakt traf sie mit weitaus mehr Wucht als der Zusammenstoß mit ihm, und das wollte schon was heißen.

Während ihr Herz heftig klopfte, versuchte sie, ruhig zu bleiben. Zumindest war damit eine Frage beantwortet: Walker Parrish war von diesem Rodeo zurück.

„Hallo, Casey", begrüßte er sie grinsend.

Wusste er eigentlich, was er mit diesem Lächeln bei ihr anrichtete? Falls ja, dann war er ein gewissenloser Schurke, der ihre Schwäche schamlos ausnutzte.

„Walker", presste sie nur krächzend heraus. Warum war sie denn nicht zu Hause geblieben? Da hätte sie sich im Bademantel gemütlich ins Bett kuscheln, ihre liebsten Seifenopern im Fernsehen angucken und Berge von Eiscreme vertilgen können.

Warum? Weil Tara und Boone ihre Freunde waren, und weil man einer Einladung von Freunden nachkam. Und weil es auch nicht Caseys Art war, sich vor der Welt zu verstecken.

„Wir haben unser Gespräch gar nicht beendet", sagte er schroff, aber sein Blick strahlte Sanftheit aus. In seiner endlosen Gnade hatte er offenbar entschieden, es ihr leicht zu machen, überlegte sie.

Dieser arrogante Mistkerl.

„Stimmt", erwiderte sie betont freundlich. „Du bist nämlich zu irgendeinem Rodeo abgereist und hast mich in der Zwischenzeit schmoren lassen, während ich mir den Kopf darüber zerbrochen habe, was als Nächstes passieren wird. Du hast mich einfach in der Luft hängen lassen."

Er ließ ein wenig die Schultern kreisen, womit er zu erkennen gab, dass er ebenfalls angespannt war. „Rodeos sind mein Job. Ich hatte einen Vertrag zu erfüllen. Was hätte ich denn deiner Meinung nach tun sollen, Casey?“

„Du hättest mich anrufen können“, erwiderte sie und lächelte beharrlich, damit jeder zufällige Beobachter glaubte, sie sei bester Laune und alles sei in Ordnung, obwohl sie den Mann vor allen Anwesenden am liebsten gewürgt hätte. „Du hättest mir sagen können, dass du für ein paar Tage die Stadt verlässt. *Irgendwas* in der Art.“

Er beugte sich vor, bis seine Stirn fast ihre berührte. „Du meinst“, erwiderte er fast hauchend, „so wie *du mich* vor fast fünfzehn Jahren angerufen hast, um mir mitzuteilen dass du ein Kind von mir erwartest?“

Caseys Wangen flammten rot auf, und sie konnte nur froh sein, noch kein Glas Bowle in der Hand zu halten, sonst wäre es gut möglich gewesen, dass der Inhalt längst in Walkers attraktivem, selbstherrlichem Gesicht gelandet wäre. *Das* wäre vor den Augen von ganz Parable County doch mal eine Sache gewesen!

„Du musst nicht unhöflich werden“, fauchte sie ihn leise an, verschränkte die Arme und hörte auf zu grinsen, da sie dazu nicht länger in der Lage war.

„Morgen“, sagte Walker, während sie rätselte, ob das Funkeln in seinen Augen Wut oder Belustigung bedeutete. „Bei mir, zwölf Uhr mittags. Dann wird Klartext geredet.“

Casey wurde mit einem Mal eiskalt, ihre Kehle war wie zugeschnürt, und sie musste sich zwingen, ihm wieder ins Gesicht zu schauen. Walker hatte seine Bedingung gestellt, und wenn sie mit ihren Kindern ins Reine kommen wollte, dann blieb ihr keine andere Wahl, als darauf einzugehen.

„Wir werden da sein“, antwortete sie.

Er besaß auch noch die Dreistigkeit, sie auf diese verruchte Weise anzugrinsen, die bei ihr stets die gleichen widersprüchlichen Wünsche weckte, nämlich entweder ihn bis zur Besinnungslosigkeit zu ohrfeigen oder sich alle Kleider vom Leib zu reißen und sich auf ihn zu stürzen.

Letzteres war hier und jetzt eindeutig unmöglich umzusetzen, die Sache mit der Ohrfeige konnte sie allerdings auch vergessen. Sie hatte Clare und Shane beigebracht, dass es verkehrt war, einen anderen Menschen zu schlagen, und sosehr sie das auch wollte, konnte sie nicht ihre eigenen Regeln brechen. Schon gar nicht in aller Öffentlichkeit.

„Zwölf Uhr mittags", wiederholte er und hörte sich an wie Gary Cooper bei der Verabredung zum Duell.

„Zwölf Uhr mittags", erwiderte sie, drehte sich um und ging los, um sich möglichst weit von diesem Mann zu entfernen.

Walker schaute ihr nach, als sie davoneilte, und konnte nicht anders, als lächelnd den Anblick zu genießen, wie sie davonstolzierte, was ihrem Po bei jedem Schritt einen besonders aufreizenden Schwung verlieh. Im gleichen wütenden Takt wippte ihr feuerroter Pferdeschwanz hin und her, der unter ihrer Baseballkappe zum Vorschein kam.

Auch wenn er es geschickt verbarg, war er so nervös wie Casey, was das morgige Treffen betraf, vielleicht sogar noch etwas nervöser als sie. Immerhin würden Clare und Shane auf ihn genauso wütend sein wie auf ihre Mutter, und weder Walker noch Casey konnten irgendein Argument vorbringen, das ihr Verhalten rechtfertigte.

Eine Lüge war und blieb eine Lüge, egal, wie gut sie auch gemeint war.

„Wo ist Brylee?", ertönte neben ihm eine Frauenstimme, kaum dass Casey in der Menge verschwunden war.

Er drehte sich um und stellte fest, dass die hochschwangere Joslyn Barlow neben ihm stand, die mittlerweile so aussah, als würde sie unter ihrem Kleid eine Bowlingkugel schmuggeln.

„Wieso werde ich von allen Leuten immer das Gleiche gefragt?", gab er amüsiert zurück. Er konnte Joslyn gut leiden, was auch für ihren Ehemann Slade galt, außerdem wusste er, sie war wirklich um seine Schwester besorgt.

Mit Unschuldsmiene konterte sie: „Weil alle Leute gern eine klare und deutliche Antwort hören wollen, würde ich vermuten."

Erst jetzt erinnerte er sich an das Glas Bier in seiner Hand, das er fast verschüttet hätte, als er mit Casey zusammengeprallt war. Er trank erst genüsslich einen Schluck, bevor er antwortete: „Sie ist entweder zu Hause oder im Büro. Oder sie rast mit dem Gabelstapler durch ihr Lager."

Brylee war die Eigentümerin von Décor Galore, einem Direktvertrieb für Partyzubehör und Onlineverkäufe. Innerhalb weniger Jahre hatte sie aus nichts ein mehrere Millionen Dollar schweres Unternehmen aufgebaut, allerdings befürchtete Walker, sie könne an Überarbeitung sterben, bevor sie die Chance erhielt, die Gewinne aus ihren zwölf- bis vierzehnstündigen Arbeitstagen zu genießen.

„Ich will dich eigentlich nur warnen", sagte Joslyn betrübt und nahm einen Schluck Bowle, „dass Opal sehr um Brylee besorgt ist und dass sie daran denkt einzuschreiten."

Walker täuschte Entsetzen vor. „Oh nein!", keuchte er und legte die freie Hand auf sein Herz. „Nur *das* nicht!"

Joslyn musste lachen. „Du solltest besser nie Opal unterschätzen. Wenn sie in einer Mission unterwegs ist, lässt sie sich von nichts und niemandem aufhalten."

„Ich dachte, sie ist Spezialistin fürs Verkuppeln", erwiderte Walker und sah aus dem Augenwinkel, dass Casey sich gerade mit Kendra Carmody und keiner Geringeren als der großartigen Opal persönlich unterhielt.

Aus einem unerfindlichen Grund kam ihm sein Hemdkragen viel zu eng vor, obwohl er den obersten Knopf gar nicht erst zugemacht hatte.

„Das ist richtig. Opal hat einen untrüglichen Instinkt, wenn es darum geht, wer zu wem passt."

„Und eine hervorragende Haushälterin ist sie auch noch", ergänzte Walker und versuchte dabei, Casey zu ignorieren, was gar nicht so einfach war, zumal Kendra inzwischen weitergegangen war und sie jetzt allein mit Opal redete.

„Von Opal werden wir uns bald verabschieden müssen“, erzählte Joslyn plötzlich. „Jedenfalls als Haushälterin. Sie wird nämlich bald heiraten.“

„Davon habe ich gehört.“

Casey und Opal sprachen angeregt miteinander, während er sich nur fragen konnte, worüber die zwei redeten.

Joslyn verabschiedete sich, und erst dann fiel Walker ein, dass er ursprünglich auf dem Weg zu Patsy McCullough gewesen war, um sich nach Dawson zu erkundigen. Er war davon abgebracht worden, als er begonnen hatte sich mit Casey zu unterhalten. Unterhalten? Sie hatten sich gegenseitig irgendwelche Nettigkeiten an den Kopf geworfen, so wie sie es schon immer und überall gemacht hatten – nur nicht im Bett.

Diese Erkenntnis hatte etwas sehr Entmutigendes für ihn. Er schaute sich um und entdeckte Patsy, die inzwischen auf einem Klappstuhl im Schatten eines Ahornbaums saß und einen Pappteller voll mit Essen auf dem Schoß balancierte, wobei sie sich nicht besonders für diese Köstlichkeiten zu interessieren schien.

Bevor er zur Party gefahren war, hatte er Dawson zu Hause abgesetzt. Der Junge hatte beim Rodeo viel Spaß gehabt, aber die Party hatte er dann nicht mehr besuchen wollen, weil er zu müde war oder zumindest vorgab, zu müde zu sein.

Diese Müdigkeit war für Walker kein Grund zur Beunruhigung, schließlich hätte er selbst auch zwölf Stunden lang durchschlafen können, wenn sich eine passende Gelegenheit ergeben hätte. Nein, viel interessanter war, was der Junge über Dolittle gesagt hatte, der mitgefahren war. Demnach war sich Dawson sicher, dass Dolittle eigentlich Treat McQuillan gehörte, dem momentanen Freund seiner Mutter. Dawson und seine Schwester hatten gerade erst angefangen, den Hund zu mögen, da verschwand er eines Tages spurlos.

Zu der Zeit kam Dawson gerade erst nach einer weiteren Operation aus der Klinik, und er vermisste den Hund, der ihm zuvor

Gesellschaft geleistet hatte. Also fragte er Treat McQuillan, doch der antwortete zunächst ausweichend. Erst als Dawson hartnäckig blieb, murmelte Treat, „der Köter“ sei weggelaufen und das sei auch gut so, weil er angeblich viel zu viel Arbeit gemacht hatte.

Walker wollte Dolittle natürlich nicht hergeben, immerhin waren sie beide nach der kurzen Zeit echte Partner geworden, dennoch musste er von Dawson wissen, ob er den Hund zurückhaben wollte. Zu Walkers großer Erleichterung lehnte der Junge ab und erklärte, Dolittle sei bei ihm, Walker, viel besser aufgehoben.

Als sich Walker jetzt der gewohnt schüchternen Patsy näherte, die zwar den anderen Gästen zulächelte, allerdings keine Anstalten machte, sich unter die Leute zu mischen und an der Party richtig teilzunehmen, musste er sich vor Augen halten, dass es allein Patsys Entscheidung war, mit wem sie zusammen war. Ihre Beziehung zu Treat ging letztlich niemanden außer ihr selbst etwas an, weshalb Walker auch nicht den blassesten Schimmer hatte, was er zu ihr sagen sollte. Dennoch war er entschlossen, die Sache nicht unkommentiert zu lassen.

Wenn McQuillan kein Problem damit hatte, einen hilflosen Hund auszusetzen und sich selbst zu überlassen, dann stellte sich doch die Frage, welche Einstellung er zu Dawson und dessen jüngerer Schwester hatte. Würden sie eines Tages auch „viel zu viel Arbeit machen“? Und würde er über kurz oder lang so auch von Patsy denken?

„Hallo, Patsy“, sprach er sie leise an, nachdem er neben ihr stand.

„Walker“, erwiderte sie und nickte höflich. „Ich nehme an, Sie haben Dawson nach Hause gefahren?“

„Ja, er war müde.“

„Es war sehr nett von Ihnen, ihn mitzunehmen“, sagte sie. „Ich habe den Jungen nicht mehr so glücklich erlebt seit … seit …“ Sie verstummte und musste schlucken.

Es wunderte ihn nicht, dass sie Mühe hatte, über den Unfall zu reden. Wahrscheinlich wurde sie Tag und Nacht von dem Bild verfolgt, wie Dawson vom alten Wasserturm in die Tiefe stürzte. Hinzu kam das Wissen, dass er sich in den kommenden Jahren weiteren Operationen würde unterziehen müssen, von denen nicht eine einzige bewirken würde, dass er seine Beine wieder benutzen konnte.

Walker kniete sich neben die sitzende Patsy und griff nach ihrer schmalen, von Arbeit rauen Hand. Finanziell ging es den McCulloughs inzwischen einigermaßen gut, da die ganze Gemeinde sich als sehr spendabel erwiesen hatte, Casey eingeschlossen. Aber Patsy hatte ein hartes Leben hinter sich, und das hatte seine Spuren in ihrer Seele hinterlassen. Die Sache mit Dawsons Unfall war für sie fast nur eine weitere Episode gewesen.

„Geht's Ihnen so weit gut, Patsy?", erkundigte er sich.

Sie zog ihre Hand nicht weg, dennoch schien ihr diese Berührung unbehaglich zu sein. Konnte es sein, dass McQuillan zu allem Überfluss auch noch zur Eifersucht neigte? Ja, es würde zu ihm passen.

„Die meiste Zeit ja", erwiderte sie. „Manche Tage sind eben schwerer als andere."

Walker ließ ihre Hand los, blieb aber neben ihr hocken und musterte Patsys Gesicht, das von Erschöpfung und Resignation gezeichnet war. Er hatte für Dawsons Krankenhausbehandlung eine große Summe gespendet, Brylee ebenfalls, so auch die Barlows, die Carmodys, Boone und Tara und viele andere. Sogar die Filmstars hatten sich dazu durchgerungen, Schecks über beachtliche Summen auszustellen, obwohl sie sich sonst für kaum etwas interessierten, das sich in Parable oder Three Trees ereignete.

„Behandelt Treat die Kinder gut?", erkundigte sich Walker geradeheraus.

Erschrocken riss sie die Augen auf. „Wer behauptet, dass er das nicht tut?", wollte sie prompt wissen.

„Niemand, ich habe mich das nur gefragt."

„Wieso?" Die sonst so stille, von den falschen Ehemännern unterdrückte Patsy war mit einem Mal aufgebracht.

Walker atmete leise seufzend aus. „Dawson sprach von einem Hund …"

„Der Hund ist einfach weggelaufen“, fiel sie ihm ins Wort. „Hunde *machen* so was, Walker. Das ist nicht Treats Schuld.“

Walker richtete sich auf, froh darüber, dass er bloß ein Cowboy in Montana war, aber kein Botschafter oder etwas Ähnliches. Bei seinem diplomatischen Geschick hätte er sicher bei einer Cocktailparty dem Falschen die Meinung gegeigt und damit den Dritten Weltkrieg ausgelöst.

Ehe ihm etwas einfiel, das er sagen konnte, ohne alles nur noch zu verschlimmern, tauchte Treat auf. Er trug seine Uniform, und ihm war deutlich anzumerken, dass er Ausschau nach jemandem hielt, den er runterputzen konnte. Sollte dieser aufgeblasene Hilfspolizist niemanden finden, dann würde er vermutlich irgendein unschuldiges Opfer so lange provozieren, bis er sich in Szene setzen konnte.

Bei jeder anderen Gelegenheit hätte Walker sich über eine Konfrontation gefreut, aber das hier war Boones und Taras Party, und eine Schlägerei wäre nicht nur ein Ärgernis, sondern würde allen Anwesenden als das herausragende Ereignis dieses Abends im Gedächtnis bleiben und alles Schöne an dieser Feier vergessen lassen.

Patsy sprang von ihrem Klappstuhl auf, der durch so viel Schwung nach hinten kippte, während sie sich vor Walker stellte. Mit leiser, aber hektischer Stimme erklärte sie dann: „Walker hat mir nur gesagt, dass er und Dawson bei dem Rodeo viel Spaß hatten.“

Hatte sie Angst vor McQuillan? Unwillkürlich musste Walker an den Abend in der „Boot Scoot Tavern“ denken, als der damalige Deputy McQuillan handgreiflich geworden war, nachdem Brylee sich geweigert hatte, mit ihm zu tanzen. Gehörte es zu Treats alltäglichem Verhalten, Schwächere herumzukommandieren, weil er wusste, sie konnten sich nicht gegen ihn wehren?

„Ach, das ist ja rührend“, spottete Treat.

„Komm, Treat, jetzt sei nicht …“, setzte Patsy zu einem schwachen Protest an.

„Ich mache mich dann mal wieder auf den Weg“, warf Walker

ein und konzentrierte sich ganz auf Patsy, während er den Polizeichef völlig ignorierte. Ihm war klar, dass, wenn er sich nicht jetzt zurückzog, die Situation zweifellos eskalieren würde. „Falls Sie noch irgendetwas brauchen, Patsy, rufen Sie mich einfach an. Dawson weiß, wie Sie mich erreichen können."

Treats Gesicht lief rot an, und er zischte Walker zu: „Wenn Patsy irgendetwas *braucht*, dann wird sie *mich* anrufen."

Die Gäste ringsum spürten schnell, dass Ärger drohte, und drehten sich neugierig zu ihnen um, während Slade, Hutch und Boone sich aus der Menge lösten und langsam näher kamen.

Patsy griff nach Treats Arm und flehte förmlich: „Bring mich nach Hause, jetzt sofort. Mein Junge war so lange nicht zu Hause, und ich will ihn jetzt sehen."

Treats Adamsapfel tanzte auf und ab, während er mit sich rang. Schließlich lenkte er aber ein und führte Patsy mit herablassender Miene über das Grundstück Richtung Straße, wo er seinen Wagen abgestellt hatte.

„Alles in Ordnung?", fragte Boone, der als Erster bei Walker eintraf, während der noch immer dem ungleichen Paar beunruhigt hinterherschaute. Boone war zwar eine von den beiden Personen, die an diesem Abend im Mittelpunkt standen, doch er war auch der Sheriff, und er nahm seine Arbeit sehr ernst.

„Ich will's hoffen", antwortete Walker und wandte sich seinem Freund zu.

Slade und Hutch gesellten sich zu ihnen. Slade war Boones Vorgänger als Sheriff von Parable County gewesen, Hutch war jemand, der sich ohne Weiteres mal eben selbst zum Deputy ernannte, wenn er der Ansicht war, dass die Arbeit des Sheriffs Unterstützung benötigte. Auch wenn Hutch derjenige war, der Brylee vor dem Altar im Stich gelassen hatte, konnte Walker den Mann trotzdem gut leiden.

In diesem Moment fuhr Treat in seinem schicken neuen Streifenwagen los und gab genug Gas, um eine große Staubwolke aufsteigen zu lassen, die hinter dem Wagen herzog, als der davonbrauste.

Verärgert über ein solches Verhalten schüttelte Slade den Kopf und ging wieder zu den anderen. Boone gesellte sich wieder zu seiner Frau, was jeder Mann an seiner Stelle getan hätte, sodass nur noch Hutch und Walker beisammenstanden.

Nach einem Moment betretenen Schweigens legte Hutch kurz eine Hand auf Walkers Schulter und ging weg, ohne noch ein Wort zu sagen. Walker verharrte sekundenlang an seinem Platz, doch dann mischte er sich unter die Gäste. Dabei versuchte er den Rest des Abends über, Casey Elder nicht aus den Augen zu verlieren.

Am nächsten Morgen wollte Casey nicht mal übers Frühstücken *nachdenken*, daher saß sie am Tisch auf der Veranda, vor sich eine immer noch randvolle Tasse Kaffee und ein leerer Teller. Stattdessen beobachtete sie, wie Shane und Clare sich stritten, während sie ihre Haferflocken mit frischem Obst aßen.

So viel zum Thema geschwisterliche Allianz.

Doris huschte zwischen Küche und Veranda hin und her, ihre sorgfältig gepuderte Nase hielt sie dabei hocherhoben, weil sie sich immer dann zutiefst gekränkt fühlte, wenn jemand ihre Kochkünste verschmähte, auf die sie so stolz war.

„Ich nehme an, wenn *Lupe* das Frühstück zubereitet hätte, würden Sie es auch essen", sagte sie kurz angebunden zu Casey.

Sie lächelte betrübt, da ihr die Anspielung natürlich nicht entging. Lupe war die Haushälterin und Köchin ihrer Großmutter gewesen, und Doris wusste, dass Casey diese Frau förmlich angebetet hatte. Ihr und Juan hatte sich Casey während ihrer Kindheit enger verbunden gefühlt als den eigenen vornehmen Großeltern. Ihre glücklichste Zeit hatte Casey auf der Farm von Lupes Vater in Texas verbracht, wo er und der Rest der riesigen Familie Garcia verschiedene Gemüsesorten züchteten, um sie von Juli bis September auf Wochenmärkten und an Straßenständen zu verkaufen.

Die Garcias sprachen so wenig Englisch, dass Lupe und Juan immer dolmetschen mussten, wenn sie sich mit Casey unterhalten wollten, doch sie waren gute und hart arbeitende Menschen, die Casey wie ein Familienmitglied behandelten und sie an allem teilhaben ließen bis hin zum Graben, Jäten und Ernten.

Voller Stolz hatte sie Kürbisse und Tomaten, Salat und Kohl, Maiskolben, Wassermelonen und Spargel verkauft. Hätten ihre Großeltern gewusst, dass sie auf der Farm war, in geborgten Overalls herumlief, auf den Knien über die Erde rutschte und sie Kartoffeln erntete, dann hätten die wohl darüber einen Tobsuchtsanfall bekommen.

Aber sie hatten keine Ahnung davon gehabt, weil sie gern lange Fernreisen unternahmen und ihre manchmal etwas ungestüme Enkelin in der Obhut des Hauspersonals zurückließen. Bis zu dem Tag, als sie völlig unerwartet von einer Mittelmeerkreuzfahrt zurückkamen, bei der die Hälfte der Passagiere eine Lebensmittelvergiftung erlitten hatte und in Barcelona ins Krankenhaus eingeliefert werden musste. Ihre Großeltern, an die sich ein gewöhnliches Magen-Darm-Virus gar nicht erst heranwagte, brachen die Kreuzfahrt daraufhin ab und kehrten über eine Woche zu früh nach Hause zurück.

Natürlich erwarteten sie, dass ihre Enkelin – die von ihren „Sangeskünsten" so überzeugte Enkelin, welche sie am liebsten den ganzen Tag jedem demonstrierte – sich im Herrenhaus aufhielt und ungeduldig auf ihre Heimkehr wartete. Tatsächlich jedoch leistete sie Lupe an einem Straßenstand Gesellschaft.

Als eines der Dienstmädchen Lupe anrief, um ihr von der Rückkehr der Herrschaften zu berichten, die wissen wollten, wo sich Casey aufhielt, fuhren Lupe und Juan sie sofort in ihrem alten, klapprigen Auto zurück nach Dallas.

Caseys Großmutter wollte sich gar nicht erst irgendeine Erklärung anhören, sondern entließ Lupe und Juan fristlos, und das ohne Rücksicht darauf, dass die beiden seit so vielen Jahren zuverlässig für sie gearbeitet hatten. Sie galten als Verräter, denen niemals verziehen werden konnte.

Kurz nach diesem Zwischenfall schickten sie Casey auf ein Internat, wo sie todunglücklich war und nur durchhielt, weil

Lupe mit ihr Kontakt hielt und ihr aufmunternde Briefe schrieb. Als nur ein paar Monate später plötzlich ihre Großmutter verstarb, holte ihr Großvater Casey für die Beerdigung nach Hause, allerdings mit der Absicht, sie gleich danach aufs Internat zurückkehren zu lassen.

Doch mit viel Geschrei und Gezeter gelang es ihr, ihn umzustimmen, sodass sie wieder ihre alte Schule besuchen durfte. Dort verhielt man sich zwar rundweg intolerant gegenüber rothaarigen Mädchen, die Countrysängerinnen werden wollten, aber das war Casey immer noch lieber, als etliche Bundesstaaten entfernt in einem Internat voller fremder Menschen zu leben.

In dem Jahr hatte sie zu Weihnachten ihre erste Gitarre geschenkt bekommen. Aber Lupe und Juan waren nicht mehr da, und sie fühlte sich einsam. Also stürzte sie sich mit Leib und Seele auf die Musik, lernte Noten zu lesen und übte Akkorde, bis ihre Fingerspitzen blutig waren. Glücklicherweise bildeten sich dort bald Schwielen, sodass sie weiterüben konnte.

Sie sang die Lieder mit, die sie im Radio hörte, und spielte die Klassiker nach – Patsy Cline, Loretta Lynn, Reba McEntire, Faith Hill, LeAnn Rimes und noch viele, viele mehr. Dann versuchte sie sich zum völligen Entsetzen ihres Großvaters als Straßenmusikerin und holte nach ihren Auftritten ein paar zerknüllte Ein-Dollar-Scheine und sehr viel Kleingeld aus ihrem Instrumentenkoffer, vorwiegend Pennys.

Von dort schaffte sie den Sprung hin zu Auftritten in Seniorenheimen und Highschools. Auch wenn die Missbilligung durch ihren Großvater mit jedem weiteren Auftritt noch etwas stärker wurde, wusste Casey da bereits, dass sie wirklich Talent hatte und dass sie den Durchbruch schaffen würde.

Und den schaffte sie auch, wenngleich er sich schleichend einstellte, da sie bei größeren Veranstaltungen wie beispielsweise Rodeos auftrat und in Bars und Nachtclubs sang, in die sie nur gelassen wurde, weil sie sich älter machte, als sie tatsächlich war – und das mit solcher Häufigkeit, dass sie nach einer Weile selbst ihr erfundenes Alter glaubte.

Ihr Großvater brach schließlich den Kontakt zu ihr ab, doch bis heute hörte sie regelmäßig von Lupe und Juan.

„Mom?“ Shane schnippte und fuchtelte mit den Fingern vor ihrem Gesicht herum. „Hallo, Mom?“

Casey lachte leise. „Oh, tut mir leid. Ich war wohl gerade in Gedanken.“

„Wieso isst du nichts?“, fragte Clare in einem Tonfall, als wäre *sie* die Mutter.

„Weil ich keinen Hunger habe“, antwortete sie geduldig. Wenn es Abend war, würden ihre Kinder längst wissen, dass sie sie jahrelang getäuscht hatte. Womöglich würden sie niemals wieder so wie jetzt gemeinsam an einem Tisch sitzen.

Tränen wollten ihr in die Augen steigen, aber sie hielt sie zurück. Stattdessen lächelte sie, was sie große Überwindung kostete. „Wir fahren heute nach Timber Creek“, verkündete sie. „Wir drei.“

Shanes Augen leuchteten vor Freude. „Können wir die Hunde mitnehmen?“

„Heute nicht“, erwiderte sie bedauernd.

Clare, die etwas älter als Shane und scharfsinniger war, musterte ihre Mutter besorgt. „Was ist los?“

„Das werdet ihr bald erfahren“, sagte sie, obwohl es ihr schwerfiel, überhaupt einen Ton herauszubringen. „Belassen wir es im Moment einfach dabei, okay?“

„*Mom?*“, hakte Clare sofort nach. „Bist du krank? Wirst du uns erzählen, dass du an irgendeiner schrecklichen Krankheit sterben musst?“

„Nein, damit hat es nichts zu tun.“

„Womit denn dann?“, mischte sich nun auch Shane ein. „Müssen wir von hier wegziehen? Gehst du wieder auf Tournee?“

Fast hätte Casey ihnen in diesem Moment die Wahrheit gesagt, aber ihr fehlten die Worte. Sie gab es nicht gern zu, auf irgendwen angewiesen zu sein, doch in diesem Fall brauchte sie unbedingt Walker an ihrer Seite, so viel stand fest.

Sie schüttelte den Kopf. „Wir ziehen nicht um, und ich gehe auch nicht auf Tournee“, beteuerte sie, was Shane sichtlich erleichterte. „Nach Labor Day trommele ich die Crew zusammen, damit wir ein paar Songs aufnehmen und an einem neuen Video arbeiten können, das ist allerdings auch schon alles."

Von Mitch hatte sie weder einen Anruf noch eine E-Mail erhalten, seit er wutentbrannt davongebraust war, da sie ihn nicht hatte heiraten wollen. Jedoch hatte er bislang auch noch nicht gekündigt.

Sie konnte nur hoffen, dass sich *das* wieder einrenkte. Sie mochte Mitch, und er war ein guter Manager. Außerdem hatte die Vorstellung etwas Erschreckendes, nach all den Jahren auf einmal mit einem neuen Manager arbeiten zu sollen.

Glücklicherweise bestürmten die Kinder sie nicht mit weiteren Fragen.

Casey verdrückte sich in ihr Schlafzimmer und betrat den irrsinnig großen – aber auch komplett genutzten – begehbaren Kleiderschrank. Hätte sie für den Präsidenten oder irgendeinen König singen müssen, wäre sofort klar gewesen, welches Kleid infrage kam. Aber was zog man an, wenn man den eigenen Kindern gestehen wollte, dass man sie ein Leben lang getäuscht hatte? Immerhin war es keine kleine Notlüge gewesen, sondern eine Lüge, die mit der Zeit ein Eigenleben entwickelt hatte. Casey lebte diese Lüge seit so vielen Jahren, dass sie keine Ahnung hatte, wer sie ohne diese Lüge in ihrem Alltag wohl sein würde.

Schwarz sah nach Beerdigung aus, Weißtöne waren zu unschuldig, also entschied sie sich für ein grünes Sommerkleid, das das Grün ihrer Augen unterstrich und einen schönen Kontrast zu ihren roten Haaren bildete. Auf ihre Strumpfhose verzichtete sie, da sie heute schon genug leiden würde, dann schlüpfte sie in ihre Sandalen, verteilte ein wenig Parfüm am Hals und nickte zufrieden.

Im Spiegel betrachtete sie sich einen Moment lang, schließlich redete sie sich auf eine energische Weise Mut zu.

„Reiß dich zusammen, Cowgirl."

8. KAPITEL

Ihre eigene Küche war ungefähr viermal so groß wie die auf der Timber Creek Ranch, überlegte Casey, während sie an dem großen runden Esstisch saß. Clare hatte links von ihr Platz genommen, Shane rechts von ihr, Walker saß ihr gegenüber. Unter normalen Umständen hätte es ihr in der gemütlichen kleinen Küche mit den hübschen Baumwollvorhängen vor den altmodischen Fenstern, dem Kamin aus Naturstein und dem rustikalen Holzfußboden mitsamt den hier und da verteilten handgemachten Läufern gut gefallen. Aber im Moment war sie so auf das konzentriert, was sie beichten wollte – und was ihr Todesängste bereitete –, dass sie ihre Umgebung kaum wahrnahm.

Walker sah ihr in die Augen, sein Blick wirkte wie ein Schlag ins Gesicht und erinnerte sie daran, was in den nächsten Minuten vor ihr lag.

In ihrem Kopf brummte es vor Nervosität wie ein Wespennest, und ihr Magen zog sich immer schmerzhafter zusammen.

„Kann uns jetzt *bitte* mal einer sagen, was hier los ist?“, platzte Clare heraus, die zwischen Casey und Walker hin- und herschaute. Als die Ältere sprach sie auch für ihren Bruder, so wie sie es sonst auch so oft tat.

Shane hockte schweigend da und starrte angespannt vor sich hin. Eines Tages würden seine schmächtigen Schultern so breit und muskulös sein wie die von Walker, doch das dauerte noch eine Weile. Im Moment schien er so verwundbar.

Casey wollte ihrer Tochter antworten, aber sie brachte keinen Ton heraus. Nicht mal ein Krächzen kam über ihre Lippen, auch wenn sie ein Kratzen im Hals spürte.

Walker lächelte ihr flüchtig, aber aufmunternd zu. „Wird schon schiefgehen“, meinte er mit rauer und zugleich sanfter Stimme und zwinkerte Casey zu.

Sie schluckte nervös, hielt die Hände verkrampft auf dem Schoß und nickte, doch ihre Stimmbänder verweigerten ihr hartnäckig den Dienst.

„Mom“, beharrte Clare und verschränkte die Arme vor ihrer allmählich sich entwickelnden Brust. „*Was ist los?*“

Casey blickte von ihrer Tochter zu ihrem Sohn und dann zu Walker.

„Das ist nicht so leicht“, sagte sie schließlich, während ihr Tränen einen Augenblick lang die Sicht verschleierten.

„Red weiter“, forderte Walker sie behutsam auf.

Sie wusste, wenn sie nicht sprechen konnte oder wollte, würde er die Wahrheit enthüllen. Aber es lag in ihrer Verantwortung, das zu tun, denn sie war diejenige, die auch die Lüge in die Welt gesetzt hatte. Die eine Lüge, der so viele andere gefolgt waren.

Clare und Shane schienen kurz vor einer Panikattacke zu stehen, da sie die Anspannung nicht mehr ertrugen, und Casey blieb einfach keine Zeit mehr, noch länger zu warten.

Also sprach sie es aus, viel zu hastig und viel zu heftig: „Walker ist euer Vater.“

Völlige Stille folgte ihren Worten, eine totale Stille, als wäre die Küche in ein Vakuum geschleudert worden, in dem keine Geräusche existieren konnten.

Ihr Herz raste. Endlich hob sie den Kopf und schaute ihre Kinder an. Shane war nicht entsetzt, vielmehr saß er da und grinste sie an. Seine Augen leuchteten vor Erstaunen.

„Echt?“, fragte er.

„Ja, echt“, bestätigte Casey und sah zu Clare.

Die Reaktion ihrer Tochter war das genaue Gegenteil von Shane. Ihr Gesicht lief rot an, ihre Wangen glühten förmlich, und die Augen hatte sie zu schmalen Schlitzen zusammengekniffen. Ihre Unterlippe bebte, und dann schob sie auf einmal ihren Stuhl nach hinten und wollte aufspringen.

Walker hielt sie davon ab, indem er ihre Hand fasste. „Ganz ruhig, Sweetheart“, sagte er mit einer Mischung aus liebevoller Zuneigung und tiefem Bedauern zu seiner Tochter. „Gib deiner Mom die Chance, dir alles zu erklären.“

Zwar blieb Clare sitzen, doch ihre gesamte Körpersprache strahlte Widerstand aus. „Du hast *gelogen*!“, warf sie ihrer

Mutter vor und blickte sie zornig an. „Du hast *genau gewusst*, wie sehr Shane und ich uns einen Dad gewünscht haben. Aber du hast uns in dem Glauben gelassen, dass wir irgendwelche *Freaks* aus einem Labor sind …“

„Clare“, unterbrach Casey sie zögerlich. „Hör mir doch bitte zu. Ich …“

„Ich *hasse* dich!“, schrie ihre Tochter sie an, und als sie diesmal von ihrem Stuhl aufsprang, hielt Walker sie nicht zurück. Sie sah zwischen ihm und ihrer Mutter hin und her. „Ich hasse euch *beide*!“

„Nein“, flehte Casey sie an. Genau so etwas hatte sie befürchtet. Unbewusst war ihr längst klar gewesen, dass Shane die Nachricht gut aufnehmen, Clare dagegen sich verletzt und hintergangen fühlen würde. Hintergangen von dem einen Menschen, dem sie bedingungslos vertraut hatte.

Clare stürmte zur Tür und wäre dabei fast noch über Dolittle gestolpert, weil sie gar nicht schnell genug vor ihrer Mutter und damit auch vor Walker davonlaufen konnte. Sie warf die Fliegengittertür hinter sich zu, dann waren ihre wütenden Schritte auf der Veranda zu hören.

Als Casey sich erheben und ihrer Tochter folgen wollte, so wie es ihr mütterlicher Instinkt von ihr verlangte, damit sie sie trösten konnte, legte Walker schnell seine Hand auf ihre.

„Lass sie“, riet er ihr. „Sie braucht ein paar Minuten, um das zu verarbeiten.“

Da sie wusste, dass er ja recht hatte, ließ sie sich zurück auf ihren Stuhl sinken.

Shane starrte noch immer Walker mit einem Grinsen auf den Lippen an, als wäre ihm ein Flaschengeist erschienen. Dass seine Schwester aus dem Zimmer gestürmt war, schien ihm gar nicht aufgefallen zu sein. „Du bist *wirklich* unser Dad?“, flüsterte er.

„Ja, ich bin wirklich dein Dad“, bestätigte Walker.

Sie nahmen wahr, wie sich ein Wagen dem Ranchhaus näherte, dann wurde der Motor abgestellt, eine Wagentür fiel zu, und ein Hund bellte.

Brylee, ging es Casey durch den Kopf. Die arme Frau hatte keine Ahnung, was sie hier erwartete.

Walker sah sie an. „Ich kann Brylee bitten, dass sie später wiederkommen soll", schlug er vor.

„Nein, nein", wehrte Casey ab. „Brylee gehört zur Familie, und sie hat das Recht, zu erfahren, was los ist."

Von Walker kam ein zustimmendes Nicken, während draußen Brylee mit ihrem Hund die Veranda betrat. Durch die Fliegengittertür war ihre Stimme zu hören, sie musste Clare entdeckt haben, die vermutlich zusammengekauert auf der Hollywoodschaukel hockte.

„Hey", fragte sie behutsam. „Stimmt was nicht, Schatz?"

„Frag doch die da drinnen!", antwortete Clare lautstark. „Frag die Lügner!"

Unwillkürlich kniff Casey die Augen zu. Sie hatte ihrer Tochter wehgetan, und diesen Schmerz bekam sie jetzt auch an den Kopf geschleudert. Ihr Magen schmerzte, als hätte sie einen Fausthieb in den Bauch einstecken müssen. Von draußen drang Gemurmel zu ihnen herüber, gleich darauf erklang Clares laute, wütende Stimme. Weder Casey noch Walker sagten oder taten etwas, nur Shane stand auf und streichelte den Hund. Ihr Sohn schien in seiner eigenen glücklichen Welt zu schweben und nichts anderes um sich herum wahrzunehmen.

Auf einmal kehrte er dann aber ins Hier und Jetzt zurück und erklärte verwundert: „Ich kapier das nicht. Jetzt erfahren wir, dass wir gar keine Laborexperimente sind und dass Walker unser Dad ist – und Clare rennt daraufhin stinksauer nach draußen, als ob die Erde untergegangen wäre."

Walker beugte sich zur Seite und legte seinem Sohn eine Hand auf die Schulter. Das hatte er zwar schon oft gemacht, doch diesmal war es anders. Casey erkannte Stolz in Walkers Geste, Stolz auf den Jungen, der nun offiziell sein Sohn war. Ganz gleich, was kommen würde, sie beide waren von nun an Vater und Sohn. Das Band zwischen ihnen konnte durch nichts zerrissen werden.

„Clare wird sich wieder beruhigen“, meinte er zu Shane, dann sah er zu Casey und lehnte sich zurück. „Und dann wird alles wieder gut sein.“

Die Fliegengittertür ging auf, das leise Quietschen war eine deutliche Aufforderung, zum Ölkännchen zu greifen. Brylee kam herein, Snidely war gleich hinter ihr.

„Was ist denn hier los?“, fragte sie ohne Umschweife, wobei sie besorgt in die Runde schaute. „Ist irgendwas passiert?“

Walker sah immer noch zu Casey, in seinen Augen stand so deutlich eine Frage geschrieben, als hätte er sie laut ausgesprochen: *Soll ich es ihr sagen?*

Casey nickte nur, dann weihte Walker seine Schwester ein, was er allerdings viel diplomatischer erledigte als sie selbst vor ein paar Minuten. Mit wenigen Worten umriss er die Situation, während Brylee zu lächeln begann.

„Wow“, sagte sie, nachdem Walker fertig war. „Das ist ja toll.“

Sie fand es also toll. Ganz im Gegensatz zu Clare, die immer noch auf der Veranda saß und weinte, weil sie sich verraten und verletzt fühlte, und das auch noch von der eigenen Mutter.

„Kann ich dann jetzt hier bei dir leben?“, wollte Shane von Walker wissen. „Kriege ich ein Pferd? Ist mein Nachname dann eigentlich Parrish und nicht Elder?“

Walker lächelte den Jungen an. „Langsam, Shane. Du gehörst zu deiner Mom. Und was das Pferd und den Nachnamen angeht, darüber können wir später immer noch reden, wenn sich erst mal alle wieder beruhigt haben.“

Casey warf Walker einen dankbaren Blick zu. Er teilte ihr auf seine Art mit, dass er nicht vorhatte, ihr die Kinder wegzunehmen. Erst dadurch wurde ihr deutlich, wie sehr sie unterbewusst befürchtet hatte, er könnte genau das tun.

Zumindest *hoffte* sie, dass er ihr das sagen wollte.

Endlich stand sie auf, da sie nicht noch länger dahocken und warten konnte. Ihre Knie fühlten sich ein wenig wacklig an, und ihr war auch etwas schwindlig. An einer mitfühlenden Brylee vorbei ging sie nach draußen auf die Veranda.

Ganz so wie erwartet saß Clare in einer Ecke der Hollywoodschaukel zusammengekauert und wirkte wie das kleine Mädchen, das sie vor gar nicht so langer Zeit einmal gewesen war, nicht wie die junge Frau, zu der sie herangewachsen war.

Sie trat zu ihr und ließ sich mit genügend Abstand zu ihrer Tochter auf die dicke Auflage der Schaukel sinken. Sie berührte Clare nicht, sie sprach sie auch nicht an. Sie wollte nur bei ihr sein.

Nach einer Weile hob Clare den Kopf, sah aber nicht zu ihrer Mutter, sondern schaute stur auf einen so weit entfernten Punkt, dass der sogar hinter dem Horizont hätte liegen können.

„Warum?“, fragte sie schließlich. Ihre Stimme klang nach gebrochenem Herzen, aber auch nach Wut.

Casey überlegte, wie sie darauf antworten sollte. *Damals hielt ich es für eine gute Idee.* Das stimmte zwar, aber es würde sich zu lässig anhören. *Ich dachte, so wäre es für uns alle am besten.* Nein, das war es auch nicht. Zwar hatte sie das seinerzeit selbst glauben wollen, doch inzwischen war ihr klar, dass es nur eine weitere Lüge gewesen war, eine weitere Lüge, damit sie weiter an ihrer Karriere arbeiten konnte … und *wollte*, denn sie schämte sich nicht dafür, dass sie diese Karriere gewollt hatte, auch wenn sie viele andere Dinge inzwischen bereute.

„Okay, keine Ausflüchte“, erwiderte sie. „Ich hätte euch von Anfang an die Wahrheit sagen sollen, und dass ich das nicht getan habe, tut mir schrecklich leid.“

Schnaubend drehte sich Clare zu ihr um. „*Warum?*“, wiederholte sie aufgebracht. „Sag mir, *warum*!“

„Ich bin mir nicht sicher, ob ich das tatsächlich weiß“, gestand sie ihr seufzend. „Jedenfalls bin ich mir nicht sicher, ob mir wirklich alles klar ist, was damals eine Rolle dabei gespielt hat. Ich war jung, meine Karriere kam gerade in Schwung, und ich hatte nicht damit gerechnet, schwanger zu werden.“

„Also hast du dich *für* deine Musik und *gegen* Shane und mich und Walker entschieden?“ Der Vorwurf bohrte sich wie eine Klinge in ihr Herz.

„Ich wollte weiter singen“, erklärte sie, nachdem sie sich ihre nächsten Worte gründlich überlegt hatte. „Aber es ging nicht darum, mich für oder gegen dich und deinen Bruder zu entscheiden.“ Mitch, ein paar Leute aus ihrer Band und andere gute Freunde hatten ihr damals dazu geraten, ihr Baby zur Adoption freizugeben, was sie rigoros abgelehnt hatte. Jedoch hielt sie es nicht für den richtigen Moment, um das zu erwähnen. Unter Umständen würde sie so alles nur noch schlimmer machen.

„Und das hast du sogar *zwei Mal* getan“, redete Clare zornig weiter, als hätte Casey gar nichts gesagt. „Tut mir leid, aber das ist einfach nur verrückt.“

Casey lächelte betrübt und erinnerte sich an die zu Tode erschrockene, schwangere Frau, für die Ruhm und Reichtum zum Greifen nah gewesen waren. Zu dem Zeitpunkt war auch ihr Großvater bereits tot gewesen, und sie hatte auf der ganzen Welt nicht einen einzigen Verwandten. „Ja, vielleicht“, räumte sie leise ein. „Doch ich könnte mir ein Leben ohne dich und ohne Shane gar nicht vorstellen.“

Nach längerem Schweigen fragte Clare: „Und was ist mit Walker? Wollte er uns haben?“

„Er wusste es nicht“, erwiderte sie. Es wäre so verdammt einfach gewesen, Walker den Schwarzen Peter zuzuschieben und ihn zu einem dieser Männer abzustempeln, die Frauen schwängerten und dann ihr Heil in der Flucht suchten, weil sie ungebunden bleiben wollten.

Aber das konnte sie nicht tun, denn das wäre eine noch schlimmere Lüge gewesen.

„Er wusste es nicht? Was soll denn das heißen?“, fuhr ihre Tochter sie an. „Er weiß es doch *jetzt*, also musst du es ihm ja mal *irgendwann* gesagt haben – *im Gegensatz zu Shane und mir.*“

„Als ich merkte, das ich mit dir schwanger war“, erklärte Casey, die der Meinung war, dass der Wahrheit manchmal eine viel zu große Bedeutung beigemessen wurde, „habe ich Walker weisgemacht, dass es einen anderen Mann in meinem Leben gibt. Als ein Jahr später Shane unterwegs war, wusste ich, ich musste es Walker sagen, weil er sonst von allein dahintergekommen wäre.

Zuerst raste er vor Wut, allerdings nicht, weil ich wieder schwanger war, sondern weil er wollte, dass wir vier eine Familie werden. Aber dafür war ich noch nicht bereit." Aus dem Haus waren die gedämpften Stimmen von Walker, Brylee und Shane zu hören, aber Casey kam es so vor, als seien die drei weit weg, irgendwo in einer anderen Dimension, in die sie nicht gelangen konnte.

„Dafür warst du noch nicht bereit", wiederholte Clare verächtlich. „Du meinst, weil du erst noch all deine Grammies und CMA Awards gewinnen musstest? Weil du erst noch das ganze Geld einkassieren musstest?" Wieder folgte eine Pause. „Hast du eigentlich auch mal an uns gedacht, Mom? Hast du überlegt, dass Shane und ich vielleicht lieber in einem ganz normalen Haus aufgewachsen wären, nicht in Flugzeugen und Tourbussen und Hotels? Mit einer Mutter und einem Vater und einem *ganz normalen* Leben?" Sie machte eine ausholende Geste. „Wir hätten hier leben können. Hier wären wir an Halloween von Haus zu Haus gegangen, hier wären wir mit dem Bus zur Schule gefahren, hier hätten wir Freunde gehabt, die wir seit dem Kindergarten kennen würden. Hier hätten wir jedes Jahr den Weihnachtsbaum an derselben Stelle im selben Zimmer aufstellen können. Wir wären ganz normale Leute gewesen. Doch wir mussten ja eine Mutter haben, die so berühmt ist, dass sie mit uns nicht mal Disneyland besuchen konnte, ohne von den Leuten belagert zu werden!"

Wieso zählte Clare das alles jetzt auf? Casey wollte lieber nicht nachfragen, jedenfalls nicht im Augenblick. All die Jahre hatte sie geglaubt, dass es ihren selbstbewussten, intelligenten Kindern jedenfalls die meiste Zeit über gefallen hatte, ein unkonventionelles Leben zu führen. Offenbar hatte sie sich da zumindest zum Teil geirrt. Mit einem Mal wurde sie von heftigen Kopfschmerzen geplagt.

„Wenn ich noch einmal von vorn anfangen könnte", meinte sie schließlich, „dann würde ich alles anders machen."

„Das kannst du jetzt gut sagen", konterte Clare sofort. Sie trug ihre sture Miene zur Schau, und die würde sie erst mal eine Weile beibehalten. Womöglich sogar für immer.

„Ich liebe dich und Shane von ganzem Herzen", beteuerte sie. „Das ist so, und das war schon immer so."

Clare stieß ein abfälliges Schnauben aus. „Ja, sicher", erwiderte sie verbittert. Gleich darauf errichtete sie eine unsichtbare Mauer um sich herum.

Casey musste erkennen, dass sie bis auf Weiteres nicht an ihre Tochter herankommen würde. Die Zeit des Redens war zumindest für den Augenblick verstrichen. Sie stand auf und ging zurück ins Haus, Clare ließ sie auf der Hollywoodschaukel zurück. Es kam ihr vor, als wäre sie in der letzten Stunde um zwanzig Jahre gealtert. Aber schlimmer noch war das Gefühl, neben sich zu stehen, sich selbst beobachten zu können und dabei doch nicht am Geschehen beteiligt zu sein.

Brylee schritt ihr entgegen, kaum dass sie die Küche betreten hatte, und nahm sie wortlos in die Arme.

Für diese Unterstützung, die Brylee ihr gab, war Casey zutiefst dankbar, auch wenn sie nicht wusste, wie lange sie diese Frau auf ihrer Seite haben würde. Auf jeden Fall erwiderte sie diese Umarmung.

Shane schien von dem Ganzen weitgehend unberührt zu sein, außer dass er sich so verhielt, als hätte er im Lotto gewonnen. Doch vielleicht empfand er das ja auch so, immerhin war der Hauptpreis ein Vater, wie er ihn sich immer gewünscht hatte.

Es schmerzte Casey, so drastisch vor Augen geführt zu bekommen, dass sie trotz all ihrer Liebe und Hingabe als Mutter letztlich nicht genug gewesen war.

„Ich will von jetzt an Shane *Parrish* heißen", verkündete der Junge.

Casey nickte nur, sah aber weder ihn noch Walker an, sondern schaute bestürzt vor sich auf den Boden.

„Also", meinte Brylee plötzlich und mit einer Spur zu viel Enthusiasmus, „wie wär's, wenn ich mit meiner Nichte und meinem Neffen einen langen, gemütlichen Ausritt unternehme? Mit Abendessen in der Stadt?"

„Ja!", rief Shane sofort begeistert.

„Keine schlechte Idee“, fand Walker, der auf einmal im Zimmer stand, während Casey sich fragte, wann er aufgestanden war, wenn sie ihn doch gerade eben noch am Tisch hatte sitzen sehen. Das sonderbare Gefühl, neben sich zu stehen, und ihre Kopfschmerzen waren nur noch schlimmer geworden.

„Ich glaube nicht, dass Clare mitkommen wird …“, begann sie, verstummte aber mitten im Satz. Sie hatte doch überhaupt keine Ahnung, was Clare als Nächstes tun oder sagen würde.

Aber zu ihrem großen Erstaunen ließ Clare sich von Brylee im Handumdrehen zu einem Ausritt überreden. Die drei brachen zu einem spontanen Abenteuer auf, während Casey vom Küchenfenster über der Spüle aus verfolgte, wie sie von Brylees Hund begleitet zur Scheune gingen.

Walker stellte sich hinter Casey und legte die Arme nur locker um ihre Taille, damit sie sich trotz seiner Umarmung nicht eingeengt fühlen musste. „Das Schlimmste ist vorbei“, sagte er heiser und ließ sein Kinn auf ihrem Kopf ruhen.

In diesem Moment brach die Mauer ein, die Casey vor Jahren um sich herum errichtet hatte, lange bevor Clare und Shane zur Welt gekommen waren, sogar noch lange bevor sie Walker begegnet war. Eine wahre Flutwelle aus Emotionen bahnte sich ihren Weg durch den eingestürzten Schutzwall, Emotionen, die sie so lange Zeit erfolgreich von sich ferngehalten hatte – Trauer und Verlust, Scham und Bedauern, Einsamkeit und Erschöpfung. Wie von einer riesigen Faust gepackt und weggeschleudert landete sie so plötzlich wieder in ihrer eigenen Haut, dass sie einen Schmerzensschrei ausstieß.

Walker drehte sie zu sich um und hielt sie an sich gedrückt, sie ließ den Kopf an seine Brust sinken und begann zu schluchzen. Mit beiden Händen klammerte sie sich an seinen Schultern fest, weil sie fürchtete, sonst zusammenbrechen zu müssen.

Ihr war bewusst, dass Tränen bei Walker – wie bei den meisten Männern – Unbehagen weckten, dennoch redete er nicht auf sie ein, sie solle doch aufhören zu weinen. Und er erzählte ihr auch nicht, dass am Ende schon alles wieder gut werden würde.

Stattdessen stand er einfach nur unerschütterlich wie ein Fels da und hielt sie fest. Es fühlte sich richtig an, seine Wärme und seine Kraft zu spüren.

Aber das war natürlich das Problem, denn es war *gar nicht* richtig. Wenn sie Walker gestattete, sich auf diese Weise um sie zu kümmern … wenn sie zuließ, dass sie sich als ganz gewöhnliche Sterbliche betrachtete, aber nicht als Star, als unnahbar und überlegen … wenn sie das zuließ, dann hatte das Folgen für sie. Gravierende Folgen wie zum Beispiel eine Schwangerschaft.

Trotzdem konnte sie sich in diesem Moment nicht aus Walkers Umarmung lösen.

Der schob eine Hand unter ihr Kinn und hob ihren Kopf an, dann küsste er die Tränen von ihren Wangen. „Casey", hauchte er und zog sie enger an sich.

Ihre Lippen berührten sich wie von selbst, völlig natürlich und unausweichlich. Zuerst noch zögerlich und forschend, plötzlich fordernd, angetrieben von einer namenlosen Urgewalt, die sie beide erfasste und mitriss, ohne dass eine Gegenwehr möglich war.

So eng umschlungen standen sie eine Weile da und küssten sich, unterbrochen immer nur dann, wenn einer von ihnen kurz und hastig nach Luft schnappte.

Wie in Trance nahm Casey die Stimmen von Brylee, Clare und Shane wahr, dazu Hufgetrappel draußen auf dem Hof, das metallische Klirren des Zaumzeugs und das freudige Gebell von Brylees Hund.

Obwohl diese Welt da draußen nur ein paar Schritte entfernt war, hätten sie und Walker – und natürlich auch Dolittle, der sich mit im Zimmer aufhielt – Lichtjahre von den anderen entfernt sein können.

Ihr gesunder Menschenverstand, der ihr sonst die Richtung wies, hatte sie im Stich gelassen, doch das war nicht mal das Schlimmste an allem. Nein, das Schlimmste war, dass sie sich nicht um die möglichen Konsequenzen kümmerte, so als hätte sie nichts aus früheren Lektionen gelernt, die mehr als genug Narben hinterlassen hatten.

Sie wollte nichts weiter, als sich für eine Weile in Walker verlieren.

Verlangen knisterte zwischen ihnen, als wäre die Luft elektrisch aufgeladen.

„Bist du dir sicher?“, fragte Walker, der wie immer, wenn sie sich so nahe waren wie jetzt, ganz genau wusste, was sie wollte.

„Ja“, antwortete sie, weil sie so lange Zeit einsam und tapfer gewesen war. Sie wollte jetzt nicht die starke, unabhängige Frau sein, die sie sonst immer war, sondern sich Walker hingeben. Seine Kraft sollte wenigstens für eine Weile für sie beide genügen.

Mühelos hob er sie hoch und trug sie aus der Küche in den Flur.

Ihr war klar, dass sie ihn stoppen sollte, und zwar sofort, bevor sie auch nur einen Schritt weitergehen konnten. Aber sie konnte es nicht … nein, sie *wollte* es nicht. Alarmglocken hätten in ihrem Kopf schrillen sollen, weil die Geschichte sich zu wiederholen drohte, allerdings war da nichts zu hören. Sie wollte das hier, sie wollte von ihrem Verlangen überwältigt werden, und sie wollte *Walker*.

Nach wenigen Schritten hatten sie sein Schlafzimmer erreicht.

Für Sekunden erlangte der Verstand die Oberhand. Was, falls Brylee mit den Kindern zurückkam?

Dass sie diese Frage laut ausgesprochen hatte, bemerkte sie erst, als Walker darauf antwortete. „Die werden erst mal eine Weile unterwegs sein“, flüsterte er, wobei sein warmer Atem über ihr Ohr strich und ihre Haut kribbeln ließ. „Dafür wird Brylee schon sorgen.“

Er hatte sie bereits auf die Matratze gebettet und begonnen sie auszuziehen, ohne dass es ihr bewusst geworden war. Sie war sich nicht mal sicher, ob er sie tatsächlich auszog oder ob sie das selbst erledigte. Auf jeden Fall schien sich ihre – und auch Walkers – Kleidung nach und nach in Luft aufzulösen.

Casey murmelte seinen Namen und spürte seine Erektion, die sich gegen ihren Körper drückte, während sie Seite an Seite dalagen, während ein leichter Luftzug vom offenen Fenster ihre glühende Haut, allerdings nicht ihre Leidenschaft abkühlte.

Seine Lippen berührten ihre und ließen ein Meer aus Flammen durch ihren Körper strömen. Das hier ließ sich nicht mehr abwenden, was Casey absolut klar war. Sie beide waren einander längst wieder mit Haut und Haar verfallen.

Walker knabberte an ihrem Ohrläppchen, fuhr mit der Zungenspitze am Hals entlang nach unten, bis er an ihrem Busen angekommen war. Gierig und sanft zugleich schloss er die Lippen um ihre Brustwarzen, ungestüme Lust durchflutete sie.

Es ist schon so lange her, flüsterte ihr Körper ihr zu. Oder war das die tonlose Stimme ihrer Seele, die sich da zu Wort meldete? *Walker ... Walker ... es ist so lange her.*

Casey konnte sich gar nicht eng genug an ihn schmiegen, ihre Hände wanderten über seinen muskulösen Rücken. Sie stöhnte auf, als Walker seine Finger zwischen ihre Schenkel schob, ihre empfindlichste Stelle berührte und genau den richtigen Druck ausübte, nicht zu sanft und nicht zu fest, um mit jeder Bewegung das Feuer weiter anzufachen, das in ihr tobte.

Sie bog sich ihm entgegen und biss sich auf die Unterlippe, um nicht laut aufzuschreien. „Jetzt", flehte sie ihn keuchend an. „Bitte, Walker ... *jetzt* ..."

Doch er ließ sich von ihr nicht zur Eile antreiben, das sollte sie eigentlich noch wissen. Ganz im Gegenteil, er würde sich alle Zeit der Welt lassen, ihre Brüste küssen, mit ihrer Zunge spielen, und dann erst ...

Die Erinnerungen an die anderen Male, als sie sich geliebt hatten, elektrisierte sie zusätzlich und ließ sie in freudiger Erregung nach Atem ringen.

Walker lachte leise, da er verstanden hatte, und murmelte: „Halt noch ein bisschen durch, Cowgirl. Wir haben doch gerade erst angefangen." Dabei zog er mit den Lippen eine feuchte Spur ihren Bauch entlang und immer weiter nach unten.

„Ich glaube nicht ... dass ich noch ... so lange warten kann ...", wimmerte Casey, die sich danach sehnte, ihn endlich in sich zu spüren.

„Ist schon in Ordnung“, raunte er, und dann war er *dort* angekommen, glitt mit der Zunge in sie und spielte mit ihr.

Ihr ganzer Körper schien zu zucken, während Walker sich hinkniete, die Hände unter ihren Po schob und sie langsam hochdrückte, um sie weiter mit seinem Mund zu verwöhnen, mal sanft und zurückhaltend, mal stürmisch und wild.

Sie krallte die Finger in seine Haare und presste ihn fest an sich, obwohl sie dachte, jeden Moment wie ein Stern zu explodieren und dann zu verglühen. Die Begierde schien sie vollständig zu verzehren, und doch lauerte da ein Versprechen auf noch viel intensivere Empfindungen.

Irgendwie brachte sie Walkers Namen über die Lippen, woraufhin er für einige Augenblicke das Tempo verringerte, dann allerdings sie noch leidenschaftlicher liebkoste. Ihr erster Höhepunkt brach wie befürchtet und zugleich wie erhofft ekstatisch über sie. Ihr stockte der Atem, während sie immer wieder aufs Neue erbebte und zwischenzeitlich kurz entspannte.

Als es vorüber war, ließ Walker sie auf das Bett zurücksinken. Zwar konnte sie vor Befriedigung keinen Muskel rühren, dennoch verlangte sie nach mehr. Sie wollte, nein, sie *musste* Walker in sich fühlen. Sie wollte von dem Gefühl, das sie dabei spürte, wieder halb in den Wahnsinn getrieben werden.

Seinen Namen konnte sie nur noch flüstern, da sie sich alle Kraft von ihm hatte rauben lassen, als sie ihm schamlos alles geschenkt hatte, was sie besaß, was sie war, nur um diesen unglaublichen, scheinbar kein Ende nehmenden Orgasmus zu erleben. So gewaltig der auch war, wusste sie, dass es nur der erste von vielen gewesen war und dass es mit jedem weiteren eine Steigerung geben würde.

Walker bewegte sich zur Seite, und irgendwie schoss Casey der Gedanke durch den Sinn, dass er offenbar ein Kondom überstreifte. Am liebsten hätte sie vor Freude laut gelacht, hatte dafür aber nicht den nötigen Atem. Als Clare gezeugt wurde, hatte er auch ein Kondom benutzt, und bei Shane war es nicht anders gewesen.

Konnte er sich noch daran erinnern?

Wie benommen schüttelte sie den Kopf als Antwort auf ihre eigene unausgesprochene Frage. Walker war ein Mann, und der Griff zum Kondom war für ihn vermutlich eine Selbstverständlichkeit, über die er nicht erst nachdachte.

Genauso wenig dachte er in diesem Moment daran, dass sie wieder ein Kind zeugen könnten.

„Bist du dir auch wirklich sicher?", erkundigte er sich rau, während er sich auf sie legte und sich dabei abstützte, damit er sie nicht mit seinem Gewicht erdrückte.

Das hatte er sie jedes Mal gefragt, ganz gleich wie stürmisch der Augenblick auch war, und es war nie als rhetorische Frage gemeint. Hätte sie ihn gebeten aufzuhören, dann wäre er ihrer Bitte nachgekommen.

„Absolut sicher", entgegnete sie.

Mit einer kraftvollen Bewegung drang er in sie ein und brachte sie sofort zum Höhepunkt. Behutsam stieß er in sie und steigerte sich nur langsam, bis ihre Lust den nächsten, noch höheren Gipfel erreichte. Selbst da hörte er noch nicht auf, und wenig später schenkte er ihr einen erneuten Orgasmus, der noch besser war als die vorangegangenen, auch wenn das gar nicht hätte möglich sein dürfen.

Walker seinerseits hielt sich selbst die ganze Zeit über zurück, auch wenn sie sich unter ihm wand und stöhnte und immer wieder seinen Namen hauchte.

Dann endlich ließ er sich gehen, wobei sich sein ganzer Körper anspannte und von einem langen, tiefen Keuchen begleitet von einem gewaltigen Höhepunkt erfüllt wurde.

Lange Zeit herrschte anschließend Stille, denn sie waren beide zu kraftlos, um einen Ton herauszubringen. Sie lagen eng umschlungen und nass geschwitzt da, der Windhauch kühlte ihre Haut. Irgendwo in der Nähe tickte eine Uhr so gleichmäßig wie ein Herzschlag, ein altmodisches Modell mit einem richtigen Uhrwerk.

Casey, die sich nach ihrem letzten Orgasmus fühlte, als wäre sie hinaus in ein anderes Universum geschleudert worden, tauchte sanft wie eine Feder oder eine Schneeflocke zurück in das Hier und Jetzt ein. Sofort sprang sie auf und saß aufrecht im Bett. „Oh Gott, Walker – was haben wir gemacht?"

Er lachte lässig. „Wenn ich mich nicht irre, nennt man das Sex."

„Sehr witzig", fauchte sie ihn an, obwohl sie eigentlich auf sich selbst wütend war, nicht auf Walker. Schließlich hatte sie rein gar nichts unternommen, um ihn von seinem Vorhaben abzuhalten.

Trotzdem war sie mit einem Satz aus dem Bett und hob ihre Kleidung auf, die auf dem Boden verstreut lag. „Ich kann es nicht fassen, dass wir es *dazu* haben kommen lassen!"

Walker stützte sich auf die Ellbogen auf und schien so gelassen zu sein, dass es Casey rasend machte. Das einzig Gute war, dass er seine Nacktheit mit dem Laken bedeckt hatte, sonst wären ihre Gedanken gleich wieder abgeschweift. „Beruhig dich wieder", sagte er und zwinkerte ihr zu. „Wir sind schließlich beide erwachsen."

Casey wich seinem Blick aus und versuchte so hektisch, ihre Unterwäsche anzuziehen, dass sie sich fast selbst damit gefesselt hätte. „Richtig, und das heißt, wir hätten es besser wissen müssen!"

Vergnügt stand Walker auf und lief splitternackt nach nebenan ins Badezimmer. Als er Augenblicke später ins Schlafzimmer zurückkam, bückte er sich und hob seine Jeans vom Fußboden auf, um sie gemächlich überzustreifen. Ihm war das Ganze tatsächlich kein bisschen peinlich.

Inzwischen war Casey fertig angezogen und stellte sich vor den Spiegel der antiken Kommode. Mit fahrigen Bewegungen probierte sie, ihre völlig zerzausten Haare wieder in Ordnung zu bringen. Nicht nur, dass sich das Zopfgummi gelöst hatte und ihr Pferdeschwanz aufgegangen war, sie sah auch noch so aus, als hätte sie stundenlang kopfüber an einem Trapez gehangen. Das Ganze war eine Katastrophe.

Walker setzte sich am Fußende auf die Matratze. Die Laken waren so zerwühlt, als hätte sich ein Tornado auf dem Bett ausgetobt. Mit nacktem Oberkörper hockte er da und betrachtete

Casey. Seine Haare standen in alle Richtungen ab, was eindeutig das Werk von Caseys Fingern war.

Er schaute ruhig und ein wenig amüsiert drein, nein, es wirkte mehr wie Überheblichkeit, weniger wie Belustigung. Warum sollte er auch nicht überheblich sein? Immerhin hatte er ihre Welt wieder einmal durcheinandergewirbelt, und er hatte sie nicht mal höflich darum bitten müssen, weil sie ihn einfach hatte gewähren lassen.

Würde sie zur Gewalttätigkeit neigen, hätte sie ihm jetzt irgendetwas an den Kopf geschleudert. „Grins nicht so!“, forderte sie ihn auf und hob ermahnend den Zeigefinger.

„Immer noch die alte heißblütige und unglaublich komplizierte Casey“, stellte er völlig unbeeindruckt fest. „Im Bett eine Wölfin, eine eiserne Jungfer für den Rest der Welt.“

„Was soll denn sein, wenn wir es schon wieder gemacht haben, Walker?“, wollte sie wissen. „Was, wenn wir noch ein Kind gezeugt haben?“ Die Aussicht erfüllte sie mit Angst, gleichzeitig aber auch mit Hoffnung. „Wie sollen wir *das* Clare und Shane erklären?“

„Ich habe ein Kondom benutzt“, hielt er dagegen.

„Oh ja“, konterte sie mürrisch. „Das hast du schon zwei Mal gemacht. Einmal kam Clare zur Welt, das zweite Mal Shane.“

Er blickte sie nachdenklich an, plötzlich blitzte der Schalk in seinen Augen. „Du hast recht“, stimmte er ihr zur Abwechslung einmal zu, dann folgte eine längere Pause, während der er aufreizend langsam über irgendetwas grübelte. „Wenn du von mir schwanger bist“, erklärte er, „werde ich diesmal von Anfang an für dich da sein, denn diesmal werden wir es richtig machen.“

„Was soll das heißen?“, flüsterte sie nervös.

„Das soll heißen, Casey Jones, dass wir diesmal, egal ob wir heiraten wollen oder nicht, das Kind gemeinsam großziehen werden. Denn diesmal bist du nicht irgendwo in der Weltgeschichte unterwegs, während ich hier zu Hause sitze.“

Angesichts der Endgültigkeit in Walkers Tonfall schien die Sache für ihn damit entschieden.

9. KAPITEL

Äußerlich mochte Walker die Ruhe selbst sein, aber innerlich stürmten die widersprüchlichsten Gefühle auf ihn ein. Es würde einige Zeit dauern, um Ordnung in dieses Durcheinander zu bringen. Schließlich konnte er nicht einfach am Fußende des Betts sitzen bleiben und darauf warten, dass sich alles von selbst einrenkte. Wenn er das versuchen sollte, würde er irgendwann einen langen weißen Bart haben, ohne dass irgendetwas geschehen war.

Also verkniff er sich einen allzu verräterischen Seufzer, erhob sich und machte einen Bogen um die immer noch aufgewühlte Casey, als er sich ein neues Hemd aus dem Schrank nahm. Beim ersten Anlauf knöpfte er es falsch zu, dann endlich klappte es. Er ließ sich auf die Matratze sinken, zog ein frisches Paar Strümpfe an und schlüpfte in seine Stiefel.

Er musste nicht lange überlegen, um zu dem Schluss zu kommen, dass dies hier eindeutig der falsche Moment war, Casey zu erzählen, dass das Kondom geplatzt war. Sie stand auch so schon kurz vor einem Nervenzusammenbruch.

Letzteres änderte allerdings nichts an der Tatsache, dass sie einen wunderschönen Anblick bot, während sie ihre Haare bürstete und sie erneut zu einem Pferdeschwanz zusammenband.

Walker bedauerte nicht, was sie getan hatten. Kein Mann, der halbwegs bei Verstand war, würde so etwas tun, schon gar nicht nach der langen Durststrecke, die hinter ihm lag. Jedoch wusste er, dass Caseys Bedauern bequem für sie beide reichte, was ihn ein wenig schmerzte, wenn er ehrlich sich selbst gegenüber war.

„Willst du jetzt nach Hause, oder möchtest du warten, bis Brylee mit den Kindern zurück ist?“, fragte er, da er sicher war, dass Casey keinen Ton mehr zu ihm sagen würde, falls er nicht den ersten Schritt machte.

Als sie sich zu ihm umdrehte, war ihr anzusehen, wie viel Überwindung sie das kostete. Sie stemmte die Hände in die Hüften und drückte den Rücken durch, um sich zu ihrer ganzen, wenn auch bescheidenen Größe aufzubauen. „Ich möchte nach Hause.“ Das war eine eindeutige Aussage, wie er fand.

„Okay“, stimmte er zu und stand auf. Am liebsten hätte er ja Casey zurück in sein Bett geholt und sie wieder geliebt, aber die Erfolgsaussichten waren so winzig, dass er es gar nicht erst probierte. Jedenfalls nicht jetzt und hier.

„Das ist alles?“, fuhr sie ihn an. „Einfach nur ein ‚Okay‘?“

„Was *willst* du denn, dass ich sage, Casey? Dass wir ruhig so tun können, als wär nichts passiert?“

Sie stapfte an ihm vorbei aus dem Schlafzimmer, durch den Flur, vorbei an allen Türen, bis sie die Küche erreicht hatte. Sie schnappte sich ihre Handtasche vom Tresen und schob die Träger über ihre Schulter, erst danach setzte sie zu einer Antwort auf seine Frage an, atmete tief ein und ließ die Luft aus ihren Lungen entweichen, wobei Casey förmlich in sich zusammensackte.

„Ich mach es schon wieder, was?“, fragte sie, schaute zur Seite und drehte sich dann doch zu Walker um. „Ich versuche, einen Streit vom Zaun zu brechen, damit ich auf Abstand zu dir gehen kann und Zeit zum Nachdenken habe.“

Walker nickte, ließ sich allerdings nicht anmerken, wie sehr ihn dieses Eingeständnis überraschte. Casey war gut darin, sich selbst zu täuschen, und noch besser konnte sie anderen Leuten etwas vormachen. Inzwischen lebte sie schon so lange mit ihrer großen Lüge, dass sie die Wahrheit womöglich gar nicht mehr erkannte.

„Nimm dir so viel Zeit, wie du brauchst“, entgegnete er schließlich. „Aber du kannst nicht einfach wieder zur Tagesordnung übergehen, denn was Shane und Clare betrifft, bin ich es leid, den guten alten zuverlässigen Freund der Familie zu mimen, Case. Falls die beiden es wollen, dann möchte ich für sie ein *Vater* sein.“

„Dann viel Glück bei Clare“, erwiderte sie. Auch wenn man ihre Antwort für schnippisch hätte halten können, verrieten ihm die Tränen in ihren Augen, dass es ernst gemeint war.

Walker hätte Casey zu gern in seine Arme gezogen, doch er wagte es nicht. Nur selten ließ sie sich von ihm so trösten, und sobald es geschah, verloren sie beide jedes Mal ihre Selbstbeherrschung.

„Clare wird sich wieder beruhigen", sagte er leise, da er wusste, sie hatte Angst davor, dass ihre Tochter ihr die Lüge niemals verzeihen könnte. Zugegeben, mancher hartnäckige Familienstreit entstand aus viel harmloseren Anlässen, also hatte sie auch allen Grund zur Sorge. „Du bist ihre Mutter, sie liebt dich. Außerdem ist sie ein aufgewecktes Mädchen. Mit der Zeit wird sie verstehen, dass jeder Mensch Fehler macht und dass das oft nur mit den besten Absichten für alle Beteiligten geschieht."

Erneut wandte sie ihren Blick von ihm ab, als wäre sie auf einmal verlegen. Für einen winzigen Moment konnte er das kleine Mädchen in ihr erkennen, das so früh seine Eltern verloren hatte und von den behäbigen, aber wohlmeinenden Großeltern großgezogen worden war – vermögenden Leuten, die eigentlich längst zu alt waren, um noch ein Kind aufzuziehen, und die vermutlich mit jedem Tag mit der Situation mehr und mehr überfordert gewesen waren, deren Stolz allerdings ein solches Eingeständnis verboten hatte. Auf ihre Weise hatten sie Casey sicher geliebt, und sie waren zweifellos bemüht gewesen, das Beste aus dieser schwierigen Situation zu machen, aber diese Zeit hatte doch ihre Spuren bei Casey hinterlassen.

„Ich hoffe, du hast recht", entgegnete sie.

Dann ließ sie sich von ihm zusammen mit Dolittle nach Hause fahren, ohne noch ein Wort miteinander zu wechseln.

„Tu mir einen Gefallen", sagte Walker, als er sie bis zur Haustür gebracht hatte, wo er geduldig wartete, während sie in ihrer Handtasche nach dem Schlüssel suchte.

„Was für ein Gefallen soll das sein?", fragte sie und schaute ihn ein wenig skeptisch an.

„Mach dir keine Vorwürfe, okay? Du hast getan, was du tun konntest, um etwas ins Lot zu bringen, und so was erfordert Mut. Du musst den weiteren Kampf nicht ganz allein führen. Ich werde dir helfen, wo ich kann, und ich weiß, Brylee wird auch für dich da sein. Also nimm die Dinge bitte so, wie sie kommen, okay?" Er lächelte sie an.

Casey erwiderte dieses Lächeln, dann schloss sie die Tür auf, blieb aber auf der Türschwelle stehen und drehte sich noch einmal zu ihm um. „Ich werde etwas Zeit benötigen, Walker, und auch meinen Freiraum. Ich werde dich nicht daran hindern, Clare und Shane zu sehen, aber …"

Schnell legte er einen Finger an ihre Lippen, damit sie aufhörte zu reden. Er hätte es nicht ertragen zu hören, wie dieser Satz enden sollte. „Eins nach dem anderen", sagte er bedächtig.

Sie nickte, ging ins Haus und machte die Tür zu.

Walker wartete, bis von innen abgeschlossen wurde, danach marschierte er zu seinem Wagen, obwohl er Casey eigentlich unter keinen Umständen allein zurücklassen wollte.

Ein Empfangskomitee aus drei erfreuten Hunden, die eigentlich noch Welpen waren, und zwei zurückhaltenderen Katzen erwartete Casey in dem an eine Kathedrale erinnernden Eingangsbereich ihres viel zu großen und viel zu vornehmen Hauses.

Das hier war mehr ein riesiges, seelenloses Vorzeigeobjekt, aber weniger ein richtiges Heim, vor allem im direkten Vergleich mit Walkers ebenfalls großzügigem, doch wesentlich zweckmäßigeren Ranchhaus, dachte Casey. Sein Haus hatte eine richtige Vergangenheit. Sie konnte sich vorstellen, wie jede Parrish-Generation dort gelebt, geliebt, gelacht, gefeiert und getrauert hatte. In guten Zeiten hatten sich die Leute auf diese ruhige, bescheidene Weise am Leben erfreut, wie sie auf dem Land verbreitet war. In schlechten Zeiten schlugen sie sich durch, so gut sie konnten, ganz ohne zu murren oder zu klagen.

Im Gegensatz dazu besaß das Herrenhaus, in dem sie lebte, aller Schönheit zum Trotz eine Aura des Vergänglichen und der Anonymität, ganz so wie ein prachtvolles Hotel. In nachdenklichen Momenten wie diesem war sie dankbarer als sonst für die Aufmerksamkeit, die die Hunde ihr schenkten, allein schon weil sie sich ehrlich darüber freuten, sie zu sehen.

Casey zwang sich, mit diesen Vergleichen zwischen den beiden Häusern aufzuhören, denn letzten Endes führte es zu nichts. Sie fragte sich, ob sie mit den Tieren allein im Haus war.

Das war einer von diesen Augenblicken, in denen ihr die Jungs aus ihrer Band mit ihrer guten Laune und ihrer Bereitschaft fehlten, zu jeder Tages- und Nachtzeit Musik zu machen.

Ihre Haushälterin Doris war wahrscheinlich daheim, allerdings suchte Casey sie gar nicht erst, denn sie wollte sich nicht mit irgendwelchen scharfsinnigen Fragen auseinandersetzen. Doris war eine langjährige Angestellte und eine wahre Freundin, aber sie stammte aus einer anderen Generation, und es war nicht anzunehmen, dass sie Verständnis für die Lage aufbringen konnte, in die Casey sich manövriert hatte. Jedoch würde ihr ein Blick genügen, um zu erkennen, dass irgendetwas Gravierendes vorgefallen war. Dann würde sie probieren, mit Casey über alles zu reden, aber genau das konnte sie jetzt am allerwenigsten gebrauchen.

Also stieg sie die pompöse Treppe hinauf und war insgeheim froh, dass ihr weder die Hunde noch die Katzen folgten. In ihrem Zimmer ging sie nach nebenan ins Bad, duschte und zog eine neue Jeans, eine blaue Seidenbluse und Schuhe mit flachen Absätzen an, zum Schluss legte sie noch ein wenig Make-up auf. Sobald Clare und Shane nach Hause kamen, würde sie hier sein, um sie zu empfangen. Sie würde jeder Herausforderung gewachsen sein, selbst wenn sie es vielleicht nur vorspielen konnte. Auch wenn Clare noch so wütend war, brauchte sie eine Mutter, eine starke Mutter, die bereit war, sich für ihre Kinder einzusetzen. Ihre Tochter brauchte keine Karikatur einer durchgedrehten Hausfrau, mit der man kein vernünftiges Wort reden konnte.

Allerdings hatte sie das Gefühl, momentan eher in die zweite Kategorie zu fallen, denn hätte sie frei wählen können, wäre sie in ihrem Bademantel, den abgewetzten Pantoffeln und einem Berg Lockenwickler im Haar rumgelaufen. Und vermutlich hätte sie auch noch ein Glas Martini in der Hand gehalten.

Aber Schwäche war ein Luxus, den sie sich jetzt nicht leisten konnte. Wenn die Kinder zur Tür hereinkamen, war Showtime angesagt.

Nachdem sie sich mit der Situation abgefunden hatte, ging Casey nach unten in die Küche, um eine Tasse Tee zu trinken.

Außerdem wurde es Zeit, die Tiere zu füttern. Normalerweise waren Clare und Shane diejenigen, die sich um den Privatzoo kümmerten, aber da sie beide nicht da waren, fiel die Aufgabe Casey zu.

Hätte sie allerdings gewusst, dass Doris bereits in der Küche stand und irgendetwas in einem großen Kochtopf umrührte, dann hätte sie sich lieber in ihrem Zimmer versteckt. Als die Haushälterin über die Schulter sah und Casey bemerkte, stieß sie ein abruptes „Oh“ aus.

„Tut mir leid“, sagte Casey hastig. „Ich wollte Sie nicht erschrecken.“

Doris versuchte zu lächeln, doch in ihren Augen lag ein gedankenverlorener Ausdruck, außerdem bewegte sie unablässig den Mund, obwohl sie nicht redete.

„Ist alles in Ordnung?“, fragte Casey, die ihren Tee fürs Erste vergessen hatte. Doris war eindeutig nicht sie selbst, und das beunruhigte sie, denn diese Frau war *immer* sie selbst.

Die Haushälterin antwortete zunächst nicht, so als hätte sie die Frage gar nicht verstanden.

In der Zwischenzeit hatten sich die Hunde und auch die Katzen in der Küche versammelt, da sie wussten, dass Fütterungszeit war. Die nächsten Minuten verbrachte Casey damit, Futter- und Wassernäpfe aufzufüllen und auf dem Boden zu verteilen, während sie darauf wartete, dass Doris endlich reagierte.

„Nein, meine Liebe“, brachte Doris nach einer Weile heraus und ließ die Schultern sinken, wobei ihr nicht auffiel, dass sie noch den Kochlöffel in der Hand hielt, von dem die Flüssigkeit auf den blitzsauberen Fußboden tropfte, die sie bis gerade eben noch umgerührt hatte. „Eigentlich nicht. Es ist nicht alles in Ordnung.“

Casey trat zu ihr, nahm ihr den Kochlöffel aus der Hand und legte ihn neben dem Herd auf den Tresen. „Was ist los? Sind Sie krank?“ Sie musste sich dem mütterlichen Instinkt widersetzen, die Stirn der Frau zu fühlen, ob sie wohl Fieber hatte.

„Nein, ich … ich bin nicht krank.“ Doris' Nasenspitze war gerötet, Tränen schimmerten in ihren Augen. „Es geht um meine

Schwester Evelyn. Sie ist gestürzt und hat sich die Hüfte gebrochen. Sie ist drüben in Seattle ganz allein, niemand leistet ihr Gesellschaft, niemand kümmert sich um sie."

„Dann müssen Sie zu ihr fahren", erwiderte Casey, griff nach Doris' Händen und hielt sie fest, während sie der Frau tief in die Augen schaute. „Jetzt sofort!"

„Aber was wollen Sie ohne mich machen?", jammerte Doris prompt. „Wer soll hier kochen und putzen und auf die Kinder aufpassen, wenn ich weg bin und Sie arbeiten?"

„Machen Sie sich mal keine Sorgen um uns", antwortete Casey und verkniff sich den Zusatz *Wir kommen auch ohne Sie klar*, weil sie damit womöglich Doris' Gefühle verletzt hätte, die dann glauben würde, dass sie und die Kinder sie eigentlich gar nicht brauchten. Doris hatte sie alle über die Jahre hinweg nach allen Regeln der Kunst verwöhnt, und jetzt wurde es eben Zeit, selbst mal was zu tun. „Im Augenblick zählt nur Evelyn. Sie benötigt jetzt Ihre Hilfe dringender als wir. Außerdem müssen Sie zu ihr, damit Sie selbst zur Ruhe kommen."

„Sie hat so schreckliche Angst, wie sie da so in ihrem Krankenhausbett liegt", bestätigte Doris nachdrücklich. Dabei nickte sie immer wieder, als würde sie auf eine Stimme reagieren, die Casey nicht hören konnte. „Und sie hat schlimme Schmerzen. Sie müssen wissen, dass Evelyn noch nie gut Schmerzen ertragen hat, und als sie mich angerufen hat, da erzählte sie mir, dass die Ärzte und Schwestern ihr gar nicht zuhören, wenn sie mit ihnen redet."

„Packen Sie Ihre Reisetasche", forderte Casey sie mit Nachdruck auf. „Ich chartere eine Maschine für Sie, so sind Sie schneller in Seattle, damit Sie Ihrer Schwester beistehen können." Es war noch nicht so lange her, da hatte Casey einen Privatjet besessen, dessen Crew jeden Tag in der Woche rund um die Uhr einsatzbereit sein musste. Aber jetzt ging sie nicht auf Tournee und nutzte die Maschine so selten, dass sich der finanzielle Aufwand nicht lohnte. Also hatte sie den Jet verkauft und den Vertrag für die Bereitstellung von Piloten und anderem Flugpersonal gekündigt.

Doris sah sie erstaunt an. Sie war eine Frau, die mit beiden Beinen fest auf dem Boden stand, und ganz im Gegensatz zu Shane und Clare, die beide völlig flugbegeistert waren, hatte sie Casey und ihr Gefolge nur selten einmal begleitet. „Meinen Sie das wirklich? Hier ist doch immer so viel zu tun, und wenn ich nicht aufpasse, essen Clare und Shane nicht genug Gemüse, und …"

Leise lachend nahm Casey ihre Haushälterin in den Arm und unterbrach so deren Redefluss. „Falls es nicht anders geht, werde ich die beiden mit Spinat und Brokkoli zwangsernähren", scherzte sie. „So, und jetzt packen Sie für den Flug nach Seattle, ich muss in der Zwischenzeit ein paar Telefonate erledigen."

Nur gut eine Stunde später landete ein Charterjet am sogenannten Flughafen, der eigentlich nicht mehr war als ein Asphaltstreifen mitten in der Landschaft, der von den Leuten aus Parable und Three Trees gleichermaßen genutzt wurde. Casey, die Doris mitsamt ihrem Gepäck hergefahren hatte, musste die Frau förmlich an Bord treiben, damit sie auch wirklich zu ihrer Schwester flog. Doris war eben in die Maschine entschwunden, da kam der Kopilot nach draußen, um das Gepäck im Frachtraum zu verstauen und die Maschine vor dem Start noch einmal zu inspizieren.

Casey wollte gerade in ihren SUV einsteigen, damit sie gleich nach dem Start des Jets nach Hause fahren konnte, als der Kopilot ihre Aufmerksamkeit erregte. Der Mann lächelte sie an, tippte an seine Mütze und sagte freundlich: „Hallo, Ms Elder. Erinnern Sie sich an mich?"

Auch wenn Casey in ihrem Leben unglaublich vielen Leuten begegnet war, vergaß sie kaum einen Namen oder ein Gesicht. „Joe Parker", meinte sie und reichte ihm die Hand. Als sie noch ihren Privatjet besessen hatte – natürlich einen, der ihren Namen und ihr Konterfei trug –, war Joe einer von den Kopiloten gewesen, der sie häufiger geflogen hatte. „Wie geht es Shelley und den Kindern?"

Joe strahlte vor Stolz. Er war keiner von den Männern, die Affären hatten, weil sie mehr Zeit auf Reisen als zu Hause verbrachten, und davor hatte Casey stets großen Respekt gehabt. „Bestens“, antwortete er. „Und Sie und die Kinder?“

„Auch alles bestens“, behauptete sie, weil sie keinen Sinn darin sah, einen flüchtigen Bekannten mit ihren privaten Problemen zu behelligen. „Clare und Shane werden so unglaublich schnell groß, doch ich nehme an, das ist völlig normal.“

„Ich weiß, was Sie meinen“, erwiderte er verständnisvoll. „Unser Ältester besucht ab Herbst das College, und er ist fest entschlossen, auf eines in einem anderen Bundesstaat zu gehen.“

Diese Worte versetzten ihr einen leichten Stich durchs Herz, weil sie daran erinnert wurde, dass es nicht mehr lange dauern würde, bis Clare und dann Shane ebenfalls von zu Hause auszogen. Clare war eine talentierte Sängerin und spielte verschiedene Instrumente, aber schon vor langer Zeit hatte sie verkündet, dass sie mit der Musikbranche nichts zu tun haben wollte. Es ist egal, wie gut ich bin, hatte sie mit einer für eine Zehnjährige beachtlichen Weisheit bekannt gegeben, ich werde immer nur die Tochter von Casey Elder sein. Ich will Tierärztin werden.

Dieser Plan hatte sich bis heute nicht geändert.

„Passen Sie gut auf Doris auf“, sagte Casey. Joe nickte und deutete einen Salut an, dann kehrte er in die Maschine zurück.

Die metallene Treppe wurde eingefahren, die Tür schloss sich mit einem vertrauten Zischen, und das Flugzeug setzte sich in Bewegung. Casey stand auf der Rollbahn, die Hände in den Taschen ihrer dünnen Jacke vergraben, die sie angezogen hatte, obwohl es nicht kalt war. Sie wartete und winkte schließlich ihrer Haushälterin zu, als die an einem der Fenster zu sehen war.

Nachdem die Maschine gestartet war, machte Casey sich auf den Heimweg. In allen Zimmern brannte Licht, was bedeuten musste, dass Brylee die Kinder inzwischen zurückgebracht hatte. Sie stellte den Wagen in der Auffahrt ab, da sie die Garage nur bei schlechtem Wetter benutzte, und bereitete sich darauf vor, ihren Kindern gegenüberzutreten.

Als sie um das Haus herumkam, entdeckte sie Shane draußen mit den Hunden. Sie blieb stehen und betrachtete ihn, während sie darüber nachdachte, dass ihr Sohn morgen ein anderer Mensch sein würde als heute, und übermorgen würde er anders sein als morgen und immer so weiter.

Sieh nicht den Jungen in ihm, sondern den Mann in ihm, ermahnte sie sich.

„Hey, Mom“, rief er ihr zu, als wäre heute ein ganz normaler Tag ganz ohne spektakuläre Enthüllungen gewesen. Würde er mit Verspätung eine ähnliche Reaktion zeigen wie seine Schwester? Vermutlich ja. Gleich morgen früh musste sie sich auf die Suche nach einem Familientherapeuten machen, auch wenn sie jetzt schon wusste, dass ihre Kinder sich dagegen sträuben würden.

„Hey“, erwiderte sie, als sie das Gefühl hatte, dass ihre Stimme nicht versagen würde.

„Wo bist du gewesen?“, wollte er wissen. Dabei entging ihr nicht dieser markante Unterton, der sich immer dann in seinen Tonfall einschlich, wenn er irgendein Anliegen vortragen wollte. In diesem Fall ging es vermutlich wieder darum, dass er Walkers Nachnamen annehmen wollte. Vielleicht wollte er auch bei seinem Vater leben.

„Doris' Schwester liegt in Seattle im Krankenhaus“, antwortete sie und fand, dass sie sich ganz normal anhörte, auch wenn sie sich nicht so fühlte. „Ich habe sie zum Flugplatz gefahren.“

„Oh“, sagte er und dachte einen Moment lang darüber nach. In seinem Alter war er in erster Linie mit den Dingen beschäftigt, die ihn selbst betrafen, doch da Doris praktisch zur Familie gehörte, machte er sich Sorgen. „Wird ihre Schwester wieder gesund werden?“

Casey lächelte ihn an. „Ich glaube schon. Doris sagt, dass Evelyn sich die Hüfte gebrochen hat, und so was kann bei älteren Leuten manchmal zu Komplikationen führen.“

Er nickte nachdenklich und nahm keine Notiz von den drei Hunden, die mit allen Mitteln versuchten, seine Aufmerksamkeit zu erhaschen. „Ja“, meinte er dann.

„Und wie geht es dir?“, fragte Casey behutsam, nachdem sie ein paar Sekunden gewartet hatte. „Geht es dir gut, Shane?“

Ein leiser Seufzer kam über seine Lippen, seine Miene wirkte nach wie vor ernst. „Ich glaub schon." Nach einer kurzen Pause stellte er die erwartete Frage: „Denkst du, dass Walker will, dass ich seinen Nachnamen bekomme, Mom?"

Das versetzte ihr zwar einen Stich, aber sie hatte viel Übung darin, sich nicht anmerken zu lassen, was in ihr vorging, beruflich ebenso wie privat. „Ich glaube schon", erwiderte sie sehr leise. „Ist es das, was *du* willst, Shane?"

Die Frage war eigentlich überflüssig, weil er seine Meinung klar und deutlich kundgetan hatte.

Er musterte sie eindringlich, dabei konnte sie in seinen Gesichtszügen einmal mehr den Mann sehen, zu dem er sich entwickeln würde. „Bist du mir dann böse, Mom?", fragte er betreten. „Ich meine, Elder ist auch ein guter Name, und es ist ja nicht so, als müsste ich mich dafür schämen oder so."

Am liebsten hätte Casey ihren Sohn umarmt und an sich gedrückt, so wie früher, als er noch kleiner gewesen war. Sie hielt sich jedoch davon ab, da es ein kritischer Moment war und sie nicht einschätzen konnte, wie er reagieren würde. „Ich werde dir nicht böse sein. Versprochen."

Shane wirkte erleichtert, doch irgendetwas belastete ihn noch. Irgendwo war eine Eule zu hören, die in ihrem Versteck erwacht war, um auf die Jagd zu gehen. „Wenn ich dich fragen würde, ob ich eine Weile bei Walker … bei Dad wohnen darf, dann wird das für dich bestimmt so klingen, als ob ich nicht mehr bei dir sein möchte …"

Er verstummte und schüttelte den Kopf.

Casey kam ihm zu Hilfe, so wie sie es schon immer gemacht hatte. Als alleinerziehende Mutter musste man für seine Kinder manchmal auch der Vater sein.

„Du willst deinen Dad besser kennenlernen, das ist ganz normal." Sie ließ eine Pause folgen und schaute zu den hell erleuchteten Fenstern. Ein lähmendes Gefühl von Wehmut überfiel sie, aber das schüttelte sie schnell wieder ab, da sie Stärke zeigen musste. „Wie geht es deiner Schwester?"

Erneut seufzte Shane und fuhr sich auf die gleiche Weise durchs Haar, wie Walker das immer tat. Ihr stockte einen Moment lang der Atem. „Sie war ganz gut drauf, als wir mit Brylee ausgeritten sind, und auch als wir in dem Burgerladen gegessen haben. Aber jetzt ist sie wieder total stinkig." Er zuckte mit den Schultern. „Warum freut sie sich nicht darüber, Mom?", fragte er verständnislos. „Wir wollten immer einen Dad haben, und Walker ist der beste Dad, den ich mir wünschen kann. Warum regt sich Clare so auf, als hätte irgendwer eine Atombombe gezündet?"

Sie legte eine Hand auf seine Schulter und drückte sie leicht. Ihr Lächeln beizubehalten fiel ihr jetzt schwerer als noch gerade eben, doch das galt auch für alles andere. „Ich glaube, sie ist verwirrt, und sie fühlt sich betrogen." Es war nicht einfach, das auszusprechen, weil es Shane auf die Idee bringen konnte, mit einem Mal genauso zu empfinden.

„Ich finde auch, dass du uns die Wahrheit hättest sagen sollen", erklärte er. „Aber ich weiß, dass du irgendwelche Gründe hattest, weshalb du es nicht gemacht hast."

Casey stellte sich auf ihre Zehenspitzen und gab ihrem Sohn einen Kuss auf die Wange, während sie gegen ihre Tränen ankämpfte. „Ich hatte meine Gründe, sehr viele Gründe sogar, dennoch war es verkehrt, und es tut mir furchtbar leid."

„Ist schon okay, Mom", erwiderte Shane ungewohnt verständnisvoll. „Jeder macht mal irgendwas, was ihm später leidtut."

„Weißt du, was?" Sie boxte ihm spielerisch gegen die Schulter, so wie sie es sonst machte, wenn sie besonders stolz auf ihn war. „Ganz plötzlich klingst du sehr erwachsen."

Er strahlte sie an. So wie bei den meisten Kindern gab es auch für ihn kaum ein schöneres Kompliment, als wenn man ihm sagte, er verhalte sich wie ein Erwachsener. Wie kam das bloß? Warum waren Kinder bloß so versessen darauf, *keine Kinder* mehr zu sein?

„Danke, Mom."

Zusammen mit den Hunden betraten sie das Haus.

Natürlich hielt sich Clare nicht in der Küche auf. Das wäre

ja auch zu einfach gewesen, um von der besorgten Mutter angesprochen zu werden.

„Ruh dich ein bisschen aus“, sagte sie zu ihrem Sohn, nachdem sie die Tür abgeschlossen und die Alarmanlage eingeschaltet hatte. „Das war ein anstrengender Tag.“

Shane gab einen zustimmenden Laut von sich und ging mit den Hunden über die hintere Treppe nach oben.

Casey wartete noch eine Weile, bevor sie sich auf den Weg in den ersten Stock machte, da sie hin und her überlegte, ob sie noch einen Anlauf wagen sollte, um mit Clare zu reden, oder ob sie besser bis morgen wartete.

So oder so würde ihre Tochter wütend auf sie sein, und dazu hatte sie auch allen Grund. Das war keine willkürliche Laune von ihr, sondern es gab einen berechtigten Anlass für den Zorn auf ihre Mutter.

Fünf Minuten später klopfte sie an der Tür zum Zimmer ihrer Tochter.

„Geh weg“, erklang es prompt.

„Tut mir leid“, meinte Casey. „Aber das kann ich nicht.“ Dann wartete sie geduldig ab, war sich allerdings nicht sicher, ob sie nicht vielleicht in Clares Zimmer hereinplatzen musste.

Es dauerte nicht lange, dann waren Schritte zu hören, und gleich darauf öffnete Clare die Tür einen Spaltbreit und schaute mit finsterer Miene Casey an. „Ich mein das ernst, Mom. Ich hab dir nichts zu sagen.“

„Tja“, antwortete Casey ruhig. „Aber wie es der Zufall will, habe *ich dir* einiges zu sagen, Clare Elder.“

„Clare *Parrish*, wenn du erlaubst“, fuhr Clare sie an und ließ die Tür nur diesen Spaltbreit geöffnet.

„Warum sollte ich das nicht erlauben?“, konterte sie. „Das ist eine Sache zwischen dir und Walk… deinem Vater.“

„Elder ist sowieso nur ein erfundener Name“, erwiderte Clare stur. „Ein *Künstler*name.“

Sie betonte das Wort auf eine Weise, als wäre das etwas Blamables, worüber sich Casey zwar ärgerte, worauf sie aber nicht eingehen würde, weil Clare genau das wollte. Abgesehen davon hatte sie ja sogar recht, was den Nachnamen anging, denn Caseys Geburtsname lautete Eldenberry, der zum einen fürs Showbusiness nicht taugte, da er zu lang war. Zum anderen war er für die anderen Mädchen im Internat ein Grund gewesen, sich über sie lustig zu machen. Rückblickend konnte sie kaum glauben, dass etwas so Albernes sie tatsächlich verletzt hatte.

Aber so war es nun mal gewesen.

Damals war sie einsam gewesen, und sie hatte unter Heimweh gelitten, weniger nach ihren Großeltern als vielmehr nach Lupe und Juan. Eine einzige Freundin hätte da schon sehr viel verändert.

„Okay", sagte Casey, ohne damit irgendetwas zuzustimmen. Dabei drückte sie leicht gegen die Zimmertür, womit sie Clare vor die Wahl stellte, ihr die Tür vor der Nase zuzuschlagen oder sie in ihr Zimmer zu lassen.

Zum Glück neigte Clare nicht zu körperlicher Gewalt.

„Du kannst nichts sagen, was das alles irgendwie besser machen würde", warnte Clare sie. Der Fernseher lief, doch der Ton war aus. Die beiden Katzen lagen mitten auf dem in Glas und Chrom gehaltenen Bett und warfen einen Blick in die Richtung der beiden Menschen, um einzuschätzen, ob sie lieber schnell das Zimmer verlassen sollten.

Casey zog den Schreibtischstuhl zurück und setzte sich hin. „Ich weiß", erwiderte sie, als sie sich dazu bereit fühlte. „Aber wir können deswegen nicht aufhören miteinander zu reden."

Clare ließ sich in sicherem Abstand zu den Katzen auf ihr Bett plumpsen und hockte sich im Schneidersitz hin. In dieser Haltung wirkte sie wie eine zornige Göttin, die im Begriff war, die Welt mit Blitzen zu bombardieren, bis alles schwarz verkohlt war. Obwohl sie nicht widersprach, war ihre Botschaft eindeutig: *Vielleicht kannst du nicht aufhören zu reden, aber* ich *schon.*

Nachdem sie tief durchgeatmet und ein Lächeln aufgesetzt hatte, so wie sie es bei sogenannten „Reportern" der Klatschpresse oder bei Interviewpartnern machte, die schon mit der

Einstellung das Gespräch begannen, dass Countrymusik doch eher ein Witz war, aber keine richtige Musik, was somit auch für die Musiker galt.

„Vielleicht können wir uns ja auf die gute Seite konzentrieren", schlug sie vor. „Du wolltest immer einen Vater haben, Clare, und jetzt hast du einen. Und er ist auch noch ein sehr guter Vater."

„Du hast mich belogen", gab Clare starrköpfig zurück. „Und was Walker betrifft – ich wollte einen Vater haben, der *mich* haben will. Aber nicht jemanden, dem nicht in den Sinn kommt zu erwähnen, dass ich seine Tochter bin."

„Walker hatte damit nichts zu tun, Clare. Das war alles meine Idee."

„Er hatte nichts damit zu tun? Mom, bitte. Ich bin zwar erst vierzehn, aber ich weiß, wie das mit den Babys funktioniert." Sie bekam einen roten Kopf und schob die Unterlippe vor, während sie ihre finstere Miene beibehielt. „Und zwar nicht nur mit Babys aus dem Reagenzglas."

„Clare, du musst nicht gemein werden. Viele Paare können nur Kinder kriegen, wenn die moderne Medizin einspringt. Ein Kind aus dem Reagenzglas ist genauso viel wert wie jedes andere Kind."

Daraufhin schien sie etwas zurückzurudern. Clare war kein kaltherziger Mensch, doch Caseys Lüge war für sie noch nicht erledigt, und daran würde sich auch so bald nichts ändern. „Ich hab mich immer gefragt, wie mein Spenderdad wohl ist", sagte sie. „Weißt du, ob er intelligent ist, ob seine Augen die gleiche Farbe haben wie meine, ob ich so lache wie seine Mutter oder seine Schwester …"

Casey schaute sie an, konnte ihre Tränen nicht verbergen. Auch bekam sie keinen Ton raus.

„Und weißt du, was?", redete Clare weiter und zog sich wieder zurück, ihr Blick ging über Caseys Schulter hinweg ins Nirgendwo. „Die Leute haben mir gesagt, dass das dumm von mir ist, weil jeder sehen kann, dass ich meinen Verstand von dir geerbt habe, dass meine Augen die gleiche Farbe haben wie deine, dass ich so lache wie du, dass ich deine Haare habe und dass wir sogar die gleiche Stimme haben. Weißt du, Mom, das war so, als würden die Leute glauben, dass ich gar keinen Vater brauche, weil du mich ganz allein gezeugt hast. Das ist natürlich Blödsinn, denn dann müsstest du ja die Jungfrau Maria sein."

Diese Worte brachten Casey zum Lachen, sie griff nach einem Kosmetiktuch und tupfte sich die Augen ab. Womit sie sich dann auch vom letzten Rest Mascara verabschieden konnte. Was sollte eine völlig menschliche und damit unvollkommene Mutter erwidern, wenn die eigene Tochter ihr einen Vortrag über die unbefleckte Empfängnis hielt?

Sie hatte einfach keine Ahnung, wie sie sich verhalten sollte, doch sie wollte die Unterhaltung fortsetzen, weil sie fürchtete, dass Clare sonst einfach wieder dichtmachen würde. „Abgesehen davon, dass du wütend auf mich bist", hakte sie nach, „wie fühlst du dich sonst, Clare?"

Eine Weile dachte ihre Tochter darüber nach, schließlich meinte sie: „Schwer zu sagen. Vor allem traurig, glaube ich. Und betrogen. So als würde jemand eine große Party veranstalten und hätte mich nicht eingeladen."

Dass sie ein Risiko einging, war Casey bewusst, dennoch stand sie auf und ging zum Bett, setzte sich neben ihre Tochter und legte einen Arm um ihre Schultern.

Zwar versteifte sich Clare ein wenig, doch sie wich nicht vor ihr zurück.

„Ich hab dich lieb", flüsterte Casey.

„Ich weiß", antwortete Clare genauso leise. „Aber ich schätze, ich bin dir noch eine Weile böse."

Casey lächelte und gab ihrer Tochter einen Kuss auf die Schläfe. „Ist schon okay", brachte sie mit erstickter Stimme raus. „Wir bewältigen das gemeinsam, egal wie lange es dauert."

Clare nickte und schluckte angestrengt, entgegnete aber nichts.

Für Casey war es das Zeichen, die Bühne zu verlassen.

10. KAPITEL

„Tja, großer Bruder“, sagte Brylee am nächsten Morgen launisch und stellte den Becher so energisch auf den Tisch, dass ein wenig von dem frisch aufgebrühten Kaffee überschwappte und auf seine Finger spritzte. „Eines muss ich dir lassen: Du kannst Geheimnisse wirklich für dich behalten.“

Walker versuchte zu lächeln, doch es wollte ihm nicht so recht gelingen. „Wie kommt es eigentlich“, konterte er, „dass du mir nur immer dann einen Kaffee bringst, wenn du sauer auf mich bist?“

Brylee ließ sich auf den freien Stuhl ihm gegenüber sinken. Sie trug Jeans, ein langärmeliges T-Shirt und Sportschuhe, sie war ungeschminkt, die Haare hatte sie im Nacken zu einem schlichten Knoten gebunden, was sich eher für die Arbeit im Lager als fürs Büro eignete. Das passte allerdings auch, da sie im Lager ohnehin die meiste Zeit verbrachte. Hohe Absätze und maßgeschneiderte Kostüme waren eindeutig nicht ihre Welt, doch diesen Frauentyp gab es in Parable County so gut wie gar nicht.

„Ich hatte nicht vor, dir deinen Kaffee zu bringen“, korrigierte sie ihn gereizt. „Meine eigentliche Absicht war es, dir den Kaffee ins Gesicht zu schütten.“ Ihre Wangen röteten sich, was ein eindeutiges Zeichen dafür war, dass sie jetzt erst richtig loslegte. „Die ganzen Jahre über hatte ich eine Nichte und einen Neffen, und du bist nie auf die Idee gekommen, mir das zu erzählen?“

Walker nippte an seinem Kaffee und war mehr als froh darüber, dass sich der Inhalt noch immer in der Tasse befand und nicht in seinem Gesicht. „Casey wollte nicht, dass irgendjemand davon erfährt. Außerdem dachte ich, du wärst von selbst dahintergekommen.“

Ihre eigene Tasse Kaffee ignorierte Brylee, und von einem Frühstück war weit und breit nichts zu sehen. Natürlich hatte er von ihr nicht erwartet, dass sie für ihn kochte, aber meistens machte sie sich morgens Rührei oder Pfannkuchen, und das teilte sie regelmäßig mit ihm.

„Ich hatte keine Ahnung“, gestand sie ihm und schien sich wieder ein wenig zu beruhigen – zumindest hoffte er das.

Er sagte nichts dazu, da er eh nur Entschuldigungen hätte vorbringen können. Außerdem plagte ihn sein Gewissen auch so schon genug.

„Warum wollte Casey so etwas geheim halten?“, fuhr Brylee fort, die das Thema eindeutig noch nicht auf sich beruhen lassen wollte, selbst wenn er dazu bloß schwieg.

Da Walker üblicherweise etwas wortkarg war, überlegte er zunächst, was er antworten wollte, anstatt erst mal draufloszureden. „Sie stand damals am Anfang ihrer Karriere“, erklärte er schließlich. „So wie ich das sehe, dachte sie wohl, ich will sie zum Altar schleifen und anschließend hierher auf die Ranch verschleppen, damit sie für den Rest des Lebens für mich kocht und ein Kind nach dem anderen kriegt.“

Kurz musste Brylee lächeln, wodurch sie sehr jung wirkte. Überhaupt erinnerte sie in ihrer momentanen Aufmachung eher an einen Teenager, aber nicht an die Chefin eines Millionen Dollar schweren Unternehmens. „Schieb nicht alle Schuld auf Casey, Walker Parrish. Du hast dich entschieden, genauso wie sie den Mund zu halten, dabei hättest du jedes Recht gehabt, zu enthüllen, dass du der Vater ihrer Kinder bist, ob es ihr nun gefallen hätte oder nicht.“ Sie verstummte für einen Moment und schien aus irgendeinem Grund mit sich selbst zu ringen. „Deine Tochter ist am Boden zerstört“, erklärte sie dann. „Und wenn bei Shane die ausgelassene Freude abklingt, dass er einen Vater hat, wird er sich auch die Frage stellen, wieso du dich nicht schon vor langer Zeit zu ihm und zu Clare bekannt hast.“

„Ich habe dir doch gerade eben gesagt, dass Casey …“

Sofort hob Brylee beide Hände, um seinen Redefluss zu stoppen. „So ein Schwachsinn“, hielt sie dagegen. „Seit wann lässt du dir vorschreiben, was du tun sollst und was nicht? Niemand kann dir Vorschriften machen, nicht mal Casey Elder, und für mich heißt das, dass es dir eigentlich viel lieber war, diese Sache auf sich beruhen zu lassen, anstatt Verantwortung zu übernehmen."

„So einfach ist das alles nicht", wandte Walker ein, musste aber zugeben, dass das eine ziemlich schwache Ausrede war.

„Ach, wirklich?", erwiderte seine Schwester, die einfach nicht aufhören konnte. „Sei doch mal ehrlich, Walker. Als es nicht nach deinem Willen ging, weil Casey dich nicht heiraten und auf die Ranch kommen wollte, wo ihr die gemeinsamen Kinder wie in irgendeiner schrägen Sitcom großgezogen hättet, da hast du einfach die Arme verschränkt und den Mund gehalten." Da er nichts darauf erwiderte, legte sie nach einer kurzen Pause nach: „Und was passiert als Nächstes?"

„Wenn ich das wüsste", murmelte er finster dreinblickend.

„Dann solltest du dir vielleicht mal ein paar Gedanken darüber machen, Walker."

Fragend zog er eine Augenbraue hoch. „Wieso regst du dich eigentlich so auf? Freut es dich denn überhaupt nicht, dass unsere Familie Zuwachs gekriegt hat und es jetzt nicht mehr nur dich und mich und unsere Mutter gibt, die nur von Zeit zu Zeit hier auftaucht?"

„Ich bin begeistert", fauchte sie und stand so abrupt auf, dass sie ihrem treuen Begleiter Snidely einen gehörigen Schreck einjagte, da er aufsprang und ein paar Meter zurückwich. „Aber *meine* Gefühle sind jetzt nicht das Thema, und deine und Caseys Gefühle auch nicht. Verdammt, Walker, es geht hier um *Clare und Shane*!"

„Ich habe nie behauptet, es würde nicht um die beiden gehen", verteidigte er sich und erhob sich. Wenn ihn jemand anbrüllte, und selbst wenn es seine eigene Schwester war, würde er nicht einfach sitzen bleiben und sich das gefallen lassen – auch dann nicht, wenn die Gegenseite im Recht war. „Was zum Teufel soll ich denn bitte machen, Bry?"

„Gib deinen Kindern ein Zuhause", antwortete sie, während ihr Tränen in die Augen stiegen. „Gib ihnen eine richtige Familie." Kaum hatte sie ausgesprochen, griff sie nach ihrer

Handtasche, riss ihr Handy aus dem Ladegerät gleich neben der Kaffeemaschine und stürmte aus dem Haus. Snidely folgte ihr, nachdem er Walker und Dolittle einen wehmütigen Blick zugeworfen hatte.

Gib deinen Kindern ein Zuhause. Gib ihnen eine richtige Familie.

Walker setzte sich wieder hin. Glaubte Brylee denn tatsächlich, dass er das *nicht* wollte? Er liebte seine Kinder, auch schon, als er noch gar nicht gewusst hatte, dass Clare und Shane seine Kinder waren. Jeden Tag hatte er an sie gedacht – an sie und auch an Casey.

Doch in einem Punkt musste er seiner Schwester zustimmen. Obgleich es ihm damals nicht gelungen wäre, Casey zur Heirat zu überreden, hätte er darauf bestehen sollen, dass er sich als Vater mehr um seine Kinder kümmern durfte. Dann hätte er im Leben von Clare und Shane eine viel größere Rolle spielen können.

Er hätte ihnen von ihren Vorfahren erzählen, ihnen die alten Fotoalben zeigen können, damit sie sich in den Gesichtern ihrer Ahnen wiedererkannten, damit sie wussten, woher sie kamen und wohin sie gehörten.

Vor allem aber hätte er offiziell ihr Vater sein können, nicht bloß heimlich, sodass nicht mal seine beiden Kinder darüber im Bilde waren.

Doch als ihm all diese Gedanken durch seinen Dickschädel schossen, begann er sich zu fragen, ob er nicht seiner stets distanzierten Mutter viel ähnlicher war, als es ihm recht sein konnte. Denn tief in seinem Inneren wollte er sich vielleicht gar nicht mit seinen leiblichen Kindern abgeben.

Oder war es einfach nichts weiter als gute alte Feigheit? Die unterbewusste Angst, die an Privatjets und allen anderen Luxus gewöhnten Kinder könnten nichts von dem haben wollen, was er ihnen bieten konnte? Die Furcht, seine Kinder wären nicht am Landleben interessiert?

Verdammt! Auf diese Fragen würde er keine Antwort finden, wenn er einfach weiter in der Küche hockte und sich den Kopf darüber zerbrach.

Er musste irgendetwas unternehmen.

Walker rief Dolittle zu sich, nahm den Hut vom Haken und setzte ihn sich energisch auf, während er zur Tür schritt – immer noch ohne einen blassen Schimmer, was dieses Irgendetwas sein sollte.

„Hey, Mom!“, rief Shane von der Eingangstür durchs ganze Haus. „Mrs Dennison ist da!“

Casey war bis zur obersten Stufe der vorderen Treppe gekommen, in ihren Armen hielt sie einen ganzen Berg Handtücher, die gewaschen werden mussten – wenn sie nur endlich den Wäscheschacht finden würde, den es irgendwo in diesem Haus geben musste. Während sie in Gedanken versunken dort oben verharrte, übersetzte ihr Unterbewusstsein das förmliche „Mrs Dennison“ in den vertrauteren Namen Opal.

Darauf bedacht, ja nicht zu stolpern, da der Berg Wäsche ihr die Sicht versperrte, stieg sie die Treppe so schnell runter, wie sie es wagen konnte. Unten angekommen warf sie die Handtücher in eine Ecke und betrat das Foyer, in dem jeder Ton und jeder Schritt widerhallte.

Vor ihr stand Opal, die von einem Ohr bis zum anderen grinste, neben ihren Füßen war ein ramponierter Koffer. Dass alle drei Hunde auf sie zugestürmt waren und nun ihr Gepäck beschnupperten, schien sie nicht zu stören.

„Sie fragen sich bestimmt, warum ich ohne Voranmeldung mit der Hälfte meiner Habseligkeiten bei Ihnen auftauche“, begann Opal zu reden, bevor Casey mehr als ein „Hallo“ herausbringen konnte. Die Frau strahlte wie eine Quizshowmoderatorin, die im Begriff war, dem Kandidaten den Gewinn zu präsentieren. „Die Antwort darauf ist, dass mir zu Ohren gekommen ist, dass Doris wegen eines Notfalls in ihrer Familie vorläufig nicht für Sie arbeiten kann. Deshalb springe ich für sie ein.“

In ganz Parable war Opal Dennison eine Art Legende. Wo sie auftauchte, lösten sich binnen kürzester Zeit die verwickeltsten Situationen, und wenig später wurde dann dort Hochzeit gefeiert.

Zumindest drei Fälle waren Casey bekannt.

Himmel!

„Super!“, rief Shane begeistert. „Heißt das, wir müssen dann nicht das essen, was Mom kocht?“

Opal lachte. „Na, ich bin überzeugt davon, dass deine Mutter eine gute Köchin ist, junger Mann“, tadelte sie ihn augenzwinkernd. „Doch ich kann mir vorstellen, dass sie ihre Zeit sinnvoller verbringen kann als am Herd.“

„Und was ist mit Joslyn und Slade?“, wollte Casey wissen, weil Opal schließlich bei ihnen angestellt war. „Werden Sie nicht dort viel dringender gebraucht? Besonders jetzt, da wieder ein Kind unterwegs ist?“ Am Morgen hatte sie in einer E-Mail an Joslyn erwähnt, dass sie vorläufig auf Doris verzichten musste, allerdings hätte sie nie im Leben damit gerechnet, von den Barlows deren Haushälterin ausgeliehen zu bekommen. Sie hatte einfach nur eine Neuigkeit berichtet, mehr nicht.

„Die schaffen das auch ohne mich. Im Augenblick haben sie ein Kindermädchen, und abgesehen davon müssen sie sich sowieso daran gewöhnen, nicht mehr von mir umsorgt zu werden. Immerhin werde ich nächsten Monat Reverend Beaumont heiraten.“ Opal zog ihre bunte Frühlingsjacke aus und hängte sie an die ausladende Garderobe gleich gegenüber der alten Standuhr. „Natürlich habe ich nicht vor, mir nach der Hochzeit die Nachmittage mit einer Seifenoper nach der anderen zu vertreiben“, sagte sie mit Nachdruck. „Die Ehefrau eines Predigers zu sein, ist ein Vollzeitjob. So, wo kann ich meine Sachen ablegen?“

Casey hatte mittlerweile ihre Sprachlosigkeit überwunden und gab Shane ein Zeichen, er solle den Koffer an sich nehmen. „Das Gästezimmer im Erdgeschoss“, meinte sie und deutete aufs andere Ende des Hauses. Sie wusste, als Opal früher hier im Haus für die Rossiters gearbeitet hatte, war das kleine Apartment, das an die Küche angrenzte, ihr Quartier gewesen. Doch da wohnte nun Doris, und auch wenn sie derzeit nicht hier war, sollte das dennoch ihr persönliches Reich bleiben.

Natürlich wusste Opal dadurch auch, welches Gästezimmer gemeint war, und machte sich prompt auf den Weg dorthin. Shane folgte ihr mit dem Koffer, und als auch noch die drei Hunde hinterhertrotteten, erinnerte die Szene an einen Wanderzirkus.

Kaum waren sie außer Sichtweite, lief Casey zur Treppe und hob die zur Seite geworfenen Handtücher auf, danach eilte sie in die Waschküche, stopfte gut die Hälfte der Handtücher in die Waschmaschine und betrachtete anschließend sekundenlang etwas ratlos die verschiedenen Schalter und Tasten.

Letztlich war es aber nur eine Frage der Logik, und nach kurzem Kombinieren brachte sie die Maschine in Gang. Jetzt konnte sie eine Tasse Kaffee gebrauchen, um sich zu entspannen.

Kaum waren Opal und Shane zu ihr in die Küche gekommen, tauchte auch Clare auf, die noch immer ihren Schlafanzug anhatte und beim Eintreten einmal genüsslich gähnte. Ihre Haare standen in alle Richtungen wild ab und wirkten wie ein kupferfarbener Heiligenschein, ganz so, als hätte ein Maler einen Engel auf seiner Leinwand verewigt.

Von wegen Engel.

„Wird Zeit, dass du mal aufstehst", kommentierte Shane bei ihrem Anblick. Er schien immer irgendeine spitze Bemerkung in petto zu haben, sobald er seiner Schwester begegnete.

Clare schnitt eine Grimasse, wandte sich Opal zu und schenkte ihr ein strahlendes Lächeln. Dass Casey sich ebenfalls im Raum aufhielt, schien ihre Tochter gar nicht zu bemerken.

Kurzerhand zog Opal eine Schublade auf, holte eine Schürze heraus und band sie sich um. „Scheint ganz so, als sollte hier mal jemand ein Frühstück auftischen, bevor noch alle verhungern."

„Hat Mom schon versucht", erklärte ein nachsichtiger Shane. „Aber die Haferflocken sind in der Mikrowelle explodiert. Nicht mal die Hunde wollen das essen."

Casey warf ihrem Sohn einen mahnenden Blick zu, doch der prallte wirkungslos von ihm ab. Unterdessen durchquerte Clare die Küche und stolzierte an Casey vorbei, als wäre sie Luft für sie, schaute in die Mikrowelle und verkündete angewidert: „Würg."

Dieses eine Wort, das zu Clares Lieblingsausdrücken zählte, kam zwar einem „Hi, Mom" nicht mal nahe, und es war nicht mal direkt an sie gerichtet. Aber sie fand, es war immer noch besser als eisiges Schweigen.

„Ich wollte das gerade aufwischen ...", begann Casey, verstummte jedoch verlegen. Eine Haushaltsexpertin war sie noch nie gewesen, und sie hatte es auch nie sein müssen. Bei ihren Großeltern hatten sich Lupe und ihre Nichten um alle anfallenden Arbeiten gekümmert, und sobald sie sich selbst eine Haushälterin leisten konnte, hatte sie Doris eingestellt.

Opal winkte sie zur Seite. „Es macht mir nichts aus, das zu erledigen", sagte sie. „Warum entspannen Sie sich nicht für ein paar Minuten draußen im Garten bei all Ihren wunderschönen Blumen? Ich rufe, wenn das Essen fertig ist."

„Für mich nichts", warf Clare ein, die im Kühlschrank nach einem Joghurt suchte. „Ich bin auf Diät."

„Auf Diät?", wiederholte Opal und schnaubte spöttisch. „So ein Unfug. Du wirst vernünftig frühstücken und damit basta."

Erstaunlicherweise straffte Clare die Schultern und schloss den Kühlschrank. Der Joghurt war offenbar vergessen. „Okay", erwiderte sie zögerlich.

Casey konnte es nicht fassen. Wer war dieses Mädchen, das sich für ihre Tochter ausgab? Oder besaß Opal irgendwelche magischen Kräfte, die sie soeben angewendet hatte? Falls ja, wo gab es das Zauberbuch, um diese Fähigkeiten zu erlernen?

Anstatt aber eine dieser Fragen zu stellen, goss sie sich einen Kaffee ein und ging mit der Tasse in der Hand nach draußen, wo sie sich auf die Verandastufen hockte und Opals Aufforderung befolgte. Sie saß da und entspannte sich, indem sie ihre Blumen betrachtete. Die Rosen blühten, die prall gefüllten Blütenköpfe schimmerten samtig in den verschiedensten Farben. Die Pfingstrosen – weiße, rote, roséfarbene und solche mit Streifen, die an Bonbons erinnerten – zeigten sich von ihrer besten Seite, bevor der Juni dem Juli Platz machen musste. Während die Zeit des Flieders schon lange vorüber war, warteten Gerbera, Dahlien und Zinnien noch auf ihren ganz großen Auftritt, der erst im Sommer stattfinden würde.

Die Schönheit der Farben und die köstliche Mischung der unterschiedlichsten Düfte hatten für Casey etwas Überwältigendes und Atemberaubendes, und mit einem Anflug von Verärgerung wurde ihr bewusst, dass sie bis zum heutigen Morgen von dieser Farbenpracht in ihrem eigenen Garten gar nichts wahrgenommen hatte. Sie war einfach viel zu beschäftigt gewesen mit … mit was denn eigentlich?

Sie hörte, dass die Hunde hinter ihr auf die Veranda kamen, gefolgt von Shanes Schritten, die sie am Quietschen seiner Sportschuhe erkannte. Die Hunde gingen im Gänsemarsch an ihr vorbei die Treppe runter, wobei sie sie leicht berührten. Dann ließ sich Shane neben ihr auf der obersten Stufe nieder, und gemeinsam beobachteten sie die herumtollenden Hunde, die sich auf dem Rasen wälzten oder versuchten, Schmetterlinge zu fangen.

Es schien so, als würden sich die Hunde daran erfreuen, dass sie lebten.

In genau diesem Moment erkannte Casey, dass sie auf ihre Karriere – aber nicht auf ihre Musik – verzichten, dass sie dieses riesige Haus und ihr Vermögen aufgeben konnte, und sie wäre immer noch rundum glücklich, solange sie ihre Kinder, die Hunde und Katzen und genug Blumen hatte.

Unwillkürlich musste sie an Walker denken, an die Art, wie er sie tags zuvor in seinen Armen gehalten und sie geliebt hatte.

Na ja, zumindest wäre sie *fast* rundum glücklich.

Sie und Walker waren wie zwei Tänzer, von denen jeder führen wollte und die ständig über die eigenen und die Füße des anderen stolperten, während sie immer ein wenig dem Takt hinterher- oder vorauseilten.

Tja, man konnte eben nicht alles haben.

Shane unterbrach die Stille, indem er fragte: „Hast du was dagegen, wenn ich Walk… Dad anrufe?“

Wie lange hatte er gebraucht, um den Mut für diese Frage aufzubringen?

„Jetzt?“, erwiderte sie. Aus der Küche hörte sie Opal und Clare reden, mal abwechselnd, mal ein wenig durcheinander.

„Ich hab seine Handynummer“, erwiderte Shane und klang ein wenig trotzig.

Locker legte sie einen Arm um seine Schultern und atmete erleichtert auf, weil er sie gewähren ließ. Manchmal, wenn andere Leute dabei waren, vor allem Kinder in seinem Alter, schob er ihren Arm schnell weg. „Ruf ruhig deinen Dad an“, erklärte sie lächelnd. „Dafür musst du mich nicht erst um Erlaubnis bitten.“

„Doch, das muss ich, da ich ihn fragen will, ob ich mitfahren darf, wenn er das nächste Mal seine Tiere zu einem Rodeo bringt“, entgegnete er, während sein Blick irgendwo in die Ferne gerichtet war, vermutlich in eine völlig neue Welt, zu der sich für ihn auf einmal die Tore geöffnet hatten.

Casey stellte die Kaffeetasse neben ihrem Fuß auf die Stufe und achtete darauf, dass sie sie nicht umstieß. Sie hatte keine Ahnung, was Walker genau machte, wenn er Rodeos besuchte, außer natürlich, dass er seine Bullen und Pferde hinbrachte. Nur eines wusste sie definitiv: Üblicherweise war er dann mehrere Tage lang unterwegs.

„Hat er dir gesagt, dass er dich mitnehmen will, Shane?“

„Nicht in der letzten Zeit“, antwortete er kopfschüttelnd. „Aber früher, wenn wir im Sommer immer ein paar Wochen auf seiner Ranch verbracht haben, haben wir ein paarmal darüber gesprochen. Walker hat gemeint, dass ich noch warten müsste, bis ich etwas älter bin.“ Er schaute sie grinsend an. „Jetzt bin ich etwas älter.“

Caseys Herz krampfte sich einen Augenblick lang zusammen. Am liebsten hätte sie seine zerzausten Haare glatt gestrichen, doch sie hielt sich davon ab. Shane würde zweifellos am Boden zerstört sein, falls Walker ihn nicht zum Rodeo mitnehmen wollte. Aber wenn er einverstanden war, würde *sie* am Boden zerstört sein. Ihr Sohn würde ihr schrecklich fehlen, sie würde sich Sorgen um ihn machen, aber vor allem befürchtete sie, dass mit einer solchen Reise – obwohl er nur ein paar Tage weg sein würde – sein Abnabelungsprozess beginnen würde, der sich nicht umkehren ließ, sobald er erst einmal eingesetzt hatte.

Dieser Gedanke schnürte ihr die Kehle zu.

„Also, Mom, wie sieht's aus?", fragte Shane, der zum Glück nicht ahnen konnte, was gerade in ihr vor sich ging. „Wenn Dad mich mitnehmen will, wäre das für dich okay?"

Natürlich wäre es für sie *nicht* okay, schoss es ihr durch den Kopf. Walker arbeitete mit gefährlichen Pferden und Bullen, die dafür gezüchtet wurden, waghalsige Cowboys durch die Luft zu wirbeln und anschließend zu blutigem Matsch zu zertrampeln, falls sie sich nicht schnell genug in Sicherheit brachten. Die Tiere mussten ein- und ausgeladen werden, und dazu waren sie so lange Zeit auf einsamen Strecken unterwegs.

Zwar wollte Shane nur seinem Dad helfen und gleichzeitig sich selbst beweisen, doch er konnte schwer verletzt werden, wenn irgendetwas schieflief.

Andererseits lag ihm das Rodeo genauso im Blut wie die Countrymusik, oder etwa nicht? Sie und Walker waren wie zwei getrennt verlaufende Flüsse, die sich in Clare und Shane vereinten, womit diese von beiden Seiten etwas mit auf ihren Lebensweg bekommen hatten. Lange Zeit hatte Casey sich vormachen können, dass die beiden allein ihre Kinder waren, mit denen niemand sonst etwas zu tun hatte, doch das war jetzt nicht mehr moglich.

Sie musste lernen zu akzeptieren, dass die beiden auch Walkers Kinder waren.

„Mom?", beharrte Shane, der entschlossen war, eine Antwort aus ihr herauszuholen.

„Wenn Walker sagt, du kannst mitfahren, und wenn er mir verspricht, gut auf dich aufzupassen", stimmte sie mit einiger Überwindung zu, „dann werde ich damit klarkommen. Ich kann dir nicht versprechen, dass ich glücklich darüber sein werde, doch ich kriege das schon in den Griff." *Hoffentlich.*

Shane strahlte sie an. „Einverstanden“, sagte er, wobei er aufstand, sich streckte und zu den Hunden lief, um ihnen – und hoffentlich auch sich selbst – dabei zu helfen, überschüssige Energie loszuwerden.

Hätte sie es doch bloß geschafft, ihm die Begeisterung fürs Rodeo zu nehmen! Aber da brauchte sie sich gar keine Hoffnungen zu machen. Er war der Sohn von Walker Parrish, und damit lag ihm das Cowboyleben im Blut.

Casey saß da, die Tasse Kaffee längst vergessen. Sie nahm nichts davon wahr, wie Shane mit den Hunden rumtollte, denn anstelle ihrer Blumenbeete hatte sie eine staubige Arena, deren Ränge mit Rodeofans besetzt waren, vor Augen. Sie hörte die Stimme des Stadionsprechers aus den Lautsprechern plärren, ein Gatter wurde geöffnet, und ein Bulle schoss herein, einen Cowboy auf dem Rücken, der sich anstrengte, nicht von dem Tier abgeworfen zu werden, das seinerseits genau das zu erreichen versuchte. Der Reiter sah aus wie Walker, aber es war nicht Walker. Er war jünger und schmächtiger.

Der Reiter war Shane, ihr Junge, allerdings war er auch Walkers Junge.

Plötzlich wurde sie aus ihren Gedanken gerissen, als Opal aus der Küche rief: „Frühstück ist fertig! Es steht alles auf dem Tisch!“

Es folgten chaotische Minuten, da Shane mit den aufgeregt bellenden Hunden im Schlepptau ins Haus stürmte, während Opal höllisch aufpassen musste, wenn sie nicht von einem der Tiere zu Fall gebracht werden wollte, die ihr unablässig zwischen den Beinen hindurch und um sie herumliefen. Clare kam herein, jetzt komplett angezogen und die Haare gebürstet, die oben auf dem Kopf von einer großen Spange zusammengehalten wurden. Ihr Gesichtsausdruck war recht friedlich, aber für ihre Mutter konnte sie sich kein Lächeln abringen.

Nachdem sie gefrühstückt und die Kinder alles Geschirr in die Spülmaschine geräumt hatten, saßen Casey und Opal beide in der ruhigen Küche und hingen ihren Gedanken nach.

„Jetzt haben Sie ja gesehen, worauf Sie sich hier eingelassen haben", sagte Casey nach einer Weile und lächelte die Haushälterin an, während sie nach ihrer Kaffeetasse griff.

Leise lachte Opal. „Sobald ich erst mal mit dem Reverend zusammenlebe", erwiderte sie, „und dann keine Kinder und Hunde mehr da sind und auch sonst keine Unruhe mehr im Haus herrscht, werde ich vermutlich nichts mehr mit mir anzufangen wissen."

„Damit kommen Sie schon klar", versicherte Casey ihr. „Sagten Sie, die Hochzeit findet nächsten Monat statt?"

„Ja, wir haben uns vorhin noch auf einen Termin einigen können", antwortete Opal nickend und ließ eine Pause folgen, während sie den beachtlichen Verlobungsring an ihrer linken Hand betrachtete. Als sie wieder Casey anschaute, konnte die in ihren Augen einen hoffnungsvollen Ausdruck sehen. „Es soll am 15. Juli sein, das ist ein Samstag. Der Reverend und ich, wir haben uns gefragt, ob Sie wohl für uns singen würden. Das ist vermutlich anmaßend, Sie zu fragen, weil Sie ja so berühmt sind, aber wir dachten …"

„Opal", unterbrach Casey sie. „Natürlich werde ich singen. Und wenn Sie es genau wissen wollen, ich hätte mich verletzt gefühlt, wenn Sie mich *nicht* gefragt hätten."

Daraufhin strahlte die Frau wieder über das ganze Gesicht. „Casey Elder, ich danke Ihnen dafür", erklärte sie, und eine Sekunde später blickte sie sehr ernst drein. „Ich werde jetzt einfach vorpreschen und mich in eine Sache einmischen, die mich nichts angeht. Wieso sind Sie und Walker noch immer nicht zusammen?"

Casey war über diese Frage so verblüfft, dass es ihr für eine Weile die Sprache verschlug. Dabei kam Opals Vorstoß genau genommen gar nicht so überraschend, war diese Frau doch dafür bekannt, dass sie alle möglichen Paare verkuppelte.

Diesmal war sie damit bloß an der falschen Stelle gelandet.

„Wir sind nur Freunde, weiter nichts", versuchte Casey, sich herauszureden. Freunde? spottete eine Stimme in ihrem Kopf, während sie sich daran erinnerte, wie sie und Walker sich das letzte Mal geliebt hatten. *Wohl eher Freunde mit Extras.*

„Was glauben Sie denn, wie lange Sie den Leuten die Geschichte noch auftischen können, sobald sich erst mal herumspricht, dass Walker der Vater Ihrer beiden Kinder ist?“, konterte Opal höflich, aber bestimmt.

Reflexartig legte Casey eine Hand an den Hals. „Woher wissen Sie denn ...?“

„Das hat mir Ihre Clare vor dem Frühstück erzählt“, antwortete Opal wahrheitsgemäß. „Offenbar war diese Neuigkeit für die Kleine ein ziemlicher Schock, auch wenn sie aufgeweckt genug ist, um das alles zu begreifen und zu verarbeiten. Im Moment allerdings ist sie ziemlich aufgewühlt und hat mir ihr Herz ausgeschüttet. Vermutlich fand sie, dass sie mir das alles anvertrauen kann.“

Casey stützte beide Ellbogen auf den Tisch und presste die Hände vors Gesicht, während sie erschöpft aufstöhnte.

„Sie und Walker glauben aber hoffentlich nicht, dass die zwei das für sich behalten werden“, fuhr Opal fort. „Mag ja sein, dass ich die erste Außenstehende war, der sie was davon gesagt haben, doch ich werde ganz sicher nicht die letzte gewesen sein. Darauf können Sie all Ihre Gold- und Platinalben verwetten.“

Natürlich hatte Opal recht, und Casey war ja auch nicht davon ausgegangen, dass Clare und Shane diese Sache für sich behalten würden. Allerdings war sie so in Sorge über die mögliche Reaktion ihrer Kinder gewesen, dass sie überhaupt keinen Gedanken an die weiteren Folgen verschwendet hatte. Bei den Leuten in Parable würde es sich unweigerlich herumsprechen, und dann ... dann würde die Presse davon erfahren. Oh Gott, die Presse!

Besonders für die Klatschkolumnisten würde das ein gefundenes Fressen sein, und sobald die das Ganze erst mal zum Skandal aufgebauscht hatten, würde man ihre Kinder in den Mittelpunkt rücken, obwohl die zwei keinerlei Schuld traf. Und das Schlimmste war, dass sie selbst mit ihrer Enthüllung diesen Stein überhaupt erst ins Rollen gebracht hatte.

Diese Schmierenreporter würden jeden Aspekt ihres Lebens zerpflücken und an die Öffentlichkeit zerren. Nein, das durfte nicht passieren. Sie musste mit Walker reden und mit ihm einen Plan ausarbeiten, auch wenn sie letztlich nur noch Schadensbegrenzung betreiben konnte. Diesen Plan mussten sie jetzt sofort in Angriff nehmen!

Casey stand auf und lief zum Wandtelefon, doch als sie nach dem Hörer griff, hörte sie, dass von einem anderen Apparat aus bereits telefoniert wurde. Es war Shane, er sprach mit … Walker. Ohne zu zögern schaltete sie sich in die Unterhaltung ein und sagte: „Walker, wir müssen reden, und zwar sofort."

Walker, wir müssen reden, und zwar sofort.

Nach dieser Aufforderung hatte Casey nichts mehr gesagt und, ohne seine Antwort abzuwarten, einfach aufgelegt.

Shane fing nach der Störung als Erster wieder an zu sprechen. „Das ist Betrug", stieß er wütend hervor. „Mom hat mir gerade eben noch erlaubt, dass ich mit dir zum nächsten Rodeo mitfahren darf, falls du einverstanden bist. Und jetzt hat sie schon ihr Wort gebrochen."

„Ich denke nicht, dass sie das Rodeo gemeint hat", erwiderte er resignierend. „Sag deiner Mutter, sie soll auf mich warten, ich komme rüber, so schnell ich kann."

„Dann darf ich also mit dir zum Rodeo fahren?"

Amüsiert schüttelte Walker den Kopf. Der Junge verstand es, sich nicht von einem Thema abbringen zu lassen, in das er sich verbissen hatte. „Von mir aus gern", antwortete er. „Aber deine Mutter hat dabei auch ein Wörtchen mitzureden." Dann verabschiedete er sich von Shane.

Den Morgen hatte er damit verbracht, zusammen mit seinen Helfern Kälber zu markieren, sodass er inzwischen mit einer dicken Schicht Montana-Staub bedeckt war. Er kehrte zurück ins Ranchhaus, nahm sich die Zeit für eine gründliche Dusche, zog sich an, half Dolittle in den Truck und fuhr schließlich in Richtung Parable los.

Casey lief in der Auffahrt auf und ab, als er ungefähr eine halbe Stunde nach ihrem Telefonat bei ihr eintraf. Nach ihrer Miene zu urteilen, kochte sie vor Wut, allerdings schien sie auch ein wenig in Panik zu sein. Ob Clare und Shane zu Hause waren, konnte Walker nicht sagen. Die Hundemeute hielt sich allerdings auch nicht bei Casey auf.

Er stieg aus, ließ Dolittle aus dem Wagen springen und warf die Tür zu. „Wo sind die Kinder?", fragte er als Erstes, denn auch wenn Brylee oder irgendwer sonst etwas anderes von ihm erwartete, stand das Wohl seiner Kinder für ihn an oberster Stelle.

„Opal hat sie ins Gemeindezentrum zum Schwimmen mitgenommen", brachte sie abgehackt heraus. Auf einen Außenstehenden musste ihr Auftreten so wirken, als hätte er, Walker, sie zu dieser Unterhaltung gedrängt.

Walker nahm seinen Hut ab, ließ ihn einmal auf seinen rechten Oberschenkel klatschen und setzte ihn gleich wieder auf. „Du musst nicht so giftig sein", raunte er ihr zu und bemühte sich, nicht in gleicher Weise zu reagieren.

Sie verschränkte die Arme vor der Brust und fauchte ihn an: „Du nimmst mir glatt das Wort aus dem Mund."

Daraufhin beugte sich Walker vor, bis sich ihre Nasenspitzen fast berührten. Ihm war egal, was die Nachbarn dachten, sollten sie diese Szene zufällig beobachten. Sollten sie doch überall im County rumerzählen, was sie hier gesehen hatten, ihn kümmerte das nicht.

„Was zum Teufel ist hier los?", wollte er wissen. „Hätte ich nicht in dem Moment mit Shane telefoniert, wäre ich der festen Überzeugung gewesen, dass den Kindern irgendwas zugestoßen ist!"

„Wir müssen heiraten."

Walker starrte sie verdutzt an und war sich sicher, dass er da etwas falsch verstanden haben musste. „*Wie bitte?*"

Sie machte auf dem Absatz kehrt und stürmte in Richtung Haustür davon, sodass ihm gar nichts anderes übrig blieb, als ihr zu folgen.

„Verdammt, Casey“, rief er ihr nach. Es wurmte ihn, ihr wie ein Hund hinterherlaufen zu müssen.

Casey wartete, bis sie beide die Küche betreten hatten, dann drehte sie sich zu ihm um und verschränkte die Arme vor der Brust. *„Wir müs-sen hei-ra-ten“*, wiederholte sie, allerdings so betont und laut, als sei er entweder schwerhörig oder ihrer Sprache nicht mächtig.

„Verdammt“, murmelte Walker und nahm den Hut ab. Da er jedoch keine Ahnung hatte, was er damit anstellen sollte, setzte er ihn wieder auf. „Du bist schwanger? Das mit dem geplatzten Kondom war erst gestern, wie kannst du heute schon wissen, dass du schwanger bist?“

Einen Moment lang wurde sie kreidebleich, dann lief sie rot an. *„Das Kondom ist geplatzt?“*

Walker seufzte leise, während seine Verärgerung ein wenig abebbte. „Ich sollte wirklich mal die Marke wechseln.“

Daraufhin musste Casey lachen, doch ihre Augen sprühten unverändert smaragdgrüne Funken, was Walker verriet, dass sie mit ihm noch nicht fertig war.

„Und das wolltest du mir nicht sagen?“, fragte sie energisch.

Eine Antwort darauf hatte er nicht parat.

Aber Casey wartete auch gar nicht lange genug, sondern redete weiter: „Diese Ehe wird natürlich nur auf dem Papier existieren, das ist ja klar.“

Walker sah sie verblüfft an, ehe er heiser herausbrachte: „Wie bitte?“

„Wir müssen das tun, Walker“, erklärte Casey ihm in einem Tonfall, der keine Widerworte duldete. „Für Clare und Shane.“

11. KAPITEL

Casey fand es eigenartig, wie grundlegend sich alles verändern konnte, ohne dass irgendetwas tatsächlich anders war. Sie saß auf der Hollywoodschaukel auf der Veranda der Timber Creek Ranch, auf der Clare nur gerade mal eine Woche zuvor Zuflucht gesucht hatte, und ließ sich abermals alles durch den Kopf gehen.

Dass Walker fassungslos auf ihre Forderung reagierte, sie zu heiraten, war nur zu verständlich gewesen, aber nachdem sie ihre Beweggründe dargelegt hatte, hatte er ihr zähneknirschend recht gegeben. Wenn die Wahrheit über seine Vaterschaft bekannt wurde, würde sich diese Neuigkeit wie ein Lauffeuer verbreiten, nicht nur in Parable County, sondern auch und vor allem weit über die Grenzen des Countys hinaus. Dann würden Clare und Shane zum Gegenstand der Schlagzeilen in den Klatschzeitungen, zur Quelle für anzügliche Bemerkungen in Boulevardmagazinen, zur Beute für aufdringliche Fotografen und zwielichtige Gestalten, die sich selbst als Journalisten bezeichneten.

Das konnten sie zwar durch eine Heirat nicht verhindern, doch Casey und Walker waren davon überzeugt, dass ein Zusammenleben unter einem Dach ihre Kinder wenigstens teilweise vor den Folgen ihres Geständnisses schützen konnte. Um aber als Familie unter einem Dach zu leben, mussten sie zunächst verheiratet sein – was ihre altmodische Einstellung deutlich erkennen ließ.

Also beantragten sie klammheimlich eine Heiratserlaubnis, aber nicht in Parable, sondern im weiter entfernten Missoula. Die kurze Wartezeit war inzwischen verstrichen, und Opals Verlobter Reverend Beaumont hatte sich bereit erklärt, die schlichte Zeremonie im Wohnzimmer von Walkers Ranch zu vollziehen. Anwesend würden auch Brylee, die Kinder und Opal sein, außerdem die Rancharbeiter und ihre Familien sowie ein paar enge Freunde.

Das war eindeutig nicht die Art von Hochzeit, von der jedes Mädchen träumte, überlegte Casey, die in einem einfachen blauen Kleid und Sandalen auf der Veranda hockte. Aber weiße

Spitze, Orgelmusik und eine extravagante Torte waren für sie und Walker ohnehin kein Thema gewesen, und es war ja auch keine Liebesheirat. Jeder von ihnen liebte die beiden Kinder, daran wollte und würde niemand zweifeln, allerdings war es eine traurige Tatsache, dass sie und Walker nur im Bett miteinander auskamen, aber nicht im alltäglichen Leben.

Um das besagte Bett jedoch würden sie – wie vereinbart – künftig einen großen Bogen machen, nachdem beim letzten Mal wieder eins von diesen Missgeschicken passiert war, denen Casey zwei Schwangerschaften zu verdanken hatte.

In diesem Moment öffnete sich die Fliegengittertür, und Clare kam aus der Küche. In ihrem grünen Sommerkleid und mit den bis über die Schultern fallenden Locken sah sie wunderhübsch aus. Sie hatte weder Casey noch Walker bislang die Lüge verziehen, aber zumindest versteckte sie sich nicht länger schmollend in ihrem Zimmer, und sie schmiss auch keine Türen mehr zu, wenn sie einen Raum betrat oder verließ.

Clare nahm am anderen Ende der Schaukel Platz und strich ihr Kleid glatt. „Ich weiß, du willst Walker eigentlich gar nicht heiraten, Mom. Das Ganze ist nur zum Schein. Ihr betreibt Schadensbegrenzung“, sagte sie nach einer Weile, nachdem sie sich erst ein paarmal auf die Lippe gebissen hatte, ehe sie das kundtat, was sie vermutlich zuvor eine Zeit lang eingeübt hatte.

Während ihr Bruder sich auf die Hochzeit freute und Walker bereits „Dad“ nannte, schien Clare nicht begeistert zu sein. Und wenn sie mit ihrem Vater redete, was nicht oft geschah, sprach sie ihn unverändert mit seinem Vornamen an.

„Wir tun, was wir für das Beste halten“, erwiderte Casey ruhig.

Zumindest war Clare rücksichtsvoll genug, ihr nicht die große Lüge an den Kopf zu schleudern, die Casey ja damals schließlich auch für das Beste gehalten hatte. „Und wenn das nicht klappt?“, wollte ihre Tochter wissen. „Ich meine, du wirst mit der Hochzeit den meisten Journalisten einen Strich durch die Rechnung machen, weil du durch die Heirat den Skandal ein bisschen abschwächst. Aber was ist, wenn ihr zwei feststellt, dass ihr nicht zusammenleben könnt? Wenn ihr euch dann scheiden lasst, was glaubt ihr, wie Shane reagieren wird?"

Diese Fragen hatte sich Casey auch schon gestellt. Es stimmte, dass die Geschichte, die sich allmählich im Internet und in den Klatschspalten verbreitete, so oder so von den Medien aufgebauscht würde, ob sie nun verheiratet waren oder nicht. Anschließend würde das Interesse glücklicherweise schnell erlahmen, da es längst eine heißere Story gab, die man mehr ausschlachten konnte.

Die Narben dieser Medienkampagne würden aber zurückbleiben. Wenn die Journalistenkarawane längst weitergezogen war und vor dem Heim des nächsten Opfers ihre Zelte aufgeschlagen hatte, dann saßen Clare und Shane noch immer da und rätselten, was ihre Freunde jetzt von ihnen hielten und was das Ganze überhaupt sollte. Ihr Vertrauen in Casey war stets unerschütterlich gewesen, doch durch ihr Geständnis war es gewaltig erschüttert worden.

„Was die Zukunft bringen wird, weiß niemand", antwortete Casey behutsam. „Wichtig ist nur das Hier und Jetzt. Du und Shane seid dann nicht mehr unehelich, und daran ändert sich auch nichts, falls Walker und ich uns scheiden lassen sollten."

„Nicht mehr unehelich?", wiederholte Clare etwas abfällig. „Oh, bitte, Mom. Das ist doch was aus dem neunzehnten Jahrhundert. Wir haben das einundzwanzigste Jahrhundert, und jede Menge Frauen haben Kinder, ohne dass sie mit deren Vater verheiratet sind."

Casey versteifte sich ein wenig, als sie das hörte. „Das mag sein, dennoch ist das nicht zwangsläufig eine ideale Situation. Die klassische Familie mit Vater, Mutter und Kind gibt es vielleicht nicht mehr so häufig wie früher. Und bei Gott, diese Familien sind auch nicht immer vollkommen, trotzdem sind sie es wert, dass es sie gibt, und es lohnt sich, für Traditionen zu kämpfen."

„Wieso jetzt?", hakte Clare nach, die sich darüber tatsächlich zu wundern schien. „Ich meine, warum nach so vielen Jahren? Shane und ich, wir sind bald erwachsen und werden aufs

College gehen. Was macht es dann noch aus, ob du mit Walker verheiratet bist?"

„Es macht etwas aus", beharrte Casey. „Ich hoffe, eines Tages wirst du das verstehen."

Und ich dann hoffentlich auch, ergänzte sie im Stillen. Zum Teil stellte nämlich ihre Entscheidung auch für sie selbst immer noch ein Rätsel dar. Und vermutlich ging es Walker nicht anders.

Eine Weile saßen sie schweigend nebeneinander. In der Ferne wieherten Pferde, und Bullen schnaubten und wirbelten Staub auf, wenn sie mit den Hufen scharrten. Die rustikale Normalität ihrer Umgebung hatte auf Casey eine gewisse friedliche, beruhigende Wirkung, an der sie sich festklammerte.

Clares nächste Bemerkung war wie ein Tritt in die Magengrube.

Sie stand auf, seufzte leise und sagte dann ohne eine Spur von Sarkasmus: „Ich wette, der wahre Grund für eure Heirat ist der, dass du Walker heiraten *musst*. Kriegst du wieder ein Baby, Mom?"

Casey verharrte wie erstarrt, und das nicht nur, weil sie diese Frage beim besten Willen nicht erwartet hatte. Es war durchaus möglich, dass sie wieder schwanger war, man musste sich nur vor Augen halten, wie oft sie in der Vergangenheit mit Walker geschlafen hatte und wie oft sie von ihm schwanger geworden war, weil das Kondom geplatzt war. Darüber wollte sie aber weder jetzt noch in absehbarer Zukunft mit ihrer vierzehnjährigen Tochter reden.

„Deine Mutter", antwortete Casey gelassen, „heiratet deinen Vater. Mehr musst du im Augenblick nicht wissen."

Mit einer Mischung aus Hilflosigkeit und Resignation zog Clare die Schultern hoch.

Auf der Landstraße näherten sich mehrere Wagen und Pickups, der erste in der Schlange bog am Haupttor auf das Grundstück ein, die anderen Fahrzeuge folgten. Die Gäste trafen ein, doch die Hochzeitsgesellschaft würde klein bleiben, denn es waren nur enge Freunde eingeladen.

„Wenn du ein Kind kriegst“, meinte Clare sehr leise und mit einem herzzerreißend wehmütigen Unterton, „dann hat wenigstens *dieses* Kind das Glück, von Anfang an eine Mom *und* einen Dad zu haben und hier auf der Ranch aufzuwachsen.“ Mit diesen Worten kehrte sie ins Haus zurück.

Casey erhob sich ebenfalls, aber erst nach einer Weile, da sie sicher sein wollte, dass ihre Knie nicht mehr zu wackelig waren, um sie zu tragen. Bei jeder anderen Gelegenheit hätte sie versucht, Clare einzuholen, um mit Worten oder Umarmungen oder irgendetwas anderem zu ihr durchzudringen. Aber diese Unterhaltung musste vorerst warten, so wenig ihr das auch gefiel. Jetzt wurde erst einmal geheiratet.

Die Wagen fuhren einer nach dem anderen vor und parkten auf dem Hof. Vornehm gekleidete Leute stiegen aus und kamen zum Haus – allen voran Opal mit Reverend Walter Beaumont. Ihnen folgten Joslyn und Slade Barlow, Boone und Tara Taylor sowie Hutch und Kendra Carmody. Patsy McCullough bildete die Nachhut, sie lenkte einen speziell umgebauten Van, damit ihr Sohn Dawson Platz hatte.

Von allen machte lediglich Hutch den Eindruck, dass er sich unbehaglich fühlte, was allerdings nicht verwunderlich war. Schließlich lebte auf der Timber Creek Ranch nicht nur Walker, sondern auch Brylee – ebenjene Brylee, die er vor ein paar Jahren am Altar hatte stehen lassen. Die Geschichte von der geplatzten Hochzeit kochte sogar heute immer wieder dann hoch, wenn es gerade mal einen Mangel an neuem Klatsch gab.

Brylee hielt sich irgendwo im Haus auf und war vermutlich genauso nervös wie Hutch, aber bei dieser Hochzeit würde sie ausnahmsweise einmal nicht kneifen, zumal ihr Bruder der Bräutigam war.

Casey begrüßte jeden mit einem Lächeln und einer Umarmung, vor allem ihre beste Freundinnen Joslyn, Tara und Kendra. Slade und Hutch waren noch nicht ins Haus gekommen, weil sie Patsy und Dawson mit dem Rollstuhl halfen.

„Wann kommt denn dein Baby endlich?“, fragte Casey Joslyn im Flüsterton, als endlich alle im Haus waren und sich im Wohnzimmer versammelt hatten. Kendra stand nicht weit von den beiden entfernt.

Glücklich seufzte Joslyn und legte die Hände auf ihren stattlichen Bauch. „*Babys*“, berichtigte sie ihre Freundin leise. „Wir kriegen Zwillinge. Zwei Jungs.“

Wieder drückte Casey sie an sich, soweit das möglich war. „Das ist ja wunderbar“, stieß sie freudig hervor, was Joslyn mit einem fröhlichen Nicken bestätigte.

„Und du bist bereit zu heiraten?“, fragte Kendra, die so zufrieden dreinschaute, als wäre das hier eine echte Hochzeit und nicht nur ein geschickter PR-Schachzug und ein sehr, sehr später Versuch, etwas wiedergutzumachen.

„So bereit, wie ich nur sein kann“, erwiderte Casey. Nur ein paar Leute kannten die Wahrheit, darunter auch Joslyn, Kendra und Tara, doch keine von ihnen hatte probiert, ihr dieses Vorhaben auszureden. Vielmehr schienen sie alle sich aufrichtig für sie und Walker zu freuen.

Sie waren alle davon überzeugt, dass diese Ehe funktionieren würde, woran Casey nicht so recht glauben konnte. Sie konnte nur ihr Bestes geben und sich weigern, vorzeitig das Handtuch zu werfen.

„Und was ist mit den Flitterwochen?“, wollte Joslyn wissen.

Casey ließ sich nichts anmerken, denn es gab ein paar Dinge, über die sie nicht mal mit ihren Freunden sprechen wollte. Beispielsweise dass die Hochzeitsnacht und erst recht die Flitterwochen ausfallen würden. „Das ist unser Geheimnis“, sagte sie augenzwinkernd.

Joslyn und Kendra warfen sich einen Blick zu, dann gingen sie ins Wohnzimmer, um sich auf geliehene Klappstühle zu setzen und auf ihre Ehemänner zu warten.

In der Zwischenzeit zog sich Casey in die Küche zurück und wartete, bis Shane zu ihr kam. In seinem besten Anzug, aus dem er schon bald herausgewachsen sein würde, sah er blendend aus.

„Showtime, Mom", flüsterte er ihr zu und hielt ihr den Arm hin. „Bereit, zum Altar geführt zu werden?"

Ihre Kehle war wie zugeschnürt, sie lächelte ihren Sohn an und strich ihm eine Haarlocke aus der Stirn – eine von den Gesten, die ihm normalerweise gar nicht behagten. „Bereit", brachte sie schließlich heraus.

Shane geleitete seine Mutter aus der Küche, vorbei an der Essecke und durch den breiten, bogenförmigen Durchgang ins Wohnzimmer, wo sie kurz stoppte. Walker und Reverend Beaumont standen vor dem mit Blumen übersäten Kamin. Walker schien entspannt, und der Geistliche lächelte erfreut.

Alle Plätze waren belegt, Opal saß am Klavier, bereit, den Hochzeitsmarsch zu spielen. Schweigen machte sich mit einem Mal breit, Joslyn, Kendra und Tara drehten sich gleichzeitig um und zeigten synchron ihre nach oben gerichteten Daumen.

Brylee stand als einzige Brautjungfer ein Stück weit rechts vom Reverend und schenkte Shane und Casey ein aufmunterndes Lächeln.

Darauf bedacht, Walker nicht allzu genau anzuschauen – der Mann war nun mal ein verdammt gut aussehender Cowboy, da gab es nichts zu diskutieren –, blickte sich Casey noch einmal im Wohnzimmer um. Ihr Herz schlug etwas heftiger als üblich, während sie nach Clare Ausschau hielt und inständig hoffte, dass ihre Tochter sich nicht in ihrem Zimmer eingeschlossen hatte, um von der Hochzeit nichts mitzubekommen.

Aber so war ihre Clare nun auch wieder nicht. Trotz aller Vorbehalte betrat sie von der anderen Seite das Wohnzimmer und schritt zielstrebig auf Opal zu, dann nahm sie ihre Position neben dem Klavier ein. Sofort musste Casey gegen ihre Tränen ankämpfen, denn ihr wurde bewusst, was das zu bedeuten hatte.

Clare, die noch nie in der Öffentlichkeit gesungen hatte, würde heute singen. Es war ihr Geschenk an ihre Eltern.

Opal fing an zu spielen, und Casey verharrte so plötzlich, dass Shane sie leicht anstoßen musste, damit sie sich in Bewegung setzte und durch den Gang zwischen den Stuhlreihen zu Walker ging.

Walker stand da und sah sie an, seine Augen leuchteten, und der Hauch eines Lächelns umspielte seine Mundwinkel.

Das Klavier verstummte kurz, ehe Opal weiterspielte.

Als Clare dann ihr Solo begann, drehten sich Casey und Walker zu ihr um. Es war ein Stück, das Casey vor langer Zeit als Schlaflied für ihre Kinder geschrieben hatte. Auch wenn es darin um ewige Liebe und gar nicht ums Einschlafen ging, hatte sie den Song den beiden bestimmt tausendmal vorgesungen, in Tourbussen und Flugzeugen oder hinter der Konzertbühne.

Als sie nun Clares wunderschöne Stimme hörte, hatte Casey das Gefühl, vor Stolz und Liebe platzen zu müssen. Nach einem Blick zu Walker wusste sie, dass er das Gleiche empfand wie sie.

Dann war Clare fertig, verließ den Platz neben dem Klavier und stellte sich zu Brylee, die einen Arm um ihre Nichte legte, ihre Schulter leicht drückte und ihr irgendetwas zuflüsterte.

Von dem Moment an schien die ganze Zeremonie nur noch in Zeitlupe abzulaufen.

Reverend Beaumont hielt eine kleine Ansprache mit etlichen Bibelzitaten, allerdings kriegte Casey kaum etwas davon mit.

Die üblichen Fragen wurden gestellt.

Die üblichen Gelübde wurden abgelegt.

Zu keinem Zeitpunkt kam es Casey in den Sinn, irgendetwas anderes außer den Antworten zu geben, die von ihr erwartet wurden, und auch Walker zögerte nicht ein einziges Mal. Als Beaumont sie aufforderte, tauschten sie die Ringe.

Schließlich erklärte der Reverend sie zu Mann und Frau, und Walker zog Casey an sich, um ihr einen Kuss zu geben, der so unverhofft kam, dass sie wohl zu Boden gesunken wäre, hätte er sie nicht festgehalten.

Die Gäste jubelten, und Shane erlebte einen Rückfall in seine Kindheit, als er vor Begeisterung einen Luftsprung machte und mit einer Faust gegen die Decke schlug, während er ein lautes „Ja!“ rief.

Alle mussten lachen, auch Casey, obwohl sich immer noch alles so unwirklich anfühlte. Nichts von alldem kam ihr real vor, ausgenommen Walkers Kuss. Ihre Lippen kribbelten noch lange Zeit danach, so gut war der gewesen.

Zusammen mit Walker posierte sie für ein Foto nach dem anderen, bis sie schon dachte, das alles würde überhaupt nicht mehr enden.

Sie schnitten die Hochzeitstorte an, für die sich Brylee die halbe Nacht um die Ohren geschlagen hatte, und alle gratulierten ihnen. Die Jungs aus der Band riefen sie für einen gemeinsamen Glückwunsch an, dann redeten sie alle durcheinander und stimmten ein fragwürdiges Trinklied an, das Casey zum Lachen und Weinen zugleich brachte.

Sogar Mitch, von dem sie nichts mehr gehört hatte, seit er wutentbrannt davongefahren war, schickte über Shanes Handy ein kurzes Video, um dem Brautpaar alles Gute zu wünschen. In ein paar Tagen würde sie ihn anrufen und versuchen, die Wogen zu glätten. Sie hatten schon ein paar Stolpersteine auf ihrem gemeinsamen Weg erlebt, weil Mitch in schöner Regelmäßigkeit damit drohte, alles hinzuschmeißen, es sich dann allerdings doch wieder anders überlegte. Daher hoffte Casey von ganzem Herzen, dass es diesmal nicht anders sein würde.

Nach einem kurzen Empfang, vielen Umarmungen und Glückwünschen und tausend Schnappschüssen brachen die Gäste schließlich wieder auf.

Dawson McCullough, der zum Anlass passend einen Anzug trug, fuhr mit seinem Rollstuhl zu Casey und Walker, um ihnen mit einem strahlenden Lächeln zu gratulieren. Patsy dagegen sagte gar nichts, sondern nickte nur, danach ließen die zwei sich von Walker und Shane nach draußen begleiten, damit sie ihnen mit dem Einladen des Rollstuhls helfen konnten.

Während Walker das Haus verließ, schaute Casey sich im Wohnzimmer um und versuchte noch immer, zu begreifen, dass sie jetzt tatsächlich mit ihm verheiratet war. Ihr Blick fiel auf

Hutch und Brylee, die am Klavier standen und sich mit ernster Miene unterhielten.

Kendra trat zu Casey und beobachtete die leise Unterhaltung der beiden.

„Was hat das zu bedeuten?“, fragte Casey etwas beunruhigt. Wenn es um Hutch Carmody ging, erwies sich ihre sonst so umgängliche Schwägerin als starrköpfig, und sie neigte dazu, ihm irgendwelche Szenen zu machen.

Nachdem Kendra einen Schluck Bowle getrunken hatte, sagte sie: „Ich hoffe, es bedeutet, dass sie sich wieder vertragen. Hutch hat Brylee nicht absichtlich wehtun wollen, und wir waren alle sehr besorgt um sie.“ Es folgte eine Pause, während der Kendra ihre makellosen Augenbrauen nachdenklich zusammenzog. „Außerdem wäre es für alle etwas unangenehm, wenn sie es nicht versuchen. Ich meine, du, Joslyn, Tara und ich, wir sind Freundinnen, und da du jetzt mit Walker verheiratet bist, werden wir alle uns noch häufiger irgendwo über den Weg laufen. Falls wir nicht bis in alle Ewigkeit darauf achten wollen, ständig einen großen Bogen umeinander zu machen, muss ja irgendjemand mal etwas unternehmen.“

„Weißt du, was?“, entgegnete Casey und legte eine Hand auf den Arm ihrer Freundin. „Du bist schon erstaunlich. Nicht viele Frauen wären in dieser Situation so tolerant wie du. Einige würden sogar richtig eifersüchtig reagieren.“

Kendra lächelte. „Es gibt auf der Welt viele Unwägbarkeiten“, sagte sie. „Aber in einer Sache bin ich mir absolut sicher: Hutch Carmody liebt mich so sehr, wie ich ihn liebe, und daran wird sich auch nichts ändern.“

Wieder wollten ihr die Tränen kommen, doch Casey unterdrückte sie auch diesmal erfolgreich. Dabei fragte sie sich, wie es wohl sein musste, einen Mann so sehr zu lieben und im Gegenzug so sehr geliebt zu werden. Kendra wusste, wie das war. Tara und Joslyn ebenfalls. Aber würde sie selbst so etwas auch irgendwann einmal erfahren?

Sekunden später kam Hutch zu ihnen, um Kendra mitzunehmen. Er gab Casey einen Kuss auf die Wange, gratulierte ihr noch einmal, und danach gingen die beiden. Casey wartete einen Moment, bevor sie sich vorsichtig Brylee näherte. Die stand mit dem Rücken zum Zimmer und schaute aus dem Fenster auf die grünen Hügel. Als Casey sie im Profil betrachtete, bemerkte sie, wie eine Träne über ihre Wange rollte.

„Ich bin für dich da", sagte Casey sanft. Manchmal konnte man einem anderen Menschen einfach nicht mehr bieten, als ihm nahe zu sein.

„Danke", antwortete Brylee schniefend. „Ich war so unglaublich dumm", fügte sie nach einer Weile hinzu.

„Wie meinst du das?" Casey war irritiert. Liebe war Liebe, und selbst wenn es kein Happy End gab, war sie nichts, wofür man sich schämen musste.

Aber dann überraschte Brylee sie, indem sie sich zu ihr umdrehte und ihr ein breites, wenn auch verheultes Lächeln präsentierte. Sie schien von innen heraus zu strahlen. „Hutch hat mir immer erzählt, dass ich nicht ihn liebe, sondern in die Liebe verliebt bin. Jetzt endlich glaube ich ihm."

„Dann muss er heute aber etwas ganz Besonderes gesagt haben", meinte Casey.

Brylee musste lachen. „Ganz und gar nicht. Er hat gesagt, ich soll endlich erwachsen werden, mich nicht länger selbst bemitleiden und mein Leben leben."

„Und dafür hast du ihn nicht geohrfeigt?", fragte sie ungläubig.

„Nein", beharrte die tatsächlich freudestrahlende Brylee. „Mir ist nämlich klar geworden, dass er in jeder Hinsicht recht hat. Und ich habe erkannt, dass er zwar Kendras Traumprinz ist, dass er für mich aber der völlig verkehrte Mann ist. Nicht gerade eine Kröte, weil er dafür einfach zu gut aussieht. Doch früher oder später wären wir uns gegenseitig an die Gurgel gegangen."

Casey hatte keine Ahnung, was sie darauf erwidern sollte, aber sie bewunderte Brylee, was ihr vermutlich auch anzusehen war, weil ihre Schwägerin sie plötzlich umarmte und von Herzen lachte.

„Es wird Zeit, dass ich die Kinder einsammele und in die Stadt fahre", sagte sie. „Dein Privatzoo wird in deinem riesigen Herrenhaus bestimmt schon auf uns warten."

Brylee hatte sich bereit erklärt, für ein paar Tage in Caseys Haus zu wohnen und auf Clare, Shane und die Tiere aufzupassen, damit Braut und Bräutigam diese Zeit ganz für sich hatten, wenn es schon keine Flitterwochen gab.

Da sie eine Zweckehe geschlossen hatten, die mit wilder, leidenschaftlicher Liebe wenig zu tun hatte, fürchtete sich Casey ein wenig vor dem Moment, wenn sie mit Walker schließlich ganz allein im Haus sein würde. Gleichzeitig verursachte dieser Gedanke bei ihr ein erregendes Prickeln.

„Lass mich noch kurz mit Clare reden", bat sie Brylee, die verständnisvoll nickte und sich den letzten noch verbliebenen Gästen zuwandte.

Clare saß am Klavier und spielte mit einem Finger eine sehr spartanische Version von „Heart and Soul". Angesichts der Tatsache, dass sie Chopin ohne Noten spielen konnte und eine Version von „Great Balls of Fire" beherrschte, die sogar Jerry Lee Lewis persönlich beeindruckt hätte, war klar zu erkennen, dass sie nur für sich spielte, nicht für ein Publikum.

Casey setzte sich zu ihr auf die Bank und spielte die übrigen Noten, die Clare ausließ. Ihre Tochter sah sie an, lächelte verlegen und zeigte ihr dann, was sie am Klavier alles draufhatte.

Nachdem das Stück zu Ende war, standen Walker, Brylee und Shane im Halbkreis hinter ihnen und applaudierten.

Casey beugte sich vor und legte ihre Stirn gegen die ihrer Tochter, dann flüsterte sie: „Egal, was ist, Sweetheart, du wirst immer mein kleines Mädchen sein. Vergiss das bitte nie."

Bei diesen Worten kamen Clare die Tränen. „Ich bin immer noch ziemlich sauer auf dich. Wirst du mich noch lieb haben, wenn ich mich wieder beruhigt habe?"

Sie gab ihrer Tochter einen Wangenschmatzer von der Art, mit der nur eine Mom bei ihrem Kind ungeschoren davonkommen konnte. „Du kannst mir glauben, dass ich dich für immer und ewig lieb haben werde."

Leise lachte Clare. „Amen."

Anschließend umarmte Casey auch ihren Sohn und ermahnte ihn, er solle sich ja benehmen. Danach scheuchte Brylee ihre Nichte und ihren Neffen aus dem Haus und in ihren SUV, um in die Stadt zu fahren.

Als die Tür hinter den dreien zufiel, waren Casey und Walker alleine.

Bis auf Dolittle, der froh zu sein schien, dass endlich wieder Ruhe eingekehrt war. Laut seufzend rollte er sich vor dem Kamin zusammen, nachdem dort kein Mensch mehr im Weg war, und schlief gleich darauf ein.

Amüsiert griff Walker nach Caseys Hand und führte sie in die Küche, wo sie sich auf einen Stuhl sinken ließ und ihre Schuhe auszog. Sie war Sportschuhe und Stiefel gewöhnt, aber diese Dinger drückten an allen Ecken. „Wir haben's geschafft", sagte sie und seufzte fast in der gleichen Tonlage wie Dolittle.

Walker zog grinsend eine Braue nach oben, während er seine Krawatte abnahm und den obersten Hemdknopf öffnete. „Champagner, Mrs Parrish?", fragte er und schnappte sich eine der halb vollen Flaschen vom Tresen.

„Dazu sage ich nicht Nein, Mr Parrish", antwortete sie, er schenkte zwei Gläser ein – Plastikgläser aus dem Supermarkt – und brachte sie zum Tisch.

Nachdem er die Gläser hingestellt hatte, setzte er sich so hin, dass er nach Caseys Fuß fassen und ihn auf seinen Schoß legen konnte, um mit einer Massage die Schmerzen zu lindern.

Casey stöhnte leise auf, weil es sich so gut anfühlte. Falls der Mann vorhatte, sie zu verführen, war er so schon auf dem richtigen Weg.

Ihm gefiel ihre Reaktion, und schließlich fragte er: „Und was tun wir jetzt? Spielen wir eine Partie Dame? Hängen wir uns vor den Fernseher? Bauen wir Schlafzimmer für die Kinder an?"

Diesmal mischte sich ein Lacher in ihr Stöhnen. Lieber Gott, Walkers Finger konnten wahre Wunder wirken, und das nicht nur im Bett. Sie hatte tatsächlich vergessen, wozu er sie alles hatte verführen können, wenn er nur lange genug ihre Füße massierte. „Im Moment sollten wir es bei dem belassen, was wir gerade machen“, antwortete sie und senkte genießerisch die Lider.

„Mit anderen Worten“, erwiderte Walker vergnügt, „ich erledige die ganze Arbeit, während du nur dasitzt und mir deine Füße hinhältst.“

„Ja, genau so“, stimmte sie ihm leise murmelnd zu.

Nach einer Weile nahm er sich ihren anderen Fuß und ließ ihm die gleiche wundervolle Behandlung zuteilwerden.

„Unsere Tochter kann auffallend gut singen“, sagte er nach einer Weile. „Hat sie vor, in deine Fußstapfen zu treten?“

Casey lachte, ohne die Augen zu öffnen, verspürte allerdings einen Anflug von Traurigkeit. Natürlich war Clare auch seine Tochter, aber es gab noch sehr, sehr viel, was er nicht über sie oder Shane wusste.

„Keine Chance“, antwortete sie. „Clare will Tierärztin werden. Sie hat vom Showbusiness genug mitbekommen, dass es ihr für den Rest ihres Lebens reicht.“

„Und was ist mit dir?“, fragte Walker in einem trügerisch beiläufigen Tonfall. „Was ist deine Haltung zum Showbusiness, Casey Jones?“

Sie machte die Augen auf und musterte ihn. Sie hatte genug davon, auf Tournee zu gehen, in der einen Stadt morgens aufzuwachen und abends in einer ganz anderen Stadt einzuschlafen, ohne eine genaue Ahnung zu haben, wo sie sich eigentlich gerade befand. Doch sie wusste, sie würde sich nie ganz aus dem Showbusiness zurückziehen. Musik lag ihr im Blut, und es gab Zeiten, da musste sie einfach auf der Bühne stehen.

„Ist das ein Problem?“, erkundigte sie sich. Ihr Lebensstil unterschied sich grundlegend von seinem. Walker liebte das Leben auf der Ranch und hier und da ein Rodeo. Sie liebte es zu singen, manchmal in der Kirche, manchmal unter der Dusche, aber manchmal eben auch auf einer Bühne in einem ausverkauften Stadion.

„Ich habe nicht vor, dir irgendetwas auszureden oder gar zu verbieten", versicherte er ihr. „Ich überlege nur, wie es jetzt weitergehen soll. Darüber haben wir noch nicht gesprochen."

„Stimmt, darüber haben wir noch nicht gesprochen."

Er zog einen Mundwinkel amüsiert hoch. „Wir sind schon ein ziemlich unkonventionelles Paar, wenn ich das so sagen darf."

Casey nickte. „Das sind wir allerdings. Bereust du es schon, Cowboy?"

„Nur, dass wir das nicht schon früher gemacht haben", erwiderte er und seufzte. „Shane hat kein Problem damit, plötzlich einen Dad zu haben. Aber Clare hat wohl nicht vor, uns in nächster Zeit zu verzeihen, falls ich sie richtig einschätze."

„Das schätzt du völlig richtig ein", bestätigte sie.

Er sah sie mit gespielter Skepsis an. „Augenblick mal, habe ich das gerade richtig verstanden? Hast du damit sagen wollen, dass ich *recht habe*?"

Zwar lachte sie, allerdings war sie in Wahrheit den Tränen nah. „Was ist, wenn plötzlich eine Frau auftaucht", begann sie, da sie aus irgendeinem Grund nicht anders konnte, als in ihren eigenen Wunden herumzustochern, „und du verliebst dich Hals über Kopf in sie, nur dass du mich schon am Hals hast?"

Ernst, aber mit einem Funkeln in den Augen meinte er: „So was sehe ich nicht kommen."

Caseys Herz schlug etwas schneller. Es war zwar kein „Ich liebe dich", dennoch machte es ihr Mut. Jedoch wollte sie sich auch keinen falschen Hoffnungen hingeben.

„Sex ist gestrichen", sagte sie geradeheraus.

„Verdammt, Frau", stieß Walker hervor und lachte. „Wir sind doch jetzt verheiratet, nicht wahr? Sollte zu dieser verrückten Situation nicht auch ein bisschen Spaß gehören?"

Sie nahm ihren Fuß von seinem Schoß, griff nach dem Plastikglas und trank den mittlerweile lauwarmen Champagner in kleinen Schlucken. Auf einmal wurde ihr nur zu bewusst, dass sie allein im Haus waren, dass Walker scharf war und dass sie beide Eheringe trugen.

Und dass das Schlafzimmer nur ein paar Schritte entfernt war.

„Welche Laus ist dir denn jetzt über die Leber gelaufen?", fragte Walker irritiert.

„Draußen ist es immer noch hell", entgegnete sie und ignorierte seine Frage einfach. „Wenn du Spaß haben willst, dann sattel zwei Pferde und lass uns ausreiten."

Vielleicht konnte sie sich ja beherrschen, sobald sie auf einem Pferd saß. Vielleicht konnte sie ja so der Versuchung davonreiten.

Doch warum sollte sie nicht einfach mit Walker ins Bett gehen?

Weil sie völlig die Kontrolle über sich selbst verlor, wenn Walker sie liebte, und das war eine Sache, die sie sehr ängstigte. Sie war darauf bedacht, dem Bild von Casey Elder gerecht zu werden, das ihr durch den Kopf geisterte. Das Bild einer starken Frau, die selbst entschied, was sie tun wollte, und die selbst das Tempo bestimmte. Eine Frau, die sich ihre eigenen Ziele setzte und die diese Ziele auch erreichte, die eine Entscheidung fällte und diese Entscheidung knallhart durchzog. Aber sobald Walker sie in seinen Armen hielt, schien sie sich in einen ganz anderen Menschen zu verwandeln, in eine Fremde, die bereit war, ihre Seele zu offenbaren und ihre innersten Bedürfnisse und Gefühle zu enthüllen.

Genau das war es, was ihr fast Todesängste bereitete.

Sie wartete auf Walkers Antwort und wusste, wenn er sie in den Arm nahm oder sie küsste oder nur wieder ihre Füße massierte, dann war es um sie geschehen.

Schließlich seufzte er, schob seinen Stuhl nach hinten und erhob sich. „Also gut", lenkte er resignierend und ohne jede Spur von Begeisterung ein. „Dann ziehen wir uns um und satteln die Pferde."

Die wenigen Dinge, die Casey mitgebracht hatte, befanden sich noch in dem kleinen Koffer, den sie im Gästezimmer abgestellt hatte. Sie verließ die Küche, um ihr Hochzeitskleid und die

Strumpfhose gegen Jeans und langärmeliges T-Shirt einzutauschen. Als sie kurz darauf in die Küche zurückkam, trug Walker bereits seine normale Kleidung. Er hatte sogar noch Zeit genug gehabt, Kaffee zu kochen.

Während er sie über den Rand seines Bechers hinweg anschaute, lächelte er sie lässig an. Sein Blick ließ warme Schauer durch ihren Körper rieseln.

„Deine Jeans passen dir immer wie angegossen, Mrs Parrish“, meinte er.

Casey verzog den Mund, obwohl sie sich insgeheim über sein Kompliment freute.

Sie ließen Dolittle im Haus zurück, damit er sich von den Anstrengungen der Hochzeitsfeierlichkeiten erholen konnte, und schlenderten zur Scheune.

Niemand außer ihnen war weit und breit zu entdecken, und sogar Walkers Angestellte, die nach der Hochzeit an ihre Arbeit zurückgekehrt waren, mussten sich an irgendeiner Stelle auf dem Gelände aufhalten, das von hier aus nicht eingesehen werden konnte. Dennoch war da irgendwas, das Casey beunruhigte. Sie blieb stehen und drehte sich einmal langsam um sich selbst, um herauszufinden, was dieses Unbehagen in ihr weckte.

Plötzlich fiel ihr auf, dass etwas in der Baumkrone einer der großen Eichen den Sonnenschein reflektierte – und das war auch der Moment, in dem Casey den Reporter entdeckte, der ihr von einem Ast aus auflauerte. Sie murmelte einen gar nicht damenhaften Fluch und lief, die Fäuste geballt, auf den Baum zu.

Aus der Baumkrone war ein rasches Klicken zu hören, da der Reporter ein Foto nach dem anderen schoss.

Walker, der Casey gefolgt war, legte den Kopf in den Nacken, schob den Hut nach hinten und meinte grinsend: „Ich werd verrückt.“

Diese Art von Belästigung war für ihn etwas Neues, Casey allerdings hatte das schon zu oft erlebt. „Runter von dem Baum, bevor Sie sich noch das Genick brechen, Sie Idiot!“, herrschte sie den Mann an. Während sich der Ast zu bewegen begann und das

Laub raschelte, sah sie sich noch aufmerksamer um. Aus Erfahrung wusste sie, wo sich ein Fotograf versteckte, waren meistens noch zehn andere zu finden.

„Wir leben in einem freien Land“, widersprach der Mann, klang dabei aber mutiger, als er es in Wahrheit wohl war. „Die Pressefreiheit …“

„Kommen Sie mir lieber nicht mit der Verfassung, Sie Trottel“, fuhr sie ihm sofort über den Mund. „Zufälligerweise kann ich nämlich auch diverse Rechte geltend machen.“

Sie hörte Walker leise lachen. Ihn schien das alles zu amüsieren, was sie nur umso mehr ärgerte.

„Tragen Sie eine Waffe, Cowboy?“, fragte der Fotograf zögerlich. Zwischen den Blättern tauchte ein rundliches Gesicht mit Brille auf.

„Nein“, antwortete Walker freundlich. „Doch falls Sie sich wohler fühlen, wenn ich eine Waffe trage, muss ich nur kurz ins Haus gehen und bin in zwei Minuten wieder da.“ Er hielt einen Moment lang inne, dann fügte er deutlich ernster an: „An Ihrer Stelle, Freundchen, würde ich ganz schnell da runterkommen und das Weite suchen. Ansonsten stattet die rothaarige Lady Ihnen da oben einen Besuch ab und zerschmettert Ihnen Ihre Kamera auf Ihrem Schädel.“

Erneut raschelte das Laub, und mehrere Äste bewegten sich knarrend, schließlich kam der Fotograf zum Vorschein, ein recht stämmiger Typ, der nach Caseys Ansicht irgendwie die Schwerkraft überwunden haben musste, um es bis in die Baumkrone zu schaffen.

Kaum war er wieder auf dem Boden angekommen, wich er vor Casey zurück und rief schnaufend: „Halten Sie sie mir vom Leib!“

Danach drehte er sich um und rannte um sein Leben.

12. KAPITEL

Walker konnte sich vor Lachen kaum noch halten, als er dem rundlichen Reporter aus der Baumkrone hinterherschaute, der davoneilte, um das Grundstück zu verlassen. Casey dagegen fand an dem Vorfall überhaupt nichts witzig. Sie konnte ja nachvollziehen, dass die Schreiber und Fotografen der Boulevardpresse auch das Recht hatten, sich so wie jeder andere ihren Lebensunterhalt zu verdienen, doch ihre Geduld mit diesen Leuten hatte sie schon vor langer Zeit verloren, weil die zu oft private Augenblicke gestört oder sogar geradewegs ruiniert hatten.

Das Ganze war umso ärgerlicher, da sie und die Kinder seit dem Umzug nach Parable dem Interesse der Medien zwar nicht völlig entkommen, aber deutlich weniger belästigt worden waren. Wie es schien und wie sie es erwartet und befürchtet hatte, war diese Schonzeit nun abgelaufen.

Das bedeutete, dass sie von nun an wieder sehr wachsam sein musste.

Sie verschränkte die Arme vor der Brust und sah angewidert mit an, wie der Reporter im Gebüsch an der Hauptstraße verschwand. Gleich darauf heulte ein Motor auf, und kurz darauf waren quietschende Reifen zu hören, als der Mann, so schnell er konnte, davonbrauste.

Walker war inzwischen wieder ernst geworden und legte einen Arm um ihre Schultern, die leicht zitterten, wie ihr zu ihrem großen Ärger bewusst wurde. Sie sollte sich besser zusammenreißen, denn dieser Zwischenfall ließ keinen Zweifel daran, dass die Boulevardpresse wieder die Jagd auf sie eröffnet hatte. Und bei allem, was ihr heilig war, würde sie sicherstellen, dass ihre Kinder bei dieser Jagd nicht zur Beute für die Medien wurden.

„Case“, sagte ihr frischgebackener Ehemann sehr leise und so unglaublich sanft, dass ihr ein wohliger Schauer über den Rücken lief. „Alles ist wieder in Ordnung, er ist weg.“

„Ja, für den Moment“, stimmte sie ihm mürrisch zu. Dennoch ließ sie zu, dass Walker sie weiter an sich drückte, weil es sich gut anfühlte, nicht allein zu sein und wenigstens für ein paar Augenblicke nicht stark sein zu müssen. Dummerweise fühlte sich das nicht nur gut, sondern *zu gut* und *zu verlockend* an.

„Lass uns ausreiten“, meinte er und dirigierte sie in Richtung Scheune.

Casey blickte sich um, aber es schien, als würden sie nicht von einem weiteren schmierigen Fotografen belauert werden. Das war jedoch nur ein schwacher Trost, weil natürlich andere Paparazzi vor diesem einen da gewesen sein mussten. Sie waren nur eben flinker als der Möchtegern-Tarzan gewesen, den sie noch erwischt hatten, und hatten sich rechtzeitig aus dem Staub gemacht. Vermutlich saßen sie jetzt in Three Trees in billigen Motelzimmern, kippten ein paar Dosen Bier runter und klopften sich selbst auf die Schulter, während sie sich ausmalten, wie dick der Scheck sein würde, den sie bald bei der Bank einlösen konnten. Dank der modernen Technologie hatten sie vermutlich längst ihre viel zu privaten Fotos und wilde, wüste Geschichten über Casey, Walker, die Kinder und die Hochzeit selbst per Mail an ihre ungeduldig wartenden Redakteure geschickt.

„Und wenn man uns folgt?“, gab Casey zu bedenken. Obwohl sie Walker klar und deutlich erklärt hatte, dass sie nicht mit ihm schlafen würde, hatte sie sich in ihrer Fantasie vorgestellt, wie sie die Hochzeitsnacht auf den Nachmittag vorverlegen und unter freiem Himmel verbringen würden, irgendwo zwischen den alten Bäumen, geschützt vom hohen Gras.

Jetzt aber war Sex im hohen Gras kein Thema mehr. Bei dem Gedanken daran, von jemandem dabei beobachtet zu werden, lief es ihr kalt den Rücken runter.

Und wenn dieser Jemand dann auch noch ein Fotograf war, der für die Regenbogenpresse arbeitete …

„Werd nicht paranoid, Casey Jones“, riet Walker ihr gelassen. Er hatte noch immer den Arm um sie gelegt und führte sie zur Scheune. „Wenn der Kerl ein typischer Vertreter seiner Zunft ist, dann wird uns keiner folgen können, wenn wir zu Pferd unterwegs sind. Und falls sie uns mit dem Wagen hinterherkommen, hören wir das schon früh genug."

Casey nickte zwar, dennoch war sie der Meinung, dass Walker so was leicht sagen konnte, weil ihm noch nie ein Paparazzi aufgelauert hatte. Er hatte noch nie seine Kinder trösten müssen, denen ein harmloser Ausflug, ein Kindergeburtstag oder ein Besuch im Zoo durch hartnäckige Fotografen und Pseudojournalisten kaputt gemacht worden war.

Und er war sicher auch noch nie gezwungen gewesen, das Feuerwerk am 4. Juli oder den Silvestercountdown in New York am Fernseher mitzuverfolgen oder an Hochzeiten und sogar Beerdigungen nur in Begleitung mehrerer Leibwächter teilnehmen zu können, da irgendwelche Spinner Morddrohungen verschickt hatten.

Während sie in diese Gedanken vertieft war, sattelte Walker für sie Smokey, während er selbst wieder auf Mack reiten würde. Als sie nach draußen in den Sonnenschein zurückgekehrt waren, hob Walker sie in den Sattel. Erst da wurde ihr klar, dass sie zu sehr mit anderen Dingen beschäftigt war, sonst hätte sie ihm bewiesen, dass sie es auch ohne Hilfe in den Sattel schaffte.

Walker saß auf Mack auf, dann ritten sie los, vorbei an der Weide, auf der Pferde grasten, bis weites Land vor ihnen lag. Das süßlich duftende Gras bewegte sich leicht im Wind, die Sonne schien ihnen auf den Rücken, und das gleichmäßige Schaukeln im Sattel, dessen Leder leise knarrte, ließ Casey nach und nach zur Ruhe kommen.

„Erzähl mir doch mal, wie dein Leben bislang gewesen ist", forderte Walker sie auf, rückte seinen Hut zurecht und zog an den Zügeln, damit Mack sich an Smokeys gemächlicheres Tempo anpasste. „Nicht die Einladungen ins Weiße Haus oder die Preisverleihungen, sondern die kleineren Dinge, das Alltägliche."

Interessanterweise war „einsam" das erste Wort, das Casey dazu einfiel, allerdings sprach sie es nicht aus. Zum einen war sie zu stolz und hing zu sehr an ihrer Unabhängigkeit und ihrer

Stärke, die sie sich unbedingt bewahren wollte, selbst in den Momenten, in denen sie davon gar nichts merkte.

Zum anderen wusste sie, dass Walker noch immer an die Reporter und die Fotografen dachte – nicht an die freundlichen und höflichen Profis, von denen es viele gab, sondern an die aufdringlichen, rücksichtslosen, für die es nichts Schöneres zu geben schien, als ihre Privatsphäre und die ihrer Kinder zu stören. Diese Leute waren in der Lage, selbst aus etwas so Harmlosem wie einem Picknick eine völlig absurde Story zu machen.

Aus einem Picknick mit den Bandmitgliedern und ihren Familien wurde schnell ein okkultes Treffen. Eine heftige Mandelentzündung, die ihrem von einer wochenlangen Tournee geschwächten und erschöpften Körper ungewöhnlich heftig zusetzte und einen kurzen Krankenhausaufenthalt nach sich zog, verwandelte sich in eine heimliche Abtreibung. Casey konnte damit umgehen, was die Presse ihr andichtete, doch manchmal wurde auch Clare in den Dreck gezogen und Shane ein ernstes Drogenproblem angehängt.

Casey erzählte ihm diese und noch einige andere Geschichten, und auch wenn es für sie nicht immer leicht war, fiel eine Last von ihr ab, während sie mit Walker sprach, der ihr aufmerksam lauschte. Von ihm abgesehen hatte sie bislang nur mit Mitch und den Jungs von der Band darüber geredet, und das auch nur, weil sie in den meisten Fällen Augen- und Ohrenzeugen gewesen waren, sodass sie es vor ihnen ohnehin nicht verheimlichen konnte. Die Leibwächter und die Sicherheitsleute, mit denen sie auf ihren Reisen regelmäßig zu tun hatte, wurden dafür bezahlt, dass sie auf Casey Elder und ihre Kinder aufpassten, aber es war äußerst unwahrscheinlich, dass irgendeiner von ihnen ein persönliches Interesse daran hatte, wie es ihr ging.

Natürlich hätten Joslyn, Kendra und Tara, mit denen sie seit kurzer Zeit eng befreundet war, mit ihr mitgefühlt, doch sie selbst hielt es für unfair, diese Frauen mit Problemen zu belasten, die ihr eigener Erfolg ihr eingebracht hatte. Außerdem gehörten diese Dinge dazu, wenn man sich dafür entschied, berühmt zu werden und im Mittelpunkt der Öffentlichkeit zu stehen.

Das alles bedeutete, dass Casey diese Last mehr oder weniger allein getragen hatte, und sie versuchte auch, sich nie darüber zu beklagen.

Als sie zu Ende erzählt hatte, hatten sie und Walker die alte Blockhütte in den Hügeln erreicht, allerdings hatten sie diesmal einen anderen Weg gewählt, wie Casey feststellen musste.

Erst nachdem Walker abgesessen und ihr danach aus dem Sattel geholfen hatte, äußerte er sich zu ihrer langen und ausführlichen Schilderung ihrer Situation. „Von jetzt an wird das anders laufen“, erklärte er und drehte sie zu sich um. Beide hielten sie noch die Zügel in der Hand, während sie so dicht beisammenstanden, dass sie sich beinahe berührten. Sie waren umgeben von fast völliger Stille, nur die Geräusche der Natur waren zu hören und machten diesen Sommertag erst vollkommen. Der wolkenlose Himmel war von einem so zarten Blauton, dass der Anblick einem das Herz erwärmte. Ein leichter Wind liebkoste die Haut auf eine Weise, wie man sich die Berührung durch die Fingerspitzen eines Engels vorstellen mochte. Es duftete nach Wildblumen und Pfingstrosen, und von hier und da war das Zwitschern der Vögel wahrzunehmen, die sich aber im Blattwerk allen Blicken entzogen.

Casey musste auf Walkers Ankündigung skeptisch reagiert haben, denn als er ihren Gesichtsausdruck betrachtete, begann er leise zu lachen und küsste sie sanft auf die Stirn.

„Von jetzt an wird das anders laufen“, wiederholte er ohne einen Anflug von männlicher Arroganz, die bei einem solchen Spruch zu erwarten gewesen wäre. „Denn jetzt bin ich bei dir. Wenn ich sehe, dass einer von diesen Typen sich danebenbenimmt, werde ich an ihm ein Exempel statuieren, das die anderen schon kapieren werden.“

Erschrocken riss sie die Augen auf. „Du willst doch damit nicht etwa sagen, dass du einen von ihnen verprügeln willst, oder?“

„Ich will damit sagen", stellte er klar, „dass ich alles tun werde, was notwendig ist, um meine Frau und meine Kinder zu beschützen."

„Oh", stieß Casey nur hervor. Obwohl sie davon überzeugt war, dass sich mit Gewalt keine Probleme lösen ließen, gefiel ihr die Vorstellung, dass jeder, der ihr oder ihren Kindern Schaden zufügen wollte, erst einmal an Walker Parrish vorbeikommen musste.

Und das würde nur ein völliger Idiot versuchen.

Aber leider gab es von der Sorte viel zu viele.

„Da wäre übrigens noch eine Sache, die ich mir überlegt habe, Case", redete er weiter und legte die Finger um ihr Kinn. Das Funkeln in seinen Augen war nicht verschwunden, allerdings zeugte es nun von Leidenschaft und unerschütterlichem Glauben und nicht mehr von Belustigung. „Wir haben Clare und Shane zuliebe geheiratet, das ist mir klar. Aber wenn du in einem Zimmer schläfst und ich in einem anderen, dann … na ja … dann verfehlt doch unsere Abmachung ihren Zweck, weil das letztlich aussagt, dass wir zwar zusammen, aber dennoch getrennt sind. So hätten wir uns das mit der Heirat auch sparen können, wenn das das Ergebnis ist."

Caseys Herz begann zu rasen. Sie wusste, Walker hatte recht. Aber jede Nacht das Bett mit ihm zu teilen, war mit einem immensen Risiko verbunden, weil sie dann verwundbar war.

Und selbst wenn der Geist willig war, blieb ihr Körper schwach. Nein, er war nicht nur schwach, er war anfällig für *Wollust*. Hätte ihr Körper eine eigene Stimme gehabt, hätte er unablässig gerufen: „Gib's mir, Cowboy!"

„Sex war nicht Teil unserer Vereinbarung", hielt sie ihm vor Augen, obwohl sie selbst in ihren Ohren nicht sehr überzeugend klang.

Er küsste sie, allerdings nicht auf die Weise, wie wenn er sie verführen wollte, sondern einfach nur liebevoll. „Das stimmt", bestätigte er, nur um nach einer kurzen Pause zu fragen: „Wann habe ich dich das letzte Mal zum Sex gezwungen, Casey Jones?"

Daraufhin straffte sie die Schultern und stemmte die Hände in die Hüften. Ihr war nicht entgangen, dass seine Frage etwas von einem Kreuzverhör hatte. „Das ist ja das Problem", entgegnete sie. „Du musst mich nicht erst mit einer Keule bewusstlos schlagen, damit du mich an den Haaren packen und in deine Höhle schleifen kannst, Walker Parrish. Du musst nur die richtigen Stellen an meinem Körper berühren, und schon bin ich dir ausgeliefert. Und du weißt verdammt gut, welche Stellen das sind!"

Lachend schob er seinen Hut in den Nacken. „Sagt dir das denn nicht irgendetwas?"

„Es sagt mir", antwortete sie, „sobald du eine Charmeoffensive startest, neigt meine Kleidung dazu, das Weite zu suchen. Was dann kommt, ist wunderbar – bis dann endlich wieder mein Verstand das Handeln übernehmen kann."

„Das hört sich für mich nach einem persönlichen Problem an."

„Wie soll ich das verstehen?", fuhr sie ihn an und versuchte, weiter die Unnahbare zu spielen, obwohl ihr Körper längst nach etwas anderem verlangte.

„Ich bin dein Ehemann", erklärte er, als würde er lediglich eine Tatsache feststellen. „Also ist es mein gutes Recht, eine ‚Charmeoffensive' zu starten, falls ich das möchte. Doch mehr als ein simples Nein ist von deiner Seite nicht nötig, um mich zu stoppen. Vielleicht werde ich dann so schlecht gelaunt sein wie ein verletzter Bär, aber ich werde nichts tun, was du nicht willst."

Sprachlos starrte sie ihn an, wütend darüber, dass er nichts anderes als die Wahrheit ausgesprochen hatte. Es war ihre Sache, ihn aufzuhalten, wenn sie nicht wollte. Er hatte damit nichts zu tun.

Dummerweise war sie verdammt schlecht darin, Walker Parrish zu bremsen. Ihre beiden Kinder waren dafür der beste Beweis, und sie musste sich jetzt schon wieder zusammenreißen, sich ihm nicht einfach an den Hals zu werfen.

„Ich werde mit dir schlafen", sagte sie schließlich, „doch du musst mir versprechen, dass du mich nicht anfassen wirst."

„Tut mir leid, Lady“, antwortete er und genoss sichtlich ihr Unbehagen. „Aber so ein Versprechen kann ich nicht geben.“

„Was ist aus den Verhandlungen geworden, bei denen am Ende beide Seiten profitieren?“, wollte sie wissen, während sie hoffte, dass ihr rasendes Herz sich bald wieder beruhigte.

Obwohl Walker lächelte, verrieten seine Augen, dass er es ernst meinte. „Ich habe mich lange Zeit nach dir gerichtet“, sagte er, nachdem er gründlich über eine Antwort nachgedacht hatte. „Aber für mich ist eine Ehe eine Partnerschaft, und das heißt, dass du dich in manchen Dingen auch nach mir richten musst, Mrs Parrish. Und dazu gehört auch, das Bett mit mir zu teilen.“

„Und was ist mit meinem Recht, Nein zu sagen?“

„Du kannst das natürlich ablehnen, doch dann packst du auch sofort deine Sachen und ziehst zurück in dein Herrenhaus. Entweder sind wir Mann und Frau, oder wir sind es nicht. Du entscheidest.“

Caseys Wangen begannen zu glühen, weil sie keine Ahnung hatte, wie sie reagieren sollte. „Ist das etwa ein Ultimatum?“, ging sie dann spontan in die Offensive, auch wenn ihr eigentlich gar nicht danach war.

Walker grübelte lange über ihre Frage nach. Er rückte seinen Hut gerade und sagte: „Eigentlich nicht. Ich hoffe nämlich darauf, dass du dich letztlich dafür entscheiden wirst, hier bei mir auf der Ranch zu bleiben. Aber falls du einem Zölibat den Vorzug gibst, haben wir wohl so etwas wie eine Pattsituation.“

Sie atmete schnaubend aus und verschränkte die Arme, während sie ihren starrköpfigen Ehemann ansah. Sie hätte sich besser nicht dazu entschlossen, Walker zu heiraten, weil sie beide die meiste Zeit über gar nicht miteinander auskamen, was sich jetzt einmal mehr zeigte. Allerdings konnte sie sich auch nicht vorstellen, mit irgendeinem anderen Mann verheiratet zu sein. Sie hatte es sich auch nie vorgestellt, denn ihr war es immer nur um ein richtiges Zuhause und um eine ganz altmodische Familie gegangen.

Das machte zu einem großen Teil ihr Problem aus und war der Hauptgrund dafür, dass sie eine Reihe von belanglosen Flirts vorweisen konnte, weiter allerdings nichts. Was sie betraf, hätte es auf der Welt nur einen einzigen Mann geben müssen, nämlich den Mann, der jetzt vor ihr stand.

Sobald es um Walker ging, war es ganz egal, wie sie sich entschied, es war letztlich immer verkehrt. Auf einen Kompromiss, mit dem beide Seiten zufrieden waren, musste sie gar nicht erst hoffen.

Also lenkte sie ein. „Na gut, du gewinnst." Nach einer kurzen Pause fügte sie an: „Dieses eine Mal."

Daraufhin legte Walker den Kopf in den Nacken und lachte kurz auf, ehe er Casey die Arme um die Taille schlang, sie hochhob und sich mit ihr so lange im Kreis drehte, bis ihr schwindelig wurde. Kaum hatte er sie abgesetzt, küsste er sie bis zur Besinnungslosigkeit.

Als es endlich Zeit wurde, ins Bett zu gehen, atmete Walker insgeheim erleichtert auf. Bis es so weit war, hatte Casey alles Erdenkbare getan, um diesen Moment so lange wie möglich hinauszuzögern. Zunächst hatte sie begonnen, die geliehenen Stühle zusammenzuklappen und an einer Wand zu stapeln, danach hatte sie in aller Ruhe sämtliche Dekoration eingesammelt und weggepackt, den Rest der Hochzeitstorte in Folie gewickelt und eingefroren und schließlich auch noch ein Abendessen auf den Tisch gezaubert, das sich jedoch als ungenießbar entpuppt hatte.

Er brachte ihren Koffer vom Gäste- ins Schlafzimmer, während sie sich im Bad einschloss und die vermutlich längste Dusche in der Geschichte der Menschheit nahm. Als sie irgendwann wieder zum Vorschein kam, schaute sie so schüchtern drein wie eine ehemalige Nonne, die vom Kloster zurück nach Hause geschickt worden war. Sie trug seinen alten Flanellbademantel, in dem sie beinahe verschwand, da er ihr viel zu groß war und sie ihn gar nicht so oft um sich wickeln konnte, wie es nötig gewesen wäre.

Walker benutzte den Bademantel nur selten, zumal er außer im tiefsten Winter nach dem Duschen seinen Körper einfach von der Luft trocknen ließ. Immerhin hatte er sein Erwachsenendasein zum größten Teil allein verbracht, zudem verbrauchte er so weniger Handtücher.

Wie sich das doch geändert hatte, überlegte er und musste insgeheim grinsen. Er lag bereits im Bett, lässig bis zur Hüfte zugedeckt, ein paar Kissen im Rücken. Jetzt konnte er nur hoffen, dass Casey ihm nicht anmerkte, wie sehr er sich darauf freute, dass sie gleich zu ihm ins Bett schlüpfte.

Wäre dies eine echte Hochzeitsnacht, würde sie jetzt wohl irgendwelche raffinierten Dessous tragen, aber sein alter verschossener Bademantel hatte auch sein Gutes. Denn da Walker den Koffer ins Zimmer gebracht hatte, während sie unter der Dusche stand, musste das bedeuten, dass sie unter dem flauschigem Stoff wohl gar nichts anhatte.

Der Gedanke entlockte ihm ein Lächeln, das Casey nicht entging. Prompt stellte sie sich mit verschränkten Armen in trotziger Haltung hin, aber in seinen viel zu weiten Bademantel gehüllt, in dem sie zu ertrinken schien, wirkte das nicht allzu beeindruckend.

„Was ist?“, wollte sie wissen. Ihr Gesicht war gerötet, vielleicht vom heißen Wasser bei ihrer Dusche, vielleicht allerdings auch vor Verlegenheit. Die Feuchtigkeit hatte ihren roten Haarschopf in Korkenzieherlocken verwandelt.

„Ich musste nur gerade über Hochzeitsnächte im Allgemeinen und unsere im Besonderen nachdenken.“ Er legte die Hände hinter den Kopf und wartete ab, was das Schicksal für sie beide vorgesehen hatte.

„Ich bin gezwungenermaßen hier in diesem Zimmer“, erklärte sie.

Lachend schüttelte er den Kopf. Hätte ihm das Ganze nicht so ein Vergnügen bereitet, wäre er inzwischen vermutlich verärgert gewesen. Es schien, als hätte sie praktischerweise mal schnell vergessen, dass diese Heirat allein *ihre* Idee gewesen war.

„Nein“, widersprach er. „Du bist hier, weil du beschlossen hast zu bleiben, anstatt in die Stadt zurückzukehren.“

„Wortklaubereien“, erwiderte sie verächtlich, stapfte zur Kommode und betrachtete sich im Wandspiegel, als erwartete sie, dort ein anderes Gesicht zu erblicken. Vielleicht fragte sie sich ja, wer diese Frau im zu weiten Bademantel war und was aus der unbezwingbaren Casey Elder geworden war.

„Hast du vor, in dem Bademantel zu schlafen?“, fragte er schließlich.

„Es muss dich nicht kümmern, was ich im Bett anziehe“, gab sie hochnäsig zurück. Dann ging sie zur Bank neben dem Kamin, öffnete den Koffer, den er ihr dort hingelegt hatte, und holte Boxershorts aus kariertem Flanell und ein T-Shirt heraus, dessen beste Zeiten schon einige Jahre, vielleicht sogar Jahrzehnte, zurücklagen.

„Das ist jetzt nicht dein Ernst“, sagte er. Da war ihm ja der Bademantel noch um Längen lieber.

Sie warf ihm einen Blick zu, der jegliche Regung zum Verstummen bringen sollte, die sich unter dem Bettlaken abspielen mochte, danach verschwand sie abermals im Bad und kam fünf Minuten später wieder ins Schlafzimmer.

Auf der Vorderseite der Shorts befand sich eine Knopfleiste, und das T-Shirt war schlicht unmöglich. Unter einem Arm klaffte ein großes Loch, und vorn hatten mehrere große Tropfen Bleiche unübersehbare Spuren hinterlassen.

Wie ein Model auf dem Laufsteg, das die neueste Mode vorführte, stolzierte Casey an ihm vorbei und drehte sich einmal um sich selbst.

Walker kniff die Augenbrauen zusammen. „Wem gehören die Shorts?“

Plötzlich funkelten Caseys Augen amüsiert, auch wenn sie weiter auf Abstand zu ihm blieb. „Eifersüchtig?“, erwiderte sie lächelnd.

„Ganz sicher nicht.“ Wem immer sie mal gehört hatten, er war auf jeden Fall ein ziemlich schmächtiger Typ gewesen.

„Das waren Shanes“, enthüllte sie schließlich. „Aber er fand sie scheußlich und wollte sie wegschmeißen.“

Erleichtert darüber, dass Casey nicht die Unterwäsche eines früheren Liebhabers trug, meinte er: „Da kann ich mich Shanes Meinung nur anschließen. Wirklich scheußlich.“

„Gewöhn dich lieber dran“, riet Casey ihm frech grinsend. „Ich habe davon noch ein halbes Dutzend und ziehe die immer im Bett an.“

Ihre Blicke trafen sich, und Walker schlug die Decke auf ihrer Seite um. „Es gibt ein paar Dinge, an die kann ein Mann sich unter keinen Umständen gewöhnen. Dazu zählt unter anderem, mit einer Frau im Bett zu liegen, die Boxershorts trägt.“

Casey zögerte kurz, dann eilte sie zum Bett und krabbelte unter die Decke. Seine Vermutung war, dass sie Angst hatte, jemand könnte mit einer Kamera draußen vor dem Haus lauern und Bilder von ihrer Hochzeitsnacht schießen und veröffentlichen.

Zum Glück konnte man allerdings von keinem Fenster das Bett einsehen, davon hatte Walker sich vorhin extra noch einmal überzeugt. Ohnehin waren alle Jalousien geschlossen, sodass niemand einen Blick ins Zimmer werfen konnte.

Nachdem sie sich hingelegt und die Decke bis zum Kinn hochgezogen hatte, schaute sie ihn mit großen Augen an.

„Würdest du bitte damit aufhören, dich wie eine heilige Jungfrau aufzuführen?“, fragte er aufgebracht und schob eines der beiden dicken Kissen zur Seite, damit er sich ausstrecken konnte. „Vielleicht hast du es ja vergessen, doch es ist gerade mal eine Woche her, seit du das letzte Mal in diesem Bett gelegen und deine Fingernägel in meinen Rücken gekrallt hast, weil du mehr und mehr von mir wolltest.“

Wangen und Stirn wurden rot, was bedeutete, dass Caseys Temperament in Wallung kam. Ihm sollte das nur recht sein, immerhin hatte er schon befürchtet, sie könnte tatsächlich Angst vor ihm haben.

„Ich hoffe, du hast inzwischen zuverlässigere Kondome im Haus“, konterte sie, schien aber ihre prompte Antwort bereits zu bereuen, da sie abschwächend hinzufügte: „Nicht, dass wir Kondome nötig hätten."

Walker drehte sich auf die Seite, stützte sich auf einem Ellbogen auf und betrachtete sie einen Moment lang. „Da hast du recht, Mrs Parrish. Kondome haben wir keine nötig."

„Darf ich fragen, wie das gemeint sein soll?"

Als ob sie das nicht wüsste! „Ich meine damit", antwortete er und kam ihrem Gesicht immer näher, „dass dieser spezielle Zug nicht bloß abgefahren, sondern schon uneinholbar weit entfernt ist. Wir beide hatten doch noch nie Glück, wenn es um Kondome geht."

„Du hast doch nicht etwa vor, mich zu küssen, oder?", flüsterte sie unsicher.

„Ich habe noch viel mehr vor als nur das", enthüllte er. „Doch wenn ich an irgendeinem Punkt aufhören soll, dann musst du das nur sagen."

Sie setzte zum Reden an, aber es kam kein Laut über ihre Lippen.

Walker küsste sie amüsiert und streifte ihr gleichzeitig die Boxershorts bis zu den Knien runter, nach dem zweiten Anlauf waren sie dann bis zu den Knöcheln gerutscht. Casey brachte ein Stöhnen heraus, während aus dem Kuss etwas wurde, was durchaus als Ringkampf zwischen ihren Zungen hätte bezeichnet werden können. Gleichzeitig strampelte sie ihre Shorts ab und schlang die Arme um Walkers Nacken.

Als Nächstes nahm er sich ihres T-Shirts an, das er weit genug hochschob, um die seidenweiche Haut ihrer Brüste ertasten zu können. Nur kurz unterbrach er den Kuss, um ihr das Shirt auszuziehen und es auf den Boden zu schleudern. Nur einen Augenblick später vergrub sie die Finger in seinem Haar und ergriff die Initiative.

Diesmal gab es kein Vorspiel, denn keiner von ihnen wollte und konnte noch viel länger warten. Zu überwältigend waren die Erinnerungen an das letzte Mal, Walker verzehrte sich danach, seinen Körper mit ihrem zu vereinigen.

Casey konnte es nicht anders ergehen, da sie sofort die Beine spreizte, damit er zu ihr rüberrutschen und sich mühelos den Weg zum Himmel der Lust und Ekstase bahnen konnte. Mit einer gleitenden Bewegung seiner Hüften drang er tief in sie ein.

Sie stöhnte auf und bog sich ihm entgegen, als sie ihn in sich spürte. Wieder küssten sie sich, und Walker wurde ganz bewusst etwas langsamer, um das Gefühl noch eine Weile länger genießen zu können, doch das war nicht so einfach, weil Casey alles in ihrer Macht Stehende versuchte, damit er möglichst schnell den Höhepunkt erreichte. Dennoch hielt er sich zurück, da er im Gegenzug genauso entschlossen war, die Erfüllung noch etwas hinauszuzögern.

Es kostete ihn fast den Verstand, aber er kapitulierte nicht.

Sacht, ganz sacht bewegte er sich vor und zurück, keuchte ihren Namen und hielt zwischendurch ganz inne, um an ihrem Ohrläppchen zu knabbern oder an einer Brustwarze zu saugen.

Casey wurde immer ungeduldiger und stürmischer, sie stöhnte und wand sich unter ihm, schrie heiser seinen Namen.

Unaufhaltsam näherte sie sich dem Orgasmus, und ihr Körper bebte. Dann war der Augenblick gekommen, Walker stieß tief in sie, und von einem kehligen Lustschrei begleitet ließ er sich endlich gehen.

Es kam ihm wie eine halbe Ewigkeit vor, bis bei ihnen der Höhepunkt allmählich abebbte und Walker ermattet auf das Bett sank. Da er wusste, dass Casey gleich nach dem Sex üblicherweise von Gewissensbissen geplagt aus dem Bett sprang und das Weite suchte, stützte er sich schnell mit den Unterarmen rechts und links von ihrem Kopf ab, um einen Fluchtversuch zu unterbinden.

„Sag es“, forderte er sie heraus, während er merkte, dass er erneut erregt war, und er drehte sich so, dass Casey das auch fühlte. „Sag Nein.“

Sie seufzte nur und schloss die Augen.

Ich liebe dich, Casey Elder, dachte Walker in diesem Moment, doch er war klug genug, es nicht laut auszusprechen. Sie würde seine Liebeserklärung entweder zurückweisen oder einfach so tun, als hätte sie nichts gehört. Er war sich nicht sicher, was von beidem mehr schmerzen würde.

Eine Weile blieben sie völlig reglos so liegen und genossen das Gefühl von Haut auf Haut, Atem an Atem und Herzschlag an Herzschlag.

Äußerlich mochte er die Ruhe selbst sein, aber nachdem er sich seine Gefühle für Casey eingestanden hatte, tobten in ihm die unterschiedlichsten Emotionen. Wahrscheinlich hatte er sich schon bei der ersten Begegnung in sie verliebt, allerdings hatte es lange gedauert, ehe er das zugeben konnte.

Casey machte die Augen auf, die wie Smaragde funkelten und ihn magisch in ihren Bann zogen.

Wusste sie eigentlich, was sie ihm antat?

Walker bezweifelte das. Diese Frau strahlte eine verwirrende Unschuld aus, eine Art unbekümmerte Naivität, obwohl sie zu Ruhm, Geld und auch zu zwei unehelichen Kindern gekommen war. Sie war teils Hitzkopf, teils Engel, und so mochte er sie auch.

Casey konnte ihn manchmal zur Weißglut treiben, doch mit ihr war es nie langweilig, denn in dieser Frau steckte ein Feuer und eine Lebensenergie, dass es für ein halbes Dutzend Frauen gereicht hätte.

Sie sahen sich in die Augen, schließlich brachte er ein heiseres „Also?“ heraus.

Mit einem Lächeln auf den Lippen nickte sie und nahm ihn wieder in sich auf.

Walker schlief tief und fest, während Casey auf dem Bett saß und ihn anschaute. Sie mochte es, wie diese eine Haarlocke in seine Stirn fiel, sie mochte den Schwung seiner unglaublich dichten Wimpern, die Art, wie sich seine Brust bei jedem Atemzug hob und senkte. Ganz behutsam, damit sie ihn nicht aufweckte, legte sie ihre Hand dort auf die Brust, wo sich sein Herz befand, und genoss das Kitzeln seiner Haare an ihren Fingern.

Ich liebe dich, Walker Parrish, dachte sie in diesem Moment.

Wann genau hatte sie sich in ihn verliebt?

Schwer zu sagen. Vielleicht in jener ersten Nacht, als sie sich in dieser schäbigen Cowboy-Bar nach einem Rodeo auf einem Acker im Nirgendwo begegnet waren und zur Musik aus der Jukebox getanzt hatten. Am nächsten Tag hatte sie ihm mit Tränen in den Augen und Todesangst in ihrem Herzen zugesehen, wie er auf einem Bullen namens ‚Say Your Prayers' geritten war.

Dem Namen des Tiers entsprechend hatte sie ein paar Stoßgebete zum Himmel geschickt – und Walkers Sieg miterlebt.

Sowie das Wochenende vorüber war, trennten sich ihre Wege. Auf Casey warteten einige Auftritte, er musste zurück nach Montana, trotzdem entwickelte sich eine Art Gewohnheit, da sich in den Monaten danach immer wieder ihre Wege kreuzten.

Es verging einige Zeit, ehe sie das erste Mal mit ihm schlief. Obwohl sie keine Jungfrau mehr war, besaß sie nicht viel Erfahrung, wohingegen ihm nachgesagt wurde, dass er wusste, was er mit einer Frau machen musste. Als es dann schließlich in einem Motel in Cheyenne, Wyoming, so weit war, kam es zumindest Casey so vor, als würde sich der Himmel über ihr öffnen und ein Engelschor zu einem Loblied anstimmen.

Sie war sprachlos, welche Gefühle Walker bei ihr auslöste und wie ihr Körper allein schon auf einen Kuss von ihm reagierte.

Gleichzeitig jagte der Mann ihr schreckliche Angst ein. Ihre Freunde warnten sie vor Walker Parrish, von dem sie behaupteten, dass er eine Frau schnell vergaß, wenn es ihm erst einmal gelungen war, sie in sein Bett zu locken. Casey konnte sich das gut vorstellen, zumal er in Bars, beim Rodeo und sogar auf dem Parkplatz von Frauen umschwärmt wurde.

Dennoch begegneten sie sich immer wieder, da Casey mit ihrer Band bei sehr vielen Rodeos auftrat. Wenn sie sich trafen, liebten sie sich. Anschließend war sie fest entschlossen, ihr Herz vor ihm zu beschützen, was mit jedem weiteren Mal immer schwieriger wurde.

Und plötzlich war sie mit Clare schwanger. Caseys Karriere befand sich gerade in einem ersten Aufwind, denn sie hatte es geschafft, bei einigen der größten Country-Stars im Vorprogramm zu spielen. Und sie hatte gerade erst ihren ersten Plattenvertrag unterschrieben. Zu behaupten, dass ihr die Schwangerschaft ungelegen kam, wäre eine maßlose Untertreibung gewesen. Sie wusste auch, dass alle Ratschläge, das Kind zur Adoption freizugeben, von einem praktischen Standpunkt aus betrachtet durchaus vernünftig waren.

Aber ihr Herz wollte nicht darauf hören.

Walker erfuhr von der Schwangerschaft und suchte sie auf. Eines Abends stand er vor dem Bühneneingang, entschlossen und voller Tatendrang.

Sie tischte ihm eine Lüge auf, nachdem sie sich selbst eingeredet hatte, dass es nur so ging, und erzählte ihm, von einem anderen Mann ein Kind zu erwarten. Zuerst wollte Walker ihr das nicht glauben, doch sie hielt an der Geschichte fest, und schließlich nahm sie wahr, wie etwas in ihm zu zerbrechen schien.

Als er ihr daraufhin den Rücken zudrehte, war dieser Anblick für sie das Schlimmste, was sie je hatte ertragen müssen. Es kostete sie all ihre Kraft, ihn nicht zu sich zurückzurufen und ihm die Wahrheit zu sagen, damit das Schicksal darüber bestimmte, wie es mit ihnen beiden weiterging.

Und jetzt hatte sich der Kreis letztlich doch noch geschlossen, und sie war mit Walker verheiratet. Sie verstanden sich noch immer kein bisschen besser als früher, außer beim Sex. Wie sollten sie die restlichen zweiundzwanzig oder dreiundzwanzig Stunden am Tag verbringen?

Aber das war noch nicht alles. Sie hätte ihre erste Gitarre darauf verwettet, dass sie zum dritten Mal schwanger war – zum dritten Mal von Walker. Was bewies, dass manche Leute aus ihren Erfahrungen einfach nicht klug wurden.

13. KAPITEL

Casey saß in der Küche auf einem Stuhl und blätterte in einem alten Kochbuch, das sie in einer Schublade entdeckt hatte. Etliche Seiten wiesen Eselsohren auf, und überall waren die Ränder mit handschriftlichen Anmerkungen versehen, die nach der Art der Schrift und aufgrund der Tatsache, dass sie mit mittlerweile verblasster Tinte geschrieben worden waren, sehr alt sein mussten. Es fanden sich auch zahlreiche Haftnotizen in anderer, deutlich modernerer Schrift, die zwangsläufig deutlich jüngeren Datums waren.

Die Feinheiten des Kochens blieben ihr allerdings unabhängig vom Alter des Buchs ein Rätsel, da sie keine Ahnung hatte, wie man eine Speise „köcheln" ließ oder was genau beim „Blanchieren" zu geschehen hatte.

Ihr Blick wanderte zu ihrem Smartphone, der Quelle für alle schnellen Antworten. In den einschlägigen Suchmaschinen würde sie bestimmt schnell fündig werden.

Zu schade, dass das Internet nicht auch die Antworten auf wirklich schwierige Fragen liefern konnte. Zum Beispiel: *Wie kann ich Walker Parrish lieben, ohne mich in ihm völlig zu verlieren?* Oder: *Wer außer dem Superstar Casey Elder bin ich eigentlich? Bin ich mehr als nur meine Stimme?*

Jemand rief über das Festnetz an, das Klingeln des Wandtelefons ließ Casey hochschrecken.

Da Walker sich draußen mit seinem Vorarbeiter Al Pickens unterhielt, erhob sich Casey, lief zum Telefon und nahm den Hörer ab. Immer noch in Gedanken meldete sie sich: „Hallo?"

„Ah, du bist's", sagte eine Frauenstimme.

„Wer ist denn da?", fragte Casey irritiert und kehrte mit dem schnurlosen Hörer zum Tisch zurück, um weiter im Kochbuch zu blättern, weil sie ein Rezept finden wollte, das einfach zuzubereiten war. Sie wollte unbedingt irgendetwas kochen, das Walker auch mögen würde. Also etwas anderes als die Spaghetti vom Vorabend, die als ein großer Klumpen halb garer Nudeln aus dem Kochtopf zum Vorschein kamen, die man niemandem mehr hätte vorsetzen können.

„Ich bin's, Brylee", sagte die geduldige, aber etwas aufgeregte Stimme. „Deine Schwägerin."

„Oh", meinte Casey und klappte das Kochbuch zu, das in etwa die Größe eines Wörterbuchs aufwies. Jetzt, da sie sich ganz dem Gespräch widmen konnte, lautete ihre erste Frage wie immer: „Geht's den Kindern gut?"

„Bislang ja", antwortete Brylee und versetzte mit ihrer Betonung Casey einen Schreck. „Wir sind hier im Supermarkt in Parable, und wir sind umzingelt."

„Von wem denn?", hakte sie nervös nach.

„Von Reportern", flüsterte ihre Schwägerin. „Draußen auf dem Parkplatz stehen all diese Leute … mit Kameras und Mikrofonen, und ich kann auch ein paar Vans mit Satellitenschüssel auf dem Dach sehen. Sie hatten sich wohl rings um dein Haus herum versteckt gehalten, und als wir zum Supermarkt gefahren sind, da sind sie uns alle gefolgt. Jetzt rufen sie nach Shane und Clare, und der Geschäftsführer hat schon die Tür zugeschlossen. Doch er macht sich Sorgen wegen der Kunden, die jetzt nicht mehr reinkommen können. Na ja, und raus kommt ja jetzt auch keiner. Das ist wie eine Belagerung."

Außer sich vor Angst um ihre Kinder lief sie im Zimmer auf und ab, dann eilte sie zur Tür, riss sie auf und rief: „Walker!"

„Autsch!", drang es aus dem Hörer, wohl weil der laute Ruf noch lauter aus Brylees Handy ertönt war.

„Sorry", entschuldigte sich Casey hastig.

Walker unterbrach seine Unterhaltung mit Al und einigen anderen Arbeitern und rannte auf sie zu.

„Bleibt, wo ihr seid", wies sie Brylee an. „Sag dem Geschäftsführer, er soll die Tür erst wieder aufmachen, wenn Walker und ich da sind …"

„Warte", fiel ihre Schwägerin ihr ins Wort. „Er hat eben den Sheriff angerufen, Boone Taylor kommt mit einigen Deputys her. Er wird uns zur Ranch bringen, also kein Grund zur Sorge."

Kein Grund zur Sorge? Casey musste ihre Verärgerung runterschlucken, weil das jetzt der falsche Moment war, um Brylee einen Vortrag über das Verhalten einer Reportermeute zu halten.

In dem Moment kam Walker mit solcher Eile ins Haus gestürmt, dass er beinahe die Fliegengittertür aus den Angeln gerissen hätte. „Was ist los?", wollte er sofort wissen, musste allerdings einen Satz zur Seite machen, um nicht Dolittle zu treten, der sich an ihm vorbei durch den schmalen Türspalt zwängte.

„Gib mir mal Clare, okay, Brylee?", fragte Casey und gab Walker ein Handzeichen, damit er die Ruhe bewahrte, während sie darauf wartete, dass sich ihre Tochter meldete.

„Mom", rief Clare leicht panisch ins Handy. „Alle Magazine sind diese Woche früher erschienen, sieht nach Sonderausgaben aus. Wir sind *überall* auf dem Titelbild – du und Walker und Shane und ich. Und die Schlagzeilen dazu … von wegen Geheimnisse und Vertuschung … und dich bezeichnen sie als Lügnerin …"

„Clare", ging Casey dazwischen. „Kümmer dich nicht um die Schlagzeilen. Wir können später noch darüber reden, sobald ihr beide wieder hier seid, hier bei uns, wo ihr hingehört."

Walker schüttelte verständnislos den Kopf und schaute finster drein. Sein Anblick erinnerte an einen Revolverhelden aus dem Wilden Westen, der jeden Moment seine Waffe ziehen und abfeuern wollte. „Was ist denn passiert?", flüsterte er.

Erneut gab sie ihm ein Handzeichen und versuchte, ihn zu ignorieren, was nicht so einfach war bei einem Mann wie ihm, der ein Zimmer betrat und gleich den ganzen Raum für sich einnahm.

„Tun wir das, Mom?", fragte Clare mit zitternder Stimme. Sie war das Leben im Rampenlicht und im Blitzlichtgewitter gewöhnt, doch diese neueste Entwicklung machte ihr unüberhörbar zu schaffen. „Gehören wir irgendwohin, Shane und ich? Was ist wirklich und was nicht?"

Diese Fragen trafen Casey, als hätte man Giftpfeile auf sie abgefeuert. „Hör gut zu, Sweetheart. Boone … also Sheriff Taylor wird jeden Moment bei euch sein. Er bringt euch nach Hause, und dann reden wir über alles."

„Okay", murmelte Clare, klang aber nicht restlos überzeugt.

Bis vor Kurzem hatte sie fest daran geglaubt, dass Casey sie und ihren Bruder vor allem beschützen würde. Doch dieser Glaube war zumindest erschüttert, vielleicht sogar für immer zerstört. Ein Wunder war das nicht, schließlich hatte die eigene Mutter sie jahrelang beharrlich belogen.

Casey war übel, sie drückte die freie Hand auf ihren Bauch.

Dann war wieder Brylees Stimme zu hören. „Boone ist jetzt da", meldete sie erleichtert. „Wir sind unterwegs zu euch."

Zwar nickte Casey und wollte soeben antworten, da wurde die Verbindung unterbrochen. Wie betäubt schritt sie zu Walker und erzählte ihm, dass Brylee, Clare und Shane von den Reportern buchstäblich eingekesselt worden waren.

Frustriert fuhr sich Walker mit einer Hand durchs Haar, während er ihr zuhörte. Er musste mitbekommen haben, dass Boone sich um die Sache kümmern würde, sonst wäre er wohl längst mit ihr zu seinem Wagen gerannt, um zum Supermarkt zu rasen.

Als sie alles berichtet hatte, was sie wusste, musste sie sich zwingen, nicht in Tränen auszubrechen. Natürlich war sie schon früher mit der Klatschpresse aneinandergeraten, aber noch nie hatte sie erlebt, dass ihre Kinder in aller Öffentlichkeit von dieser Meute belagert wurden. Und das, nachdem man sie in Parable County so lange Zeit mehr oder weniger in Ruhe gelassen hatte. Sie fühlte sich verletzt und ohnmächtig, gleichzeitig allerdings kochte sie vor Wut.

Walker hielt ihre Schultern fest, vermutlich fürchtete er, sie könnte umfallen. Der zornige Ausdruck in seinen Augen wich allmählich einem bestürzten Begreifen.

Ihr war klar, was ihm durch den Kopf ging. Er verstand erst jetzt, was es bedeutete, mit einer Frau wie ihr verheiratet zu sein, und gleich würde die Erkenntnis folgen, dass er lieber niemals den Namen Casey Elder auch nur *gehört* hätte, ganz zu schweigen davon, zwei Kinder mit ihr zu zeugen. Und nun war diese Casey Elder bei ihm auf der Timber Creek Ranch, hatte all diese Probleme mit in sein Haus gebracht und sein bislang so ruhiges Leben durcheinandergewirbelt.

„Es tut mir leid", murmelte sie.

Er drückte sie in dem Moment an sich, als sie damit rechnete, von ihm weggestoßen zu werden. „Du musst dich doch nicht entschuldigen", sagte er mit heiserer Stimme. „Das ist schließlich nicht deine Schuld."

Daraufhin legte sie den Kopf in den Nacken und starrte ihn verdutzt an. „Natürlich ist das meine Schuld, Walker", erwiderte sie. „Und es wäre auch nicht weiter schlimm, wenn niemand außer mir davon betroffen wäre. Aber das ist nun mal nicht der Fall, weil Shane und Clare jetzt in der Schusslinie stehen. Und du ebenfalls."

Er küsste sie auf die Stirn und zupfte an ihrem Pferdeschwanz. „Die Kinder sind in Sicherheit, Casey, und Brylee ebenfalls. Nur das ist im Moment wichtig. Außerdem hast du das ja kommen sehen, nicht wahr?" Er verzog den Mund zu einem angedeuteten Lächeln. „Das ist doch der Hauptgrund, weshalb du dich vor mich hingekniet und um meine Hand angehalten hast, wenn ich das richtig in Erinnerung habe."

Zum eigenen Erstaunen brachte sie sogar ein schwaches Lachen zustande und stieß Walker gegen die Brust. „Ich habe mich *nicht* hingekniet", sagte sie. „Damit das klar ist."

„Aber du hast um meine Hand angehalten", beharrte er vergnügt.

„Ich habe es *vorgeschlagen.*" Noch während sie redete, fragte sie sich, was eigentlich mit ihr los war. Warum musste sie Walker immer widersprechen und mit ihm streiten?

In diesem Augenblick wurde die Fliegengittertür geöffnet, und Al Pickens steckte den Kopf zur Tür herein. „Boss? Gibt's ein Problem?"

Walker drehte sich zu seinem langjährigen Angestellten und guten Freund um. „Es könnte sein, dass wir eine Wagenburg bilden sollten", antwortete er und erklärte dem Vorarbeiter die Situation.

Casey fragte sich, wovon Walker eben geredet hatte, aber im Gegensatz zu ihr hatte Al alles verstanden.

„Okay", sagte der Mann mit dem rundlichen, faltigen Gesicht und den kleinen Augen. „Ich postiere ein paar Männer am Haupttor, die anderen können im Grünzeug nach neugierigen Reportern suchen, damit keiner von denen dem Haus zu nahe kommt."

Walker nickte. „Aber keine Handgreiflichkeiten."

„Ach, schade", meinte Al und grinste breit, wodurch offensichtlich wurde, dass ihm ein paar Zähne fehlten. Er tippte an die Krempe seines wettergegerbten Hutes und fügte hinzu: „Und ich hatte mich schon so drauf gefreut, wenigstens bei einem von diesen Idioten John Wayne spielen zu können."

Amüsiert lachend verabschiedete sich Walker von Al und wandte sich wieder Casey zu.

Sie hatte das Gefühl, dass der Boden unter ihren Füßen weich wie Gummi war. Und sie fürchtete, sich jeden Moment übergeben zu müssen.

Vorsichtig setzte Walker sie auf den Stuhl, auf dem sie schon gesessen hatte, bevor Brylee angerufen hatte. Hier hatte sie gesessen und war durch die mystische Welt der Kochkünste geschwebt, bis das Klingeln sie ins Hier und Jetzt zurückgeholt hatte. Walker holte ein Glas aus dem Schrank, füllte es mit kaltem Leitungswasser und stellte es ihr hin.

Sie hielt das Glas mit beiden Händen fest und trank kleine Schlucke, während sie hoffte, dass sie alles bei sich behalten würde. In der Zwischenzeit zog Walker einen Stuhl heran und nahm hinter ihr Platz, um sanft ihre verspannte Nackenmuskulatur zu massieren.

Allmählich fühlte sie sich besser, dennoch wusste sie, sie würde erst dann richtig entspannt sein, wenn Shane und Clare eingetroffen waren und sie sich persönlich davon überzeugen konnte, dass den beiden nichts zugestoßen war.

„Ist so was schon mal passiert?“, fragte Walker leise, als sie nicht mehr zitterte und zudem als Reaktion auf seine Massage den Kopf hin und her bewegte. Diese Bewegungen hatten etwas Sinnliches an sich.

„Ich bin schon ein paarmal mit den Klatschreportern aneinandergeraten“, antwortete Casey. „Und sie haben auch schon die eine oder andere hässliche Geschichte über die Kinder veröffentlicht. Vor allem über Shane. Ihm haben sie ein Drogenproblem angedichtet, daraufhin habe ich sie verklagt, doch das war auch das Aggressivste, wozu sie sich bislang herabgelassen hatten.“ Dabei musste sie daran denken, was ihre Tochter ihr vorhin von Sonderausgaben im Supermarkt erzählt hatte.

Auf einmal erhob sich Walker und ging zum Computer, der auf dem Tresen an der gegenüberliegenden Wand stand. Er loggte sich ein und suchte im Internet nach ersten Meldungen.

Als sie sah, wie er unwillkürlich die Schultern straffte, wusste sie, es war übel. Vielleicht sogar noch schlimmer als nur übel.

Walker fluchte leise, während er von einer Seite zur nächsten wechselte.

Schließlich drehte er sich zu ihr um. Seine finstere Miene machte den Eindruck, als wollte er zu Al und den anderen Cowboys gehen und ihnen sagen, dass sie sein Verbot von Handgreiflichkeiten ganz schnell vergessen sollten.

Casey richtete sich auf und schritt zu ihm, dann legte sie die Arme um seine Taille. „Das geht vorüber, Walker“, sagte sie leise und war nun für ihn die Stimme der Vernunft. „Es geht immer vorüber.“

Aber das schien ihn nicht zu beruhigen. „Klatschreporter sind *eine* Sache“, brachte er aufgebracht heraus. „Aber die Verrückten, die ihnen alles glauben, was sie schreiben, sind eine *ganz andere* Sache. Stell dir vor, so jemand hört Stimmen in seinem Kopf, die ihn auffordern, Clare und Shane zu töten, und er zieht es auch noch durch. Hast du darüber schon mal nachgedacht?“

Sie berührte seine Wange und fühlte die Bartstoppeln, obwohl sie ihm vor gar nicht so langer Zeit noch beim Rasieren zugesehen hatte. „Jeden Tag, Walker. An jedem einzelnen Tag", erwiderte sie leise. „Es tut mir wirklich leid, dass ich dich jetzt da reingezogen habe ..."

Wütend schnaubend unterbrach er sie: „Mich da *reingezogen*? Wir reden hier über meine Kinder, Casey. Ich hätte solche Dinge schon viel früher erfahren sollen, oder findest du nicht? Ich bin der *Vater* der beiden, schon vergessen? Was, wenn ihnen irgendwas zugestoßen wäre, weil ich nicht für sie da war, um sie zu beschützen?"

So zornig wie in diesem Moment hatte sie Walker noch nie erlebt. „Es *ist* ihnen aber nichts zugestoßen", erwiderte sie ruhig. „Ich war nicht ein einziges Mal nachlässig, was ihre Sicherheit betraf, Walker. Wenn ich zusätzlichen Schutz für nötig hielt, habe ich mich an die zuständige Polizei gewandt oder an einen Sicherheitsdienst und ..."

„Ich bin ihr Vater!", herrschte er sie an, seine Augen sprühten Funken. „Du hast mir die ganze Zeit über meine Kinder vorenthalten!" Dann folgte eine längere Pause, eine von diesen gefährlichen Pausen, bei denen die Stimmung in alle Richtungen umschlagen konnte. „Wie soll ich dir das jemals vergeben?"

Das war es also – das eine Thema, das sie bislang nicht angesprochen hatten.

Falls Walker ihr nicht vergeben konnte, würde er sie auch nie lieben können. Die Flitterwochen oder das, was für Flitterwochen herhalten musste, waren damit gelaufen, und als er sie in der letzten Nacht geliebt hatte, als er sie auf eine so wunderbare Weise geliebt hatte, hatte das in Wahrheit gar nichts mit Liebe zu tun gehabt. Es war bloß Sex gewesen, billiger, belangloser Sex, der auf dem Rücksitz eines Autos oder in einem Stundenhotel besser aufgehoben gewesen wäre.

Was Walker ihr in diesem Moment antat, das schmerzte mehr, als wenn er ihr die Faust in die Magengrube gerammt hätte. Sie wich ein paar Schritte vor ihm zurück und stieß seine Hände weg, sowie er ihre Schultern umfassen wollte. Blicklos starrte sie aus dem Fenster, bis sie auf einmal Boones Streifenwagen entdeckte, der mit Blaulicht in die Zufahrt zur Ranch einbog. Zwei weitere Dienstfahrzeuge folgten ihnen, während der Tross aus Ü-Wagen und anderen Vans mit einigem Abstand hinter ihnen blieb, sich allerdings auch der Ranch näherte.

Casey war vor Walker an der Tür, obwohl er günstiger stand, aber sie schubste ihn einfach aus dem Weg, rannte hinaus auf die Veranda und lief dann quer über den Hof zu Boones Auto.

Der Sheriff hielt den Wagen an, und durch die Windschutzscheibe konnte sie Brylee auf dem Beifahrersitz und Clare und Shane auf der Rückbank hinter dem Schutzgitter erkennen. Kaum war das Fahrzeug zum Halten gekommen, rissen die beiden die Türen auf, sprangen raus und liefen zu Casey, um sich von ihr in den Arm nehmen zu lassen.

Clare war in Tränen aufgelöst, wohingegen Shane strahlte, als hätte er soeben ein Abenteuer erlebt.

Walker stand ein Stück von ihr entfernt, was ihr einen Stich ins Herz versetzte. Dann kam Brylee zu ihnen und gesellte sich zu Walker, während Boone ernst dreinblickend als Letzter den Wagen verließ.

„Das war total irre, Mom!“, berichtete Shane begeistert. „So wie in dem Film, in dem Bruce Willis die Schurken verfolgt und dabei barfuß über Scherben laufen muss …“

Casey zuckte bei diesem Bild unwillkürlich zusammen, dafür meldete sich Clare zu Wort.

„Ach, halt die blöde Klappe!“, fuhr sie ihren Bruder an. „Das war überhaupt nicht irre, sondern nur schrecklich! Und wir waren nicht in einem von deinen dämlichen *Stirb-langsam*-Filmen!“

Shane verdrehte die Augen und verzog den Mund. „Wie du meinst“, gab er herablassend zurück und fügte dann leiser an: „Oh Mann, Hormone!“

Casey warf ihm einen warnenden Blick zu, aber ihr Sohn hob nur die Schulter und ging weiter zu Walker.

Sie umfasste unterdessen Clares Gesicht. „Schatz, ich weiß, das war alles schlimm, aber die Reporter wollen euch nichts antun, die wollen nur ihre Story bekommen.“

Daraufhin löste sich Clare aus der Umarmung und trat einen Schritt nach hinten. „Ach ja?", fauchte sie aufgebracht. „Und warum muss uns dann der *Sheriff* im *Streifenwagen* nach Hause bringen, während ein Haufen *Deputys* hinter uns her fährt, um uns zu beschützen?"

Wie sollte sie das beantworten? Die Reporter stellten tatsächlich keine körperliche Bedrohung dar, sie waren einfach nur lästig. Allerdings hatte Walker recht, was die Verrückten betraf, die nichts anderes zu tun hatten, als sich unentwegt mit dem Leben eines Prominenten zu beschäftigen. Die waren tatsächlich eine Bedrohung, und manche von ihnen hängten sich an die Reporter und folgten ihnen, wohin sie auch unterwegs waren, um sich dann am Ort des Geschehens zu tummeln, alles genau zu beobachten und darauf zu hoffen, dass sie sich in irgendeiner Weise einmischen konnten.

Da Casey immer noch nicht antwortete, drehte Clare sich einfach um und rannte ins Haus, wobei sie die Fliegengittertür mit einem lauten Knall hinter sich zuschmiss.

Mit einem Mal kam Casey sich wieder so vor, als würde sie neben sich stehen und das Ganze von oben beobachten. Sie schüttelte den Kopf und ging zu Boone, der vergeblich versuchte, sie aufmunternd anzulächeln.

„Vielen Dank", sagte sie und streckte ihm die Hand entgegen.

Er ergriff sie und drückte sie behutsam. „Ich kann ein paar Deputys an der Zufahrt positionieren, falls du das möchtest", schlug er vor. „Aber ich glaube, Walkers Leute haben das ganz gut im Griff, jedenfalls im Augenblick."

Casey nickte bestätigend. „Das geht schon so in Ordnung", versicherte sie dem Sheriff. „Hauptsache, wir alle sind wohlauf. Wenn sich die erste Aufregung gelegt hat, sieht das sowieso alles wieder ganz anders aus."

Ja, für sie und die *Kinder* würde alles wieder gut werden, weil die Reportermeute morgen schon einer neuen Story hinterherjagen und zum nächsten Prominenten weiterziehen würde, dessen Haus belagern, dessen Kinder behelligen und ihm das Leben in jeder Hinsicht schwer machen würde. Doch ganz egal wie schmierig ein Skandal auch war, es war nur eine Frage der Zeit, bis sich ein neuer, noch viel schmierigerer Skandal anbahnte.

Aber würde für sie und *Walker* als Ehepaar auch wieder alles gut werden?

Wohl eher nicht. Auch wenn er fantastisch aussah, war er ein ganz normaler Mensch, und normale Menschen wurden nicht von Reportern verfolgt und belauert. So intelligent und verständnisvoll er auch war, würde er das hier nicht nachvollziehen können, weil er keinerlei Erfahrung mit dieser Schattenseite des Erfolgs und des Ruhms besaß.

Er setzte Ruhm gleich mit grellen Scheinwerfern, edlen Shootings, Designerkleidung, Partys, auf denen sich die Stars drängten, Limousinen und Privatjets, volle Stadien, wo man auf der Welt auch auftrat. Tausende Menschen, die die Hand in die Höhe reckten und ein Feuerzeug brennen ließen.

Diese Dinge gehörten für Casey und für ihre Kinder auch dazu, allerdings kamen noch andere Sachen hinzu, wenn man ein Leben im Rampenlicht führte. So musste man zum Teil extreme Sicherheitsvorkehrungen treffen, auch in Bereichen, in denen sich normale Menschen eigentlich sicher fühlen konnten. Es bedeutete auch, ständig die Augen offen zu halten, auch wenn man noch so müde war, dauernd wachsam zu sein, selbst wenn man von Leibwächtern umgeben war. Man musste einen Bogen um Shoppingmalls, um beliebte Restaurants und um Kinos machen, man durfte im Hotel nicht persönlich die Zimmertür öffnen, nicht mal, wenn man den Zimmerservice erwartete. Und es bedeutete auch, dass man unwillkürlich zusammenzuckte, wenn jemand einem plötzlich eine Kamera vors Gesicht hielt oder einen Stift in die Hand drückte, obwohl derjenige nur ein Foto schießen oder ein Autogramm haben wollte.

Normalerweise ging es ja auch nur um ein Foto oder ein Autogramm. Normalerweise.

Aber hatte John Lennon damit gerechnet, vor seiner Haustür von einem Fan erschossen zu werden? Nein, natürlich nicht.

So etwas war ihm vermutlich nie in den Sinn gekommen. Warum auch? Er hatte bloß sein Leben gelebt, weiter nichts. Er ging aus dem Haus, um sich mit irgendwem zu treffen oder um irgendwas zu erledigen. Bevor es Abend wurde, wollte er wieder zu Hause sein.

Doch nichts davon hatte er noch erledigen können.

Hör auf! ermahnte sich Casey. *Reiß dich zusammen.*

Shane und Clare waren bereits drinnen, Brylee war dicht hinter ihnen. Casey marschierte ebenfalls in Richtung Ranchhaus, wohingegen Walker weiter auf dem Hof stand und sich mit Boone und dessen Deputys unterhielt.

In der Küche warf Brylee einen Stapel Zeitschriften auf den Tisch, während Clare sich sofort in ihr Zimmer zurückzog und Shane Dolittle begrüßte, der es genoss, von dem Jungen stürmisch gekrault zu werden.

„Schade, dass wir keinen Papagei haben", meinte Brylee ironisch und zeigte auf die Magazine. „Dann könnten wir damit wenigstens den Käfig auslegen."

Mit zitternden Fingern nahm Casey das oberste Magazin hoch. Sie hatte gedacht, auf alles gefasst zu sein, aber das war offenbar ein Irrtum gewesen. Die Titelseite zierte ein Foto von Clare, wie sie tags zuvor in ihrem hübschen Kleid neben dem Klavier gestanden hatte, um von Opal begleitet als Geschenk für ihre Eltern ein Lied zu singen. Es war für Casey wie ein Schlag ins Gesicht.

Zwar war Clare vollständig bekleidet, anders als manche Filmstars, von denen für alle Zeit Fotos beim Oben-ohne-Sonnenbaden auf einer Jacht kursierten, oder Angehörige von Königshäusern, die man beim Liebesspiel am Pool ertappt hatte. Dennoch hatte dieses Bild etwas zu Persönliches, zu Intimes. Es lag daran, dass sich der Fotograf ganz in der Nähe aufgehalten haben musste, aber nicht, als hätte er draußen vor dem Fenster gestanden, sondern als wäre er bei der Zeremonie mit im Zimmer gewesen.

Uneheliche Tochter wird Gesangsstar, titelte die Zeitschrift, darunter etwas kleiner: *Wird sie aus dem Käfig entfliehen, nachdem ihre berühmte Mutter und ihr Cowboy-Daddy endlich geheiratet haben?*

„Uneheliche Tochter“, wiederholte Casey kopfschüttelnd. Zugegeben, Clare war unehelich zur Welt gekommen, doch die scheinbare Sensationsmeldung kam vierzehn Jahre zu spät.

Brylee hantierte unterdessen mit der Kaffeemaschine und sagte ein wenig beunruhigt: „Snidely ist noch bei dir zu Hause. Wir wollten ja eigentlich nach dem Einkaufen dahin zurückfahren und Tacos machen, aber …“

Snidely? Casey stutzte einen Moment lang, dann fiel ihr ein, dass Brylees treuer Schäferhund so hieß, der ihr laut Walker nie von der Seite wich.

„Dad und ich holen ihn für dich“, verkündete Shane, sprang auf und ging zum Kühlschrank. Bei dem Tempo, in dem er wuchs, futterte er fast unablässig alles in sich hinein, was er an Essbarem finden konnte. „Vielleicht können wir ja unsere Hunde auch mitbringen. Die Katzen können bestimmt noch ein bisschen dableiben …“

Mit zwei flinken Schritten stellte sich Brylee zwischen Shane und den Kühlschrank. „Erst Hände waschen.“

„Ganz genau“, stimmte Casey ihr beiläufig zu und blätterte weiter in den Sonderausgaben. Da waren Bilder, die sie und Walker zeigten, wie sie ihre Ehegelübde sprachen, wie sie von der Hochzeitstorte aßen, wie Shane Dawsons Rollstuhl nach der Feier in den Van lud, während Walker den Jungen auf den Beifahrersitz hob. Kein einziges Motiv war in irgendeiner Weise verletzend oder entwürdigend, aber alles war einfach zu persönlich und zu nah dran.

Umso schlimmer gestalteten sich dagegen die Schlagzeilen.

Ein Blatt zeigte ein Foto von Walker, wie er neben dem im Rollstuhl sitzenden Dawson hockte und sich mit dem Jungen unterhielt.

Noch ein heimlicher Sohn des Cowboy-Daddys?, stand da in fetten Buchstaben geschrieben.

In der Zwischenzeit wusch Shane sich wie von seiner Tante aufgetragen die Hände, anschließend fiel er über den Kühlschrank her und räumte mit Frischhaltefolie abgedeckte Schüsseln und Teller mit den Überresten vom Hochzeitsbüfett heraus. Dabei unterhielt er sich leise mit Brylee darüber, wie und wann sie den Hund abholen sollten, was Casey allerdings nur ganz am Rande wahrnahm.

Als sie das Gefühl hatte, lange genug gewartet zu haben, stand Casey auf und ging zu Clares Zimmer und klopfte an. Sie ließ die Stirn gegen die geschlossene Tür sinken und wartete.

„Verschwinde", rief Clare ganz so wie erwartet.

„Du weißt, das werde ich nicht tun", erwiderte sie und griff schließlich nach dem Türknauf. Dabei musste sie feststellen, dass Clare abgeschlossen hatte, was sie ein klein wenig ärgerte. „Öffne die Tür, Clare."

„Du kannst nichts sagen oder machen, was das alles ungeschehen macht", konterte ihre Tochter.

„Öffne die Tür", wiederholte sie. Wenn es um Starrsinn ging, dann war ihre Tochter bei ihr genau an der richtigen Adresse. Abgesehen davon würde Brylee ihr sowieso innerhalb von Minuten einen Ersatzschlüssel geben können.

Clare seufzte laut genug, um auch vor dem Zimmer noch gehört zu werden. Ein leises Schaben ertönte, das vom Schlüssel stammen musste, der ins Schloss geschoben wurde. Schließlich würde die Tür gerade so weit geöffnet, dass Clare herausspähen konnte.

Vorsichtig drückte Casey die Tür weiter auf, immer darauf bedacht, nicht gegen Clares Zehen zu stoßen, da sie so wie Casey zu Hause nach Möglichkeit barfuß lief.

Das Zimmer war recht geräumig, hatte allerdings nicht die Größe ihres Zimmers im Haus in der Rodeo Road. Vor dem Fenster gab es eine Sitzbank, in die Wände waren Bücherregale eingelassen worden, und es fand sich hier sogar ein kleiner Franklin-Ofen. Der Kleiderschrank erstreckte sich über die gesamte Länge einer Wand, das Bett und die Kommode waren eindeutig antik. Vor dem Ofen standen zwei Stühle, über die man Hussen in rosa Pastelltönen gezogen hatte.

Ein paar von Clares Habseligkeiten waren hier und da im Zimmer verteilt, eine kleine Spieluhr, die sie wie eine Kostbarkeit behandelte, ein Stapel Bücher, ein gerahmtes Foto, das sie, Casey und Shane zusammen mit einem bemerkenswert überzeugend aussehenden Weihnachtsmann zeigte. Ein Foto aus der Zeit, als noch alle Caseys Lüge für die Wahrheit gehalten hatten.

Sie griff nach dem Bilderrahmen mit dem Foto und betrachtete es eingehender. Es war vor vier oder fünf Jahren auf einer Party in Nashville aufgenommen worden. War das wirklich so lange her? Es kam ihr vor, als wäre es gestern gewesen.

„Das war vielleicht ein Abend", sagte sie ein wenig wehmütig und stellte den Bilderrahmen zurück ins Regal.

Das Bett knarrte, als sich Clare auf die Matratze fallen ließ und sich im Schneidersitz hinsetzte. Ihr Gesichtsausdruck war jedoch nicht trotzig, sondern traurig. „Ja, jeder auf der Party war entweder berühmt, oder er war mit jemandem verwandt, der berühmt war. Und dazu ein Weihnachtsmann im roten Samtanzug mit Kunstfell, der keine Süßigkeiten verteilt, sondern iPads!"

Casey seufzte und ließ die spitze Bemerkung auf sich beruhen. Sie erkannte sich in Clare wieder und durchschaute ihren eigenen Trick, einen Streit anzufangen, weil sie das eigentliche Thema nicht ansprechen wollte. „Was genau hoffst du eigentlich damit zu erreichen, dass du es mir so schwer machst?", fragte Casey verständnislos.

„Ich lasse dich wissen, dass ich unglücklich bin", erwiderte Clare kess. „Wir treten miteinander in den Dialog."

„Du siehst dir einfach zu viele Wiederholungen von *Oprah* an", meinte Casey und nahm mit ausreichend Abstand neben ihrer Tochter Platz.

„Vielleicht solltest du das auch mal machen", konterte Clare von oben herab. „Oprah ist immer gut darin, die Wahrheit zu sagen."

Volltreffer. Genau mitten ins Herz. Casey ballte die Fäuste und zählte stumm bis zehn. „Was willst du, Clare?", wollte sie wissen, als sie das Gefühl hatte, sich wieder unter Kontrolle zu haben.

Clare rollte sich auf den Bauch, stützte das Kinn in ihre Hände und bewegte die Füße hin und her. Sie trug Jeans, von denen sie die Beine abgeschnitten hatte, und ein dünnes Top, das mindestens zehn Zentimeter oberhalb der Taille endete. Casey hatte keine Ahnung, woher ihre Tochter diese Sachen hatte, und gerade wollte sie sie fragen, da fiel ihr plötzlich die Tätowierung auf.

Es war nur eine winzige Rose genau über dem Po, kein Totenschädel mit Knochen, auch kein Gangsymbol mitsamt vulgärem Spruch, aber … es war eine Tätowierung, und deren Anblick machte Casey sprachlos.

„Seit wann hast du *das* denn?", flüsterte sie.

„Seit letztem Jahr, als wir in Vegas waren", antwortete sie unbekümmert. „Als du im ‚Caesar's' mit Brad und Trace und den anderen bei diesem Wohltätigkeitskonzert aufgetreten bist."

„Da warst du erst *dreizehn*", hielt Casey ihr vor Augen. „Wer hat die Einverständniserklärung unterschrieben?" Selbst im *Glitter Gulch*, wo so ziemlich alles möglich war, konnte man sich nicht tätowieren lassen, ohne die Unterschrift eines Elternteils oder eines Erziehungsberechtigten vorzulegen.

„Dann wirst du nur wütend."

„Wütend bin ich jetzt schon. Also, *wer war das*?"

„So ein Reporter", antwortete Clare. „Während du bei den Proben warst, hab ich mich so gelangweilt, dass ich den Bodyguards und Onkel Mitch entwischt bin und ein bisschen spazieren gegangen bin. Dieser Mann mit einer Kamera kam auf mich zu und fragte mich, ob ich deine Tochter bin. Ich dachte mir, er weiß genau, wer ich bin, sonst hätte er mich ja nicht so gefragt. Außerdem war er ganz nett, und ich hab gesagt, dass ich deine Tochter bin. Er hat mir erzählt, dass er für eine richtige Zeitung schreibt, nicht für die Boulevardpresse, und wir haben einen

Deal gemacht. Er wollte ein Interview, ich wollte ein Tattoo. Also sind wir in diese Mall gegangen, wo es einen von diesen Läden gibt, wo man sich piercen lassen kann und so. Das war ein guter Laden, Mom, alles ganz sauber, und da war so viel los, da konnte mir gar nichts passieren. Die hatten da Computer, an denen du dir das Tattoo aussuchen kannst, das du haben möchtest."

Casey kniff einen Moment lang die Augen zu und stellte sich vor, wie ihre dreizehn Jahre alte Tochter allein durch Las Vegas lief, sich von wildfremden Männern ansprechen und sich eine Tätowierung verpassen ließ. Ein eisiger Schauer rann ihr über den Rücken. Nicht nur, dass so etwas überhaupt geschehen war – fast noch schlimmer war, dass sie erst jetzt rein zufällig davon erfuhr.

Clare schien das Schweigen ihrer Mutter nicht zu behagen und redete weiter: „Der Reporter hat dann dem Tätowierer erzählt, dass er mein Dad ist. Das Tattoo hab ich selbst bezahlt, von meinem Taschengeld. Das hat tierisch wehgetan. Das Tattoo meine ich, nicht dass ich es selbst bezahlt hab. Er hat mir ein paar Fragen gestellt, und das war's dann schon. Nichts Wildes. Außerdem war ich zurück in der Suite, bevor irgendwer gemerkt hat, dass ich weg war."

„Entschuldige bitte", stieß Casey hervor und stand auf. An Clares Zimmer war ein Badezimmer angeschlossen, zwar etwas beengt, doch momentan besser als nichts.

„Mom?", fragte Clare und klang ein wenig beunruhigt. „Mom, was …?"

Casey stürmte ins Bad, klappte den Toilettendeckel hoch und begann zu würgen.

14. KAPITEL

Walker holte soeben einen Kieselstein heraus, den Mack sich in den vorderen rechten Huf getreten hatte, da hörte er die Stimme seiner Tochter. Er hob den Kopf und entdeckte sie im Eingang zur Box, wo sie sich auf das Tor aufstützte, um ihn von dort zu beobachten.

„Walker?", fragte sie. Shane nannte ihn nur noch „Dad", aber Clare war offenbar nicht bereit, auch nur einen Millimeter nachzugeben. Es war so, als sei sie der Meinung, dass er und Casey die Uhr zurückdrehen könnten, damit alles wieder so war wie noch vor Kurzem und sie es sein lassen würden, so verdammt entschlossen daran zu arbeiten, Clare das Leben so schwer wie möglich zu machen.

Er hatte mit Mädchen in dem Alter nichts mehr zu tun gehabt, seit seine Schwester Brylee erwachsen geworden war. Doch jetzt fing offenbar alles wieder von vorn an, was eine ziemlich erschreckende Aussicht war. Seine Schwester hatte sich erst wieder eingekriegt, als sie bereits auf dem College war, was bedeutete, dass Clares Ausbrüche noch eine ganze Weile anhalten würden – ganz zu schweigen davon, dass sie sich mit der Zeit immer weiter steigern würden.

Insgeheim stieß er einen Seufzer aus, richtete sich auf und ließ Macks Huf los, danach ging er auf Clare zu. Dabei konnte er ihr nicht mal verübeln, dass sie aufgebracht war – ihm selbst wäre es an ihrer Stelle vermutlich nicht anders ergangen.

„Was gibt's, Kleine?" Er öffnete das Boxentor, Clare trat einen Schritt nach hinten, um ihn aus der Box zu lassen. Seine Kleine, die im Begriff war, eine Große zu werden. Zwar würde das noch eine Weile dauern, doch der Zeitpunkt würde kommen, wenn sie weder auf ihn noch auf Casey angewiesen war.

Es gab ihm das Gefühl, nur ein Vater auf Zeit zu sein, aber die Schuld dafür konnte er nur bei sich und bei Casey suchen, weil sie beide das Leben ihrer Kinder an sich hatten vorbeiziehen lassen, ohne sie über die wahren Verhältnisse aufzuklären.

Wie lange er schon für beide ihr Vater hätte sein können …

„Mom hat sich gerade übergeben.“ Sie schien besorgt, und ein wenig war ihr auch das schlechte Gewissen anzusehen. Ihr Gesicht war leicht gerötet, und Tränen schimmerten in ihren Augen. „Und ich bin schuld.“

„Deine Mom hat harte Tage hinter sich“, erwiderte er und versuchte seinerseits, sich nicht seine Sorge anmerken zu lassen. „Jede Menge Stress – das Theater mit den Reportern, die Hochzeit, der Umzug auf die Ranch.“ Er hielt inne und musterte Clare. „Wie kommst du überhaupt darauf, dass es deine Schuld sein soll?“

Clare schluckte und biss sich auf die Unterlippe. „Ich hab ein Tattoo“, gestand sie ihm leise. „Ich hab's schon länger, Mom allerdings hat es erst jetzt entdeckt und …“

„… und es ist so ein abscheuliches Motiv, dass sie sich deswegen übergeben musste?“, fuhr er leicht amüsiert fort. Er hatte da seine eigene Theorie, welchen Grund Caseys Übelkeit haben mochte, aber das war im Moment nur Wunschdenken.

Noch ein Kind. Wäre das nicht was?

Clares Wangen röteten sich noch mehr, auch wenn seine Bemerkung sie kurz lächeln ließ. „Mom denkt, dass ich für ein Tattoo zu jung bin. Aber ich finde das total heuchlerisch, weil sie diese winzige Gitarre am Knöchel hat und …“

„Du bist auch zu jung“, erwiderte Walker, da seine Tochter plötzlich verstummt war. Natürlich kannte er die kleine Gitarre und auch den kleinen Schmetterling, doch der befand sich an einer Stelle ihres Körpers, die nicht jeder zu sehen kriegte und die er besonders gern küsste. „Deine Mutter dagegen ist erwachsen, und sie hat das Recht, sich tätowieren zu lassen, ohne irgendwen um Erlaubnis bitten zu müssen. Was ist daran ‚heuchlerisch‘?“

Clares Miene nahm einen starrsinnigen Ausdruck an, der aber nicht lange anhielt. Sie wusste zwar, was sie sich bei ihrer Mutter trauen konnte und was nicht, doch Walker war in der Hinsicht noch ein Buch mit sieben Siegeln. „Willst du nicht nach ihr schauen?“, fragte sie schnippisch. „Ich hab dir doch schließlich gerade erzählt, dass ihr nicht gut ist.“

„Bin schon unterwegs", versicherte er ihr, stemmte jedoch die Hände in die Hüften und blickte seine Tochter ernst an. „Aber erst mal habe ich dir noch ein paar Dinge zu sagen."

Clare bekam große Augen, die den gleichen Grünton hatten wie die ihrer Mutter. „Was denn?"

„Ich verstehe ja, dass es für dich ein ziemlicher Schock gewesen sein muss, als deine Mom euch gebeichtet hat, dass ich euer Vater bin. Du wirst auch sicher eine Weile brauchen, bis du das verdaut hast. Aber ob sie nun einen Fehler gemacht hat oder nicht, deine Mom hatte immer nur das Beste für dich und für deinen Bruder im Sinn. Früher oder später wirst du entscheiden müssen, Clare, ob du weiterhin die Rebellin spielen und dich öffentlich zum Affen machen willst wie die Promi-Kinder, von denen wir beide mehr aufzählen können, als wir Finger an der Hand haben. Oder willst du, dass deine Mom stolz auf dich ist? Du kannst probieren, dich an ihr zu rächen, doch du kannst auch zu ihr stehen, so wie sie immer zu dir gestanden hat. Also, Cowgirl, was soll es sein? Wirst du auf lange Sicht für deine Mutter oder gegen sie arbeiten?"

„Wow", brachte Clare erstaunt heraus. „Das war eine richtige Ansprache. Ich bin von dir immer nur diesen Cowboy-Style gewohnt, also ein oder zwei Silben und Schluss."

„Dann gewöhn dich lieber mal an den Dad-Style", empfahl er ihr eindringlich, allerdings nicht unfreundlich. „Du kannst auf mich sauer sein, sosehr du möchtest. Du kannst schreien und mit dem Fuß aufstampfen und mit Sachen um dich schmeißen, du kannst mich mit meinem Vornamen anreden, bis wir beide alt und grau sind, doch du wirst nicht deiner Mutter das Leben erschweren, solange ich in der Nähe bin. Hast du das begriffen?"

Clare seufzte und schwieg eine Weile, dann gab sie sich zumindest für diese Runde geschlagen. „Ja, kapiert."

Daraufhin kehrte Walker ins Haus zurück, gefolgt von Clare und Dolittle. In der Küche saßen Brylee und Shane am Esstisch und spielten *Mensch ärgere dich nicht*.

„Wir müssen die Hunde abholen, Dad", meinte Shane, sowie er Walker sah.

Der nickte knapp. „Machen wir gleich", versprach er und schaute zu Brylee. „Ist Casey im Schlafzimmer?"

„Ja, ist sie", antwortete sie.

Walker ging weiter in den Flur, klopfte kurz an der Schlafzimmertür an und trat ein. Casey lag komplett angezogen und zusammengekrümmt auf dem Bett, wobei sie leicht zitterte. Sie wirkte so zierlich und so einsam, dass ihr Anblick Walker einen Stich ins Herz versetzte. Casey Elder mochte weltberühmt sein, und sie war sicher die stärkste und tapferste Frau, der er je begegnet war, doch sie hatte so lange Zeit all ihre Kämpfe allein ausgetragen, dass ihr nun die Kräfte schwanden.

Behutsam deckte er sie mit dem Quilt zu, den seine Großmutter begonnen hatte, lange bevor er zur Welt gekommen war, anschließend hockte er sich auf die Bettkante und überlegte, ob er Casey berühren sollte oder nicht.

„Ich habe gehört, dir geht es nicht so gut", sagte er schließlich, als Casey weiter schwieg.

„Wird schon wieder", murmelte sie so leise, dass er sie kaum hören konnte. „Früher oder später."

„So klingst du aber nicht, Casey Jones", betonte Walker. „Und du siehst auch nicht gerade berauschend aus."

„Wow", murmelte sie sarkastisch. „Herzlichen Dank."

Er lachte leise und drückte sanft ihre Schulter. „Kann ich irgendwas für dich tun?"

„Du kannst mich erschießen", stieß sie stöhnend hervor und ließ einen Laut folgen, der ein Schluchzer hätte sein können.

„Geht nicht, ich bin ein gesetzestreuer Bürger."

Sie zog den Quilt über den Kopf und weinte.

Seufzend schlüpfte Walker aus seinen Stiefeln und legte sich zu ihr, damit er sie mitsamt Quilt in die Arme nehmen konnte, ohne sie aber zu fest an sich zu pressen. „Red mit mir."

Mit erstickter, krächzender Stimme sagte sie: „Ich bin schwanger."

Walker wartete, bis er sich im Griff hatte und nicht laut losjubelte. „Ist es nicht ein bisschen zu früh, um so was zu sagen?“, fragte er. „Das sind jetzt erst …“

„Ich *weiß* es, wenn ich schwanger bin, Walker Parrish“, fiel sie ihm ins Wort.

„Und das ist schlimm?“, hakte er zögerlich nach. Es gab nicht viele Dinge, die ihm Angst machten, aber die Vorstellung, Casey könnte das Baby nicht haben wollen, löste bei ihm fast Panik aus.

„Natürlich nicht!“, erwiderte sie jammernd und hörte sich wirklich so an, als hoffe sie immer noch, dass er sie doch erschießen würde. Woher zum Teufel sollte er eine Ahnung haben, was sie wollte oder nicht wollte, wenn sie sich so widersprüchlich verhielt?

Walker nahm den Quilt weg und sah ihr tränenüberströmtes Gesicht und ihre geröteten Augen, dann küsste er sie auf die Nasenspitze. „Wenn es ein Junge ist“, fragte er spitzbübisch, „darf ich dann einen Rodeoreiter aus ihm machen?“

Casey zog eine Hand unter der Decke hervor und gab Walker einen Klaps auf den Arm. „Nein!“, meinte sie und klang schon besser gelaunt. „Er wird Präsident werden.“

„Und wenn's ein Mädchen wird?“

„Präsidentin“, antwortete sie und schmiegte sich endlich enger an ihn.

Danach schwiegen sie beide einvernehmlich. Walker hielt Casey fest, strich ihr übers Haar und wartete. Er hatte viel Übung darin, auf Casey Elder zu warten, und wahrscheinlich würde er in Zukunft noch viel mehr üben können. Er ließ das Kinn auf ihren Kopf sinken. Ganz egal, was die Zukunft bringen würde, er war mit dabei.

Gerade wollte er ihr das sagen, da fiel ihm auf, dass sie in seinen Armen eingeschlafen war.

Als Casey aufwachte, ging der Nachmittag langsam in den Abend über. Sie lag noch immer in den alten, nach Lavendel duftenden Quilt eingewickelt auf dem Bett, den Walker über ihr ausgebreitet hatte. Wann hatte jemals ein Mensch sich so fürsorglich um sie gekümmert und mit einer so simplen Geste so viel bewirkt?

Das war Jahre her, wie ihr nach einiger Zeit einfiel. Damals hatte sie ein übler Magenvirus erwischt, und Lupe, die herzensgute Lupe, hatte sich um sie gekümmert.

Allmählich begann sie, ihre Umgebung konkreter wahrzunehmen. Walker umarmte sie nicht mehr, und sie fragte sich unwillkürlich, wie lange er wohl bei ihr geblieben war und sie festgehalten hatte, während sie ihre Tränen nicht hatte zurückhalten können. Es war noch deutlich zu erkennen, wo Walkers Kopf auf dem Kissen gelegen hatte. Auch der Duft nach frischem Gras hing noch in der Luft, den er von draußen mit ins Haus getragen hatte.

Lächelnd berührte sie das zerwühlte Bettlaken, wo er neben ihr gelegen hatte, und obwohl seine Körperwärme längst verflogen war, strich sie mit dem Finger über den Abdruck auf der Matratze. Sie drehte sich auf den Rücken und wartete ab, ob ihr Magen erneut rebellieren wollte. Als nichts geschah, streckte sie sich genüsslich, schlug den Quilt zur Seite und stand auf.

Das Ranchhaus war zwar nicht riesig, dennoch beachtlich groß, weshalb die Stimmen und das gelegentliche Bellen aus der Küche weit entfernt klangen.

Sie ging ins Badezimmer, das sie sich mit Walker teilte, putzte sich die Zähne, spritzte sich etwas kaltes Wasser ins Gesicht und bürstete die Haare. Ihr T-Shirt war zerknittert, aber ihre Jeans sahen noch ganz okay aus, sodass sie sich nicht die Mühe machte, sich erst noch umzuziehen.

In der hell erleuchteten Küche herrschte ausgelassene Stimmung. Brylee und Clare unterhielten sich angeregt, während die drei Labradore und Snidely ihnen Gesellschaft leisteten. Shane und Walker glänzten durch Abwesenheit, und sie hatten wohl Dolittle mitgenommen.

Casey streichelte ihre Hunde und redete in ihrer Geheimsprache mit ihnen, die kein Mensch verstand, die jedoch von den Hunden hoffentlich als „Ich hab euch alle lieb“ verstanden wurde.

„Wie es scheint, war die Rettungsmission ein voller Erfolg“, meinte sie lächelnd.

„Ohne Problem verlaufen“, bestätigte Brylee. „Und einen Reporter haben wir auch nicht entdecken können. Die müssen alle wieder in ihre Höhlen zurückgekehrt sein, in denen sie für gewöhnlich hausen.“

„Gut“, erwiderte Casey amüsiert.

Clare schaute etwas ernster drein, in ihrem Gesicht spiegelte sich eine Mischung aus Traurigkeit und verbohrtem Stolz. Was ging bloß in ihrem Gehirn vor sich?

„Die Katzen sind auch hier“, sagte Clare unvermittelt. „Ich hab sie in mein Zimmer gebracht.“

Casey lächelte. Hatte ihre Tochter überhaupt eine Vorstellung davon, wie sehr sie sie liebte? Vermutlich nicht, aber das würde sich spätestens ändern, wenn sie selbst irgendwann Mutter wurde.

Denk nicht an so was! Sie ist immer noch dein Mädchen!

„Das ist gut“, antwortete sie. „Bei dir im Zimmer werden sie sich wohlfühlen.“

Clare nickte bedächtig. Sekundenlang schien es so, als wollte sie noch etwas sagen, doch dann warf sie Brylee einen flüchtigen Blick zu und schälte schließlich weiter Kartoffeln, womit sie auch schon befasst gewesen war, als Casey die Küche betreten hatte.

Das war das Erstaunlichste am Anblick, den ihre Tochter bot.

„Geht es dir wieder besser?“, erkundigte sich Brylee. Ihre Augen verrieten die Sorge um Casey.

„Ich musste mich nur eine Weile ausruhen. Sind Walker und Shane nicht da?“

„Die sind unterwegs“, erklärte Brylee. „Walker hat seine Leute heute früher nach Hause geschickt, da sie den ganzen Tag die Tore bewacht haben und an den Grenzen des Grundstücks patrouilliert sind.“

Ihr schlechtes Gewissen regte sich, weil schwer arbeitende, bodenständige Leute wie Walker und Brylee nicht auf das vorbereitet sein konnten, was sie heute miterlebt hatten, und trotzdem war Walker noch draußen unterwegs, und Brylee kümmerte sich um das Abendessen, was für die beiden vermutlich der Normalzustand war.

„Kann ich mich irgendwie nützlich machen?", fragte Casey. Ihre stark begrenzten Kochkünste waren ihr nur zu deutlich bewusst, dennoch war sie optimistisch, dass sie die Grundlagen doch noch erlernen konnte, wenn sie nur die Chance dazu erhielt. Immerhin hatte sie sich ja unter anderem auch das Gitarrespielen beigebracht.

Im ersten Moment wollte Brylee dankend ablehnen, doch schnell überlegte sie es sich anders und machte ihr am Tresen Platz, wo sie damit beschäftigt war, große Stücke Fleisch in geschlagenes Eigelb zu tunken und diese danach auf einem anderen in Mehl, verfeinert mit einer Gewürzmischung, zu wälzen. Auf dem Herd stand eine Bratpfanne, das Fett darin war heiß genug, um jeden Moment Blasen zu werfen.

Auch wenn Casey sich normalerweise sehr gesundheitsbewusst ernährte, musste sie jetzt grinsen. Gutes, altmodisches Landessen, dachte sie erfreut. *Genau das, was der Doktor mir verschrieben hat.*

Es dauerte nicht lange, da hatte sie die Arbeit von Brylee übernommen, die neben ihr stand und alles im Auge behielt. Jedes Stück Hühnerfleisch landete mit lautem Brutzeln in der heißen Pfanne und verbreitete nur wenig später ein wunderbares Aroma.

„Schmalz", sagte Brylee und grinste vielsagend. „Normalerweise gare ich Huhn im Backofen und esse es ohne die Haut. Aber hin und wieder muss man einfach mal was anderes essen."

„Recht hast du", stimmte Casey ihr zu. „Und was passiert jetzt?", wollte sie wissen, nachdem alle Hähnchenstücke in der Pfanne lagen und das Brutzeln etwas nachgelassen hatte.

„Wir braten das Fleisch erst auf der einen, dann auf der anderen Seite an. Danach kommt der Deckel drauf, wir drehen die Hitze runter und warten."

Die Hintertür zum Haus ging auf, Walker und Shane kamen rein. Shane strahlte stolz, wohl weil er sich bei der Arbeit an Walkers Seite gut geschlagen hatte. Beide wuschen sich die Hände im Spülbecken, dann begann Shane mit einem Mal zu schnuppern.

„Mom?", rief er freudestrahlend. „Du *kochst* ja!"

Casey grinste ihm über die Schulter zu. „Ja, mit sehr viel Hilfe von deiner Tante", antwortete sie, freute sich dennoch darüber, dass ihr Sohn ihre Bemühungen überhaupt zur Kenntnis genommen hatte.

„Ich koche auch, Blödmann", warf Clare ein und schaute ihren Bruder finster an.

„Du schälst bloß Kartoffeln", konterte er. „Das kann jeder."

Clare streckte ihm die Zunge raus, doch Casey merkte ihr an, dass es nicht böse gemeint war, sondern das gewohnte Hin und Her unter Geschwistern, das sie von den beiden kannte und das sie auf eine seltsame Weise freute.

„Ich behalte die Pfanne im Auge", sagte Brylee und deutete mit einer Kopfbewegung und seltsamen Miene auf Walker.

Casey hatte verstanden, aber das war bei einer so überzogenen Gestik und Mimik auch keine große Kunst. Dann schritt sie zu Walker, griff nach seiner ausgestreckten Hand und ließ sich von ihm nach draußen auf die Veranda führen, wo sie sich auf die Hollywoodschaukel setzten.

Der Himmel hatte inzwischen einen fahlen Purpurton angenommen, überall leuchteten die Sterne. Der Mond stand über den Hügeln im Westen und wirkte so nah, als könnte man nach ihm greifen.

Casey dachte an die Ruine der alten Hütte, in der Walkers Vorfahren sich vor so langer Zeit niedergelassen hatten. Sie stellte sich vor, wie die Hütte im Dämmerlicht aussah, umgeben von den üppig wachsenden Blumen, die eine beruhigende Wirkung auf sie hatten, und sie erkannte dabei, dass sie sich wohl in die Timber Creek Ranch verlieben konnte, wenn sie es sich nur erlaubte.

Die Schaukel bewegte sich leicht vor und zurück, Casey und Walker saßen da, sprachen kein Wort und schienen sich doch bestens zu verstehen. Jenseits des Flusses waren Lichter zu sehen, der leichte Wind trug von dort leises Gelächter zu ihnen herüber, begleitet von ausgelassenen Kinderstimmen, Hundegebell und vielem mehr.

Eine ganz normale Geräuschkulisse, die wertvolle Erinnerungen bei ihr weckte – keine Erinnerungen an ihr Leben im herrschaftlichen Haus ihrer Großeltern, sondern aus der Zeit, die sie bei Lupe und Juan auf dem Land verbracht hatte, wenn sie mit deren Heerscharen von Nichten und Neffen Baseball und Verstecken spielte, bis es zu dunkel wurde und sie zurück ins Haus mussten.

So rar gesät diese Momente auch waren – genau das machte sie für Casey so wertvoll –, war es doch so viel mehr als das, was Clare und Shane in ihrem Alter gehabt hatten, wenn man einmal die Privilegien, mit denen die beiden aufgewachsen waren, außer Acht ließ.

Lass es bleiben, ermahnte sich Casey. *Denk an das Jetzt.*

Walker hielt weiter ihre Hand, und sie genoss das Gefühl, wie er mit der schwieligen Spitze seines Daumens über ihre Knöchel strich. Seine Berührung hatte rein gar nichts Sexuelles, aber Casey wusste, das würde sich ändern, sobald sie sich später am Abend ins Schlafzimmer zurückzogen. Bei der Aussicht darauf verspürte sie ein leichtes Kribbeln.

„Ich schätze, das Ganze hatte mich heute Nachmittag einfach zu sehr mitgenommen", flüsterte sie ihm zu. „Danke, dass du das ertragen hast."

Auf einmal ließ er ihre Hand los, aber nur, damit er den Arm um ihre Schultern legen konnte. Sie lehnte sich gegen ihn und ließ den Kopf auf seinen muskulösen Oberarm sinken. „Gern geschehen", erwiderte er.

„So bin ich oft, wenn ... wenn der Stress zu viel wird."

„So was kommt vor", entgegnete er gelassen. „Es sei dir gestattet, Casey Jones."

Sie war bereit, sich in diesem Walker zu verlieren, dem Gentleman-Rancher, dem lässigen Cowboy, dem exzellenten Liebhaber, wenigstens für eine Weile. Doch sie hatte nicht den anderen Walker vergessen, den Mann, der nicht wusste, ob er ihr verzeihen konnte, dass sie ihm seine Kinder so lange Zeit vorenthalten hatte. Dieser andere Walker war der gleiche Mann wie der, der sie mit dem Quilt zugedeckt hatte, der sie festgehalten hatte, als sie in Tränen aufgelöst war, der ihr das Gefühl von Geborgenheit gegeben hatte. Der Mann, mit dem sie nach draußen auf die Veranda gegangen war, um den Mond und die Sterne zu bewundern.

„Das ist gut", sagte sie.

„Und es wird noch besser", versprach er ihr grinsend.

Tatsächlich wurde es noch besser, nachdem sie zu Abend gegessen hatten, Brylee sich in ihr Apartment zurückgezogen und die Kinder sowie vier der fünf Hunde mitgenommen hatte, weil sie sich die neusten Realityshows anschauen wollten, und nachdem Walker und Casey in der geräumigen Wanne zusammen gebadet hatten.

Montana war so angenehm normal, wie Walker es kannte, während er mit Shane ausritt, um nach Ausreißern zu suchen und sie zur Herde zurückzubringen. Die drei Hunde seines Sohnes folgten ihnen dabei mit sichtlicher Freude.

Der Medienrummel hatte fast eine Woche lang gedauert, bis ein verheerendes Erdbeben in Südamerika Casey, Walker und ihre „unehelichen Kinder" aus den Schlagzeilen verdrängte.

Natürlich hätte er sich gewünscht, dass etwas wesentlich Harmloseres sie aus dem Rampenlicht geschoben hätte, nicht gerade eine solche Katastrophe. Hilfsorganisationen aus aller Welt waren im Einsatz, um vor Ort zu helfen, doch die Situation da unten war auch wirklich übel.

Er zwang sich, seine Gedanken auf seine eigenen Probleme zu konzentrieren, denn außer einer Geldspende konnte er persönlich für die Erdbebenopfer nichts tun. Er rückte seinen Hut zurecht und verlagerte ein wenig sein Gewicht im Sattel, während er sich fragte, wie Casey es nur geschafft hatte, Clare und Shane zu ganz normalen Kindern ohne Allüren heranwachsen zu lassen, wenn doch praktisch alles, was sie tat oder sagte, von der Öffentlichkeit kritisch unter die Lupe genommen wurde. Zugegeben, dieser gerade überstandene Rummel war sogar für Casey und die Kinder ungewöhnlich heftig gewesen, aber Walker würde dieses Erlebnis so bald nicht vergessen.

Auf dem Pferd neben ihm ahmte Shane Walkers Bewegung mit dem Hut nach, so wie er auch alles andere nachahmte, was Walker tat. Den Hut hatte er vor ein paar Tagen im Materialraum in der Scheune entdeckt und sofort zu seinem Eigentum erklärt. Der Junge schien verschiedene Gesten und Verhaltensweisen auszuprobieren, um sich die anzueignen, die ihm gefielen.

Walker empfand das als amüsant und rührend zugleich.

„Dann findet also bald das Parable-County-Rodeo statt", meinte Shane. Es war nicht bloß so dahingesagt, sondern die Eröffnung für ein ganz bestimmtes Thema.

Walker verkniff sich ein Grinsen und ließ den Jungen in dem Glauben, nicht gleich mit der Tür ins Haus gefallen zu sein. Schaden würde das sicher nicht.

„Stimmt", bestätigte er und musste unwillkürlich an Clares Bemerkung über seine ein- oder zweisilbigen Antworten denken, was ihn fast zum Lachen brachte. „Das findet immer am Wochenende vor dem 4. Juli statt."

„Und wir liefern die Pferde und die Bullen?"

„Ganz genau." Zwei Wörter, drei Silben. Himmel, er wurde ja richtig geschwätzig! Er musste den Jungen nicht fragen, worauf er denn eigentlich hinauswollte, er wusste es längst.

Dann endlich rückte Shane mit der Sprache raus: „Meinst du, ich kann bei einer der Veranstaltungen für Jugendliche mitmachen?"

„Denkst du da ans Schafreiten?“, neckte er ihn. Tatsächlich ritten die jüngeren Kinder auf Schafen, was viel schwieriger war, als man denken sollte. Walker selbst hatte das als Kind getan, Brylee ebenfalls.

Shane bekam einen roten Kopf und schaute finster drein, nachdem er seinen Hut ein Stück weit in den Nacken geschoben hatte, da der ein wenig zu groß war und ihm immer wieder bis auf die Nase rutschte. „Schafreiten?“, wiederholte er gereizt. „Das ist was für kleine Kinder!“

Walker ließ sich davon nicht beeindrucken. Von der Seite sah er seinen Sohn an und sagte: „Du lässt dich zu leicht aus der Ruhe bringen, Junge. Wenn du das nicht schnell in den Griff bekommst, wirst du nur noch damit beschäftigt sein, überall deine Ehre zu verteidigen.“

Der Junge schluckte und blickte in die Ferne und gab vor, nach Ausreißern Ausschau zu halten.

„Was das Rodeo angeht“, fuhr Walker fort, „wirst du deine Mutter um Erlaubnis fragen müssen.“

„Du bist mein Dad“, betonte er und ließ dabei ein wenig Dampf ab. „Deine Erlaubnis sollte doch reichen.“

„Die Theorie hätte früher vielleicht mal funktioniert“, meinte Walker lachend. „Aber dieses ‚Früher‘ liegt schon weit zurück.“

„Dann heißt das, Mom ist der Boss, und du machst, was sie dir sagt?“

Leise seufzte er. „Pass auf, was du redest“, warnte er ihn freundlich. „Es soll heißen, dass deine Mutter dich und deine Schwester bislang großgezogen hat, und zwar ganz ohne meine Hilfe. Ich kann nicht einfach reinplatzen und mich über all ihre Entscheidungen hinwegsetzen.“

Einige Augenblicke lang murmelte Shane irgendetwas Unverständliches vor sich hin, anschließend folgte Schweigen. Wenig später wurde allerdings klar, dass er nicht den Rückzug angetreten, sondern nur seine Taktik überdacht hatte. „Dann wirst du *nie* widersprechen, wenn Mom etwas sagt?“

„Das habe ich damit nicht gemeint. Aber ich muss schon gute Argumente haben, wenn ich ihr widersprechen möchte. Deine Mom ist eine intelligente Frau, und es ist nun mal so, dass sie bei den meisten Dingen recht hat."

Erneut schwieg Shane, dann hatte er offenbar eine neue Idee, um Walker zum Einlenken zu bringen. „Findest du, dass es richtig war, Clare und mir von klein an eine Lüge zu erzählen?"

Damit hatte Walker schon eine Weile gerechnet, dennoch war er sich nicht sicher, ob seine Antwort genügte. „Nein", erwiderte er. „Doch manchmal tun Leute aus den richtigen Gründen das Falsche. Es ist nicht alles so einfach, wie es dir aus deinem Blickwinkel erscheint, Sohn. Viele Entscheidungen kann man nur auf gut Glück fällen, da man nicht alle Konsequenzen absehen kann, und dabei unterläuft einem sehr leicht ein Fehler."

Noch während Shane darüber nachdachte, entdeckten sie eine Gruppe von Ausreißern. Ein halbes Dutzend Rinder hatte sich hinter ein Gebüsch zurückgezogen, aber dank des energischen Eingreifens der Hunde konnten sie die Tiere von dort wegholen und in Richtung der Herde dirigieren.

Die Kühe, die zu dumm waren, um zu verstehen, dass sie zurück zum Wasser und zurück in Sicherheit gebracht werden sollten, muhten wütend, was Walker dazu brachte, sie aus Gewohnheit als bemitleidenswerte Hohlköpfe zu bezeichnen, was Shane besonders amüsierte.

„Hast du was gegen Kühe, Dad?", fragte er.

„Es ist nun mal eine Tatsache", antwortete Walker. „Hunde sind intelligent, Pferde sind noch intelligenter. Aber unter den Nutztieren gibt es nur eine Art, die noch dümmer ist als diese Rindviecher, und das sind Schafe."

Damit schloss sich der Kreis zum Thema Junior-Rodeo, auch wenn Walker das so nicht beabsichtigt hatte.

„Ich bin zu alt, um auf einem Schaf zu reiten", erklärte Shane.

„Erzähl das deiner Mutter."

Eine Stunde später waren sie zurück in der Scheune, wo Shane recht gekonnt Smokey den Sattel abnahm und das Tier in seine

Box führte. Dort überprüfte er zunächst die Hufe, anschließend striegelte er das Pferd gründlich.

Als sie zum Haus gingen, lief ihnen Casey entgegen. Sie trug eine eng anliegende Jeans und ein weißes Top mit einigen strategisch sehr geschickt platzierten Rüschen. Walker genoss diesen Anblick und fand, dass sie beide ganz gut miteinander auskommen konnten, wenn sie sich jede Nacht liebten und tagsüber nicht mehr als zwei Worte miteinander redeten.

Sie hatten ihre zärtlichen Momente, das wollte er gar nicht abstreiten, aber ansonsten waren sie bei so ziemlich jedem nur denkbaren Thema gegensätzlicher Meinung.

Sie war für die eine politische Partei, er bevorzugte die andere Seite.

Sie wollte, dass Clare und Shane möglichst zu Hause blieben, damit niemand sie kidnappte, sie nicht anfingen, Drogen zu nehmen, und nicht irgendwelchen Sensationsreportern Interviews gaben.

Walker dagegen wollte den Kindern so viel Freiheit geben, wie sie handhaben konnten. Wie sollten sie sonst lernen, auf eigenen Füßen zu stehen?

Casey bestand darauf, als Familie zur Kirche zu gehen, während Walker die Meinung vertrat, dass ihm Gott hier draußen auf dem weiten Land wohl eher begegnen würde als in einem beengten Bauwerk mit Glockenturm und harten Holzbänken.

Es fühlte sich für ihn an, als würden sie nur mit einem Fuß in der Ehe stehen, damit sie jederzeit davonlaufen könnten.

Aber der Sex war nicht nur gut, sondern fantastisch.

Und Casey war sich so gut wie sicher, dass sie wieder von ihm schwanger war.

Du hast allen Grund, dankbar zu sein, Cowboy, dachte Walker.

„Mom“, begann Shane, „ich hab überlegt ...“

„Jetzt nicht“, unterbrach Casey ihn. Sie versuchte dabei zwar, ihren Sohn anzulächeln, doch Walker merkte ihr an, dass etwas nicht stimmte. „Geh schon mal ins Haus, ich muss mit deinem Dad sprechen.“

Shane riss sich den Hut vom Kopf, schlug ihn gegen den Oberschenkel und stampfte missmutig zum Haus, während Walker und Casey in der Nähe des Scheunentors im letzten Schein der Nachmittagssonne standen.

Angespannt wartete Walker, dass sie ihm sagte, was los war. „Du musst nicht um den heißen Brei herumreden", ließ er sie wissen.

„Mitch hat angerufen", begann sie. „Einige Künstler stellen gerade ein Benefizkonzert für die Erdbebenopfer auf die Beine."

Vor seinem geistigen Auge sah er die Schnipsel aus den Fernsehnachrichten über Südamerika. Kinder, die womöglich für immer von ihren Eltern getrennt bleiben würden, aufgerissene Straßen, eingestürzte Häuser, Zelte, in denen die Verletzten von Ärzten und Krankenschwestern behandelt wurden, die ihre Schichten nicht in Stunden, sondern in Tagen rechneten.

„Und du willst da mitmachen", sagte Walker. Er konnte ihren Wunsch verstehen, etwas für diese Leute zu tun, allerdings sah er das hier auch als den Anfang eines Tauziehens, das vielleicht niemals ein Ende nehmen würde. Die Arbeit auf der einen Seite, Heim und Familie auf der anderen, bis irgendwann das Seil so strapaziert war, dass es riss.

Casey nickte. „Ja", stieß sie mühsam hervor.

„Wo?", fragte er, wobei er den Hut zwischen den Fingern hin und her drehte.

„L. A.", antwortete sie. „Das Konzert wird live in alle Welt übertragen, und zwar am kommenden Samstagabend. Es gibt natürlich einiges vorzubereiten, und ich will mit der Band noch proben …"

„Natürlich", stimmte er ihr zu und klang gegen seinen Willen schnippisch. Doch er war auch nicht dazu bereit, das richtigzustellen.

„Ich weiß, das ist an dem Wochenende, an dem das Rodeo in Parable stattfindet, und ich sollte da die Nationalhymne singen, aber …"

„Die Leute werden schon Verständnis dafür haben", warf er ein.

„Du auch?"

Das tat weh. Sie wusste, er hatte mitbekommen, wie es da unten nach dem Erdbeben aussah. Glaubte sie etwa, er hätte kein Mitgefühl mit diesen Menschen?

„Mach, was du machen musst, Casey", erwiderte er mit rauer Stimme. „Ich passe in der Zwischenzeit auf die Kinder und auf den Zoo auf."

Sie legte die Arme um seine Taille und drückte ihre Wange gegen seine Brust. „Ich dachte, du würdest versuchen, es mir auszureden", gestand sie ihm. „Wegen … na ja, wegen allem."

Er schob einen Finger unter ihr Kinn und hob ihren Kopf an, damit er ihr in die Augen schauen konnte. „Mir wäre es lieber, wenn du hierbleiben würdest", gab er zu. „Vor allem weil du dir sehr sicher zu sein scheinst, schwanger zu sein, doch auch noch aus ein paar anderen Gründen."

Etwas funkelte in ihren Augen, als sie ihn anschaute. „Werde ich dir fehlen?"

„Du wirst mir fehlen. Der Sex wird mir fehlen. Die Streitereien … nein, nicht so sehr."

Daraufhin tat sie so, als sei sie beleidigt – zumindest *hoffte* Walker, dass sie nur so tat.

„Hast du schon mal davon gehört, dass man auch zu ehrlich sein kann?", fragte sie.

„Ja, habe ich."

„Das beschreibt dich perfekter als alles andere", meinte Casey.

Er lachte und dann küsste er sie, weil er nicht anders konnte und weil er fühlen konnte, dass sie bereits in dieses andere Leben abdriftete, in dem er ein Fremder war.

15. KAPITEL

Casey nahm die erste Maschine, die am nächsten Morgen in Missoula startete, stieg in Seattle um und landete mit einiger Verspätung in Los Angeles, wo sie von einem grinsenden Mitch, den Jungs von der Band, ihrer Crew und anderen wichtigen Mitgliedern ihrer Truppe empfangen wurde.

Während sie auf ihr Gepäck warteten, näherten sich ein paar Autogrammjäger und auch ein paar Vertreter der Regenbogenpresse. Casey hatte diese Art von Aufmerksamkeit immer geliebt, sie war dabei aufgeblüht, während sie sich ohne all das unsichtbar vorgekommen wäre. Aber irgendetwas war anders als noch vor ein paar Monaten. Sie konnte nur an Walker und die Kinder und die friedliche, ruhige Timber Creek Ranch denken, die meilenweit nur von freiem Land umgeben war, darüber der endlose Himmel.

Aber sie war natürlich ganz Profi, lächelte, gab Autogramme und posierte für Handykameras, beantwortete sogar ein paar Fragen der sogenannten „Reporter", doch ein Teil von ihr war nicht bei der Sache.

Mike Reynolds, der die Leadgitarre spielte und ein langjähriger Freund war, musste sie durchschaut haben, denn als sie mit dem Gepäck in eine der vor dem Ausgang wartenden Limousinen einstiegen, schaute er ihr tief in die Augen und sagte: „Ich habe schon traurigere Bräute gesehen, aber ich kann mich nicht daran erinnern, wann das gewesen ist."

Mitch und zwei Assistenten fuhren in ihrer Limousine mit, doch zum Glück waren die in verschiedene Ablaufpläne vertieft, die Proben, Radio- und Fernsehauftritte, Fototermine mit Politikern und anderen Prominenten betrafen.

Casey versuchte, Mike anzulächeln, aber all ihr künstliches Lächeln schien sie bereits bei der Ankunft am Flughafen aufgebraucht zu haben. Ihre Retourkutsche – „Und wie viele von denen waren deine Bräute?" – zeugte nicht von besonderem Einfallsreichtum.

Zwar grinste Mike, weil er wegen seines überaktiven Liebeslebens immer aufgezogen wurde, aber seine Augen blickten ernst drein und sahen mehr, als sie sollten. „Case", sagte er geduldig. „Ich bin's, Mike. So was wie ein Bruder für dich. Erzähl mir jetzt bitte nicht, dass das mit dir und deinem Cowboy schon in die Brüche gegangen ist."

„Der ‚Cowboy'", ermahnte sie ihn sanft, „hat auch einen Namen. Er heißt Walker. Und es ist nicht, was du gerade denkst. Ich bin bloß ein bisschen …"

Ich bin bloß ein bisschen schwanger.

Vielleicht.

Oh Gott, ja!

„… geschafft?", probierte Mike ihr bei der Suche nach dem richtigen Wort zu helfen.

Sie schüttelte den Kopf. Ich bin mir nicht sicher, ob ich dieses irre und tolle Tourleben überhaupt noch führen will, dachte sie. *Aber wenn ich nicht der Country-Star Casey Elder bin, wer bin ich dann?*

Sie steckte in einer Identitätskrise.

„Mir fehlen meine Kinder und Walker", sagte sie stattdessen. Das war die reine Wahrheit, nur war es nicht die ganze Wahrheit. Nicht, dass sie Mike oder irgendwem sonst eine Erklärung schuldig gewesen wäre, dennoch wäre es ganz nützlich, wenn *sie selbst* eine Erklärung fand. „Es ist einfach schön, so viel Zeit gemeinsam zu verbringen. Nicht ständig unterwegs zu sein, von Stadt zu Stadt zu eilen, alles aufzubauen und kurz drauf wieder zusammenzupacken."

Als ob sie seit den ersten Tagen ihrer Karriere je irgendwo irgendwas hätte aufbauen müssen! Doch darum ging es ihr auch gar nicht.

Mike musterte sie noch genauer als zuvor. „Ehrlich? Dir fehlt es nicht, auf Tour zu sein? Also ich könnte die Wände hochgehen. Mir juckt's in den Fingern, auf der Bühne zu stehen und dem Applaus zu lauschen."

Sie lachte leise, aber tief in ihrem Inneren regte sich ihr

schlechtes Gewissen. Sie konnte von Mike und den anderen in der Band nicht erwarten, dass sie geduldig auf ihre Rückkehr warteten, damit sie da weitermachen konnten, wo sie aufgehört hatten. Jeder Einzelne von ihnen war ein hochtalentierter Musiker, sie zählten zu den Besten der Branche, und sie befanden sich in jeder Hinsicht immer noch in der Blüte ihres Lebens.

Natürlich hatten sie alle ihre Pläne und Träume, und auch wenn sie finanziell ausgesorgt hatten, würden gelegentliche Sessions in ihrem Haus in Parable auf Dauer nicht genügen, um ihren kreativen Hunger zu stillen.

„Du wirst rastlos, Mike?", fragte sie schließlich.

Draußen zogen die Palmen vorbei, die den Freeway säumten. Überall waren Autos unterwegs, alle waren ständig unterwegs, alle auf dem Weg nach irgendwohin. Warum genügte es nicht, einfach nur an einem Ort zu sein, wenigstens mal für eine Weile?

Mike tätschelte ihren Handrücken. „Das ist es nicht", entgegnete er. „Mir fehlt es, gemeinsam Musik zu machen. Und den anderen geht's genauso."

„Mir auch", gestand sie ihm. „Manchmal."

„Manchmal?", wiederholte er amüsiert. „Und in der übrigen Zeit?"

„Da möchte ich kochen lernen und reiten und auf der Veranda sitzen und den Himmel über Montana betrachten. Die Kinder werden so schnell groß, dass mir davon ganz schwindlig wird. Ich muss immerzu daran denken, wie mir die Zeit davonrennt." Sie unterbrach sich und atmete tief durch. Was sie erzählte, musste für Mike vermutlich ziemlich langweilig klingen, da er sein Leben vorzugsweise mit Vollgas auf der Überholspur verbrachte. „Ich mag dieses Leben." *Und ich* liebe *Walker Parrish, auch wenn ich Angst davor habe, es ihm zu sagen.*

„Okay", meinte Mike und schaute nachdenklich aus dem Seitenfenster.

Dieses Gespräch war vorüber, zumindest vorläufig, und wenn damit nichts geklärt worden war … nun, an den Zustand gewöhnte sich Casey gerade. Sie war sich immer sicher gewesen, was sie wollte, sie war zielstrebig gewesen. Aber jetzt wurde sie von Unsicherheit beherrscht.

Clare war immer noch wütend auf sie, und auch wenn Shane sich nur von der positiven Seite zeigte, schlummerte garantiert irgendetwas in ihm, das erst noch an die Oberfläche kommen würde.

Und dann war da Walker, der Mann, den sie liebte. Der Mann, dem sie die Kindheit seines Sohns und seiner Tochter vorenthalten hatte. Manchmal konnte sie fast glauben, dass Walker sie zutiefst liebte, vor allem wenn sie miteinander schliefen. Aber ansonsten fragte sie sich, ob er ihr tatsächlich voll und ganz verzeihen könnte.

Verzweifelt ließ sie sich in das weiche Polster der Limousine sinken und hielt sich vor Augen, dass allen Widrigkeiten zum Trotz die Show weitergehen musste. Sie kannte ihre Texte auswendig, sie hatte sie jahrelang einstudieren können, so wie sie einfach in ihre Bühnenpersönlichkeit schlüpfte. Die Frage war nur, ob hinter diesem Hochglanzimage überhaupt eine echte, eigenständige Persönlichkeit existierte.

Die Antwort darauf fiel ihr verdammt schwer.

Brylee konnte sich nicht um die Kinder kümmern, solange Casey weg war, weil für diese Woche das jährliche „Motivationstreffen" angesetzt war, bei dem Hunderte ihrer Verkäufer zusammenkamen und auf dem Campinggelände gleich neben ihrem Firmenhauptquartier in Hütten einquartiert wurden, um beim Lagerfeuer beisammenzusitzen, Auszeichnungen entgegenzunehmen und bei Workshops und Seminaren mitzumachen.

Sie nahm ihren Hund Snidely mit, und sie hatte Clare angeboten, sie zu begleiten. Aber sie hatte den Eindruck, dass diese sich seit Caseys Abreise nach L. A. immer stärker zurückzog und kaum noch ihr Zimmer verließ. Laut Meisterspion Shane verbrachte sie die Zeit mit ihren Katzen und damit, alle zehn Minuten Finger- und Fußnägel in einer anderen Farbe zu lackieren, Bücher zu lesen, im Internet zu surfen und düstere Balladen auf einer alten Gitarre zu spielen.

Ein paarmal schaffte es Walker bis vor ihre Tür, und er hatte auch schon die Hand gehoben, um anzuklopfen, doch immer wieder hatte ihn irgendwas davon abgehalten. Er hatte sie auch singen hören, ihre Stimme war der von Casey so ähnlich, dass sie ihn regelrecht verfolgte, was im Übrigen auch für die Texte galt, von denen er genug mitbekam, um zu wissen, sie drehten sich um Themen wie Einsamkeit und Verrat.

War das einfach nur eine Phase, die jeder Teenager durchmachte? Oder hatte ihre Traurigkeit etwas mit ihrem momentanen Verhältnis zu ihrer Mutter zu tun?

Früher, als er nur der Freund der Familie gewesen war, der ab und zu zum Essen auftauchte, hätte er gewusst, wie er zu Clare durchdringen konnte. So widersinnig es auch war, hatte er jetzt, in seiner Rolle als ihr Vater, keine Ahnung, was er tun oder sagen sollte.

Stattdessen besaß er auf einmal die Gabe, genau das Falsche zu sagen.

Bei Shane fiel ihm das viel leichter, weil sie viel mehr Gemeinsamkeiten hatten, abgesehen von der Tatsache, dass sie beide Männer waren. Sie liebten Pferde, hielten sich gern in der freien Natur auf und hatten auch Spaß am Rodeo. Außerdem ähnelten sich ihre Ansichten und Denkweisen ganz verblüffend. Auch wenn der Junge hin und wieder Anzeichen von Ablehnung erkennen ließ, gab er sich doch große Mühe, aus jeder Situation das Beste zu machen.

Von Clare konnte man das nicht behaupten, und das bereitete Walker Sorgen – nicht nur, weil sie mit ihrer Einstellung Casey Kummer bereitete, sondern weil es auch so schien, als würde sie ihnen immer weiter entgleiten und zu einem anderen Menschen werden, der dagegen ankämpfte, dass aus ihnen eine richtige Familie wird.

Doch das Leben ging weiter, es gab Arbeiten zu erledigen, Essen musste auf den Tisch gebracht werden, und mit Blick auf das anstehende Rodeo war noch einiges zu planen. Walker zwang sich einfach zum Weitermachen und setzte stur einen

Fuß vor den anderen, während ihm Casey so sehr fehlte, dass es schmerzte.

„Ich habe vergessen, Mom zu fragen, ob ich am Rodeo teilnehmen darf", erklärte Shane am dritten Abend nach Caseys Abreise. Sie hatten soeben gegessen und abgewaschen und waren mit den Hunden allein in der Küche. Clare hatte ein paar Happen gegessen und beim Aufräumen geholfen, aber in der ganzen Zeit kaum mehr als zwei Worte von sich gegeben. Bei der ersten sich bietenden Gelegenheit war sie schnell in ihr Zimmer verschwunden.

Walker verkniff sich die Erwiderung, dass Shane in den letzten Tagen genügend Gelegenheiten gehabt hatte, um mit Casey zu reden, da sie regelmäßig anrief und noch häufiger SMS schickte.

„Schreib ihr eine SMS", sagte er stattdessen.

„Sie probt jetzt", hielt Shane dagegen. „Und dann geht sie zum Abendessen mit einem Haufen VIPs. Der Vizepräsident ist auch dabei."

Das alles war Walker bekannt, schließlich hatte er oft genug mit Casey telefoniert, allerdings nur kurz, und er war dabei immer ein bisschen neben der Spur gewesen. „Sie wird die SMS lesen und dir antworten, sobald sie eine Gelegenheit dazu hat."

Shane verdrehte die Augen. „Und dann krieg ich ein ‚Nein' als Antwort. Dabei hat sie dann gar nicht erst drüber nachgedacht. Das tut sie nämlich immer, wenn sie viel zu tun hat. Da kommt einfach ein Nein, und sie macht mit ihren Sachen weiter."

„Dann hast du sie deswegen nicht gefragt", meinte Walker.

„Ich will doch bloß bei einer einzigen blöden Veranstaltung teilnehmen", beharrte der Junge. „Was ist daran so schlimm?"

Walker saß inzwischen am Tisch, vor ihm stand eine Tasse mit Kaffee, der fast kalt war. „Und an welche ‚blöde' Veranstaltung hast du gedacht?", erkundigte er sich nach einer Weile.

Sofort strahlte Shane übers ganze Gesicht. „Reiten ohne Sattel", antwortete er. „Auf einem Wildpferd."

Oh verdammt, fluchte Walker im Stillen. Er wusste, was Pferde mit einem anstellen konnten, wenn sie ihren Reiter loswerden wollten, schließlich züchtete er ja solche ungestümen Tiere.

„Da geht's aber rau zu", erwiderte er. „Auch schon in der Junior-Kategorie."

„Da geht's *überall* rau zu", hielt Shane dagegen. „Genau darum geht's doch. Das ist ein *Rodeo*."

„Bist du jemals von einem Pferd abgeworfen worden?", fragte Walker.

Das ernste Gesicht des Jungen lief rot an. Die vielen Stunden täglich an der frischen Luft hatten seine Haut gebräunt, die Sonne hatte Sommersprossen auf seinen Wangen hervortreten lassen. Inzwischen sah er mehr aus wie ein typischer Junge vom Land, weniger wie der gut behütete Sohn einer berühmten Sängerin. Casey hatte bei seiner und Clares Erziehung wirklich hervorragende Arbeit geleistet. Eines allerdings war offensichtlich: Casey war nie davon angetan gewesen, dass ihre Kinder irgendwelche Risiken eingingen.

Es verstand sich von selbst, dass dumme Risiken wie das Experimentieren mit Drogen und Alkohol immer nur zu Ärger und Leid führten. Aber was war mit kalkulierten Risiken? Das war doch ein ganz anderes Thema, und es war ein wichtiger Teil des Erwachsenwerdens, denn nur so lernte man, sich in einer knallharten Welt zu behaupten.

„Hast du als Kind beim Junior-Rodeo mitgemacht?", wollte Shane wissen.

Oh Mann, dieser Junge würde einen verdammt guten Anwalt oder Politiker abgeben, obwohl Walker von ganzem Herzen hoffte, dass er keinen der beiden Berufe wählen würde. Vor allem Politiker rangierten auf Walkers Beliebtheitsskala ganz weit unten.

„Ja, Shane", musste er einräumen, „aber ich bin mein Leben lang geritten, und mein Vater war der Ansicht, dass ein paar harte Landungen noch niemandem geschadet haben." *Meine Mutter dagegen war nicht so übervorsichtig wie Casey, sie hat sich einfach überhaupt nicht dafür interessiert, was ich tue oder lasse.*

„Und wie soll ich mal so werden wie du, wenn du mich nichts tun lässt?", argumentierte Shane.

Walker fühlte sich überwältigt vor Freude, dass der Junge überhaupt mal so werden wollte wie er. Und er musste Shane zustimmen, dass Risiko ein Teil des Lebens war und man nicht viel erreichen konnte, ohne Risiken zu wagen.

„Ich sag dir was", erwiderte Walker nach einer Weile. „Ich werde deine Mutter fragen, ob du am Rodeo teilnehmen darfst. Ich werde auch alles versuchen, um sie zu überzeugen. Aber wenn sie dann immer noch nicht will, ist das Thema erledigt, abgemacht?"

Shane hielt ihm die Hand hin, damit er einschlug. „Abgemacht."

Offenbar traute der Junge ihm viel zu viel zu, wenn er glaubte, dass Walker einen so großen Einfluss auf Casey hatte. Dennoch konnte ein Versuch nicht schaden.

Shane zog sich bestens gelaunt von seinen drei Hunden gefolgt in sein Zimmer zurück, um sich mit einem Videospiel oder am Computer zu beschäftigen.

Dolittle blieb unterdessen bei Walker und legte den Kopf auf dessen Knie, um ihm dann scheinbar wehmütig in die Augen zu schauen. Walker lachte und begann, ihn zu streicheln. „Du bist ein guter alter Hund", sagte er.

Eine Weile saß Walker da und überlegte, ob er Casey wohl bei etwas Wichtigem stören würde, falls er sie jetzt einfach anrief, doch letztlich nahm er sich den Ratschlag zu Herzen, den er Shane erteilt hatte, und schickte ihr eine SMS: *Ruf an, wenn du Zeit hast. Kein Grund zur Panik, ich will dich nur was fragen.*

Fünf Minuten später klingelte sein Telefon, und er stellte erfreut fest, dass auf dem Display Caseys Nummer angezeigt wurde.

„Hey", sagte sie und klang ein wenig außer Atem.

„Hey", erwiderte er.

„Was willst du mich denn fragen?", erkundigte sie sich nach einer kurzen Pause.

„Wann kommst du nach Hause?“ stand auf jeden Fall hoch oben auf seiner Liste, dicht gefolgt von „Sprechen Mädchen in Clares Alter eine eigene Sprache? Gibt’s dazu irgendwo ein Wörterbuch?“ Schließlich räusperte Walker sich. Es war besser, sofort das Thema anzuschneiden.

„Shane möchte am Rodeo teilnehmen.“

„Auf keinen Fall“, antwortete sie, ohne zu zögern.

„Nicht am regulären Rodeo, sondern an dem für Kinder.“

Schweigen.

„Bist du noch da?“, erkundigte sie sich. „Rodeo mit Schafen oder so was?“

Er konnte förmlich hören, wie es in ihren Kopf ratterte. „Nicht so ganz.“

„Sondern?“

„Wildpferde zureiten“, sagte er und fühlte sich, als würde er über einen zugefroren Fluss laufen und auf dem Eis vorsichtig einen Schritt nach dem anderen machen müssen, da er jederzeit einbrechen könnte.

„*Wildpferde zureiten?*“, wiederholte sie ungläubig. „Das ist nicht bloß ein Nein, das ist ein ganz entschiedenes und unwiderrufliches Nein!“

„Casey, hier geht es nicht um Bullenreiten beim landesweiten Finale, sondern um das Kinderrodeo in Parable. Ich persönlich stelle die Pferde zur Verfügung. Du kannst mir glauben, dass ein Junior-Rodeo nicht so abläuft wie das, woran du gerade denkst.“

„Shane ist dreizehn“, hielt sie dagegen. „Auf einem Pferd hat er bislang immer nur gesessen, wenn er eine Zeit lang bei dir war. Walker, er könnte sich das Genick brechen.“

„Er könnte auch im Dreck landen, sich gut fühlen, weil er es mal probiert hat, und beim nächsten Mal, wenn er sich mit einer Herausforderung konfrontiert sieht, könnte er dafür gewappnet sein.“

„Du willst ihn reiten lassen“, warf Casey ihm in einem Tonfall vor, als wollte er, dass Shane von einer Brücke sprang.

„Ja“, bestätigte Walker. „Weil er reiten kann, als wäre er dafür geboren, Case. Er ist ein Naturtalent.“

Er musste Casey nicht sehen, um zu wissen, dass sie jetzt dasaß und sich auf die Lippe biss, hin- und hergerissen zwischen dem Wissen, dass Walker recht hatte, und dem Mutterinstinkt, ihr Kind vor allen vermeidbaren Gefahren zu beschützen.

„Ich bin seine Mutter“, entgegnete Casey. „Es ist meine Aufgabe, sicherzustellen, dass mein Sohn sich nicht bei irgendeinem Rodeo das Genick bricht.“

„Und ich bin sein Vater“, erwiderte er. „Also ist er *unser* Sohn.“

„Ist das irgendein Machoritual?“, fragte sie nach einer längeren Pause. „Irgendwas, um als Erwachsener anerkannt zu werden?“

„Weder noch“, sagte er amüsiert. „Shane muss weder mir noch sonst jemandem etwas beweisen, Casey. Er will das einfach tun. Sehr sogar.“

„Dann ist es genetisch bedingt“, erklärte sie, was aus ihrem Mund so klang, als hätte der Junge von seinem Vater die Vorliebe dafür geerbt, Banken auszurauben.

„Mag sein. Doch um mich geht es nicht, Casey, und auch nicht um dich. Es geht hier nur um Shane und um den Mann, der er eines Tages sein wird.“

„Wenn ihm irgendwas zustößt, Walker Parrish …“

Innerlich seufzte Walker erleichtert auf und konnte sein Glück kaum glauben. Nicht zu fassen, schoss es ihm durch den Kopf. *Sie lenkt tatsächlich ein.*

„Shane wird nichts passieren“, versicherte er ihr. „Wahrscheinlich wird er abgeworfen und fliegt runter, aber das ist für ihn besser, als wenn er immer ängstlich zurückbleibt und sich nie etwas zutraut. Wenn er es versucht, wird er ein paar Schrammen am Körper abbekommen, doch wenn er es nicht versucht, wird seine Seele Schrammen davontragen.“

„Ich hasse es, wenn du mir auf die philosophische Tour kommst“, stieß sie hervor.

„Nein, du hasst es, dass ich recht habe."

Wieder folgte eine Pause. „Wenn er Angst hat, warum will er dann überhaupt am Rodeo teilnehmen?", fragte Casey resigniert und verwirrt.

„Mut bedeutet nicht, keine Angst zu haben", machte er ihr klar. „Es geht darum, vor etwas schreckliche Angst zu haben und trotz dieser Furcht genau das zu tun, was man tun will." Dann fügte er hinzu: „In etwa so, als wenn man zum ersten Mal eine Bühne betritt und vor Tausenden von Leuten singt, ohne zu wissen, ob es ihnen gefallen wird, was man ihnen vorspielt."

„Das ist etwas anderes", wandte sie protestierend ein.

„Tatsächlich? Hattest du keine Angst, als du zum ersten Mal als Vorgruppe für irgendeinen riesigen Star aufgetreten bist? Hast du da nicht befürchtet, man könnte dich ausbuhen, weil die Leute nicht bezahlt hatten, um dich zu sehen?"

„Verdammt, ich hab ja heute noch Angst", gestand sie ihm.

Walker lächelte. Für die Königin der Countrymusik war das ein beeindruckendes Bekenntnis. „Du fehlst mir", meinte er.

„Du fehlst mir auch", gab sie zurück. „Und die Kinder und die Hunde und alle anderen auch."

Eigentlich hätte Walker ihr in diesem Moment gestehen wollen, dass er sie liebte, allerdings machte er es nicht, denn sie war über tausend Meilen von ihm entfernt, und so etwas musste von Angesicht zu Angesicht gesagt werden, vor allem wenn man es zum ersten Mal aussprechen wollte. „Komm bald nach Hause."

„Sonntagmorgen", entgegnete sie mit einem leisen Seufzer, bei dem sich Walkers Laune sofort besserte. „Bis dahin habe ich Interviews vor mir und Essen in Nobelrestaurants und Proben und Soundchecks."

„Apropos Nobelrestaurants", warf Walker ein und fragte sich, ob er sie wohl gerade davon abhielt, zu den VIPs zurückzukehren. „Shane hat erzählt, du hast ein Essen mit dem Vizepräsidenten."

„Oh ja", bestätigte sie und ergänzte dann im Flüsterton: „Der Kerl ist ein Hohlkopf."

Walker musste lachen. „Und ich habe für seinen Präsidentschaftskandidaten gestimmt, also indirekt für ihn."

„Über Geschmack lässt sich eben streiten", erwiderte sie. „Was macht Clare?"

„Also bislang ist sie noch nicht wegen Drogendealens auf dem Schulhof verhaftet worden", scherzte er.

„Na, das tröstet mich aber", entgegnete Casey.

„Sie benimmt sich halt wie eine Vierzehnjährige, deren Leben auf den Kopf gestellt worden ist und die jetzt versucht, zu verstehen, was genau da eigentlich gelaufen ist." Genau genommen hatten sie alle mehr oder weniger mit dem gleichen Problem zu kämpfen, wie Walker in diesem Moment bewusst wurde.

„Pass gut auf sie auf, Walker." Es war keine Aufforderung, sondern eine Bitte … nein, fast schon eher ein Flehen.

„Wird erledigt", versprach er.

„Wir sehen uns am Sonntag", sagte sie. „Wir werden bis dahin bestimmt noch telefonieren, aber …" Wieder geriet sie ins Stocken und verstummte.

„Bis Sonntag", bestätigte er mit belegter Stimme.

Er fand, dass es bis zum kommenden Sonntag viel zu lange dauerte.

Das Junior-Rodeo begann am Freitagnachmittag. Shane stolzierte mit der Startnummer auf seinem Hemd umher, die man ihm auf dem Rücken befestigt hatte. Dabei führte er allen auch seinen neuen Hut vor, den Walker ihm gekauft hatte. Er sprühte vor Selbstvertrauen und konnte seinen großen Auftritt kaum erwarten, denn er schien fest davon überzeigt zu sein, am Ende einen der mit Geld dotierten Plätze zu belegen. Völlig ausgeschlossen war das nicht.

Auf jeden Fall hoffte Walker, dass Shane auf einem dieser vorderen Ränge landen würde. Aber er kannte fast alle anderen Teilnehmer und musste zugeben, dass die Konkurrenz verdammt gut war. Hinzu kam, dass die Pferde und die Bullen zwar etwas zahmer waren als die, mit denen sich die Profis abmühten, dennoch würden sie auch ihr Bestes geben, um einen Cowboy abzuwerfen, lange bevor der Summer ertönte.

Clare, die nur mitgekommen war, weil Walker sich geweigert hatte, sie allein zu Hause zu lassen, schüttelte den Kopf, während sie zusah, wie ihr Bruder sich mit gleichaltrigen Cowboys unterhielt. „Er ist so ein Idiot“, erklärte sie.

Walker, der soeben einen prüfenden Blick auf alle von ihm zur Verfügung gestellten Tiere geworfen hatte, rückte seinen Hut zurecht. „Heftige Worte“, sagte er. „Wenn ich glauben müsste, dass du das ernst meinst, dann wäre ich jetzt ziemlich betrübt.“

Ein lauter Seufzer war Clares erste Reaktion darauf. Sie trug Jeans, Sportschuhe und eines von Walkers alten Hemden, zudem hatte sie sich einen kleinen Rucksack umgehängt.

„Und wenn Shane was passiert?“, fragte sie.

Walker lächelte sie zuversichtlich an. „Die Chancen stehen gut, dass ihm nichts zustößt.“

„Mom bringt dich um, wenn Shane sich was bricht oder sich eine Gehirnerschütterung zuzieht“, warnte Clare ihn. „Er ist ihr Liebling, das weißt du.“

„Wenn ihm was passiert, wird sie ganz sicher vor Wut rasen“, musste er ihr zustimmen, fuhr dann allerdings verwundert fort: „Aber wieso kommst du auf die Idee, sie könnte einen von euch bevorzugen?“

„Eltern haben immer ein Lieblingskind“, erklärte sie ihm, ohne den Blick von ihrem Bruder abzuwenden. „Sie wollen es nie zugeben, doch Kinder merken so was immer.“

„Tja, ich bin ja auch ein Elternteil, aber ich weiß, dass ich dich genauso lieb habe wie deinen Bruder.“

Clare stieß einen prustenden Laut aus, um ihren Unglauben zu unterstreichen. „Shane ist ein Junge, und Väter mögen Jungs immer mehr als Mädchen.“

„Das ist nicht wahr“, widersprach Walker und wunderte sich darüber, dass derart wichtige Gespräche anscheinend immer in der Öffentlichkeit angefangen wurden, wenn keine Zeit da war, sich ausgiebig darüber zu unterhalten. Aus einer Laune heraus nahm er seinen Hut und setzte ihn ihr auf.

Zu seiner Erleichterung begann Clare zu lachen. „Ehrlich?", meinte sie und schob den Hut aus dem Gesicht, wobei er zum ersten Mal seit Tagen den Hauch eines amüsierten Funkelns in ihren Augen erkennen konnte.

„Ja, ehrlich", bestätigte er und musste sich zwingen, sich seine Rührung nicht anmerken zu lassen.

Dann setzte sie den Hut ab, drückte ihn Walker in die Hand, und damit war dieser besondere Moment zwischen ihnen auch schon wieder vorbei. Abrupt wechselte sie das Thema: „Ein paar Schulfreundinnen sind auch hier. Hast du was dagegen, wenn ich mich auf die Suche nach ihnen mache?"

„Nein, aber bleib auf dem Rodeogelände, und einmal in der Stunde höre ich von dir, entweder per Handy oder persönlich."

Zwar seufzte sie dramatisch, doch nach ihrem Blick zu urteilen, schien sie doch froh zu sein, dass er auf sie aufpasste. Natürlich war er kein Experte dafür, das Verhalten von Teenagern einzuschätzen, genauso wie er nur selten die richtigen Worte fand, allerdings wollte er seiner eigenen Tochter einen so harmlosen Wunsch nicht abschlagen.

„Okay", willigte sie ein und tauchte in der immer noch anwachsenden Menschenmenge unter.

In der nächsten Sekunde regten sich bei ihm Zweifel. Das Rodeo zog zahlreiche Zuschauer an, Leute hier aus der Gegend, aber auch von weiter weg. War es tatsächlich so klug von ihm gewesen, Clare losziehen zu lassen, damit sie nach ihren Freundinnen suchte? Casey hätte sich wohl ganz entschieden dagegen ausgesprochen, doch sie neigte ja auch dazu, Bodyguards zu engagieren oder die Polizei dazuzuholen, um sich und ihre Kinder zu schützen.

Der Haken an der Sache war, dass er Clare jetzt nicht mehr zurückbeordern konnte. Sie war nirgends mehr zu sehen, und falls er sie richtig einschätzte, würde sie gar nicht erst ans Handy gehen, wenn er sie anrufen sollte.

Aber verdammt, sie waren hier im beschaulichen Parable in Montana, nicht in irgendeiner Großstadt mit unzähligen dunklen Ecken.

Die Eröffnungszeremonie des Rodeos war spektakulär, es gab Feuerwerk, und sechs Jets der United States Air Force flogen über das Gelände hinweg. Der Chor der Highschool sang die Nationalhymne, und jeder Mann, jede Frau und jedes Kind stimmte mit ein.

Nachdem dieser Teil abgeschlossen war, zog sich Walker hinter die Boxen zurück, in die man die Pferde und Bullen bringen würde, kurz bevor sie mit einem Reiter auf dem Rücken in die Arena geschickt wurden. Er wollte von dort aus ein Auge auf Shane haben.

Das Kälberfangen hatte soeben begonnen, folgen würde das Bulldogging. Anschließend stand das Barrel Race an, bei dem der Reiter in kürzester Zeit drei Fässer umrunden musste. Dabei legten die Reiter und ihre Pferde ein Geschick an den Tag, das Walker neidlos bewundern musste.

Shane tauchte auf, gleich nachdem seine Schwester sich vorläufig verabschiedet hatte, und stellte sich zu Walker an den Zaun. Vermutlich hatte er sich bis gerade eben bei seinen Schulfreunden aufgehalten, von denen jetzt aber keiner mehr zu sehen war.

„Tut das den Kälbern nicht weh?“, fragte der Junge leise, während er das Geschehen in der Arena beobachtete. Es war sogar ihm selbst klar, dass er eine solche Überlegung nicht laut äußern sollte, wenn er von Rodeo-Begeisterten umgeben war. „Ich meine, weil sie das Lasso um ein Bein geworfen bekommen und sie dann zu Boden gerissen werden, bevor der Cowboy alle Beine zusammenschnürt.“

„Nein“, erwiderte Walker. „Das ist nicht so, als wenn man das bei einem Menschen oder einem Hund machen würde. Kälber sind robuste kleine Teufel, doch wenn sie aus irgendeinem Grund geschwächt wirken, werden sie gar nicht in den Wettbewerb gelassen.“ Er hielt inne und wartete einen Moment lang.

Da von Shane keine Erwiderung kam, hieß das wohl, dass der Junge noch gewisse Zweifel hatte. „Kälberfangen gehört zur Arbeit auf einer Ranch einfach dazu“, redete er weiter. „Das ist die einzige Möglichkeit, sie zu impfen und zu behandeln, wenn sie krank oder verletzt sind.“

Shane nickte. „Ich schätze, Kälber hören wohl nicht auf ihren Namen, wenn man sie ruft“, überlegte er.

Lachend klopfte Walker seinem Sohn auf die Schulter. „Nein, die kommen ganz sicher nicht an, wenn man sie ruft.“

In einvernehmlichem Schweigen standen sie so wie viele Väter und ihre Söhne am Zaun und schauten sich die nächsten zwei Teilnehmer an. Zum Ärger der jugendlichen, aber sehr beharrlichen Cowboys entwischten die Kälber den Lassos, die sie ihnen auf ihrem Pferd sitzend hinterherwarfen.

„Ich habe ein Wildpferd namens Backflip gezogen“, erzählte Shane, während der Sprecher das Publikum mit Anekdoten unterhielt, bis der nächste Cowboy bereit war, sein Glück zu versuchen.

Natürlich kannte Walker Backflip, so wie er auch jedes andere Pferd hier kannte, weil sie alle ihm gehörten. Dieses spezielle Tier konnte recht passabel seinen Reiter abwerfen, allerdings fehlte ihm der ganz große Eifer, deshalb war es in die Junior-Kategorie gesteckt worden. „Backflip ist gut zu reiten“, sagte er und beobachtete den Jungen aus dem Augenwinkel. Er schien nervös, jedoch nicht verängstigt, was ein gutes Zeichen war.

„Ich schätze, acht Sekunden können einem lange vorkommen, wenn man auf einem Wildpferd oder einem Bullen sitzen bleiben will.“

„Das kann einem wie eine Ewigkeit erscheinen“, antwortete Walker, der aus Erfahrung sprach. Er hatte vor langer Zeit aufgehört, aktiv an Rodeos teilzunehmen. Nur auf der Ranch kam er manchmal noch dazu, wenn er und Al und die anderen Helfer jene Tiere aussortierten, die von der Statur her nicht fürs Rodeo geeignet waren. Bei diesen Gelegenheiten merkte er manchmal, wie sehr ihm das alles fehlte.

Was ihm dagegen nicht fehlte, war, im Dreck zu landen, sich sofort aufzurappeln und in Richtung Zaun zu rennen, weil ein Bulle einen verfolgte, anstatt wie sonst üblich durch die Arena zu stolzieren und zu zeigen, dass er reiterlos war.

„Falls du dich noch nicht so ganz bereit dafür fühlst, Shane", meinte er, „dann ist das in Ordnung. Keiner wird sich darüber lustig machen, ich erst recht nicht."

Shane sah ihn voller Begeisterung an. „Ich mache das heute", verkündete er und beendete diese Diskussion.

Eine Dreiviertelstunde später meldete sich Clare wie vereinbart und ließ ihn wissen, dass sie ihre Freundinnen gefunden hatte. Sie waren auf dem Weg zum Rummel, der auf dem gleichen Gelände stattfand wie das Rodeo.

Walker war beruhigt, wünschte ihr viel Spaß und sagte ihr, sie solle ihn in einer Stunde wieder anrufen.

In der Zwischenzeit hatte sich Shane zu ein paar Freunden gesellt, und Walker gelangte zu der Ansicht, dass Vater zu sein gar nicht so schwer war, wie es von manchen Leuten dargestellt wurde.

Als die Wildpferde schließlich an der Reihe waren, hielt Walker einen gewissen Abstand zu den Boxen, da er sich denken konnte, dass es Shane peinlich sein würde, wenn sein Vater ihm mehr oder weniger über die Schulter schaute.

Shane war der dritte Teilnehmer, und Backflip machte seinem Namen alle Ehre, weil er den Jungen nach drei Sekunden abwarf. Er landete hart auf dem Boden und blieb einen Moment lang auf dem Rücken liegen, während Helfer das Pferd aus der Arena brachten.

„Ein guter Versuch für einen Neuling!", rief der Sprecher, während Shane zur Seite rollte, aufstand und sich bückte, um seinen Hut aufzuheben. „Das war Shane Parrish aus Three Trees, Ladies and Gentlemen. Ein Applaus für ihn!"

Die Menge jubelte, und Walker schoss mit seinem Handy ein Foto, wie sein mit Staub und Erde übersäter Sohn breit grinsend in Richtung Zaun humpelte. Er schickte das Bild an

Casey, damit sie wusste, dass Shane wohlauf war, und steckte das Handy zurück in die Hemdtasche.

„Ich hab's geschafft", sagte Shane.

„Das hast du allerdings", lobte Walker ihn mit rauer Stimme und legte eine Hand auf die Schulter des Jungen.

Nur Sekunden später klingelte Walkers Handy. Er zog es aus der Tasche und meldete sich, da er damit rechnete, dass Casey ihn anrief.

Doch die Stimme gehörte Treat McQuillan.

„Einer meiner Leute hat Ihre Tochter wegen Ladendiebstahls festgenommen", berichtete der Polizeichef und versuchte nicht mal, seine Genugtuung über diesen Vorfall zu überspielen. „Sie sitzt jetzt hier bei uns auf der Wache in einer Zelle."

16. KAPITEL

Casey, die sich während der Proben für eine kurze Pause in ihre Garderobe zurückgezogen hatte, betrachtete lächelnd den Schnappschuss, den Walker ihr geschickt hatte und der Shane zeigte, der eben erst von einem Pferd abgeworfen die Rodeo-Arena in Parable durchquerte. Von Kopf bis Fuß war er mit Staub und Erde bedeckt, doch er lächelte so strahlend, als wäre er zum Cowboy des Jahres gewählt worden.

Gerade wollte sie eine erfreute Antwort losschicken, da erhielt sie eine zweite Nachricht. Da sie davon ausging, dass es sich um die Fortsetzung der Shane-Saga handelte, öffnete sie sie, ohne näher hinzusehen.

Das neue Bild ließ sie zusammenzucken, ihr stockte der Atem, und ihr Herz schien einen Schlag lang auszusetzen. Es zeigte eine düster dreinblickende Clare mit auf dem Rücken gefesselten Händen, während sie auf die Rückbank eines Polizeiwagens verfrachtet wurde.

Dieses Foto schockierte sie so, dass Mitch auf sie aufmerksam wurde. Er beendete seine Unterhaltung mit den Maskenbildnern und kam zu Casey.

Vor Panik wie gelähmt stand sie da, während ihr Manager ihr das Handy abnahm und das Bild von Clare betrachtete. Zwar kriegte er vor Wut einen roten Kopf, bewahrte jedoch die Ruhe und versuchte zu sehen, wer diese Aufnahme geschickt hatte.

Casey hätte ihm auch gleich sagen können, dass er sich diese Mühe sparen konnte, da er nichts finden würde. Die Leute, die solche Fotos schossen und dann verbreiteten, um Unruhe zu stiften und andere Leute zu brüskieren, schickten weder ihren Namen noch ihre Nummer mit.

„Keine Angaben“, meinte Mitch seufzend. „Ich kann mich mit deinem Provider in Verbindung setzen, damit der nachforscht …“

„Vergiss es“, erwiderte sie. „Selbst wenn wir den Absender ausfindig machen, hilft uns das nicht weiter.“ Sie atmete tief durch und dachte an all die Leute hier, die darauf bauten, dass sie und die anderen Künstler aus dem Benefizkonzert einen großen Erfolg machten. Von diesem Erfolg hing es ab, dass den Erdbebenopfern in Südamerika geholfen werden konnte. „Ich muss zurück nach Parable, Mitch. So schnell wie möglich."

„Du trittst morgen Abend auf", hielt Mitch ihr vor Augen. „Und zwar live, Casey."

„Wir könnten unseren Auftritt aufzeichnen und …"

„Casey, jetzt reiß dich zusammen. Okay, Clare scheint in Schwierigkeiten zu stecken. Doch sie ist weder verletzt noch krank. Wenn sich das da als irgendein Notfall entpuppen *sollte*, dann lasse ich dich mit der ersten Maschine nach Hause fliegen und regle hier alles für dich. Aber wir wissen zurzeit nicht, *dass* es sich um einen Notfall handelt, nicht wahr?"

Obwohl ihr klar war, dass Mitch recht hatte, konnte sie das nicht beruhigen. Die Sorge um Clare war schier übermächtig. „Das da auf dem Bild ist meine *Tochter*, Mitch!", flüsterte sie aufgebracht.

„Und sie hat auch einen Vater", entgegnete er. Ja, das war der alte Mitch, der Mitch, wie sie ihn kannte. Nicht der Mitch, der sie hatte heiraten wollen. „Walker ist doch da, nicht wahr? Er wird sich schon darum kümmern. Außerdem ist das Ganze wahrscheinlich halb so wild. Kinder stellen Dummheiten an, Casey. Das passiert einfach."

Das mochte ja sein, aber auf dem Foto war nicht irgendein Kind zu sehen, sondern ihre Clare. Ihre Erstgeborene, ihr Baby, und sie fühlte sich zu hundert Prozent verantwortlich.

Allerdings war es bestimmt hilfreich, Walker anzurufen, also schickte sie Mitch und alle anderen aus der Garderobe und drückte auf die Kurzwahltaste, unter der sie die Nummer ihres Ehemanns gespeichert hatte.

Als Walker sich meldete, klang er angespannt. Ein deutliches Zeichen dafür, dass er bereits wusste, was mit Clare los war. Anstelle eines „Hallo" sagte er sofort: „Keine Panik, Casey, ich erledige das."

„Du erledigst das?“, wiederholte sie und war außer sich. „Walker, könntest du mir vielleicht erst mal erklären, *was überhaupt los ist*? Wieso schickt mir irgendein *Fremder* ein Bild, das meine Tochter in Handschellen zeigt?“

„Ich bin auf dem Weg zur Polizeiwache“, antwortete er ruhig, auch wenn seine Stimme sehr rau und brüchig klang. „Man wirft Clare Ladendiebstahl vor. Einer von Treat McQuillans Leuten hat sie irgendwo auf dem Rodeogelände festgenommen.“

Irgendwo auf dem Rodeogelände?

Er hatte Clare unbeaufsichtigt gelassen? War ihm eigentlich nicht klar, was ihr alles hätte zustoßen können?

Nein, darauf durfte sie jetzt gar nicht erst zu sprechen kommen.

„*Ladendiebstahl? Clare?*“ Casey, die bis gerade eben wie aufgescheucht in ihrer Garderobe auf und ab gegangen war, blieb stehen und ließ sich auf den Stuhl vor dem großen Schminkspiegel sinken. Sich dort gleich dreimal zu sehen, war alles andere als angenehm, daher drehte sie sich mit dem Stuhl um. „Das muss ein Irrtum sein.“

Walker ließ sich Zeit mit seiner Antwort. „Wir werden sehen“, sagte er und sprach so wohlüberlegt, dass sie das Gefühl hatte, als würde zwischen ihnen eine unsichtbare Mauer entstehen. „Casey, ich rufe dich an, sobald ich mehr weiß. Das verspreche ich dir. Versuch du in der Zwischenzeit, Ruhe zu bewahren.“

„Ruhe bewahren? *Ruhe?* Ich bin eine Woche lang nicht zu Hause … es ist ja sogar *weniger als eine Woche*, und dann passiert so was?“ Zwar warf sie ihm nicht direkt vor, dass er sich nicht genügend um ihre Tochter gekümmert hatte, dennoch blieb die Aussage die gleiche: *Ich habe dir vertraut, und du hast mich enttäuscht.*

„Ich rufe dich an, Casey“, wiederholte Walker tonlos und mit langen Pausen nach jedem Wort.

Casey nickte, aber plötzlich erinnerte sie sich daran, dass Walker sie ja nicht sehen konnte. „Ja, tu das bitte.“

Dann beendeten sie das Gespräch.

Da sie nichts anderes tun konnte, als abzuwarten, entschloss sie sich zu Atemübungen. Nach einigen tiefen Atemzügen ließ sie allmählich die Schultern sinken, die sie bis dahin verkrampft hochgezogen hatte. Wenn sie nicht davon hätte ausgehen müssen, dass sie schwanger war, dann hätte sie sich jetzt einen Drink kommen lassen … einen doppelten irgendwas. Mit Eis. Vielleicht einen Moonshine. Bekam man den überhaupt in L. A.?

Doch das war auch egal.

Wichtig war jetzt nur Clare, die bloß einen Flug mit einmal Umsteigen weit weg war.

Die moderne neue Parable Municipal Police Station war an der Stelle gebaut worden, an der früher der „historische" Wasserturm der Stadt gestanden hatte – bis eine Handvoll besorgter Bürger hingegangen war und das baufällige Ding niedergerissen hatte, gleich nachdem Dawson McCullough hinuntergestürzt war.

Walker stellte seinen Wagen auf einem der drei Besucherparkplätze ab und öffnete die Fahrertür. „Du wartest hier", sagte er zu Shane, der kreidebleich auf dem Beifahrersitz saß.

Die Polizeiwache war recht klein, den Empfangsbereich bildete eine Kombination aus Theke und Schreibtisch, auf dem eine Telefonanlage stand – und das war es eigentlich auch schon. Die Stühle waren aus Plastik, auf einem Beistelltisch lagen ein paar alte Zeitschriften, wohl für Leute, die ihre Zeit mit Lesen verbringen wollten, während sie darauf warteten, mit einem Gefangenen zu reden.

Ganz hinten fanden sich exakt zwei Zellen, mehr nicht, davor befand sich das Büro von Treat McQuillan, einem aufgeblasenen, selbstherrlichen kleinen Pitbull, dem *diese* Situation diebisches Vergnügen bereiten musste.

Die Frau am Empfang erkannte Walker nicht. Sie war Mitte vierzig und schien nach den Abzeichen auf ihrer gestärkten blauen Uniform auch noch als Schülerlotsin oder Politesse eingesetzt zu werden. Da es in ganz Parable schätzungsweise ein

Dutzend Parkuhren gab und die Schule für die Dauer der Sommerferien geschlossen war, musste sie wohl den Empfang übernehmen, solange es draußen auf der Straße statt „extrem wenig“ vorübergehend „gar nichts“ für sie zu tun gab.

„Ich möchte zu Clare Elder“, sagte er zu der Frau, nachdem er ihr seinen Namen genannt hatte.

Sie griff nach einem Klemmbrett und begann, seitenweise Dokumente zu überfliegen. Oh ja, sie und das Parable Police Department hatten eine gefährliche Schwerverbrecherin hinter Schloss und Riegel gebracht, und da konnte man gar nicht vorsichtig genug sein.

„Ich habe hier nur eine Clare *Parrish* vermerkt“, sagte sie schließlich.

„Das dürfte dann meine Tochter sein“, erwiderte er kurz.

Sie warf ihm einen vorwurfsvollen Blick zu. Offenbar fand sie, wenn er Clares Vater war, hätte er ihr auch gleich den richtigen Namen nennen können.

„Das muss ich erst mal mit meinem Chef klären“, erklärte sie, nachdem sie eine Zeit lang dagesessen und die Lippen geschürzt hatte. Sie drehte sich um und entschwand durch die Tür gleich hinter ihr.

Es dauerte keine fünf Sekunden, da tauchte McQuillan auf. Er machte einen sehr zufriedenen Eindruck und sagte in einem übertrieben höflichen Tonfall: „Na, Sie sind aber schnell hergekommen.“

„Ich will meine Tochter sehen“, erwiderte Walker ohne eine Gefühlsregung.

McQuillan schloss die Tür hinter sich und gab ihm ein Zeichen, damit Walker vorging. Die Politesse trat einen Schritt zur Seite und schaute ihm herablassend nach.

Im Raum dahinter hockte Clare an einem kleinen runden Tisch, der Kopf war nach vorn gesunken. Wenigstens trug sie keine Handschellen mehr, und sie hatte auch keinen orangefarbenen Overall anziehen müssen, doch das alles war für Walker nur wenig Trost.

„Tut mir leid“, entschuldigte sie sich, ohne ihn anzublicken.

Walker zog einen Stuhl heran und nahm ihr gegenüber Platz. Dann sah er McQuillan so lange wortlos an, bis der den Raum verließ.

„Clare“, begann Walker schließlich, während sie stumm zu weinen anfing. „Erzähl mir, was passiert ist.“

Sie brauchte einen Augenblick, um sich zu sammeln, aber sie vermied es weiterhin, Walker anzusehen. „Ich habe ein Paar Ohrringe geklaut. An einem Stand auf dem Rummel“, meinte sie. Eine Träne lief über ihre Wange. So zusammengekauert, wie Clare dasaß, wirkte es, als wollte sie sich in sich selbst zurückziehen, um zu verschwinden.

„Warum hast du das getan?“, fragte er. Eigentlich hatte er erwartet, unglaublich wütend auf sie zu sein, stattdessen brach es ihm das Herz. Er musste sich gar nicht fragen, an welchem Punkt er einen Fehler begangen hatte – das wusste er längst.

„Keine Ahnung“, antwortete sie sehr leise.

„Ich glaube, du hast schon eine Ahnung“, widersprach er ihr sanft.

Endlich hob sie den Kopf, und er sah in ihren Augen, wie sehr sie sich schämte. Aber er entdeckte in ihnen auch die nackte, hoffnungslose Wahrheit. „Ich wollte sie ja zurückgeben ... oder dafür bezahlen, ganz ehrlich. Ich wollte doch nur wissen, ob ich damit durchkomme.“

„Und jetzt weißt du’s“, meinte Walker. „Ich habe in meinem Leben schon dümmere Ideen gehört, aber nicht allzu viele. Was hast du dir dabei gedacht?“

Sie deutete ein Schulterzucken an, das Antwort genug war. Sie hatte sich gar nichts dabei gedacht, und genau das war das Problem.

„Ich hab ja versucht, das der Verkäuferin zu erklären, als sie mich erwischt hat. Aber sie war so total sauer, dass sie sofort die Polizei gerufen hat. Ich schätze, eigentlich wäre der Sheriff dafür zuständig gewesen, weil das Gelände außerhalb der Stadtgrenze liegt, doch vielleicht ist da was durcheinandergeraten. Auf jeden

Fall kam dann ein Cop zur Kirmes. Er muss mich erkannt haben, weil er ganz komisch grinste und meinte, dass Kinder von Prominenten immer denken, sie könnten sich über Recht und Ordnung hinwegsetzen. Außerdem hat er noch gesagt, dass er hofft, dass der Richter mir eine Lektion erteilt, die ich nie wieder vergesse." Sie verstummte und schaute so unendlich traurig drein, dass es Walker die Brust zuschnürte. Sie war erst vierzehn, und soweit er im Bilde war, hatte sie sich noch nie etwas zuschulden kommen lassen. Ihr die Bekanntheit ihrer Mutter vorzuhalten, war nicht fair, doch so war nun mal die Welt.

„Können wir jetzt nach Hause fahren?", fügte sie kläglich hinzu.

Sie war jung, zu jung, um in einer Arrestzelle eingesperrt zu werden, aber das bedeutete noch lange nicht, dass die Situation nicht ernst gewesen wäre. Walker fragte sich unwillkürlich, ob er wohl mit einem Mal zu weichherzig geworden war, allerdings war er der festen Überzeugung, dass sie nicht log.

Dennoch erhielt sie noch keine Antwort auf ihre Frage. „Und zu welchem Zweck hattest du den Rucksack mitgenommen?", hakte er nach, als er den auf einem Tisch an der Wand liegen sah und sich daran erinnerte, dass sie ihn auf dem Weg zum Rodeo über der Schulter getragen hatte. Ihm fiel auch ein, dass er sich einen Moment lang gewundert hatte, warum sie einen Rucksack mitschleppte.

Clares Unterlippe zitterte, und wieder stiegen Tränen in ihre grünen Augen. „Ich wollte weglaufen", gestand sie. „Aber dann dachte ich, das ist ein blöder Plan. Da draußen sind Entführer und Perverse und sonst was für Typen unterwegs, vor denen immer gewarnt wird, und darum hab ich's mir anders überlegt." Sie musterte ihn eindringlich. „Ehrlich, Walker, so ist es gewesen."

Wenn sie ihm etwas hätte vormachen wollen, dann wäre sie sicher schlau genug gewesen, ihn „Dad" anstelle von „Walker" zu nennen, aber absolute Gewissheit konnte er nicht haben. Zumindest für den Augenblick würde er ihr vertrauen müssen. Er wollte ihr eine Chance geben, ihm zu beweisen, dass sie in ihrem

Herzen wirklich gut war. Das war er ihr schuldig. Er saß mit verschränkten Armen da, schaute sie nur an und sprach kein Wort.

„Weiß Mom es schon?", fragte sie schniefend.

„Sie weiß, dass du verhaftet wurdest. Die Einzelheiten können wir ihr später noch erzählen."

Eine Viertelstunde später entließ McQuillan Clare in Walkers Obhut, verhielt sich dabei allerdings so, als würde er eine überführte Serienmörderin auf die ahnungslose Menschheit loslassen. Er versäumte es auch nicht, darauf hinzuweisen, dass Clare vor einem Jugendgericht würde erscheinen müssen, falls die Verkäuferin tatsächlich eine Klage gegen sie anstrengen sollte.

Walker brachte es nicht fertig, dem Polizeichef zu danken oder ihm die Hand zu schütteln. Nachdem er alle Papiere unterschrieben hatte, machte er nur ein Zugeständnis an das Gebot der Höflichkeit, indem er seinen Hut erst wieder aufsetzte, nachdem sie die Wache bereits verlassen hatten.

Clare trug den Rucksack über einer Schulter, öffnete die hintere Wagentür und stieg ein. Shane drehte sich auf dem Beifahrersitz zwar halb um und sah sie über die Schulter an, doch ein warnender Blick von Walker verhinderte es, dass er sich in irgendeiner Weise zu Clares erstem Schritt auf der kriminellen Karriereleiter äußerte. Etwas in der Art hatte ihm zweifellos auf der Zunge gelegen.

Nachdem Walker den Motor angelassen hatte, holte er sein Handy aus der Tasche, wählte Caseys Nummer und reichte das Telefon wortlos weiter an Clare.

„Hi, Mom", sagte sie und begann dann, herzerweichend zu schluchzen. Falls dieser zerknirschte Zustand nur gespielt war, dann beherrschte sie das verdammt gut.

Während er nach Hause fuhr, erzählte Clare ihrer Mutter die ganze Geschichte.

Walker schwieg, und auch Shane sagte kein Wort.

Kurz vor der Zufahrt zur Ranch gab Clare ihm das Handy zurück. „Mom will noch mit dir sprechen", sagte sie leise.

Vor dem Tor hielt er den Wagen an, woraufhin Shane raussprang und es aufmachte. „Hallo, Casey", begrüßte Walker sie steif, während er das Handy ans Ohr drückte.

„Danke", murmelte sie und hörte sich an, als fühle sie sich genauso am Boden zerstört wie ihre Tochter. „Danke, dass du Clare abgeholt hast, Walker."

Was dachte sie denn, was er sonst hätte tun sollen? Eine Vierzehnjährige in Polizeigewahrsam lassen? Vorschlagen, Clare in eine Jugendstrafanstalt zu stecken, damit sie über ihren Fehler nachdenken konnte?

In frostigem Tonfall erwiderte er: „Gern geschehen."

„Ich bin Samstagnacht wieder zu Hause, gleich nach unserem Auftritt", erklärte sie. „Dann können wir überlegen, was wir machen sollen."

„Ja, wir werden uns einige Dinge überlegen müssen", antwortete er. Er kochte vor Wut, allerdings konnte er nicht sagen, ob dieser Zorn ihm selbst oder Casey oder Clare galt. Er wusste nur, dass sich einiges verändern musste, und das so bald wie möglich.

Casey setzte wieder zum Reden an, aber das, was sie eigentlich sagen wollte, behielt sie dann doch für sich. „Wir sehen uns morgen Nacht", meinte sie stattdessen.

„Gut", erwiderte Walker und legte auf.

„Mom ist schwer enttäuscht von mir", murmelte Clare, während sie durchs Tor fuhren, das Shane hinter ihnen wieder schloss. Anstatt wieder in den Pick-up einzusteigen, stellte er sich aufs Trittbrett, hielt sich mit einer Hand am Wagen fest und drückte mit der anderen Hand seinen Hut fest auf den Kopf, damit der nicht vom Fahrtwind weggerissen wurde.

„Da kann sie sich in eine lange Schlange einreihen", erwiderte Walker.

Dolittle und die drei Labradore – Walker konnte sich ihre Namen einfach nicht merken, also nannte er sie einfach alle nur „Hund" – warteten an der Küchentür, als er das Haus betrat. Bei ihrem Anblick und der Art, wie sie ihn freudig begrüßten, besserte sich seine Laune ein wenig.

Clare zog sich sofort in ihr Zimmer zurück, und er machte auch keine Anstalten, sie davon abzuhalten. Während Shane mit den Hunden nach draußen ging, wusch sich Walker die Hände im Spülbecken und warf einen Blick in den Gefrierschrank, um herauszufinden, ob sich irgendein Abendessen zusammenstellen ließ.

Da Brylee oft und gern kochte, wurde er schnell fündig. Er entdeckte eine mit Alufolie abgedeckte Auflaufform, auf der ein Zettel mit der Aufschrift „Lasagne" klebte.

Zwar hatte sie nichts zur Zubereitung notiert, aber ihm kam es sowieso so vor, dass Brylees Gerichte grundsätzlich bei rund zweihundert Grad für eine halbe Stunde in den Backofen mussten. Also stellte er den Ofen auf diese Temperatur und ließ ihn vorheizen.

Nach einiger Zeit kam Shane mit den Hunden zurück ins Haus, hängte seinen Hut an den freien Haken neben Walkers Hut, wusch sich am Spülbecken Hände, Gesicht und Nacken, dann trocknete er sich mit zwei Blättern von der Küchenrolle ab.

Letzteres war nur improvisiert und entlockte Walker ein Lächeln.

„Clare hatte noch nie Ärger", erklärte Shane auf einmal.

Da der Junge seine Schwester praktisch nie verteidigte, war Walker ziemlich überrascht. Er schaute den Jungen an. „Okay."

„Du glaubst mir?"

„Warum sollte ich das nicht tun?"

Shane errötete, so sehr verdutzte und freute es ihn, dass Walker ihm vertraute. „Ich glaube, Clare wollte nur Aufmerksamkeit. Die letzten Wochen waren ziemlich verwirrend, weißt du. Einen Tag bist du noch bloß ein Freund von Mom und für uns so eine Art Onkel, und am nächsten Tag bist du unser Dad, und dann seid ihr zwei auf einmal auch noch verheiratet …"

„Ich weiß, Sohn", erwiderte Walker und schob die Auflaufform in den vorgeheizten Backofen.

„Ich nehme an, dass du uns jetzt wohl wegschicken wirst", fuhr Shane fort, „weil wir dir nur Ärger machen."

Langsam drehte Walker sich zu ihm um. „Sohn, ich werde weder dich noch deine Schwester von hier wegschicken. Wir sind jetzt eine Familie, und wir vier werden zusammenhalten. Wir müssen zwar noch ein paar Dinge regeln, doch wenn wir uns gemeinsam reinknien, werden wir das auch schaffen."

Die Erleichterung, die sich daraufhin in Shanes Gesicht abzeichnete, war so groß, dass Walker so sehr gegen seine Tränen ankämpfen musste, wie es in seiner Zeit als Erwachsener noch nie der Fall gewesen war. Er umarmte den Jungen kurz. Shane klammerte sich noch etwas länger an ihm fest, bis ihm wohl einfiel, dass er kein kleines Kind mehr war, sich aus der Umarmung löste und einen Schritt zurückwich.

Sie bereiteten gemeinsam das Abendessen zu, anschließend brachte Shane einen Teller zu Clare hinauf.

Später zog Shane sein Handy aus der Tasche und zeigte Walker ein ziemlich wackliges Video, das einer seiner Freunde aufgenommen hatte, als er in der Arena seinen großen Auftritt gehabt hatte.

„Nicht mal drei Sekunden", merkte der Junge gefasst an.

„Drei Sekunden ist immer noch besser als gar nichts. Einmal bin ich abgeworfen worden, während das Pferd noch in der Box stand."

Shane lächelte. „Ist das wahr?"

„Es ist die Wahrheit, die ganze Wahrheit und nichts als die Wahrheit", erklärte Walker und hob eine Hand, um seinen Eid zu unterstreichen.

Es war kurz nach Mitternacht, als Caseys Chartermaschine auf der kleinen Landebahn zwischen Parable und Three Trees aufsetzte. Casey war hundemüde. Mitch hatte ihr versprochen, einen Wagen zu organisieren, der sie am Flugplatz abholen würde, doch als sie aus dem ovalen Fenster nach draußen schaute, entdeckte sie nicht irgendeinen Wagen, sondern einen ihr nur zu gut bekannten Pick-up.

Walker. Ihr Herz begann, schneller zu schlagen, so wie immer, wenn er sich in ihrer Nähe aufhielt. Diese Nähe führte üblicherweise zu einer Art Kollision anstelle einer Umarmung, dennoch war sie froh, dass er auf sie wartete.

Während sie das Flugzeug verließ, stieg er aus seinem Wagen aus, ging aber nicht auf sie zu. Stattdessen blieb er neben seinem Auto stehen, die Schultern gestrafft, den Rücken durchgedrückt, die Miene wie erstarrt und ohne die Spur eines Lächelns.

Casey wäre am liebsten zu ihm gerannt, um ihm um den Hals zu fallen, doch sie zwang sich dazu, mit bedächtigen Schritten auf ihn zuzugehen. Einen Meter von ihm entfernt blieb sie stehen und hörte ihr Herz laut schlagen.

„Clare geht es gut", sagte er schließlich. „Und Shane ebenfalls."

Sie nickte und schluckte, obwohl ihre Kehle wie zugeschnürt war. Hinter ihr machte sich die kleine Privatmaschine zum Start bereit. So Hals über Kopf hatte sie L. A. verlassen, dass sie nicht mal ihr Gepäck mitgenommen hatte.

„Haben wir noch eine Chance, Walker?"

Er runzelte die Stirn, rührte sich aber nicht von der Stelle. „Was meinst du damit?", erwiderte er.

„Ich meine, nach allem, was passiert ist", brachte sie mühsam heraus. „Zwei Babys, die lange Zeit, die wir getrennt waren, die Fehler und die Lügen …" Mehr konnte sie nicht sagen.

Mit beiden Händen fasste Walker sie sanft an den Schultern, dann sprach er die Worte, von denen sie geglaubt hatte, sie würde sie aus seinem Mund niemals hören. „Ich liebe dich, Casey, und die Fehler und Lügen betreffen uns beide. Warum lassen wir die nicht einfach hinter uns und schauen nach vorn?"

„Hast du gerade gesagt, dass du mich liebst?", wisperte sie. Ihre Stimme stockte, was nicht nur daran lag, dass sie sich vor ein paar Stunden live im Fernsehen die Seele aus dem Leib gesungen hatte.

Der Hauch eines Lächelns umspielte seinen Mundwinkel. „Das habe ich gesagt, richtig. Bin ich hier der Einzige, der so was zum Besten zu geben hat, oder was?"

Ihr Lachen verschmolz mit einem Schluchzer, während sie die Arme um seinen Nacken schlang. „Ich liebe dich so, wie ich dich immer schon geliebt habe, Walker Parrish“, platzte sie heraus und schmiegte sich noch enger an ihn.

„Das hättest du mir auch schon früher erzählen können“, flüsterte er. Sein warmer Atem strich über ihr Ohr, er hatte die Arme fest um sie gelegt.

„Das musst du gerade sagen“, konterte sie und fühlte sich glücklicher, als sie es je für möglich gehalten hätte. „Von dir kam ja schließlich auch keine Liebeserklärung.“

Er lachte leise, dann küsste er sie so leidenschaftlich und stürmisch, dass auch ihre letzten Zweifel sich in Luft auflösten.

Zu Hause angekommen schliefen die Kinder und alle Hunde längst, was schon ein Glück war, da Casey und Walker Mühe hatten, es bis in ihr Schlafzimmer zu schaffen, ohne schon vorher übereinander herzufallen. Schließlich hob Walker sie hoch und trug sie mit ausholenden Schritten aus der Küche durch den Flur ins Schlafzimmer.

Es gab noch eine Menge zu klären, vor allem die Probleme mit Clare, und natürlich die Frage, wie es weitergehen sollte. Aber die Sekunden, Minuten und Stunden, die noch vor ihnen lagen, ehe sie sich diesen Dingen widmen würden, gehörten jetzt nur ihnen beiden.

Kaum war die Tür geschlossen worden, befreiten sie sich gegenseitig von ihrer Kleidung, gingen gemeinsam unter die Dusche und küssten sich unentwegt, während warmes Wasser auf sie herabprasselte. Dieses Wasser spülte alles weg, bis nur noch bei jedem von ihnen das lodernde Verlangen verblieb, mit dem anderen eins zu werden.

Sie ließen sich aber Zeit damit, genossen jeden Kuss und jede Berührung und jedes hingehauchte Wort. Jedes über die Jahre hinweg unausgesprochen gebliebene „Ich liebe dich“ drang jetzt mit der gleichen Gewalt an die Oberfläche wie Lava, die in einem Vulkan nach oben brodelte.

Sie seiften sich gegenseitig ein, sie wuschen sich gegenseitig die Seife von der Haut, und Casey staunte, wie sehr sie das alles erregte. Sich zu lieben war für sie beide nichts Neues. Doch in dieser Nacht erschien es ihnen völlig neu, als wäre es etwas noch nie Dagewesenes.

Walker kniete sich vor ihr hin und strich über ihre Beine, bis er seine Hände zwischen ihre Schenkel schob und ihre empfindlichste Stelle mit den Daumen und schließlich mit dem Mund verwöhnte. Ihr Körper wand sich bei diesen Berührungen, und sie musste sich zusammenreißen, damit sie nicht laut seinen Namen rief. Allzu lange ließ Walker sie aber nicht in diesem quälend lustvollen Zustand verharren, vielmehr brachte er sie schnell zum ersten Höhepunkt, der sie wie ein Feuer verzehrte. Immer wieder durchlief sie ein Beben, während Walker genussvoll weitermachte. Genau genommen hätte er auch gar nichts anderes tun können, als weiterzumachen, da Casey die Finger in seinem Haar vergraben hatte und seinen Kopf an sich drückte.

Aber einmal genügte nie, und als Casey allmählich wieder zur Ruhe kam, legte Walker ihre Beine über seine Schultern und setzte zu einer Zugabe an.

Das Wasser war inzwischen nur noch lauwarm, doch das kümmerte sie beide nicht. Sie hätten sich ebenso gut in einem sommerlichen Wolkenbruch lieben können, ganz egal wo, solange sie beide ein Paar waren, ein richtiges Paar.

Irgendwie schien Casey danach in eine Trance zu fallen, denn sie konnte sich später kaum noch an das erinnern, was alles noch in dieser Nacht folgte. Irgendwie schafften sie es tropfnass aus dem Badezimmer ins Bett, und sie sah in Walkers Augen ihre ganze gemeinsame Zukunft.

Sie sah, wie sie mit vereinter Liebe und Entschlossenheit Clare und Shane zusammen großzogen. Und sie sah das neue Baby, das in ihr heranwuchs. Sie sah mehr Kinder und sogar Enkelkinder. Jedes von ihnen so sehr ein Teil der Ranch wie das Land und die Flüsse und der Himmel.

Vor allem aber sah sie Liebe, jene robuste, belastbare Liebe, die kein Ende kannte, nur einen Anfang, die eine geteilte Freiheit war und die Gabe besaß, alles zu erfüllen – so wie die Blumen, die rings um die Ruinen der alten Hütte oben auf dem Hügel in alle Richtungen wuchsen.

„Ich liebe dich“, sagte sie erneut.

Dann spürte sie, wie Walker mit einer fließenden Bewegung in sie eindrang. Es war, als wollte er sie erobern, das jedoch mit solcher Zärtlichkeit, dass es Caseys Herz erfüllte.

Gemeinsam erreichten sie den Gipfel der Lust und wurden von dem Taumel der Ekstase und Leidenschaft mitgerissen. Ihre Schreie wurden nur dadurch erstickt, dass sie sich unablässig küssten.

Nur allmählich ebbten die intensiven Gefühle ab, bis sie beide eng umschlungen vor wundervoller Erschöpfung einschliefen. Jedes Mal, wenn sie im Lauf der Nacht aufwachten, liebten sie sich wieder, mal fast im Halbschlaf, mal voll stürmischer Begierde. Und als der neue Tag anbrach, verschmolz der Sonnenaufgang mit Caseys Höhepunkt zu einem gleißenden Feuer, das den Himmel in goldenes Licht tauchte.

15. Juli

Opal stand mit hocherhobenem Kopf und gestrafften Schultern neben ihrem Bräutigam, dem angesehenen Reverend Walter Beaumont. Einer von seinen Kollegen war extra nach Parable gekommen, um die Trauung durchzuführen.

Auf allen Sitzbänken drängten sich die Gäste. Von ihrem Platz auf der Empore aus suchte Casey die Reihen ab, bis sie Walker, Clare und Shane entdeckte. Sie war froh, dass sie erst in ein paar Minuten singen musste, denn in diesem Moment hätte sie vor Glück keinen Ton herausgebracht.

Eine Familie. *Ihre* Familie mit allen Hürden, Herausforderungen und Belohnungen, allen Höhen und Tiefen. Wie konnte es sein, dass ihr ein solches Glück zuteilgeworden war?

Als hätte er ihre Gedanken gehört, schaute Walker zu ihr. Seine Miene war völlig ernst – doch plötzlich zwinkerte er ihr zu.

Casey musste lächeln, errötete und blickte schnell woanders hin.

Sie erspähte Joslyn und Slade Barlow, ihr erstes Kind saß zwischen ihnen auf der Bank und schien zu quengeln, wie es für Kinder in diesem Alter normal war, wenn sie längere Zeit still sitzen sollten. Die beiden hielten je einen ihrer neugeborenen Zwillinge im Arm. Auch Slades Stieftochter Shea war da und betrachtete voller Stolz die beiden Babys, die gerade mal eine Woche alt waren.

Dann sah sie Hutch und Kendra Carmody, die eng aneinandergeschmiegt dasaßen und den Blick auf das Brautpaar gerichtet hatten. Ihre Tochter Madison kümmerte sich derzeit liebevoll um ihre jüngere Schwester.

Boone und Tara Taylor nahmen mit ihren vier Kindern fast eine ganze Bank in Beschlag. Tara hatte sich bei Boone untergehakt und den Kopf auf seine Schulter gelegt.

Schließlich kehrte Caseys Blick zu Walker, Clare und Shane zurück. Freudentränen stiegen ihr in die Augen, denn Brylee war ebenfalls mitgekommen, die freudestrahlend verfolgte, wie Opal und Walter ihre Ehegelübde sprachen. Als Walter seine Ehefrau küsste, war das für Casey das Zeichen, ihr Lied zu singen.

Es war ein ganz besonderer Song, entstanden in Zusammenarbeit mit Clare, und er handelte davon, dass Liebe sich selbst ihren Weg suchte, wenn sie den Zeitpunkt für gekommen hielt.

Clare drehte sich zu ihr um und sang stumm die Zeilen mit, die sie am Klavier im Ranchhaus gemeinsam geschrieben hatten. Caseys Herz wurde in dem Moment von Liebe zu ihrer Tochter erfüllt, zu ihrem Ehemann und zu ihrem Sohn. Das intensive Gefühl von Dankbarkeit trug dabei ihre Stimme in grandiose Höhen.

Nachdem das Lied vorüber war, machte sich in der Kirche eine andächtige Stille breit.

War bis hierhin noch alles ganz traditionell verlaufen, waren es ausgerechnet Opal und Walter, die mit der Tradition brachen, da sie sich Casey zuwandten und begeistert klatschten. Alle Anwesenden stimmten in den Beifall mit ein, während Casey Schritt für Schritt nach hinten ging, bis sie nicht mehr zu sehen waren. Dann stieg sie zügig die Treppe runter.

Die Hochzeitsfeier fand in ihrem Haus an der Rodeo Road statt, in dem Casey nach wie vor mit der Band probte und ihre Songs aufnahm. Tourneen kamen für Casey vorläufig nicht infrage, aber ein Leben ohne Musik – ohne ihre eigene Musik – wäre für sie gar nicht vorstellbar gewesen. Walker hatte dafür nicht nur Verständnis, er war auch stolz auf sie.

Von dem kurzen Rummel um Clares Ausflug in die Kriminalität abgesehen – die Anklage wegen Ladendiebstahls war fallen gelassen worden, dennoch hatten Walker und Casey darauf bestanden, dass Clare sich gemeinnützig engagierte – hatten die Klatschreporter sich anderen Opfern zugewandt. Clare half an drei Nachmittagen in der Woche in Martie Wrens Tierheim aus, woraufhin Clare erklärte, sie hätte sich schon viel früher Ärger einhandeln sollen, wenn so ihre Bestrafung aussah.

Shane, durch und durch ein Cowboy, ritt mit seinem Vater aus, sooft sich die Gelegenheit dazu ergab, und er erledigte – meistens – ohne Murren die Aufgaben, die ihm übertragen wurden. Beim nächsten Rodeo wollte er länger als drei Sekunden durchhalten, was Casey für ein durchaus vernünftiges Ziel hielt. Dennoch konnte sie sich noch immer nicht an den Gedanken gewöhnen, dass ihr Sohn sich von einem aufbäumenden Pferd durch die Luft schleudern ließ. Aber das behielt sie für sich, jedenfalls die meiste Zeit über.

Opal und ihr Ehemann tanzten zur Musik der Band auf einer Tanzfläche, die speziell für diesen Anlass aufgebaut worden war. Lächelnd schauten sie sich in die Augen, während sie von Freunden und Verwandten umgeben waren.

Walker stellte sich hinter Casey, schlang die Arme um ihre Taille und ließ das Kinn auf ihrem Kopf ruhen. „Ziemlich romantisch“, kommentierte er, dann drehte er seine Frau zu sich um und hielt ihr eine kleine, mit Samt überzogene Schachtel hin.

„Was ist das?“, fragte sie verwundert, da sie nicht mit einem Geschenk gerechnet hatte.

„Mach es auf“, forderte Walker sie auf.

Sie klappte den Deckel hoch, zum Vorschein kam ein wunderschöner herzförmiger Anhänger in Gold und Silber, in dem sich wiederum zwei winzige Anhänger befanden – zwei Cowboyhüte, einer für jeden von ihnen. „Danke“, brachte sie mühsam heraus, da die Liebe für ihren Mann sie in diesem Moment wieder einmal überwältigte.

Mit zitternden Fingern fasste sie nach der Kette an dem Anhänger und gab sie Walker, damit er sie ihr umlegen konnte.

Nachdem er das erledigt hatte, berührte er sie sanft an den Schultern. „Ich finde, wir sollten uns sofort auf den Heimweg machen und feiern.“

Casey lachte und blickte ihm tief in die Augen. „Keine schlechte Idee, Cowboy“, erwiderte sie. „Wirklich keine schlechte Idee.“

– ENDE –

„Weißt du, ich habe jetzt wirklich lange genug den Mund gehalten. Du bist seit fast einem Monat wieder hier, und bisher haben wir uns gerade mal zu zwei kleinen unschuldigen Abendessen getroffen und uns kurz zwischen Tür und Angel unterhalten, Kjell!"

Julia war sichtlich wütend. Die Hände in die Hüften gestemmt, stand sie vor ihm und funkelte ihn aus ihren grünen Augen zornig an. „Seit Wochen schiebst du Arbeit vor, weichst mir aus und hältst mich ständig auf Abstand. Meinst du, ich würde das nicht merken? Meine Güte, Kjell, ich hätte eigentlich erwartet, dass du mich sofort zu dir ins Bett holst, wenn wir endlich wieder zusammen sein können. Stattdessen kümmerst du dich um Gott und die Welt, hast aber nicht einen einzigen Abend für mich allein Zeit. Mir reicht das langsam, verflixt noch mal! Was ist eigentlich los mit dir?"

Kjell räusperte sich und hob kurz die Hände, nur um sie gleich wieder fallen zu lassen. „Hör zu, ich ...!" Entnervt brach er kurz ab, weil ihm auf Anhieb nicht die richtigen Worte einfallen wollten.

Julias Augen füllten sich mit Tränen. „Ich kenne dich schon fast mein ganzes Leben lang, Kjell Loewenthal, und ich weiß, dass du dich mit derartigen Gesprächen schwertust, aber bitte ... bitte, lass mich nicht weiterhin im Regen stehen! Ich werde sonst noch wahnsinnig."

Er trat einen Schritt auf sie zu, wollte sie wie gewohnt in den Arm nehmen, brachte es dann allerdings nicht fertig. „Du vergisst, dass wir schon häufiger diese Gespräche geführt haben. Du wolltest es nur niemals hören, wenn ich mit dir über meine Zweifel an unserer Beziehung sprechen wollte, Julia. Ich weiß schon lange nicht mehr, was ich wirklich will, doch ich möchte dir auch nicht wehtun, verstehst du? Du bist einer der wichtigsten Menschen in meinem Leben, aber ich ... ich weiß einfach nicht, ob wir beide ... du und ich, ob das richtig ist. Ehrlich gesagt, weiß ich das schon seit einigen Jahren nicht mehr."

Einige Sekunden lang sah Julia ihn verständnislos an, mit beiden Händen fuhr sie sich durch ihre kurzen dunkelbraunen Haare und rang sichtlich um Fassung. „Das ist ... heftig." Tief durchatmend, unterdrückte sie gerade noch ein Schluchzen, doch er hörte es trotzdem.

„Mir ist klar, dass ich mich dir gegenüber nicht ganz fair verhalten habe, Julia. Du hast die ganze Zeit auf mich gewartet. Allerdings musst du auch zugeben, dass ich dir schon vor Monaten gesagt habe, dass ich mir nicht mehr sicher bin, ob wir beide zusammenbleiben sollten."

„Du willst also wieder einmal eine Auszeit?", fragte sie tonlos. „Das hatten wir doch schon oft genug, meinst du nicht?"

„Julia, offen gestanden denke ich, dass es … dass es endgültig vorbei ist." Bedrückt fühlte er, dass auch er einen Kloß im Hals hatte. Es fiel ihm unglaublich schwer, ihr diese Worte zu sagen, gleichzeitig fühlte er sich aber auch erleichtert.

Sie nickte, sein letzter Satz schien allerdings nicht wirklich zu ihr durchgedrungen zu sein. „Wir bleiben vorerst bei einer Auszeit, wie üblich. Ich werde auch dieses Mal … die Hoffnung nicht aufgeben, dass du wieder zur Vernunft kommst. Vielleicht war diese ganze Geschichte mit der blöden Marine überhaupt nicht gut für dich. Du musst erst wieder zu dir finden, ganz bestimmt ist das so, Kjell."

Ihre Stimme klang verzweifelt und hektisch, aber er konnte auch die Hoffnung aus ihren Worten hören. Nur weil er ihr nicht noch mehr seelische Schmerzen zufügen wollte, nickte er. Er selbst betrachtete die ganze Sache inzwischen mit anderen Augen, dennoch schaffte er es immer noch nicht, sie klar und deutlich mit den Fakten zu konfrontieren. Vielleicht brauchte sie einfach ein wenig mehr Zeit als er, bis sie endlich begreifen würde, wie er wirklich empfand. Die Wahrheit war, dass er sich in den vergangenen Jahren nicht einen einzigen Tag wirklich nach ihr gesehnt hatte. Nicht nach ihren Zärtlichkeiten oder danach, allein mit ihr sein zu können. Alles, wonach er sich gesehnt hatte, war sein Zuhause und das Gefühl von Sicherheit gewesen, aber der Glaube an eine Liebe, die ein Leben lang Bestand haben könnte, war ihm schon vor vielen Jahren verloren gegangen. Julia war wichtig für ihn, keine Frage, aber er liebte sie nicht so, wie es sein sollte, sondern eher als gute und verlässliche Freundin.

Kjell hatte genug Kameraden erlebt, die an manchen Tagen und in noch mehr Nächten vor Verlangen nach ihren Frauen fast durchgedreht waren. Ihm war so etwas nie passiert, und im Grunde war er froh darüber, denn denselben Kameraden war es nicht selten widerfahren, dass sie nach Hause kamen und vor den Trümmern ihrer Beziehung standen. Dumm war nur, dass er sich Julia noch immer verpflichtet fühlte. Gut, sie war nie ein Engel gewesen, doch sie hatte auf ihn gewartet. Jahrelang! Und er hatte den Fehler gemacht, es hinzunehmen. Die Schuld an ihrer vertrackten Situation lag nicht zuletzt auch bei ihm.

„Ich werde uns nicht aufgeben, Kjell", bekräftigte sie noch einmal und unterbrach damit seine Überlegungen. „Neben meinem Bruder bist du der einzige Mann, der mir wirklich etwas bedeutet. Und seit Rafael von hier weggegangen ist …" Sie verstummte und wischte sich mit einer fast zornigen Geste die Tränen von den Wangen.

„Hast du in der letzten Zeit mal von ihm gehört?", fragte er, erleichtert, das Thema wechseln zu können, auch wenn es vielleicht nur für einen Moment des Durchatmens reichte.

„Wir telefonieren ab und zu, allerdings nicht sehr oft. Alle paar Monate fahre ich nach Hamburg, um ihn zu treffen. Seit zwei Jahren arbeitet er dort in einer Werbeagentur."

„Grüß ihn von mir, wenn du wieder mit ihm sprichst, und gib mir bei Gelegenheit mal seine aktuelle Nummer. Vor einiger Zeit habe ich versucht, ihn anzurufen, aber unter der alten Telefonnummer war er nicht mehr zu erreichen."

„Ja … Rafael hat auch noch keine Ahnung, dass du wieder hier bist. Er war auf einer längeren Geschäftsreise in Übersee, und wir haben seitdem noch nicht wieder miteinander gesprochen. Frag deine Mutter, wenn du seine Nummer haben willst. Er hat zu ihr mehr Kontakt als zu mir." Sie schniefte. „Ich denke, ich gehe jetzt wohl besser, Kjell. Du weißt ja, wo du mich findest."

Er brachte nur noch ein Nicken zustande.

Isabell freute sich inzwischen auf Kjells regelmäßige Besuche. In den letzten vier Tagen hatte er mehrmals am Tag nach ihr gesehen. Ihr ging es inzwischen deutlich besser, aber er hatte sie gebeten, trotzdem noch einen Tag länger im Bett liegen zu bleiben, damit sie sich erholen konnte. Unterdessen erkannte sie seine Schritte auf der Treppe. So war es auch jetzt. Erst vernahm sie das vertraute Geräusch und kurz darauf das Klopfen an ihrer Tür.

„Komm nur herein", rief sie. Sie ließ das Buch sinken, in dem sie gerade gelesen hatte, und legte es beiseite, als er ihrer Aufforderung folgte.

„Na, wie geht es meiner Patientin denn heute?"

Eine Weile plauderten sie über dies und das. So erzählte er ihr auch von den Fortschritten bei der Einrichtung seiner Praxis und von zwei Bewerbungsgesprächen, die er unterdessen geführt hatte. Isabell hörte ihm gerne zu, wenn er über diese alltäglichen Dinge mit ihr sprach.

Üblicherweise ging Kjell zwischendurch mit dem Hund raus, brachte ihn dann aber wieder zu ihr zurück, so machte er es auch heute. Seit dem Morgen nach ihrer Fiebernacht war Siggi bei ihr geblieben, und sie genoss die Anwesenheit des süßen Vierbeiners beinahe so sehr wie die Besuche seines Besitzers. Die Befangenheit, die sie anfangs in Kjells Nähe gespürt hatte, war zwar noch nicht vollständig gewichen, hatte sich aber zu einem Gefühl gewandelt, das sie noch nicht genau einordnen konnte. Seine Attraktivität, besonders sein Lächeln, nahm ihr manchmal den Atem, und seine männliche Präsenz wirkte zuweilen sogar einschüchternd auf sie, dennoch fasste sie allmählich Vertrauen zu ihm, was sie vorwiegend auf die ärztliche Zuwendung schob.

Natürlich hatte sie schon bei ihrer ersten Begegnung festgestellt, dass Kjell ein sehr gut aussehender Mann war. Seine Augen waren von einem tiefdunklen Blau, so dunkel, dass man sie auf den ersten Blick auch für braun halten konnte. Das dunkelblonde Haar mit den sonnengebleichten Strähnen war auffallend dicht und stand ihm immer ein wenig struppig vom Kopf ab, was ihn nur noch attraktiver machte. Hinzu kam, dass der Mann vor körperlicher Kraft nur so zu strotzen schien. Sie kannte ihn natürlich nur angezogen, aber sein Körper wirkte durchtrainiert bis in die kleinste Faser. Was sie allerdings durcheinanderbrachte, war ihre Reaktion, wenn er sie berührte. Selbst als es ihr richtig schlecht ging, war ihr jede einzelne Berührung von ihm unter die Haut gegangen und hatte ein tiefes Sehnen nach mehr in ihr ausgelöst. Das bereitete ihr Kopfzerbrechen, zumindest sobald sie den Gedanken daran zuließ. Kjell gehörte einer anderen Frau, das durfte sie nicht vergessen. Außerdem war sie selbst noch nicht für eine neue Beziehung bereit. Sie fand ihn sexy, na und? Das würde vorbeigehen, sobald sie sich ein wenig mehr an seinen Anblick gewöhnt hatte. Mit diesen Gedanken versuchte sie, sich selbst immer wieder zu beruhigen.

Als Kjell nun von seinem kurzen Spaziergang mit dem Hund zurückkehrte, trug er ein voll beladenes Tablett vor sich her. „Meine Mutter hat uns Kaffee gemacht. Sie meinte, ihr Schokokuchen wäre zwar bei Weitem nicht so gut wie deiner, aber sie hofft diesbezüglich auf deine Nachsicht."

Er schenkte ihr sein umwerfendes Lächeln, stellte das Tablett auf ihrem Nachttisch ab und schob den Sessel näher zu ihr ans Bett, bevor er sich setzte.

„Oh, Kaffee! Wie wundervoll! Ich kann wirklich keinen Salbeitee mehr sehen."

„Ehrlich gesagt, bin ich ziemlich froh, dass wir deinen Infekt auch ohne stärkere Medikamente in den Griff bekommen haben. Die strenge Bettruhe war offenbar genau das Richtige für dich. Allerdings würde ich jetzt vorschlagen, dass du ab morgen mal ein paar Stunden aufstehst. Doch gearbeitet wird noch nicht, verstanden?", sagte er, während er den Kaffee einschenkte und ihr einen der beiden Becher reichte. „Ein bisschen frische Luft würde dir indes ganz guttun. Was hältst du davon, Siggi und mich auf unserem Nachmittagsspaziergang zu begleiten?"

„Sehr gerne, Kjell. Seit es mir besser geht, habe ich schon zwei Taschenbücher durchgelesen. Ein wenig Abwechslung und frische Luft wären tatsächlich herrlich."

„Dann ist es abgemacht. Morgen Nachmittag machen wir einen Spaziergang. Ich hole dich gegen vierzehn Uhr ab."

Es ist ja nur ein Spaziergang, dachte sie, doch sein Lächeln raubte ihr den Atem.

Wie versprochen holte Kjell sie am nächsten Tag zur verabredeten Zeit ab. Da es recht windig war, hatte Isabell sich einen leichten Baumwollschal um den Hals geschlungen und war in eine winddichte Jacke geschlüpft.

„Endlich hast du wieder ein bisschen Farbe im Gesicht", stellte Kjell lächelnd fest, als sie zusammen auf einen schmalen Feldweg zusteuerten, den Siggi offenbar schon sehr gut kannte, denn er war ihnen bereits weit voraus.

„Ja, mir geht es auch besser", antwortete sie. „Ich fühle mich noch ein bisschen wackelig auf den Beinen, aber das wird schon", fügte sie noch hinzu.

„Das Schwächegefühl ist nach so einem schweren Infekt völlig normal. Das kann schon noch ein paar Tage anhalten. Wenn es allerdings zum Ende der Woche nicht deutlich besser ist, sag mir ruhig Bescheid. Ich kann dir ein homöopathisches Mittel verschreiben, das deine Kräfte mobilisiert und deine Genesung unterstützt."

„Das ist lieb von dir, Kjell. Danke."

„Immer gerne."

Er bot ihr seinen Arm an, und sie hakte sich bei ihm ein. Amüsiert schauten sie dem Hund hinterher, der recht lebhaft durch die Gegend tobte und sich nur dann und wann zu ihnen umdrehte, um sich zu vergewissern, dass sie sich noch in seiner Sichtweite befanden. So gingen sie eine ganze Weile eher stumm nebeneinanderher und genossen die auffallende Ruhe und Schönheit der Heidelandschaft, durch die sie nun mit gemächlichem Schritt spazierten. Für die Heideblüte war es noch zu früh, doch der würzige Duft des Wacholders belebte die Sinne, und das wildromantische Terrain war auch in den verschiedenen Grün- und Brauntönen ein Erlebnis.

„Es ist so schön und friedlich hier", meinte sie seufzend. „Hier sieht es fast aus wie an einigen Orten bei mir zu Hause."

Kjell blieb stehen und schaute sie an. „Du sagtest, du kommst aus Cornwall?“

„Ja, dort bin ich aufgewachsen. Geboren bin ich allerdings in Irland. Mein Vater ist Ire, weißt du.“

„Warum bist du von zu Hause, ich meine von Cornwall, fortgegangen, Isabell?“

Sie spürte, wie bei seiner Frage ihr Herz heftig zu pochen begann. Für einen Moment kam ihr der Gedanke, dass es wahrscheinlich sehr befreiend wäre, ihm jetzt auf der Stelle alles zu erzählen, was ihr im vergangenen Jahr widerfahren war, doch dann verwarf sie den Gedanken wieder. Auch wenn sie sich ihm so seltsam nahe fühlte, war er doch noch fast ein Fremder für sie. „Es war besser so. Ich hatte Schwierigkeiten mit … mit meiner Familie.“

„Oh, das tut mir leid“, erwiderte er mitfühlend. „Hast du dich mit deinen Eltern überworfen? Das ist schlimm, aber das lässt sich doch gewiss auch wieder einrenken.“

„Nein, nein, das ist nicht so einfach … ich …“ Zu ihrem Schrecken spürte sie, wie sich ihr die Kehle zuschnürte und sich Tränen in ihren Augen sammelten.

„Aber Mütter sind doch normalerweise …“ Er brach ab, als er ihre Tränen bemerkte, fing eine davon mit der Rückseite seines Zeigefingers auf. „Hey, was ist denn los?“ Wortlos zog er sie an sich. Sie ließ es nicht nur zu, sondern kuschelte sich in seine starken Arme und hielt auch ihre Tränen nicht zurück. Eine ganze Weile weinte sie hemmungslos. Kjell ließ sie gewähren, hielt sie nur fest und strich ihr dann und wann über den Rücken. Er tat das so lange, bis sie sich beruhigt hatte.

Isabells Gefühlsausbruch hatte ihn überrascht, vielleicht sogar ein bisschen überfordert, dennoch genoss er es, sie in den Armen zu halten. Sie wirkte schutzbedürftig und ziemlich aufgelöst auf ihn, wie sie sich so an ihn klammerte und ihr Gesicht an seine Brust presste. Als ihre Tränen langsam versiegten, legte er einen Finger unter ihr Kinn und hob ihren Kopf an, damit er sie ansehen konnte. „Willst du mir nicht erzählen, was dich so unglücklich macht, Isabell?“

Sie holte tief Luft, schüttelte dann aber den Kopf. „Ich kann nicht. Noch nicht."

„Okay, doch der Onkel Doktor ist da, wenn du reden möchtest." Er hatte vorgehabt, sie mit dieser albernen Bemerkung ein wenig aufzumuntern, aber ihre Miene blieb ernst und sehr traurig, als sie zu ihm hochschaute. Während er ihr unverwandt in die Augen sah, fühlte er deutlich eine Sehnsucht, die ihn tief in seinem Inneren berührte.

Ihre Augen waren von einer kristallenen Klarheit, die ihn immer aufs Neue faszinierte. Vorsichtig glitt er mit dem Daumen über ihr Kinn, streifte dabei ihre Unterlippe und vernahm ihr leises Seufzen. Alles in ihm verlangte danach, diesen rosigen Mund zu küssen, und er beugte sich zu ihr herunter, bis sein Gesicht nur noch wenige Zentimeter von ihrem entfernt war. „Du bist … so unfassbar schön", hörte er sich flüstern, verblüfft über sich selbst, denn so ein Satz passte normalerweise nicht zu ihm.

Ihr unglaublicher Aquamarinblick senkte sich auf seinen Mund. „Kjell, nein, bitte nicht."

Doch es war bereits zu spät. Schon im nächsten Moment berührte sein Mund ihre Lippen, ganz zart zuerst, doch sogleich verlangte es ihn nach mehr, und so nahm er sich mehr. Ihre Lippen waren weich, süß und öffneten sich ihm bereitwillig. Isabell stöhnte leise und ließ sich zurück in seine Arme sinken, als er mit seiner Zunge ihre Lippen teilte. Diese Reaktion war ihm Antwort genug. Das Begehren rauschte wild durch seine Adern, und er spürte eine Hitze, die seinen Körper erfasste, etwas, was er noch nie zuvor empfunden hatte. Verlangend zog er sie näher, küsste sie mit einer Zärtlichkeit, die ihm selbst fremd war, und Isabell erwiderte genauso leidenschaftlich seinen Kuss. Nun umfasste er ihr Gesicht, strich mit der Zunge über ihre Lippen, genoss ihren herrlichen Geschmack und verband seine Zunge in einem süßen Tanz mit ihrer. Langsam ließ er eine Hand über ihren Hals, die Schulter bis hinunter zu ihrem Po gleiten, presste ihren Körper an sich. Er vertiefte den Kuss, ließ ihn stürmischer, wilder, feuchter werden, und ihre Finger vergruben sich in seinem Haar. Wieder ein Stöhnen, lauter dieses Mal und gleich darauf ein Beben ihres Körpers, das ihn fast den Verstand kostete, weil es seine eigene Begierde in ungeahnte Höhen trieb. Nach einer berauschenden Ewigkeit löste sie sich zögernd von ihm, strich dabei mit zitternder Hand über seine Wange und legte ihren Zeigefinger über seinen Mund. „Bitte … Kjell, hör … auf“, brachte sie auffallend mühsam und schwer atmend hervor.

Er versuchte sich an einem Nicken, keuchte dabei, wie er erstaunt feststellte. Es dauerte eine ganze Weile, bis sie beide wieder normal atmen konnten. „Entschuldige mich kurz“, stieß er hervor, als er einen Schritt von ihr zurücktrat, um sich für einen Augenblick von ihr abzuwenden. Er legte den Kopf in den Nacken und wartete darauf, dass das heftige Verlangen ein wenig abebbte, damit er wieder in der Lage war, sie anzusehen. Schließlich drehte er sich zu ihr um. „Na, das war ja mal ein Kuss, was?“

„Oh ja, das war ein Kuss.“

Sie lachten, auch ein wenig vor Verlegenheit.

„Hör zu, ich … ich finde dich unglaublich anziehend, Isabell.“

„Ich denke, das habe ich gerade gemerkt.“ Wieder lachten sie beide. „Aber Kjell, das ist falsch. Wir hätten das nicht tun dürfen. Und du bist …“

„Ich habe mich von Julia getrennt“, warf er schnell ein, bevor sie ihren Satz zu Ende brachte. „Ich habe mich getrennt“, wiederholte er nachdrücklich.

Ihr Gesicht wurde ernst, sehr ernst. „Es geht nicht allein um Julia, Kjell. Auch ich bin … ich meine, ich bin nicht bereit für … so was.“

„Für so was? Wie meinst du denn das? Wir sind erwachsen, wir …“

„Nein, ich kann das nicht. Und ich will das auch nicht“, unterbrach sie ihn ungestüm.

Eine kleine Ewigkeit schauten sie sich an. „Ist es wegen Jamie?“, fragte er schließlich.

Sie zuckte sichtbar zusammen und machte einen großen Schritt von ihm weg. „Jamie?“, flüsterte sie atemlos. „Wie kommst du auf Jamie?“

„Als dein Fieber so hoch war, hast du seinen Namen gesagt. Du dachtest wohl, ich wäre er. Jedenfalls hatte ich diesen Eindruck."

„Oh."

„Wartet dieser Jamie in Cornwall auf dich, Isabell?"

Stumm schüttelte sie ihren Kopf, trat aber wieder einen Schritt auf ihn zu und legte ihm die Hände flach auf die Brust. „Jamie war mein Mann, Kjell, mein Ehemann. Er lebt nicht mehr. Ich habe ... ich habe ihn im vergangenen Jahr verloren."

Er schloss kurz seine Augen, dann schlang er den Arm um ihre Schultern. „Oh Gott, das tut mir sehr leid. War er krank?"

Erneut schüttelte sie den Kopf. „Nein, James ist ertrunken. Ein schrecklicher Unfall während einer Segeltour. Offenbar ist er mitten in der Nacht über Bord gegangen, aber ich ... entschuldige, doch ich möchte wirklich nicht darüber reden."

Kjell hob eine Hand und strich ihr eine goldglänzende Haarlocke aus der Stirn. Sie hatte ihren Mann verloren, das rückte in seinem Kopf so einiges zurecht. „Okay, du sollst nur wissen, dass ich für dich da bin, falls du ... ich meine, falls du vielleicht doch irgendwann darüber sprechen möchtest – mit einem Freund."

Er hatte kaum zu Ende gesprochen, als ein lauter Knall sie beide zusammenfahren ließ. Gleich darauf hörten sie ein helles, fast kreischendes Jaulen, das sekundenlang anhielt, bevor es erstarb. Kjell hatte praktisch sofort reagiert, Isabell zu Boden gedrückt und sie mit seinem großen Körper abgeschirmt. Er fluchte und sah sich vorsichtig um. „Das war ein Schuss", keuchte er. „Bist du okay?"

„Ja, ich bin nur zu Tode erschrocken." Isabell atmete schnell. Nachdem eine Weile alles ruhig geblieben war, drängte er sie Stück für Stück zwischen zwei niedrige Wacholderbüsche, die ganz in ihrer Nähe wuchsen.

„Verdammt noch mal, wer ballert denn hier um diese Zeit durch die Gegend?"

„Wer auch immer da geschossen hat, muss ein Tier getroffen haben", flüsterte sie. „Hast du den furchtbaren Schrei gehört? Der kam eindeutig von einem Tier, das verwundet wurde."

Lesen Sie auch von Linda Lael Miller:

Linda Lael Miller
Big Sky River: Am reißenden Fluß

Band-Nr. 25693

8,99 € (D)

ISBN: 978-3-86278-802-6

eBook: 978-3-95649-315-7

304 Seiten

Linda Lael Miller
Big Sky Mountain: Der Berg der Sehnsucht

Band-Nr. 25692

8,99 € (D)

ISBN: 978-3-86278-801-9

eBook: 978-3-86278-933-7

368 Seiten

Linda Lael Miller
Big Sky Country: Das weite Land

Band-Nr. 25681

8,99 € (D)

ISBN: 978-3-86278-743-2

eBook: 978-3-86278-787-6

352 Seiten

Deutsche Erstveröffentlichung

Susan Mallery

Pleiten, Pech und Prinzen

Ihr Leben ist ein Scherbenhaufen, und Molly braucht dringend eine Auszeit. Da fällt ihr ein zehn Jahre alter Pakt mit Dylan ein, dem Ex ihrer großen Schwester. Kurzentschlossen sucht Molly ihn auf, um das Versprechen einzufordern …

Band-Nr. 25761
9,99 € (D)
ISBN: 978-3-95649-032-3
eBook: 978-3-95649-333-1
304 Seiten

Susan Andersen

Himmel, Herz und Kuss

Sie ist nicht die Richtige für ihn! Nur wieso fühlt sich ihre Nähe so unverschämt gut an? Schockiert muss Sheriff Max Bradshaw sich eingestehen, dass er sein Herz ausgerechnet an die schöne Harper verloren hat …

Band-Nr. 25760
9,99 € (D)
ISBN: 978-3-95649-031-6
eBook: 978-3-95649-332-4
304 Seiten

Deutsche Erstveröffentlichung